新 潮 文 庫

地　の　星

流転の海 第二部

宮 本　輝 著

新 潮 社 版

5651

地の星

流転の海　第二部

第一章

木炭バスの運転手は、松坂熊吾《まつざかくまご》が一本松の停留所で降りる際、来週、このバスは廃車となり、中古のディーゼルバスが城辺町《じょうへんちょう》と一本松村のあいだを走るようになるのだと嬉《うれ》しそうに言った。

「この風呂釜《ふろがま》みたいなバスには苦労させられましたなァし。戦争中からずっとよう頑張《がんば》ってくれちょりましたけんど……」

制帽を深々とかぶった運転手は、熊吾が何の反応も示さないことに怪訝《けげん》な面持《おもも》ちを浮かべたが、運転席の窓から二匹の紋白蝶《もんしろちょう》が車内に入って来たのに気を移し、

「朝鮮の動乱は、どがいな具合ですかのお？」

と、さして興味のなさそうな口調で訊《き》いた。

「わしは八卦《はっけ》見やありゃせん。よその国の戦争のことなんかわからんわい」

松坂熊吾は、ぶっきらぼうに言って、四歳になったばかりの伸仁《のぶひと》を抱きあげ、木炭バスから降りた。彼は、バスに酔い、血の気を失って、もういまにも嘔吐《おうと》しそうな伸仁に

腹をたてていたのだった。

　吐くな。車の中でゲエするようなやつは、わしの子やあらせん。もし吐いたら、縛りあげて、家の前の梨《なし》の大木に三日ほど吊《つ》るすぞ。父にそう脅され、仲仁は目をつむって涙を流し、熊吾の腕に顔の片方を強く押しつけていたが、気分が悪くなってから七、八分で一本松に着いたので、なんとか吐かずにすんだ。

　熊吾は、仲仁を地面に降ろし、虫捕り網を持たせると、広見への県道へとつづく小さな商店街を歩いた。村に一軒しかない劇場は、〈市松劇場〉という屋号で、そこでは、旅廻《たびまわ》りの一座が芝居をやったり、東京や大阪から浪曲師がやって来て興行したり、映写技師がフィルムを持って訪れ、都会では一年も二年も前に封切られた映画が上映されるのだった。

　その市松劇場の前で立ち停《ど》まり、熊吾は、虫捕り網を振り廻しながら、大きいゴム草《ぞう》履《り》を履いて、父のあとをついてくる仲仁に話しかけた。

「まだゲエしそうか？」

「もう、なんちゃない」

「乗り物に酔うっちゅうのは、おなごだけや。男が、ちょっとバスに揺られたからっちゅうて、ゲエしそうやなんて情けないぞ」

「うん、もう、なんちゃない」

「よし、亀《かめ》おじいちゃんの墓はもうすぐそこじゃけん、弱虫言わんと、しっかり歩けや」

行きかけると、県道のほうから、いかにもいなかやくざといった風態《ふうてい》の男たちが歩いて来た。そのうちのひとりは足が悪く、太い杖《つえ》をついて、左足をひきずっていた。熊吾は、その杖が仕込み杖であることに気づき、こんな四国の西南端の、農業と林業以外に生きる糧《かて》などない愛媛県南宇和郡一本松村にも、やくざが横行しはじめたのだろうかと思った。

すれちがって五、六歩行ったとき、

「闇《やみ》成金の松坂の熊は、一本松に足が向けられんけん、妹に買《こ》うてやった城辺の家に住んじょるっち聞いたがのう」

という声がした。

熊吾は、春の光の中で、振り返って、男たちを見た。声の主は、仕込み杖をついた足の悪い男で、ほぼ自分と同年齢の五十四、五歳に見えた。しかし、熊吾は、その男に見覚えはなかった。

「腐るほどの金を持って神戸から帰って、でかいリンゴ箱にぎっしり金を詰めて役場に寄付したっちゅうが、そげなことじゃお前の罪障は消えんぞ」

「あんたは誰じゃ？　わしのことをよう知っちょりなさるようやが……」

熊吾は用心して、仲仁を自分の膝《ひざ》のところに招き寄せてから、そう訊いた。熊吾より幾分背の低い、しかし猪首《いくび》で、肩も胸も筋肉で盛りあがっているその男は、声を出さずに笑うと、指先で目やにを取りながら、浅黒い、肉厚の顔を熊吾に向かって突き出した。

「伊佐男《いさお》よ。増田の伊佐男じゃ。おおかた四十年前に、お前にこの左足をこわされた増田の伊佐男よ」

「増田の伊佐男……」

そういえば、そんな少年がいたような気がする……。熊吾は、増田伊佐男という男の顔と左足を交互に見やりながら、記憶を探った。四十年前といえば、自分が十四、五歳のときではないか。そのころ、わしがこの男の足に大怪我《おおけが》をさせたというのか……。

「子供のころはようケンカをしましたが、足をこわすほどの大怪我をさせたっちゅうようなことは覚えとりませんなァし」

熊吾はそう言いながらも、増田伊佐男の、いかにも品性の下劣そうな脂《あぶら》ぎった顔と、ぶあつい瞼《まぶた》の下で光る細い目から視線を外さなかった。

「忘れたっちゅうわい」

連れの二人の男に、あきれたように言ってから、増田伊佐男は、熊吾に一歩近づいた。熊吾は仲仁を自分のうしろに廻らせながら、一歩退いた。

「そんなぶっそうな杖を持って、このいなかで昼日中に何をやらかそうっちゅうんかのお。とにかく、わしはあんたを知らん」

「お前が忘れっしもても、やられたほうのわしは忘れちょらんのじゃ」

南風が吹くたびに土埃《つちぼこり》をあげる日盛りの道に、増田伊佐男は仕込み杖を投げ捨て、

「いかにもこれは仕込み杖よ。これで、いまここに土俵とおんなじ大きさの丸を描《か》いてみい。ほんでもって、わしと三番勝負の相撲を取ったら、ひょっとしたら松坂熊吾は、上大道《わうどう》のてでなし子の伊佐男を思い出してくれるかもしれんぞなァし」

と歪《ゆが》んだ笑みを消さないまま言った。

上大道のてでなし子……。熊吾はその言葉を耳にしたとたん、増田伊佐男の四十年前の容姿を思い出した。当時、増田伊佐男は骨と皮だけみたいに痩《や》せていたが、馬鹿力《ばかぢから》があるうえにすばしっこくて、近在の村々の干柿《ほしがき》や、編んだばかりの藁草履《わらぞうり》を盗む、手癖の悪い少年だった。

ある日、家から近い日枝神社の境内で熊吾が遊んでいると、伊佐男が、神主の住まいのほうから走り出て来たのだった。熊吾も、熊吾の友だちも、伊佐男が何か盗みを働いて、逃げようとしているのだと思った。

「わうどうの伊佐男じゃあ、あやつ、餅《もち》を持っちょるぞ！」

と誰かが叫んだ。熊吾たちに取り囲まれ、逃げ場を失った伊佐男は、はだけた着物の胸元から餅をつかみ出すと、それを熊吾めがけて投げつけ、

「三番勝負じゃあ。熊に負けたら、わしをひっつかまえて、好きにしてみい」

と言った。そこで、境内の隅《すみ》に、木の棒で円を描き、熊吾と伊佐男は相撲を取った。一番目は伊佐男が勝った。二番目、押しまくってくる伊佐男をいなし、熊吾がその背を突いたとき、勢いあまって、伊佐男は土俵から飛び出し、さらに三尺ほど下の、平らな空地に落ちた。

「さあ、もう一番やぞ」

と熊吾は伊佐男に言ったが、伊佐男は膝を打ったのか、しばらく起きあがれなかった。

「戦意喪失。熊の不戦勝じゃ」

と誰かが言った。伊佐男は、足をひきずり、神社の石段を降りて行き、二、三度、うずくまってから、田圃《たんぼ》に囲まれた上大道へのいなか道を逃げて行った。

上大道は、熊吾の家がある広見から半里ほど西にある集落で、正しくは〈うわおおどう〉と読むのだが、昔から人々は〈わうどう〉と呼んでいた。〈上大道のてなし子・増田伊佐男〉は、その後しばらくして母を亡《な》くし、宇和島の遠縁の家に貰《もら》われて行き、以来一度も熊吾とは逢《あ》うことがなかった。

「相撲を取ったな……。広見の日枝神社の境内で」

と熊吾は、市松劇場の映写室の小窓に目をやって言った。それから、自分のうしろで虫捕り網を振り廻している伸仁を無意識に抱きあげた。

「わしは、あの怪我で二回死にかけたんじゃ。膝の骨が、一寸ほど縦に割れとったんやが、医者に行く金なんかありゃせなんだ。お袋が死んで、縁の薄い親戚《しんせき》に貰われてから、その縦に割れた骨が腐りだしたんじゃ。松山の病院で手術をして、なんとか命拾いをしたが、十八のときにまた骨が腐りだした」

増田伊佐男は、左足の膝を掌《てのひら》で叩《たた》き、

「二回の手術で、骨を二寸も削ってこのざまでなァし。兵隊になってお国の役に立ちたいと思うちょったが、兵隊になるどころか、百姓仕事もでけん体になっしもた。わしは松坂熊吾を恨んだものよ。去年、神戸に行って、やっとこさお前の居所をみつけたら、なんと一本松に帰ったっちゅう。じゃけんど、やっとみつけたぞ」

「わしは、あんたがそんな大怪我をしたとは、夢にも思うちょらんかった」

熊吾はそれだけ言うのが精一杯であった。何やら茫然《ぼうぜん》となってしまって、言葉を喪《うしな》っていた。

「思いだしてくれたか。もうわしが土俵を割って勝負はついちょるのに、力まかせに背中を突いて、わざと境内から三尺下の石の上に落としくさったことを、松坂熊吾さんはやっぱり忘れちょらんかったのお」

「わしが、わざとあんたに怪我をさせたと思うちょるのか？」

このような男に何を言っても無駄《むだ》だと思いつつも、熊吾はそう訊いた。増田伊佐男は、連れの男に、道に投げ捨ててある仕込み杖を拾うよう命じ、その杖に全身を凭《もた》せかけるみたいにして、傾いて立つと、伸仁に向かって言った。

「坊は、松坂熊吾さんが四人目の奥方にやっと産んでもろうた宝物やそうじゃのお。この伊予《いよ》のいなかで、ろくに食う物もないご時勢に、本物のバターを白いご飯にかけてお食べになっちょるお坊《ぼ》っちゃまよなァし。二人目の奥方も、三人目の奥方も、子がでけんもんじゃから、この松坂熊吾さんは無慈悲に捨てっしもた……。坊の親父《おやじ》さんを恨んどる人間は、この世にぎょうさんおんなはるみたいじゃ」

そして、増田伊佐男は、伸仁の頬《ほお》を指でさわろうとした。熊吾は、その指から伸仁を遠ざけた。増田伊佐男は、行き場を失《な》くした指で再び目やにを取り、不快な笑みを熊吾に向けたあと、踵《きびす》を返して、市松劇場の中に入って行った。

熊吾は伸仁を地面に降ろし、

「さあ、亀おじいちゃんの墓参りに行くぞ」

と言って、その尻《しり》を軽く叩き、県道に出た。牛車が車輪を軋《きし》ませて、でこぼこな道に土煙をあげながら行き過ぎた。

目前に広大な田園がひらけ、その周りを低い山が、丸い大きな輪のように巡っていた。熊吾は、若いころ、自分の生家の門前に立って、まるでここは巨大な土俵のようだとしばしば感じたものであった。

おととしの昭和二十四年に、神戸の御影《みかげ》の屋敷を人に預け、松坂商会をひとまず閉めて、この郷里に体の弱い妻と子を連れて帰って来たとき、彼はまっ先に生家のあった場所に立ったが、そのときも、〈大きな土俵〉のど真ん中にいるという感慨は変わらなかった。杉や檜《ひのき》の植林山は、土俵の俵であり、農家がちらほらと建つ田圃は、力士の代わりに、百姓と牛馬がのんびりと土を耕す土俵であった。

桜が散り、田圃一面にれんげの花が咲いて紅一色に染まり、紋白蝶やアゲハ蝶が、熊吾と伸仁の頭上にあった。

「蝶々が死なんように、上手に獲《と》っちゃらにゃいかんぞ。捕えたら、あとで逃がしてやるんじゃ。お前も、捕えられて籠《かご》に入れられるのはいやじゃろう。遊んだあとは、母さんのところに帰りたいじゃろ。蝶々もおんなじじゃ。蝶々も、すぐに母さんのところに帰してもらえるとわかっとったら、お前の網の中に入ってくれよる」

れんげ畑を走り廻り、蝶を追ってむやみやたらに虫捕り網を振り廻している伸仁にそう言い、熊吾は、名路《なろ》の集落へと長く伸びる道を歩いた。

橋を渡ると、右手の山すそに法眼寺の山門が見え、そこから何ほども離れていないところに日枝神社の石の鳥居が見えた。熊吾は、父に言われたとおり、網を頭上に立てて、蝶がそこに入ってくれるのを待っている伸仁を見て笑った。だが、笑いながら、さっきの増田伊佐男の、単なるいいがかりとは思えない話に心を傾けた。

四十年前、十四歳のときに、あいつはわしと相撲を取り、誤って三尺下の空地に落ちた。それは嘘《うそ》ではない。この自分にも記憶がある。しかし、そのとき膝の骨を縦に一寸ほど折り、それが因《もと》で現在の体になったというのは本当なのであろうか。そのために体を使う仕事にはつけず、徴兵検査にも不合格となり、この松坂熊吾を恨みつづけてきたというのか……。

熊吾は、増田伊佐男が、自分たち家族のことについて詳しく知っていたことも不気味に感じた。それで、熊吾は墓参りをあとに延ばし、名路集落に住む長老の家を訪ねてみようと思った。ことし、八十六歳になる長八じいさんは、いまでも朝湯朝酒が好きで、頭もしっかりしている。長八じいさんなら、〈上大道のてなし子・伊佐男〉について知っているかもしれない。

「蝶々は、網の中に、なんちゃ入ってくれん」

額に汗をにじませて伸仁が言った。

「蝶々を安心させてやらにゃあいけん。なんちゃ悪さをせんけん、どうぞぼくの網に入っちゃんなはいと頼んでみィ」

教えられた言葉を、伸仁は、飛び交う蝶たちに言いながら、れんげ畑を右に歩き左に歩きして、父に遅れまいと歩を運んだ。

熊吾の生家が見えてきた。そこには、いまは松坂家とは縁もゆかりもない人が住んでいる。父・亀造が死んだあと、大阪で事業をおこすための資金に窮して、熊吾が売り払ったのだった。けれども、ただ金欲しさに、母や妹たちの反対を無視して売ったのではなかった。夫を亡くした熊吾の母・ヒサが、五十を過ぎて再婚すると言いだし、熊吾が大阪に出ているあいだに、十年近く隣村でやもめ暮らしをしてきた男を家に引き入れたのである。

熊吾は激昂《げっこう》し、父が遺《のこ》した家にそんな男を入れるわけにはいかないと怒鳴り、母の、無口で気弱な再婚相手を縁側から中庭に放《ほう》り投げた。その男は五年後に死んだが、ヒサに言わせると、

「熊が殺した。縁側から放り投げられて、頭を打って以来、ひどい頭痛持ちになんなはった。死ぬときも、頭が痛いっちゅうて、のたうって事切れなはった」

とのことだった。ヒサはヒサで熊吾を許していなかったが、熊吾もまた自分の母を軽《けい》蔑《べつ》しつづけてきた。自分の母は、夫が死んで三回忌も済まないうちに、五十三にもなって男を欲しがった。食うに困ったわけでもないのに後家を通せなかった汚ならしい女だ……。

その母への思いは、いまだに熊吾の中でくすぶっていたが、同時にそれが松坂熊吾という男の深い部分における病理を成していることを、熊吾は気づいていなかった。

「これが、父さんの生まれた家じゃ。亀おじいちゃんもこの家で生まれた。門の近くに

大きな井戸があるじゃろ。このあたりで、門のところに井戸があるのは、みんな名家じゃ。お遍路さんが通ったり、野良《のら》仕事で疲れて立ち寄った人に、冷たい井戸水を施せるっちゅうのは、そこいらの水呑《みずの》み百姓とは違うっちゅう証《あか》しなんじゃ」

父から随分遅れたが、泣きごとを言わず歩きとおした伸仁に、いまは他人の家となった生家を覗《のぞ》き見せて、熊吾は言った。

「柿の木も、栗《くり》の木も、みんな太いじゃろうが。父さんは子供のころ、あの柿の木にのぼって、実をほじくりにくる烏《からす》をやっつけたぞ」

虫捕り網に蝶が入ってくれないので、そのうち、れんげを摘み始め、それに飽きると、小川の底を掘ってしじみを獲り、またそれに飽きると畦《あぜ》の土くれをこねたりして、伸仁は県道からの、おとなの足で二十分かかる行程を、一時間もかかってついて来たのだった。

熊吾は、伸仁の毛糸のチョッキを脱がせ、抱きあげてゴム草履も脱がせると、それらを自分のズボンのポケットに突っ込み、石垣《いしがき》に沿って生家の角を左に折れた。

そこからまたれんげの密生する田圃がつづいた。増田伊佐男という男から発散していた不快な磁力とでも表現するしかないものは、松坂熊吾がかつていささかでも触れ合ってきた人間にはない、独特の不気味さと粘着力を持っていたので、熊吾はなんとなく厄《やっ》介《かい》な問題が自分の周辺に起こりそうな気がして、歩調を速めた。

集落のはずれに、長八じいさんの藁ぶきの家があった。長男に先立たれ、その長男の嫁と三人の孫に大事にされて暮らしている。孫は四人いたが、末の孫は昭和十八年に徴兵され、南方の島に行ったきり消息が絶え、いまだ生死不明のまま帰還していなかった。そのような男たちは、一本松村にも、城辺町にも十名近くいたのである。

牛小屋の前から中庭のほうに廻り、母屋《おもや》の縁側から声をかけると、頭に一本の毛もない長八じいさんが出て来て、

「なんと、熊吾がちっちゃな息子とおいでんなった」

と言い、伸仁の頭を撫《な》でた。熊吾は、亀造の墓参に来たことを述べ、伸仁を縁側に坐《すわ》らせた。そして、〈上大道のてなし子・増田伊佐男〉について知っていることがあれば教えてほしいと言った。

長八じいさんは、血色のいい顔から笑いを消し、煙草《たばこ》盆を持って来て、縁側に坐り、薄暗い母屋に声をかけて、嫁に水を持ってくるよう言った。

「戦争が終わってすぐのころに、伊佐男はわしんとこへ来て、松坂の熊吾のことを根掘り葉掘り訊《き》きよった。人相の悪いごろつきを四人ほど引き連れちょった。なんで熊吾のことを知りたいのかっちゅうてわしが訊くと、十四歳のときの礼がしたいっちゅう。それ以上のことは言いよらん」

長八じいさんは、自家製の煙草をきせるに詰め、

「子供の時分から性根の悪いやつじゃったが、母親が生きちょるあいだはまだましじゃった。もらわれて行った先が宇和島の山師で、えらいいじめられたっちゅう話やが、人の噂《うわさ》では、その山師は女房もろとも伊佐男に焼き殺されたっちゅうわい」

「焼き殺された？」

と熊吾は訊き返した。

「夜中に台所から火が出たんやが、火の廻りが早ようて、あっちゅうまに、家の者は火に包まれたそうじゃ。伊佐男だけが難を逃がれたっちゅうが、膝の骨の病気で、二回も手術して、そんなにすばしっこうに動ける体やあらせんもんで、随分警察に調べられたっちゅうわい。そのあと、島根とか山口を転々としたらしいんじゃが、戦争が終わると、広島で〈増田組〉っちゅう看板をあげて、人様に言えんような商売で縄張《なわば》りを拡《ひろ》げたっちゅうわい」

熊吾は、ついさきほど、一本松の市松劇場の前で増田伊佐男に呼び停められたこと、足の怪我は、どうやらこの自分に責任があるらしいことを長八じいさんに話して聞かせた。

「そりゃあ用心したほうがええ。あいつは人間の格好をした蛭《ひる》やっちゅう者《もん》が何人かおるけん」

と長八じいさんは言い、大阪で成功したのに、なぜ郷里へ引きこもったのかと熊吾に訊いた。熊吾は、正直にその理由を述べ、水を汲《く》んで来たリキに笑顔を向けた。

「まあ、お母さんにそっくりやねェ」

よほど喉《のど》が乾いていたらしく、リキに差し出された水をひったくるようにして飲み始めた仲仁の頭を叩き、

「こら、ちゃんとお礼を言うてから飲まんか」

と熊吾は叱《しか》った。そして、三十歳で後家となり、その後実家に戻らず、婚家で舅《しゅうと》や姑《しゅうとめ》につかえ、四人の子を育ててきたリキの、日に灼《や》けた皺《しわぶか》深い顔を見て、

「おリキちゃんは、わしの家内を知っちょるのか？」

と訊いた。

「松坂の熊兄さんの奥方は、飛んじょる蠅《はえ》を手で捕まえるどころか、僧都《そうず》川の鮎《あゆ》まで手でつかんでみせるすばしっこい御令室やって、城辺の姉さんに聞いて、こないだ石塀《いしべい》越しに見てきたでなァし」

リキはそう言って声をあげて笑った。そんなことは初耳であった。房江が、僧都川の鮎を手でつかむ？　そんなアホな……。城辺町の北裡《きたうら》で、姑や、夫の妹とその二人の子供たちと暮らし始めて二年近くが過ぎ、口には出さないけれども、御影の時代にはまるで無縁だった嫁姑の問題に悩んでいるらしい房江の、いっそう精気の萎《な》えたような容姿からは想像もつかない話に、熊吾は笑い返した。

「僧都川の鮎が手でつかめるかや。飛んじょる蠅を手で捕まえる？　わしの家内がか？」

「見た人が何人もおんなはるけん」

リキは、長八じいさんの横に坐り、その膝《ひざ》に伸仁を載せると真顔で言った。

「こう、スカートをたくしあげなさって、そおっと鮎が近くに来るのを待ってから、目にも止まらん動きで鮎をつかみあげなさるんじゃ。うちの姉さんも見たし、北裡の男連中も目にしちょる。男連中なんかは、鮎を手づかみにする奥さんの足がどんなに美しいて色っぽいかを噂しあっちょる。ひょっとしたら、鮎の化身やなかろうかっちゅう人もおるほどや」

「わしは、家内が裏の僧都川で手づかみにした鮎を食うたことはありゃせんぞ」

熊吾は不機嫌《ふきげん》になってそう言った。

「なんぼなんでも、川を泳いじょる鮎を手でつかめる人間がおるかのお」

長八じいさんも半信半疑みたいな顔つきで嫁を見、低い声で笑った。

とにかく、いなかというところは、保守性とか閉鎖性などという言葉でひとくくりにしてしまえない底意地の悪さがうごめいている。思いも寄らぬ陰湿な噂話はたちまちひろまるが、耳に痛い真実は頑固《がんこ》に拒否し、つねに数の多いほうに味方し、体制におもねり、権威に平伏し、人々の顔と腹はいつも異なる……。熊吾は、四国の辺鄙《へんぴ》な地にある

己の郷里を決して愛していなかった。それどころか、ほとんど憎悪《ぞうお》していたと言っても
よかった。
　熊吾は、長八じいさんの息子が、妻と四人の子を遺して他界したあと、あらぬ噂がま
ことしやかに流れたことを知っている。舅の長八と寡婦《かふ》になった嫁のリキとが、淫《みだ》らな
仲になってしまったらしいという噂だった。そんな周りの噂に悩んだリキは、思い余っ
て、血のつながりはないが、自分の夫が兄のように慕っていた松坂熊吾に手紙を寄こし
たのだった。子供たちを連れて実家に帰るのは簡単だが、そうすればまた自分勝手な不
義理な嫁と言われるだろう。自分は嫁いできた日から、舅にはとても大事にしてもらっ
た。いまでは、自分の実の父のように思い、一日でも長生きしてもらいたいと念じてい
る。それにしても周りの噂はあまりにひどく、いちいち身の潔白を訴えて歩くのも情け
ないくらいだ。いったいどうすればいいのであろう……。そのような内容であった。
　熊吾は、人の噂も七十五日と言うではないか。意に介さず放っておけば、人はいつか
そんな噂に飽きて、また別の噂に心を移し、自分たちが捏造《ねつぞう》した噂を忘れていくものだ
……。そう返事をしたため、郵便為替で五円を送った。日中戦争が起こる二年ほど前の
ことだった。
　伸仁が、リキの膝の上でうつらうつらしはじめた。しばらく昼寝をさせてはどうかと
リキは言い、母屋の部屋に蒲団《ふとん》を敷いた。城辺町へ帰るバスは夕刻に一便あるだけだっ

たが、まだ四時間も先なので、熊吾はリキの勧めるままに伸仁を寝させた。

「しかし、思い切っていなかへ帰って来たもんよ。うまいことといっちょる商売まで辞めてのうえじゃけん」

と長八じいさんは言い、

「はてさて、松坂の熊が、女房子供のためだけで、このいなか暮らしが辛抱出来るかのお」

と穏やかな笑みを熊吾に注いだ。あちこちで、蜜蜂《みつばち》の羽音が聞こえた。長八じいさんは、藁《わら》ぶき屋根の軒下あたりに目をやり、数匹の蜜蜂をきせるの先で差し示した。そして、

「敵機襲来！」

とつぶやいた。熊吾は、長八じいさんの口から、思わぬ言葉が吐き出されたので、いったいどういう意味かと訊いた。

「去年、もう死んだと思うちょった男がフィリピンから帰還したんじゃが、長いあいだの栄養失調で髪の毛はおおかた脱け落ちて、半年ほど臥《ふ》せっちょった。それがつい二週間ほど前、何とか体力も気力も取り戻して、野良仕事を始めた矢先に、突然、『敵機襲来』っちゅうて、耕した畑に身を伏せよった。しばらくして起きあがって、びっくりして目ェむいとる女房に鍬《くわ》で殴りかかったんじゃ。近くにおった連中に押さえられて事無

きを得て、本人も我に返って、自分はいったいどうしたんじゃろとぽかんとしとった。ところがきのう、またおんなじことをやって、そのあと、とりあえず牛小屋に閉じ込めてある」

長八じいさんは、軒下から縁側へと居場所を変えて羽根を休めている蜜蜂を見つめ、

「犯人は、この蜂の羽音よ」

と言った。

「蜂の羽音が、その男には、敵の飛行機のプロペラの音に聞こえるらしい。蜂の羽音が聞こえると、気がおかしいになっしまう」

熊吾は、南方に行って生死不明の、リキの息子を思った。第二次大戦が終結してすでに六年が過ぎようとしているのに、この南宇和の一本松周辺だけでも十名近い男たちが戦死のしらせもないまま、戦地から帰っていなかった。その数は、日本全国ではどのくらいになるのだろう……。

彼は、リキの息子の話題に触れないために、大阪や神戸の闇市《やみいち》のありさまを、おもしろおかしく語って聞かせたあと、長八じいさんとリキに言った。

「一本松の連中も、城辺の連中も、松坂熊吾は何をしに戻って来たんじゃろと思うちょるようやが、わしには何をしようっちゅう気もない。息子が、いなかの空気を吸い、いなかのお天道《てんと》さまを浴びて、元気に育ってくれりゃあそれでええんじゃ。女房の体も弱

いけん、南宇和の新しい魚を食うて、多少とも丈夫になってくれりゃあええ。わしは、ほんまにそれだけのために、商売をたたんで、この郷里に戻って来たんじゃ」

　蜜蜂の羽音を聞き、牛小屋の匂《にお》いを嗅《か》ぎ、春の陽炎《かげろう》とともに揺れる広大なれんげ畑を眺《なが》めているうちに、熊吾は、仲仁が生まれて以来の、さまざまな事柄《ことがら》が、驚くほど遠くへ去ってしまっていることに気づいた。

　大阪駅周辺の闇市で、ぶあつい革コートを着て、千人針を腹に巻きつけていた辻堂忠《つじどうただし》は、本当に存在したのだろうか。トニー・オカダも、染乃《そめの》も、北沢大尉《たいい》や岩井亜矢子も、本当にこの自分の前を行き過ぎたのであろうか……。

「蟄居《ちっきょ》っちゅう言葉があるがのお、わしはこの郷里に蟄居したんやあらせんがなァし。わしは仕事をしに来たんや。五十で授かった、病気ばっかりしとる息子を、丈夫な体にするっちゅう仕事をしに来たんじゃ」

　熊吾は、あらためて己に言い聞かせるみたいにつぶやいた。

　にわかに、若い衆が長八じいさんの家の前を横切って、県道のほうへ急ぎ足で向かって行った。長八じいさんは、舌打ちをして立ちあがり、

「やっぱり、やりよるんかのお」

　と言った。

「何をやるんじゃ？」

「中田牛と魚茂《うおしげ》牛が、内緒の勝負をやるっちゅうわい。中田は、家と田圃《たんぼ》を賭《か》けちょる。中田牛が勝ったら、新しいエンジンの付いた鰹船《かつおぶね》を二隻貰うが、負けたら丸裸になっしまう」

長八じいさんは、ちらっと熊吾を見やってそう言ったあと、目をそらせた。その目のそらせ方が、熊吾には気になった。

「勢子《せこ》は誰じゃ」

もしやと思いながら、熊吾は訊いた。長八じいさんは、言いにくそうにしていたが、やがて、

「勢子は、野沢の政《まさ》やんよ」

と言った。

「どこでやるんじゃ」

「一本松の〈突き合い駄場《だば》〉らしい」

「中田んとこの牛が、魚茂の牛に勝てるかや。魚茂牛は二百六十貫もあるんやぞ。焼《しょう》酎《ちゅう》一升飲ませたら、生き物の本能も忘れよる牛や。あの牛に殺された勢子は一人や二人やあらせん。政夫のアホめ、何を血迷うとる」

熊吾は立ちあがり、とにかく政夫を止めなければならぬと思った。野沢政夫は、妻子がありながら、熊吾の妹・タネに子供を産ませた男であった。熊吾にとっては、女たら

しのつまらぬ酒飲みであったが、自分のたったひとりの妹の、息子の父親であることに違いはなかった。

行きかけた熊吾をリキが追って来て、

「政やんは、魚茂の連中と花札をやって負けっしもて、払う金がないもんやけん、魚茂に勢子をやれっちゅうて脅されたそうやなァし」

と言った。

「魚茂牛が突き合うときに、その勢子をつとめるアホなんかおりゃせんわい。中田も中田じゃ。突き合い牛の勝負に、家と田圃を賭けてどうするっちゅうんじゃ」

熊吾は名路の集落を抜け、県道へと急いだ。この内緒の勝負には、増田伊佐男が絡《から》んでいそうな気がした。そのような場所に足を向けたくなかったが、私生児として生まれ育ったにもかかわらず利発で勉強好きの甥《おい》っ子に、父を喪《うしな》わせたくなかったのである。

妹のタネには二人の子供がいた。上は明彦《あきひこ》という十三歳の男の子で、下は、伸仁よりもひとつ歳上《としうえ》の、五歳になったばかりの千佐子という女の子である。

おそらく今後、弟も妹も持つことのないであろう伸仁にとっては、親や叔母以外に最も近い血族となるこの二人の従兄姉《いとこ》は、それぞれ父親を異にしていて、しかもどちらも私生児であった。房江とおない歳のタネは、一度も結婚したことがない。タネが好きになる男には、いつも妻子があった。

「お前はアホじゃ。芯《しん》からアホじゃ」

松坂熊吾は、タネが最初の子を宿したとき、かたくなに子を産むと言い張るタネに匙《さじ》を投げてそう言った。そのときタネは、郷里に妻子を残し、大阪に働きに出て来た野沢政夫を追って上阪《じょうはん》し、金に困ったあげく、政夫と一緒に熊吾を訪ねて来たのだった。

「お兄さんのお世話にはなりません。子供は自分でちゃんと育てます」

「ほォ、そんなけなげな、なんかの芝居によう出てくるようなセリフを言うやつが、なんで男と連れだって、わしに金を借りに来た」

熊吾は、手に持っていた茶碗《ちゃわん》をタネの膝に投げつけて怒鳴ると、タネは、それまで背を伸ばして正坐《せいざ》していたのに、ふいに、着物の裾《すそ》を乱して熊吾ににじり寄り、

「熊兄ちゃんが、母さんをほったらかしにしちょるけん、うちはずっと一本松で母さんの面倒を見よるなァし。そんじゃけん、いつのまにやら婚期も逃げっしもたけん。そやけど、うちも子供を持ちたい。産まさしてやんなせや。熊兄ちゃん以外に、うちの頼れるお方はおらんけんなァし。政夫さんは、自分の家族を養うのに精一杯でなァし」

と哀願した。子供の時分から、熊兄ちゃん、熊兄ちゃんと自分を慕って、いつもあとを追いまわしていたタネの、いつもの手口であったが、毎月金を送るだけで、母の面倒をタネにまかせたままの熊吾は、そう言われると返す言葉がなかった。

「お前の尻軽《しりがる》は、伊予中の男が知っちょる。そやから、誰も本気でお前を嫁にしようと

は考えんのじゃ。お前は十九のときから、女房子供のある男とちちくりおうて、そのたびに泣きをみてきたんやぞ。お前の病気じゃ。女房子供のある男としか恋仲になれんちゅう病気じゃ」

熊吾は、いかにも生活能力のなさそうな、やさ男の政夫が、大阪で生きていけるとは思えず、結局、無心されるままに金を与え、二人を郷里に帰した。

しかし、第二次大戦が始まり、米軍機の空襲が頻繁《ひんぱん》になり、松坂熊吾が房江をともなって郷里に疎開《そかい》してくると、すでにタネの腹には二人目の子が宿っていた。子の父親は、城辺町に隣接する御荘《みしょう》町で自転車店を営む男で、妻も子もあるという。熊吾は、腹がたつというよりも、タネのあまりの愚かさにあきれたが、お腹《なか》の子はもはや堕《おろ》すことができないほどに育っていた。

いくらなんでも世間に恥かしかろうと、熊吾は、一本松村から二里半ほど離れた城辺町の北裡というところに土地を買い、そこで歳老いた母とタネと二人の子が暮らせるように、平屋の大きな家を建ててやったのだった。いま、熊吾の一家は、母と妹のために建てた家に住んでいる。

熊吾は、顔にぶつかってきそうな、夥《おびただ》しい紋白蝶《もんしろちょう》の群れをわずらわしく感じながら、小さな木の橋を渡った。野沢政夫の妻がもう五年来の肺結核で、牛小屋を改造した日当たりの悪い、座敷牢《ろう》とも言うべき場所に隔離されていて、よくもってあと半年だという状況を思った。

政夫は、つい一ヵ月ほど前、妻の寿命が尽きれば、一周忌を待って、タネと明彦だけでなく、千佐子までも、自分の籍に入れると熊吾に約束したのだった。人の死を待つわけではないが、熊吾は、政夫がそうしてくれることを望み、物事は納まるところに納まるものだと安堵《あんど》していたのである。それなのに、人を殺す習性を身につけてしまったような、地元では誰も勢子の役を引き受けようとはしない狂った巨牛の突き合いに、政夫がかりだされようとしている。

熊吾は、突き合い駄場までの道のりを、ひどく長く感じた。市松劇場の前を通り、バス停を南に下って、道を急ぎながら、自分を追い越して行く若者のひとりを呼び停《と》めた。

「政夫に、やめろっちゅうてやれ。松坂の熊が、やめろっちゅうとると言え」

と命じた。

「そんなこと、わしが言うたって、止められんがなァし」

ねじり鉢巻《はちまき》をした若者は笑顔で言い、左官屋の店先で藁を刻んでいる同じ歳かさの男に、

「魚茂牛の土俵じゃ」

と興奮した口調で叫んだ。

「嘘《うそ》やろがァ。魚茂牛？　誰が勢子をやるっちゅうんや。マッカーサーさんがやりなは

るんかのお」

　半信半疑みたいに言い返した見習い職人も、藁を刻む作業をやめて、突き合い駄場へと走った。

　小さな田圃と小高く盛りあがった地面とのあいだに、突き合い駄場はあった。内緒の勝負らしく、駄場の周囲には、魚茂の雇われ者たちが見物人を追い散らすために手鉤《てかぎ》を持って立っていた。その駄場を挟《はさ》んで、二頭の牛は、太い杭《くい》につながれていたが、どちらも焼酎を飲まされ、生卵を二十個ほどと、大蒜味噌《にんにくみそ》を胃に流し込まれていきりたち、白目の部分の血管は破れるほどに怒張して、泡《あわ》のような涎《よだれ》をまきちらしていた。

　熊吾は、近づいてきた魚茂の雇い人の衿首《えりくび》をつかみ、

「お前らの親方を呼んでこい」

　と睨《にら》みつけた。彼は、深浦《ふかうら》港の網元である魚茂《うおしげ》こと和田茂十《もじゆう》の、この内緒の勝負に対する魂胆はわからなかったが、異常なくらいの出世欲を知っていた。

「わざわざ来なはった松坂の大将に、失礼なことをしちゃいけんぞ」

　自分の牛から少し離れたところで、雇い人たちに囲まれていた和田茂十が、そう言いながら座蒲団を敷いた木の椅子《いす》から立ちあがり、熊吾のところへやって来て、

「ええとこへおこしんさった。わしの牛の引退相撲やけん、一杯やりながら、気楽に応援してやんなはれ。松坂の大将に応援されたら、魚茂牛の引退に花がそえられますなァ

し」

「勢子を、あんたとこの若い衆にやらせるんなら応援もさせてもらうがの、ど素人《しろうと》の政夫の勢子じゃあ、あぶなっかしいて、気楽に見とられるかや」

「本人が、どうしてもやりたいっちゅうしききよらんなァし」

「せっかくの横綱の引退相撲で、人間の血が流れたら、宇和中にひろまっちょる魚茂の看板にけちがつきゃあせんかのお」

熊吾は、勢子のために用意された莫蓙《ござ》にあぐらをかき、血の気を喪ったまま焼酎をあおっている政夫を見、それから見物人に視線を走らせて、〈わうどうの伊佐男〉を捜した。伊佐男は、意味不明の笑みを熊吾に向け、中田牛の持ち主に何やら話しかけた。

「あそこに足の悪い男がおるが、魚茂さんのお仲間かのお?」

するど、茂十は声をひそめ、

「中田が、なんでわしの牛に勝負をふっかけてきたのか、わけがわからんなァし。あいつは、自分の家と田圃を賭けるっちゅうよる。わしの牛に勝てると思うちょるはずがあるかや。あの男は誰やなァし。わしは、いまここに来て、初めて、中田にあの男がついちょるのを知ったなァし」

そうか、どんな手を使うのかはわからないが、増田伊佐男は、中田牛を魚茂牛に勝たせて、鰹船二隻どころか、魚茂のケツの毛まで抜いてしまう算段らしい。熊吾は、この牛同士の戦いの背後に、広島でやくざの組の看板をあげた増田伊佐男が、やくざとして故郷に錦《にしき》を飾る最初の仕事を企《たくら》んでいるのだと判断した。

「魚茂さんは、わうどうのててなし子・伊佐男っちゅう名前を覚えちょらんか。四十年前に、わうどうにおったんじゃ」

熊吾は、自分より五つ歳下の和田茂十に言った。しかし、茂十は首を振った。

「わしら深浦の子は、遊ぶ場所が違《ちご》うとったなァし。わうどうの子供らとは遊ばんかったなァし」

「あいつは、一本松出身の男で、いまは広島でやくざの看板をあげちょる。やくざが、勝ち目のないほうにつくか？　あいつが、そんな仁侠道《にんきょうどう》の侠客に見えるか？　この勝負、なんか裏があるぞ。ここは恥をかいても、あの男のまいた餌《えさ》に食いつかんほうがええ」

「しかし、松坂の大将、決めた勝負をわしのほうからやめたりしたら、わしは鰹船二隻を中田のやつに取られるがなァし」

「牛を殺せ」

と熊吾は茂十に耳打ちした。

「えっ？」

「突き合いを始める前に、牛が死んだら、しょうがあるまい」

「いまここで、わしの牛をどうやって殺すんやなァし。いきりたっちょる二百六十貫の牛を、どうやって殺せるかなァし」

茂十は、困惑の表情で、中田牛と、その周りに陣取っている連中に目をやった。

「そんなこと、てめえで考えるんやな。勢子のなりてがおらんから、いかさまの花札で政夫を勢子にしたてたんじゃ。てめえのケツはてめえで拭《ふ》くもんよ」

熊吾はそうささやき、にわかづくりの竹矢来《たけやらい》をくぐり、いっそう数を増した見物人をかきわけて道に出ようとした。自分は、近い将来、明彦と千佐子の正式な父となってくれるはずの男に万一のことがあってはこまると思っただけで、魚茂がどうなろうと知ったことではない。熊吾はそう考えたのである。魚茂も機転のきく男だから、何か手を考えるだろう、と。

「いつまで待たせるんじゃ。日が暮れっしまう。うちの牛は、もう抑えがきかんくらいにいきっちょるぞ」

中田牛の持ち主は、小心者だったが、この一本松界隈《かいわい》の百姓には珍しく、金儲《かねもう》けに対してはこまめで計算高い人間だった。その中田牛の持ち主の声で、中田側の人間や見物人たちがはやしたてた。

烈《はげ》しい突き合いの戦歴で平らになった額に幾つもの固い瘤《こぶ》を盛りあがらせている二頭の牛は、人々のざわめきによってさらに興奮し、前脚で土をかいて唸《うな》り声をあげた。

熊吾は、追って来た茂十に腕をつかまれた。茂十は悲壮な目つきで言った。

「松坂の大将、わしのために、ひとつ、大芝居をうってやんなはらんかなァし。恩にきますでなァし」

「恩？　形のない恩なんて、わしは信用せん」

「政夫の借金をなしにして、わしの鰹船二隻を松坂の大将に差し上げますけん」

「鰹船なんかいらん。船が欲しけりゃ、わしは自分で金を出して買う」

そんなやりとりの中で、熊吾にひとつの考えが湧《わ》いて出た。あと五、六年は、城辺町でおとなしく暮らし、房江と仲仁が丈夫になっていくことだけに専念するつもりだったのに、魚茂と組んで出来る事業が幾つもあるという考えが生じたのだった。

そしてもうひとつ、四十年間、この自分に恨みを抱きつづけてきたという男の、いわば宣戦布告に泥《どろ》を塗ってやろう、貴様ごときいなかやくざに動かされる松坂熊吾ではないぞ、という思いだった。この瞬時に湧き出た二つの考えは、いみじくも熊吾がタネに言ったのと同じく、熊吾自身のどうしようもない病気だったのである。

「喜助のじいさまんとこには、まだ熊《くま》撃ち用の鉄砲があるかのお」

と熊吾は駄場を背にしたまま茂十に訊《き》いた。茂十は、その言葉で、熊吾が何をしようとしているかに気づいたらしく、

「ある、ある。戦争中もずっと隠しちょったなァし。弾《たま》も四発ほど隠しちょる」

と言った。

「魚茂牛の眉間《みけん》は固いぞ。喜助のじいさまの鉄砲で、あの固い眉間をぶち抜けるか？」

「熊撃ちの銃と弾よなァし。ちゃんと命中したら、ぶち抜けますぞなァし」

「ほんとに恩にきるか？」

茂十は強く頷《うなず》いた。

「よし、十五分ほど時間を稼《かせ》いじょれ。うまいこと命中するかのお。もう何年も、鉄砲なんか撃っちょらせんけん」

「役場の前で待っちょってやんなはれ。喜助のじいさまんとこには、うちの若い者《もん》に走らせるけんなァし」

どこかで、うぐいすが鳴いていた。熊吾は、綿雲の浮かぶ青い空を見あげながら、坂道をのぼり、市松劇場のある四つ辻《つじ》を右に曲がった。あとから走って来た魚茂の若い衆が、熊吾を追い越して、つい最近、家業の豆腐屋を再開した喜助じいさんの家に駈《か》け込んだ。熊吾が何食わぬ顔つきで、その前を通りすぎる際、若い衆は首だけ廻《まわ》して熊吾を見た。

役場の屋根の上で、二匹の猫《ねこ》が眠っていた。熊吾は、辻堂に頼んで送ってもらったアメリカ製の煙草《たばこ》に火をつけ、気持よさそうに眠っている猫を見やった。うまい具合に伸仁が昼寝をしてくれてよかったと思った。もし伸仁が寝ていなかったら、自分は伸仁を肩車して、突き合い駄場へおもむいただろう。

煙草を吸い終わって、それを足元に捨てたころ、魚茂の若い衆が、風呂敷《ふろしき》で巻いた熊撃ち銃を持って、あたりをうかがいながら走って来た。

「和田茂十の息子です」

と青年は言って、熊撃ち銃を熊吾に渡した。

「おう、無事に帰還されましたか。それは運がよかった」

二十歳《はたち》を少し過ぎたかと思われる青年に熊吾は言い、銃の重さを確かめた。

「私は召集されただけで内地におりました。南方へ行ったのは兄です。行った先が硫黄島でしたけん、兄は戦死しました」

人目についてはまずいので、茂十の息子は、注意深く役場の玄関先に目をやった。

「ちゃんと弾は出るじゃろうのお。もし不発じゃったら、何もかもぶちこわしやぞ」

「喜助のじいさまには、そのことは何べんも念を押しましたなァし。熊撃ち銃の弾が出んかったら、命がなんぼあっても足りんて言うちょりましたぞなァし」

父に姿をくらますよう命じられたらしく、青年はそう言うと、突き合い駄場とは反対の方角に去って行った。

熊吾は、銃を風呂敷で巻いたまま、突き合い駄場へと歩きだした。さすがに動悸《どうき》が高まり、口の中が乾いてきた。歩いているうちに、増田伊佐男への嫌悪感《けんおかん》は、ふいに強く憎悪《ぞうお》と化して脹《ふく》れあがった。彼は、ついでに増田伊佐男にも銃口を向け、引き金を引いてしまいそうな気がした。

「てめえが勢い余って勝手に境内から落ちて怪我《けが》をしたっちゅうのに、わしのせいにして、四十年も恨みつづけちょった……。逆恨みもええとこじゃ。あんな男は、生かしちょっても、ろくなことはありゃせんのやが、なまじ人間の皮を着ちょるだけ厄介《やっかい》やのお」

口に出してつぶやき、怒声の入り乱れる突き合い駄場の前で風呂敷を取ると、それをズボンのポケットに入れ、銃を構えて撃鉄を起こした。

そんな熊吾に気づいた見物人が左右に散った。そのために、熊吾の進む方向に道がひらけた。彼は、竹矢来をくぐり、駄場に入ると、銃を構えたまま、まっすぐ魚茂牛がつながれているところへ行った。人々はみな立ちあがり、慌《あわ》てて木の陰に隠れる者もいれば、何事が起こるのかと、ぽかんと熊吾を見つめる者もいた。

「松坂さん、何をやらかすんじゃ」

魚茂の茂十が、牛から離れて叫んだ。

「こんな人殺しの牛を生かしちょくわけにはいかんのじゃ」

熊吾は大声で言い、魚茂牛と向かい合って狙《ねら》いを定めた。牛は、突然目の前に立った熊吾に攻撃をかけようと頭を低くした。それは、まるで眉間を撃ってくれとでもいうような体勢をつくったのと同じだった。熊吾は銃床を強く右の肩の下に固定し、引き金を引いた。どよめきが四方で起こった。巨大な牛の眉間に黒い小さな穴があいた。しかし、牛は倒れなかった。熊吾は全身が凍るように思い、二発目の撃鉄を起こそうとしたが、指が動かなかった。牛は、熊吾めがけて突進し、つながれている杭を根元から引き抜いた。眉間の穴から血が噴き出し、それは牛を避けて横に身をかわした熊吾の顔とか胸とかにかかった。牛は、一直線に駄場《だば》を突進し、中田牛の持ち主たちのいる場所まで行って、そこで膝《ひざ》から崩れ、横倒しになり、後脚を烈しく痙攣《けいれん》させたあと息絶えた。

うぐいすの鳴き声だけが聞こえた。熊吾は、返り血が顔面にへばりついて、右の目しかあけられなかった。その、赤い膜のかかった右目は、ほんの五尺ほど手前で倒れた魚茂牛から逃げようともがいて、地べたを這《は》いずりまわる増田伊佐男の、汚れたふんどしに注がれた。喉《のど》から笛のような音をたてながら、増田伊佐男は、着物の裾をはだけ、ふんどしをむきだしにしてもがいていた。子分たちは、伊佐男を置いたまま、ひとりは竹矢来を飛び越えて柿《かき》の木にのぼり、ひとりは、小高く盛りあがっている土の上で身を伏せ、あとのひとりは、田圃《たんぼ》の向こうの石垣《いしがき》の陰にいた。

熊吾は、片手で顔の血をぬぐい、片手で銃身を肩に載せた。銃身はやがて熱くなり、それはシャツを通して熊吾の肩を熱くさせた。

「牛は死んじょる。もう逃げんでもええぞ」

と熊吾は伊佐男に言った。

誰も、ひとことも発しなかった。熊吾は、掌《てのひら》の血をズボンになすりつけ、政夫を捜した。政夫は、勢子《せこ》のための茣蓙にあぐらをかいたまま、熊吾を見つめて泣いていた。どうして泣いているのか、熊吾にはわからなかった。

「松坂熊吾が、わしの牛を殺しよった。つながれとる牛を、鉄砲で撃ち殺しよった」

あらかじめ決めてあった成り行きなのに、魚茂の茂十の声は震えていた。その声で、人々の驚愕《きょうがく》や怯《おび》えの混じったつぶやきが、あちこちに起こった。

「人殺しの牛を殺して何が悪い。警察に訴えるんなら訴えりゃええ。わしは逃げも隠れもせんけんのお」

生臭い血の匂《にお》いに耐えきれなくなり、熊吾は、ねとつく手で熊撃ち銃の弾を抜くと、銃を茂十の足元に投げた。

「政夫、わしは、長八じいさんとこにおる。あとで来い」

そう言い残して、熊吾は、竹矢来の一部を足で押し倒し、県道へと歩いた。広大な田圃が朱色に見えた。咲いているれんげ草のせいではなく、額から糊《のり》のような血が流れ落ちてくるためだった。

彼は、小川で顔と手を洗った。洗っても洗っても、清冽《せいれつ》な小川の水は血で汚れた。ズボンに突っ込んだままの風呂敷を小川で濡《ぬ》らし、シャツの血を拭《ふ》いた。荒い息遣いが納まってくると、岸辺に腰を降ろして煙草を吸った。そこからは、低い山のふもとにある墓地が見えた。父・亀造の墓があり、三十数年前、自分と駈け落ちをして大阪で死んだ貴子《たかこ》の墓もある。早逝《そうせい》した兄や姉の墓もあるのだった。

熊吾は、魚茂に貸しをつくって、自分はいったい何をするつもりだったのだろうと思った。もしかしたら、自分はひどく退屈して、にわかに暴れてみたくなっただけなのかもしれない。たまらなく生理的な嫌悪を感じる増田伊佐男を、自分の目の届くところから追い払いたくて、歳甲斐《としがい》もない瞬間芸をやってのけたのかもしれない。それにしても、杭につながれて抵抗出来ない牛を撃ち殺すなどとは、いったいどうしたことだろう。

何人かの人間の話し声や足音に気づいて、熊吾が道を見やると、広見や名路から突き合い駄場へ内緒の勝負を見物しに行っていた連中が帰って来ていた。人々は、小川の岸辺で煙草を吸っている熊吾を見て歩を停めた。てぬぐいで頰《ほお》かむりをしている者、いまだに軍帽をかぶっている者、てっぺんの破れた麦藁帽《むぎわらぼう》をかぶっている者たちは、それぞれ顔を見あわせたあと、なぜかみな、頭に載せているものを取った。

「わしの従兄《いとこ》は、あの魚茂牛に殺されよったがなァし」

と、その中のひとりが二、三歩、熊吾に近づいて来て言った。

「相手の牛が逃げたあと、勢子に狙いをさだめて、角でわしの従兄を放《ほう》り上げて、落ちて来たとこを角で受けよりましたでなァし。背中から胃と肝臓を角で貫かれて、えげつない苦しみ方をして殺されたがなァし」

よくぞ仇《かたき》を討ってくださった。そんな言い方であった。

「うるさい！」

熊吾は、日に灼《や》けた男に怒鳴った。そして、

「長八じいさんとこへ行って、リキを呼んでこい。わけを説明して、ありあわせの着換えを持って来てくれるよう言うんじゃ。シャツとズボンと靴下《くつした》じゃ」

と言った。男は、大声で「はい」と返事をし、近在の連中を促して、名路集落への長い一本道を走って行った。

熊吾は、小川の岸で咲いているれんげを摘み、幼いとき遊んだように、その茎を曲げてくくり、花と花をつないで、花の輪をつくっていった。

世間では、会社勤めをしている人間なら、あと一年で停年を迎えるのだな……。熊吾は、自分の五十四歳という年齢を思い、郷里に引きこもって以来初めて焦躁《しょうそう》に似たものを感じた。牛の血が乾いて固くなったシャツを脱ぎ、肌着《はだぎ》も脱ぐと、力まかせに破った。

県道のほうから、自転車に乗った警官がやって来た。同じ一本松の尋常小学校で机を並べていた宮崎猪吉《いのきち》だった。

「熊やん、魚茂牛を撃ち殺したっちゅうが、ほんまか？」

猪吉は、自転車から降りて、周りを見やり、それから熊吾の横に腰を降ろした。

「突き合い牛でも、人の物やから、殺したりしたら、やっぱりわしもほっとくわけには

いかんけん」

「魚茂がわしを訴えなんだら、わしにお咎《とが》めはないじゃろ」

「魚茂は訴えるに決まっちょる」

太い八の字眉《まゆ》の眉根を寄せ、猪吉は、熊吾の持っているアメリカ製の煙草を吸ってもいいかと訊いた。熊吾は、箱ごと猪吉に投げてやった。

「わしは、牛の眉間に弾をぶち込んでから、突進してくる牛をかわした。それやのに、波をかぶるみたいに返り血を浴びた。どこからそんな血が出たんじゃろ」

熊吾は、自分の体に集まってきた数匹の蠅《はえ》を手ではらいながら猪吉に訊いた。

「耳じゃ。魚茂牛の右の耳から、体中の血が出たかと思うくらい血が噴き出て、松坂熊吾を真っ赤にしたっちゅうて、居合わせた連中が言うとったけん」

「耳か……。眉間をぶち抜かれたのに、血は耳から噴き出たか……」

熊吾は、春霞《はるがすみ》の向こうの墓地に視線を投じて、そうつぶやいた。

「やっと、子宝に恵まれて、大阪で大成功して帰って来たんじゃ。ええ歳して、あんまり無茶はせんもんぞ」

と猪吉は言い、警官の制帽を自分の膝に置いた。熊吾は、ふと、ある言葉を思い出し、小川の岸にあおむけに寝そべった。

「中国の寒山の言葉に〈老来を待って始めて道を学ぶこと莫《なか》れ、古墳多くは是《こ》れ少年の人〉っちゅうのがある。古墳多くは是れ少年の人……。ほんまにそのとおりじゃ。どんな魔がわしの身に入りよったのか、他人の牛を撃ち殺すなんて、わしはどうかしちょった。こんどの大戦でも、若い連中がぎょうさん死んだ。古墳多くは是れ少年の人、じゃ。五十四にもなって、わしはまだ少年みたいな見栄《みえ》をはっちょる。お前も来年で停年やろが」

と熊吾は、仕事にただ忠実なだけの、警官という職業にはいささか不向きなくらい情に脆《もろ》い宮崎猪吉の、ほとんど毛のない頭頂部に目を移して言った。

「出世に見放されたなさけない能なしじゃが、なんとか無事に勤めあげた……。来年の六月で停年や。親父《おやじ》が残してくれた田圃があるけん、警察づとめを終えたら、百姓仕事をして暮らすつもりじゃ。年金も入るし、たいした額やないが功労金も支給されるけんのお」

猪吉は、制服の胸ポケットから手帳を出し、

「その寒山ちゅう人の言葉を書いてくれんか。熊やんは、これまでにも、わしにいろんなことを教えてくれた。わしに警察官になれっちゅうて勧めてくれたのも熊やんやからのお」

熊吾は、猪吉の手帳に、寒山の言葉を書いてやった。

「今晩、孫に教えてやるけん。わしの孫は、なかなか賢いんじゃ」

猪吉は制帽をかぶり、自転車にまたがった。

「猪やんの孫は、わしの息子よりも三つも歳が上じゃのお」

「夏には、二人目の孫が生まれよるんじゃ」

行きかけた猪吉は自転車を停《と》め、振り返って熊吾に訊いた。

「わうどうの伊佐男を覚えちょるか？　わしは上大道《わうどう》で生まれたから、ように覚えちょるが」

「さっき逢《あ》うまで、思い出しもせんかった。突き合い駄場におったやろが」

「突き合い駄場に？　わうどうの伊佐男は、一本松の突き合い駄場におったんか？」

意外な表情で猪吉は訊き返し、自分が村の連中にしらされて、突き合い駄場に行ったときには、呆然《ぼうぜん》と巨牛の死体を取り囲んでいる中田の連中と魚茂の連中、それに、村の見知った見物人だけだったと猪吉は言った。

「松山の県警から宇和島署に照会があって、きのう、わしのほうに連絡が入ったんじゃ。広島で、相当非道なことをやっちょるらしい。それがなんと、わうどうの伊佐男じゃとわかって、びっくりしたけん」

熊吾は、そうかとだけ答え返し、増田伊佐男と自分とのいきさつは黙っていた。

「魚茂が訴えたら、熊やんに駐在のほうへ来てもらわにゃいけん」

宮崎猪吉巡査は、熊吾からもらったアメリカ煙草を制服のポケットに大事そうにしまい、自転車を漕《こ》いで県道へと消えた。

その夜、熊吾と伸仁は、長八じいさんの家に泊まった。この小さな村で起こったことは、遅かれ早かれ房江の耳に入るにしても、殺生をして、そのすさまじい返り血を浴びた体の臭気をたずさえて帰りたくはなかった。長八じいさんの家の風呂に入っていれば、夕刻のバスに間に合わない。それで、熊吾は、長八じいさんやリキに勧められるまま、一泊させてもらうことにしたのだった。

突き合い駄場での騒ぎのあと、憔悴《しょうすい》した表情と足取りで長八じいさんの家に訪れた政夫に、房江への伝言を頼んで帰らせ、魚茂の使いの者が届けてきた一尺以上もある鯛《たい》を肴《さかな》に、どぶろくを飲んだ。

夜の十時近く、伸仁に狸《たぬき》の毛皮を着せて、熊吾は表に出た。陽《ひ》が落ちたころから吹き始めた南風は、夜の深まりとともに音をたてるようになり、漆黒の闇《やみ》をも動かすかのようで、熊吾は伸仁と手をつないで、

「狸の毛皮を着ちょると、風の神さんがつれて行きよるかもしれん。父さんの手を放さんようにせえ」

と言った。その父の言葉を信じてむしゃぶりついてきた伸仁を肩車し、熊吾は、名路集落から広見へとつづく田園の道を歩いた。鼻をつままれてもわからないほどの闇だっ

たが、その道は子供のころに走り廻った道で、熊吾はどこに木の株があり、どこに石の道しるべがあるかを知っていた。

「どうじゃ、このお星さまの数は」

と熊吾は大声で伸仁に言った。風の音は、熊吾が〈巨大な土俵〉とひそかに呼ぶ一本松村広見の、低い山に周りを囲まれた広大な田園で渦《うず》を巻き、熊吾の声をたちどころに北へと吹き飛ばすからだった。

空には、闇よりも星の光のほうが多いと思われた。熊吾は、ただ茫然《ぼうぜん》となって、生まれ故郷の星を見あげた。

「星をよう見るんじゃ」

熊吾は、父の肩に乗り、細い両腕で強く父の頭にしがみついている伸仁に言った。この、目鼻立ちも体質も母親にそっくりな子は、精神のどこかに、父と相通ずるものを蔵《かく》している。妙に向こう見ずなところがある。熊吾は、そう感じていた。

「世の中というものは、この天と地が、いっしょくたになっちょるようなもんじゃ。お前はまだチビ助やが、そんなお前の中にも、この空よりもでっかい宇宙がある。お前の中に、お天道《てんと》さまも、お月さまも、お星さまも、ぎっしりつまっちょる」

この途轍《とてつ》もない星を見ろ。宇宙が吠《ほ》えているような風の音を聴け。熊吾は、いつしか、自分にそう言い聞かせ、ますます茫然となって星を見つめつづけた。リキが蠟燭《ろうそく》を灯《とも》した提灯《ちょうちん》をかざして迎えに来るまで、熊吾は伸仁を肩車したまま、星と風の大地に立っていた。

第二章

城辺町の、県道沿いの商店街は、昭和二十六年に入ると、それまで閉店していた幾つかの店も商いを再開し、木炭バスの廃止とそれにともなうディーゼルバスの運行で、活気を呈するようになった。

ディーゼルバスが商店街に入ってくると、人々は、軒先に寄ってその通行の邪魔にならないようにしなければならないほどに、道幅は狭かった。

その狭い商店街の北側から入り組んだ路地へと曲がれば、石垣《いしがき》に囲まれた農家や疎水《そすい》や大根畑に沿って、どこからでも松坂熊吾の住む家の前へと達した。人々は、松坂熊吾が母と妹のために買ってやった平屋の大きな家の所在地を訊《き》かれると、きまって商店街から僧都《そうず》川のほうを指差し、

「太い梨《なし》の木のある家じゃけん、すぐにわかるけんなァし」

と教えた。しかし、梨の巨木は、松坂家のものではなく、一間ほどの道を挟《はさ》んで、松坂家の前の畑と田圃《たんぼ》のあいだに生えている。

松坂家の縁側に坐《すわ》ると、低い門の向こうに、その梨の巨木が見え、さらに目を上に向ければ、城跡の鬱蒼《うっそう》とした森が見えた。森には幾種類かの野鳥と、二羽の、つがいの鷹《たか》が住んでいた。鷹は、熊吾の住む城辺町北裡《きたうら》の、空地や畑や田圃を自分の狩猟場としていて、野鼠《のねずみ》やいたちや、しま蛇《へび》や青大将を獲《と》って生きていた。

その鷹が、民家で飼っている鶏を襲うことは滅多になかった。しかし、森の中でもひときわ高い杉の木に停《と》まって、熊吾の家あたりをじっとうかがっているときがある。冬の獲物《えもの》が少ない時期には、腹をすかせて鶏を狙《ねら》おうと心を動かすらしかった。そんなとき、熊吾の母のヒサは、鍛冶《かじ》屋の音吉が考案した〈脅し銃〉を庭に持ち出すのが常である。〈脅し銃〉といっても、別段、鉄砲の形をしているのではなく、二枚の鉄板に自転車のチューブを巻きつけてあるだけの代物《しろもの》だった。二枚の鉄板は、チューブの反撥力《はんぱつりょく》によって、勢いよく反転するのだが、その際、鉄板同士がぶつかって、大きな音をたてる。その音が、銃の発砲音に似ているため、鷹は怯《おび》えて近づいてこないのだった。

その〈脅し銃〉だけでなく、鍛冶屋の音吉は、いろんなものを考案して製造するのが得意だった。奇想天外な、使い物にならない発明品もあったが、ちゃんと特許を取れば、ひと儲《もう》け出来そうな実用的な発明品も幾つかあった。たとえば、鶏小屋《とりごや》に取り付ける回転式の餌箱《えさばこ》とか、人間の手をわずらわさない田植え機などは、もう少し改良すれば、充分に利用価値のあるものだった。

その鍛冶屋の音吉は、昭和十九年に召集され、ビルマに行ったまま、消息が絶えていた。十中八九、戦死したのであろうと、家族もあきらめていたのに、つい二週間前、役場から連絡があり、四月二十一日に松山港に帰還することがしらされた。

音吉の妻は、きのう、夫を迎えるために松山に出向き、きょうの午後のバスで、城辺町に着くことになっていた。役場としては、時勢が時勢だけに、大袈裟《おおげさ》な出迎えは出来なかったが、それでももう一時間近く前から、バス停と音吉の家とのあいだを、人々はなにやら興奮した面持《おもも》ちで行き来していた。音吉の家は、熊吾の家の並びにあったので、昼からずっと縁側に坐って新聞を読んでいる熊吾の目に、役場の連中の姿は、目障りなくらい落ち着きのないものとして映った。

熊吾は、もう何度も読んだ朝刊の記事に再び目をやった。

——老兵は死なず、ただ消え去るのみ——という大見出しの横に、——マ元帥《げんすい》、米議会で演説。万雷の如《ごと》き拍手鳴りやまず——という活字が並んでいた。

マッカーサーは、朝鮮動乱におけるアメリカ軍の戦略に異を唱え、そのために解任されて、四月十六日に、日本からアメリカへ帰国したばかりであった。

——人類の運命はわれわれが一党一派によらず、より高い国家的見地から下す決定にかかっている。私は五十二年にわたる軍務を閉じようとしている。私が軍に入ったときはまだ二十世紀にも入らぬときだったが、それは正に私の少年らしい希望と夢の成就《じょうじゅ》であった。私が士官学校の営庭で宣誓をやって以来世界は幾度となく転換した。そして私の希望と夢もずっと以前に消えてしまった。しかし私はなおあの当時最もよくうたわれた民謡の一節を覚えている。それはまことに誇らしげに〝老兵は死なず、ただ消え去るのみ〟と揚言したものであった。この老兵のように私はいま軍人としての境涯《きようがい》を閉じて姿を消そう。さようなら――。

熊吾は、マッカーサーの最後の演説を読み、不思議な男が敗戦直後の日本にやって来たものだなとあらためて思った。日本という国の憲法に、いっさいの戦争を放棄するという条項を入れたこのひとりの軍人は、国家を超える特殊な権限を有していたとしか思えない。あの憲法第九条のお陰で、アメリカは日本の青年を朝鮮動乱にかつぎだすわけにはいかないのだからな。しかし、この男は、よほど共産主義が嫌《きら》いだったのだな。共産主義を根こそぎ駆逐しようとする意欲は、大統領の意見までもまったく無視するくらいだったのだから……。

しかし、間違いなく、ひとつの時代が終わった、と熊吾は思った。第二次大戦がひとつの時代の終わりだとすれば、敗戦後の日本を実質的に統治した占領軍の最高指令官マッカーサー元帥の引退も、また日本のひとつの時代の終わりを告げるものといわなければならない。熊吾はそう考えると、次にいかなる時代が始まるのか、まったく見当がつかなくなってきた。

ただ、朝鮮の動乱は、そろそろ片がつくだろう。熊吾はなんとなくそんな気がして、辻堂の裁量にまかせて買っている株を売ったほうがよさそうに思った。特需景気は急速に弱まり、株式市場は下落するに違いない。

熊吾は、千佐子の衿足《えりあし》を剃《そ》ってやっている房江を呼び、

「株を売るぞ」

と言った。房江は、自分で編んだ紺色のカーディガンを羽織って、縁側に出て来ると、

「へえ、なんで？」

と訊き、熊吾が何も言わないうちに、

「いなかが退屈になりはったんですやろ？」

と夫の表情をうかがった。

「いなかが退屈になったら、なんで株を売らにゃあいけんのや」

「株を売らなあかんくらいの大金が要りようになりはったんですやろ？」

「べつにそんなわけやあらせん。朝鮮の動乱に決着がつきそうやけん、一時的に株が暴落するかもしれん。みすみす下がることがわかっちょるのに、手をこまねいちょることもないけんのお。いまから郵便局へ行って、辻堂に電報を打ってくる。株を売れっちゅう電報じゃ」

熊吾が魚茂牛を撃ち殺した事件は、その日のうちに一本松村だけでなく城辺町や御荘《みしょう》

町にも知れ渡り、まったく何をしでかすかわからん肝の冷えるような大将じゃと陰口をたたかれ、それ以来、房江は夫がどこかへ出かけようとするたびに、不安がるのだった。

房江は、政夫の女房の容態が、いよいよ切迫してきたらしいと言い、

「きのう、あんたが出かけてる留守に政夫さんが来はって……。ようもってあと十日か二週間やないかてお医者さんに言われたそうやねん」

熊吾は、房江が目をそらせたのを見て、政夫とタネに、何か無心されたなと思った。それで、思わず声を荒らげ、

「わしは、もうビタ一文、政夫にもタネにも金を用立ててはやらんぞ。あいつらは、人に頼ることばっかり考えちょる。生まれついて甲斐性《かいしょう》のない男に、なんぼ金を用立ててやっても無駄《むだ》というもんよ。この家は、確かにお袋とタネのために買《こ》うてやったが、なんぼ女房が死んで、タネと正式の夫婦になるっちゅうても、政夫をこの家には入れんぞ。そんなことをしたら、タネだけやのうて、明彦も千佐子も、世間にうしろ指をさされる。政夫を自分らの亭主や父親にするために、政夫の女房が一日も早よう死んでくれるのを、てぐすねひいて待っちょったと言われる」

「そのことで相談がありますねん」

と房江は、夫の肩についた糸屑《いとくず》を取った。

「政夫さんには、奥さんとのあいだに出来た子供もあるし、この家で、タネさんや明彦

や千佐子と一緒に暮らすなんてでけへんことは、政夫さんもように承知してはる。そやけど、政夫さんの家に、タネさんと明彦と千佐子が入るというわけにもいきまへんやろ？」

「お前、政夫とタネに何を吹き込まれたんじゃ」

と熊吾は房江に訊いた。神戸から引っ越して丸二年が過ぎ、血色も良くなって頰《ほお》もふっくらしてきた房江は、去年の暮に満四十歳になったが、肌《はだ》はきめこまかく、物腰は楚々《そそ》として、以前よりもはるかに若く見えた。魂胆を見抜かれたのが恥かしかったらしく、房江は頰をかすかに赤くして照れ笑いを浮かべ、

「店舗付きの家を買うてくれへんやろかって、二人に頼まれたんです。お義母《かあ》さんにも、房江さんから熊に頼んでくれんやろかて頼まれて……」

と言った。

「店舗付きの家？　政夫とタネのためにか？　何の店舗じゃ。政夫とタネに、いまから何の商売が出来るっちゅうんじゃ」

「農機具を売る店を出したいんやそうです。これからの農業は、どんどん機械化されていくやろから、他の人よりも先に、販売権を手に入れて、ちゃんとした店を持ちたい。政夫さんは自分の家と土地も売って、新しい家で、明彦や千佐子と暮らしたいて言うてはった」

「わしがなんぼお人好《ひとよ》しやっちゅうても、あの政夫に商売するための金を出すほどアホやあらせんわい。商売なんて、そんな思いつきだけでやっていけるもんやあらせんのじゃ。二年もせんうちに借金だらけになって、店をつぶしてしまいよるわい」

しかし、房江はいつになく積極的に、熊吾への説得をやめなかった。

「そしたら、政夫さんの二人の子供と、タネさんと明彦と千佐子は、どこで一緒に暮らすのん？　この家で暮らすのん？　そんなことは出来ませんやろ？　政夫さんの家に、タネさんと明彦と千佐子が入るのん？　それもでけへん相談ですやろ？　そしたら、結局、新しい家をみつける以外に方法はあらへん。その新しい家も、結局は、あんたが世話してやらんとあかんのやから、それやったらいっそ、政夫さんが一家をまかなえるような商売も考えてあげたらええと思うねんけど……」

「お前は、政夫っちゅう男が、どんなに甲斐性なしか、まだようにわかっちょらんのじゃ。あいつが出来ることは、酒を飲んでいかさま博打《ばくち》にひっかかることと、いなかの尻《しり》軽《がる》女に子を孕《はら》ますことだけなんじゃ。あいつとタネとのあいだに生まれた明彦が、なんであないに勉強が出来て、辛抱強うて、気立てがええのか、わしには不思議で信じられんのじゃ」

明彦が伸仁をつれて帰って来たので、熊吾も房江も話をやめた。伸仁は明彦によくなついて、明彦の授業が終わる時刻になると、ひとりで中学校の校門まで行き、明彦が出て来るのを待っているのだった。

ふいに、何人かの人間の声が門前に近づいて来た。鶏小屋の掃除をしていたヒサも、家の裏で洗濯物《せんたくもの》を取り入れていたタネも、門のところまでやって来て、声のほうを見やった。役場の者たちや近所の人たちに囲まれるようにして、旧陸軍の軍服を着た鍛冶屋の音吉が、ひどくやつれて別人のようになった土色の顔をうなだれて、熊吾の家の門前で歩を停めた。

音吉は、立ちつくしたまま、両脇《りようわき》を妻と娘に支えられて、じっと熊吾を見やった。

「熊のおじさん。中村音吉、ただいま帰って来ました」

音吉は、震える手で軍帽を取り、熊吾に向かって、涙声で言った。熊吾は、頭髪のほとんどが抜け落ち、立っているのがやっとの状態の音吉の傍《そば》に行き、

「ようもまあ、生きて戻れたのお」

そうつぶやいて、肩に手をやった。

「夢みたいやなァし。熊のおじさんにまた逢《あ》えるとは、まるで夢みたいやなァし」

子供のように泣きじゃくりながら、音吉は、熊吾の手を握った。その音吉の指には、爪《つめ》がなかった。髪の大半が抜け落ちているのも、爪がはえていないのも、極度の栄養失調によるものであった。

「音やんが兵隊に行っとるあいだに生まれた子やのお。この子に逢えたことが、何より

も夢みたいやのお」

熊吾も目に涙を溢《あふ》れさせて、初めて見る父の腕を支えている七歳の少女の頭を撫《な》でた。

「わしは、何回死んだかわからん。熊のおじさん、わしは、ほんまに何回死んだかわからんのじゃ」

その音吉のかすれた声にうなずき返し、熊吾は、

「とにかく、いまは体を休めることや。うまい物を食うて、ゆっくりと休むことや」

と言った。音吉は、しゃくりあげながら、熊吾に一礼して、自分の家へと歩きだした。

「まことにご苦労さまでございましたなァ」

ヒサは、小太りの体を深く折ると、両手を合わせて、音吉のうしろ姿を拝んだ。

音吉の父は、音吉が召集される半年ほど前に他界していたが、熊吾とは若いころからの飲み友だちだった。音吉が松山にある工業専門学校にどうしても入りたいと言い張って聞かず、さりとて城辺町の小さな鍛冶屋ふぜいにそんな余裕などなく、音吉の父は、わざわざ神戸にいる熊吾を頼って逢いに来ると、息子を専門学校に入れるための金を借りに来たことがあった。熊吾はこころよく貸してやったのだが、音吉も彼の父も、その一件に深い恩義を感じて、ヒサやタネに何かと心を配ってくれていたのである。

熊吾は、さっきの房江の話を思い出し、政夫と一緒に暮らすにあたって、ひとこと、明彦の考えも聞いておかねばなるまいと思い、

「熊おじさんは、これから郵便局へ行くが、明彦も一緒に来い」

と言った。

「宿題をせんといかんけん」

明彦はそう言ったが、熊吾が誘うのは、自分に何か話があるのだろうと察したらしく、肩から鞄《かばん》を降ろして、熊吾のうしろからついて来た。

ことしの正月あたりからにわかに背が伸び始めて、明彦はもうあと少しで熊吾と同じ背丈になりそうだった。

「母さんから聞いとるやろが、お前はもうじき父さんと一緒に暮らすことになりそうじゃ。母親の違う兄姉《きようだい》とも一緒に暮らすことになるが、お前に異論はあるか」

熊吾の問いに、明彦は、奥目のためにいっそう秀《ひい》でて見える鼻梁《びりよう》を指先でなぞりながら、小さくうなずいた。異論があっても、そのことを決して言葉や表情に出す少年ではなかったので、熊吾はゆるやかに曲がる道の途中で立ち停まり、

「言いたいことがあったら、遠慮なしにわしに言え。いままで道で逢《お》うても知らんふりしとった兄姉と、おんなじ屋根の下で暮らすのは、何かと不自由で窮屈なもんや。おとなの考えでは、一緒に暮らすのが一番ええっちゅうことになるが、お前も年頃《としごろ》になって、もうそこいらのがきやあらせんのじゃ。自分の考えを言うてみい」

どうせ黙りこくって、ただ従順に成り行きにまかせようとするだろう。誰に似たのか、

気味が悪いほど自己主張をしない子だから。熊吾がそう思って、明彦からの返事をあきらめかけたころ、

「ぼくは北裡の家におりたい」

と明彦は足元の小石を蹴《け》りながら、聞こえるか聞こえないかの声で言った。

「政夫は、間違いなくお前の父親やぞ。自分の父親と一緒に暮らしとうはないのか」

と熊吾は問い返した。

「ぼくは、あの人を父さんやとは思うとりゃせんけん」

「お前の気持はようわかるが、政夫もお前の母さんも、千佐子も、近いうちに一つ屋根の下で暮らすことになる。それが、つまりは、納まるところに納まるっちゅうことやとわしも思うんやが」

「熊おじちゃん、ぼくは、中学生のあいだはいまの北裡の家で、ばあちゃんと暮らす。それで松山の高校に行きたいんじゃ。松山の高校には寄宿舎があるけん、ぼくは、ずっと高校生のあいだは寄宿舎生活をしたいんじゃ。熊おじちゃんは、ぼくを高校にも大学にも行かせてやるっち約束してくれたけん、ぼくはそうしたいと思うちょる」

すでに葉桜になりかけている桜の巨木の下で、明彦はもう一度、

「ぼくは、あの人やあの人の子供とは一緒に暮らしとうない」

と言った。

そんな明彦を見つめ、熊吾は、

「そうか」

とつぶやき、明彦のしたいようにさせてやるのが一番いいだろうと思った。松山の県立高校に進学出来るのは、この界隈《かいわい》では一年にひとりいるかいないかであった。どんなに成績が良くても、松山の県立高校で学んで寄宿舎生活をするには、よほど生活に余裕がなければならない。成績が良くても、経済的な理由で断念する者が多かったのである。

「お前は、その自分の考えを、母さんには伝えたか」

と熊吾は商店街への道を歩きだしてから明彦に訊いた。

「母さんは、わがままを言うもんやないの一点張りやけん」

熊吾は笑い、

「その言葉は、そっくりそのまま母さんに返してやれ。わがままをやりとおしてきたのは、お前の母さんやけんのお」

と言った。明彦は熊吾の表情を見つめ、

「ぼくは、いまの家におってもええんか?」

と訊いた。

「わしは、それでええと思うが、わしの一存で決められることやあらせん。今晩、お前の母さんとよう相談せにゃならん」

「熊おじちゃん、ぼくの味方になっちゃんなはい。母さんに、ぼくの考えをちゃんと伝えちゃんなはい」

「そんなことは、自分で言え。わしはお前の味方をしてやるが、自分の考えは自分で説明せえ。べちゃくちゃと女みたいに喋《しゃべ》りまくるのも困りもんじゃが、お前みたいに、石みたいに黙りこくって、言いたいことの十分の一も口にでけんのも困りもんじゃ。男が、そんなことでどうやって生きていけるか」

そう叱《しか》ってはみたが、熊吾は自分のあとから歩いて来る明彦の、年齢にはそぐわない思慮深さを、ただ単に気弱なせいだけとは思えなかった。物心ついたころから〈てなし子、てなし子〉といじめられ、そのうえこの狭いいなかでしょっちゅう自分の実の父と顔を合わせながらも、おおっぴらに口をきくことが許されずに育ってきた明彦は、いつのまにか〈黙っている〉という処世術を身につけてしまったのであろう。

この小さないなかにあって、タネと明彦は、野沢政夫の家族や親類たちにとってはいつも大悪人であった。他人の夫を盗んだ毒婦と、祝福されずに生まれた子供として、近在の人々から冷たい目で見られたり、絶えず陰口や噂話《うわさばなし》の対象となってきた。そのことは、明彦の子供心に有形無形の傷を刻んだであろう。そのうえ、タネは、性懲《しょうこ》りもなく、また別の妻子ある男とねんごろになり、千佐子という娘を生んだ。そんな母に対して、明彦は子供心にも、哀《かな》しい情けない思いを抱いたであろう……。

熊吾は、郵便局に向かって歩きながら、ときおり振り返って明彦を見やった。

「松山の県立高校は難しいぞ。学校の先生はどう言うちょる」

と熊吾は訊《き》いた。

「お前なら、十中八九、合格するじゃろうて言うちょんなはる。これからの勉強次第じゃ」

「頑張《がんば》って合格せえ。費用のことは、この熊おじちゃんにまかしときゃええ」

辻堂に電報を打ち、郵便局から出て来ると、表で所在なげに立っている明彦に、

「房江おばさんは、僧都川の鮎《あゆ》を手でつかむっちゅうが、ほんまか？」

と訊いた。明彦は初めて笑みを浮かべ、

「ほんまや。五回狙《ねろ》うたら、そのうちの二回は成功するんじゃ」

「ほんまにほんまか？　死にかけちょる金魚やあらせんぞ。生きて、川で泳いじょる鮎やぞ？」

「ほんまにほんまや。ぼくは、房江おばちゃんが鮎を手でつかまえるのを、何べんも見ちょる」

「その鮎はどうするんじゃ」

「ばあちゃんが売りに行って、自分の小遣いにしよんなはる」

「なに？」

熊吾は、それでもなお半信半疑のまま、あきれて、しばらく言葉が出てこなかった。

「あの強欲ばばあめ。嫁に鮎を捕らせて、それを売って小遣い稼《かせ》ぎをしちょるのか。わしは、充分な生活費を渡しちょる。そやのに、わしの女房に軽業師みたいな真似《まね》をさせて、それを小遣い稼ぎにするっちゅうのは、どういう料簡《りょうけん》じゃ」

熊吾の声と形相で、明彦は顔を青くさせ、

「房江おばさんが、勝手に川に行って鮎を捕ってくるんや。近所の人に売って小遣い稼ぎをしたらどうやてばあちゃんに勧めたのも、房江おばさんやけん」

と言い、そのままあとずさりして逃げて行った。

熊吾が母のヒサに文句を言おうと早足で帰路を辿《たど》り始めたとき、見覚えのある青年が、熊吾の家へとつづく路地から急ぎ足で出て来た。どうやら、熊吾に用があって、熊吾の家に寄って来たらしかった。

「魚茂の息子の完二です」

青年は、そう言ってお辞儀をした。牛を殺す際、熊《くま》撃ち銃を熊吾に手渡した青年だった。

「親父《おやじ》が、このあいだのお礼をしたいいて言うとりましてなァし。番頭も二人、松坂の大将にお目通りしたいっちゅうて、そこの料理屋でお待ちしちょるんですが」

青年は、急にお誘いしてもご都合があろうかと、朝のうち何回かお宅に伺ったのだが、ずっとお留守だったと恐縮して言った。

「ええ日和《ひより》やけん、女房と子供をつれて、僧都川の土手で日なたぼっこをしちょりましてなァし」

そう言って、熊吾は何気なく、周りを見やった。魚茂の息子と顔を合わせたことで、わうどうの伊佐男《いさお》の風貌《ふうぼう》を思い出したのだった。

「とびきりの猪《いのしし》の肉が手に入ったんで、松坂の大将に食べてもらいたいっちゅうて、もう用意は出来とりますなァし」

「とびきり？　子を産んだことのない雌の猪かな」

完二は笑顔でうなずき、おととい、自分がしとめたのだと言った。

「三歳の雌で、いっぺんも子を産んどらんのです。血抜きもその場でやって、すぐにさばいたええもんぞなァし」

「ほう、そんな猪は、もう十年以上、食うたことがないのお」

城辺町で古い暖簾《のれん》を持つ玉水という料理旅館の座敷には、魚茂の和田茂十と二人の番頭、それに三人の若い衆が待っていた。

茂十は、熊吾を上座に坐らせ、かしこまった口調で先日の礼を述べた。

「下手をすりゃあ、魚茂の屋台骨がどうにかなりかねんとこやったなァし。松坂の大将には、殺生《せっしょう》までさせて、この魚茂の和田茂十、どんなに頭を下げても下げ足りんなァし」

熊吾は、赤銅色《しやくどういろ》に灼《や》けた二人の番頭や若い衆を見つめ、なかなか土性っ骨のありそうな連中だなと思った。

「あの日は、えらいでかい見事な鯛《たい》を長八じいさんの家まで届けてもろうたし、きょうはきょうで、ええ猪の肉をご馳走《ちそう》になれるそうやが、そのくらいで、こないだの礼が全部済んだとは言わせんぞ」

と熊吾は、茂十の酌《しやく》を受けながら、笑顔で言った。

「勿論《もちろん》やなァし。この程度で済まそうなんて、わしは考えとりませんぜなァし。あのあと、同業の者や、その筋の連中に訊いてみると、増田伊佐男っちゅう男の正体が、段々にわかってきよりましてなァし」

その茂十の言葉を受けて、番頭のひとりがこうつづけた。

「松山に、昭和の初めごろから看板をあげた極道がおっちょってなァし。色街やら港やらを牛耳っとりましたが、素人《しろうと》には手を出さんちゅうのが信条で、去年、三代目が襲名したんですが、襲名から十日もたたんうちに行方がわからんようになって、組の者が血まなこになって捜しとったら、なんと宇和島港の近くで、見るも無惨《むざん》な水死体になってあがりましたぞなァし。体のあちこちは、魚が食うた痕《あと》がありましたけんど、手の指も足の指も、これはどう見ても刃物の切り口で、一本もない有り様で、そのうえ、両の耳と、股《また》ぐらの一物も切り取られとりました。証拠はありませんがなァし、やったのは増田伊佐男に違いなかろうっちゅうことで……」

魚茂の連中が調べただけでも、四国の五人の組の親分と若頭が、この一年のあいだに殺されていて、やったのは増田伊佐男に間違いなさそうだとのことであった。

「なんぼやくざにしても、あんまりにもやり方が乱暴すぎるっちゅうことで、仇討《かたきう》ちにはやる連中の気勢があがらんちゅう話でなァし。ただ乱暴で残忍やというだけやのうて、ここも相当切れよるなァし」

和田茂十は、自分の頭を指でつつき、

「そんな男が、このままで引き下がるじゃろうかと、わしらはいささか心配になりましてなァし」

と言った。

「そのうち、どこかのやくざ者に殺されよるやろ。やくざの始末は、やくざにさせりゃあええ。大阪や神戸のやくざは、いまどんどん広島や福岡に縄張《なわば》りを拡《ひろ》げちょるそうや。そんないなかやくざは、すぐに始末されよる」

熊吾は、もう二度とその名前すら耳にしたくない増田伊佐男の話題から外れたくて、さして気に留めていないような口調でそう言った。

するとと、茂十は、そんな熊吾の気持を察したのか、仲居を呼び、猪鍋《ししなべ》の準備をするよ

う命じた。熊吾は、

「もう初めから、県会に打って出たらどうや」

と茂十に言った。茂十は、しばらく驚きの目で熊吾を見つめたが、笑みを浮かべて、番頭たちに視線を移し、

「のっけから、このわしに県会議員の選挙に出えと言いなはる。まことにがいな大将やのお」

と言った。

「町会議員から市会議員、それから県会議員なんて順序を踏んどったら、和田茂十が国会議事堂に辿り着くのに五十年はかかるぞ。和田茂十の夢は、そんな悠長《ゆうちょう》なもんじゃありゃせんじゃろ」

熊吾は、茂十が戦前から議員になりたくて、少しずつその準備を進めてきたことを知っていたのだった。だがその茂十の計画は、第二次大戦によって、とりあえず中断していたが、熊吾は、茂十がそろそろ機の到来を知って動きだしたことを見抜いていた。

「選挙には金がかかるぞ」

と熊吾は言った。

「確実な票につながる組織を作ることや。あんたは学歴がないけん、自分が作った組織だけが頼りや。深浦港で網元をやっとったら、そんな大金は作れやせん」

熊吾の言葉に、茂十はうなずき、神妙な顔つきで聞き耳をたてた。

熊吾が、この地方ではいささか高望みすぎると言える和田茂十の野心を知っていたのは、城辺町では名士とされる連中が、しょっちゅう熊吾の家を訪れ、熊吾を中心として飲んだり食ったりする会を催していて、その席で、茂十に関する話題ものぼったからであった。

名士といっても、城辺町の町長、幾人かの町会議員、昔からの資産家たちで、彼等は、戦前はもとより、熊吾が妻とともに疎開《そかい》しているときにも、何かにつけて熊吾の話を聞きたがった。

かなり独善的ではあったにしても、世情についての熊吾の分析や予測は、辺鄙《へんぴ》ないなかの名士たちが驚愕《きょうがく》するほど論旨明快で、ほとんど誤ることがなかった。そのため、二年前に熊吾が妻子を伴って郷里に帰って以来、彼等はまるで寺子屋に集まる向学心に富んだ子供のように熊吾の家にやって来るのである。

町の名士たちにとっては、和田茂十は身のほど知らずの野心家にしかすぎず、彼の話題を口の端《は》に載せるたびに、揶揄《やゆ》や嘲笑《ちょうしょう》で混ぜかえすのだが、熊吾はそのやっかみから生じる茂十に関する評価から、熊吾独自の考え方を持っていた。

茂十は妾《めかけ》の子であった。魚茂の先代は、女道楽で身代をつぶしかけたほどの男だったが、妻とのあいだに子供はなく、高知の色街で見染めた女が茂十を産んだ。茂十の父は、親戚《しんせき》中の反対を押し切り、妻をようやく説得して、茂十を自分の跡継ぎとするために引き取ったが、茂十が五歳のときに急死した。幾度かの悶着《もんちゃく》ののち、茂十は、父の本妻に育てられることになった。一度は、高知に住む実母のもとに帰されるのが決まったのだが、その直後、実母も急死したからだった。

傾きかけた魚茂を立て直したのは、妾の子として生まれながらも、なさぬ仲の義母に育てられた茂十であった。鰹漁《かつおりよう》だけが生計のほとんどだった魚茂に、蒲鉾《かまぼこ》を製造する部門を設け、その販売に力を注いで、不漁期でも利益を得る道を開いた。

茂十は、魚茂の経営を軌道に乗せるだけでなく、先代の時代からの奉公人を大切にし、その老後のことまでもきめこまかく世話をした。さらに、血の通わぬ義母が晩年に卒中で倒れ、長く寝たきりの日々がつづいても、手厚い看護をやめなかったのである。

博打《ばくち》には目がないだとか、父親に似て女好きだとか、ときに血も涙もないくらい吝嗇《りんしょく》だとかの、真偽の定かならぬ噂よりも、熊吾は茂十の生きてきた現実のほうを評価していたのだった。そして、茂十の生いたちを考えるとき、熊吾は彼の並々ならぬ上昇指向の根が、どれほどの屈辱や忍耐や悲哀やらを吸い上げたうえでのことかと思うのであった。

熊吾は、この南宇和のものではない、辛口の酒を口に含み、首をかしげて茂十に訊いた。

「この酒は、どこの酒かのお」

「高知で、内緒で作っとるもんよなァし。松坂の大将に賞味してもらおうと思うて、三本しか残っとらんうちの二本を手に入れてきましたぞなァし」

「ええ酒じゃのお。いまのご時勢に、ええ米をこれだけ精製できるとは、よっぽど秘密の酒造所があるんじゃな」

「松坂の大将は、表だけやのおて、裏の道の達人でもありますけん、この近辺の秘密の酒造所もご存知でしょうなァし」

と茂十は番頭に卵を割るよう目で命じながら言った。

「わしは、達人なんかやあらせん。表の道でも裏の道でも迷いっぱなしの未熟者じゃあ。そやけん、つながれて抵抗できん牛を、熊撃ち銃で撃ち殺すっちゅうような血迷い事をしてしまう」

その熊吾の言葉で、茂十は再び正坐《せいざ》し、畳に手をついて深々と頭を下げた。

「あのときは、ほかにどうしようもなかったんで、松坂の大将にとんでもない殺生をさせてしまいましたなァし。この和田茂十、真底からお詫《わ》び申します」

「牛を殺せと言うたのは、この松坂熊吾じゃ。まさか、自分が手を下すとは思わんかったが、あのときはああするしかなかった」

熊吾の受け皿に卵を割って入れ、箸《はし》でといてから、番頭のひとりは、

「わしは、足が震えましたなァし。松坂の大将が、熊撃ちの鉄砲を持って突き合い駄場《だば》に入って来たときから、足が震えて立っとれんくらいになりましたが、血しぶきを浴びたまま、あのならず者に『牛は死んじょる。もう逃げんでもええぞ』と言いなはった大将の顔を見たとたん、わしはほんまに小便をちびりましたなァし」

と言った。あのときの情景を思い出したのか、声はうわずっていた。

「約束の鰹船二隻《せき》、いつ貰《もら》いに行ったらええかのお」

熊吾はそう言って、和田茂十に笑いかけた。

「いつでも取りに来てやんなはれ。二隻とも三ヵ月前に買《こ》うた船ですけん」

と茂十は答え、番頭たちにも鍋をつつくよう促した。茂十の息子は、二人の番頭よりもうしろに坐《すわ》り、父と熊吾のやりとりに見入っていた。

「ご長男は残念なことやった」

と熊吾は茂十に言い、彼の盃《さかずき》に酌《しやく》をしてから、茂十の息子にも酒を勧めた。

「頂戴《ちようだい》せえ」

と父に言われて、茂十の息子はやっと番頭たちの隣に並んだ。

「戦争が終わって二年ほどのあいだは、まだ一縷《いちる》の希《のぞ》みを持っちょりましたが、硫黄島での状況を聞くにつれて、だんだんにあきらめましたぞなァし」

茂十はそう言い、生きて帰れた次男に目をやっていたが、年長のほうの番頭を見やり、その肩をそっと叩《たた》きながら、

「この人の息子は二人とも戦死しましたがなァし」

とつぶやいた。

みなは、ひととき無言で猪鍋をつついた。鍋には臭《にお》い消しのための味噌《みそ》は使っていなかったが、肉に臭味はなく、嚙《か》む必要がないくらい柔らかかった。

もし自分が人並に若いころ子宝に恵まれ、それが男子であったら、その子もまた戦争に駆り出されて死んだことだろう。無念さと悔しさをこらえ、国家の権力を憎みつつ、ただ黙している日本中の父親のひとりとなっていたことだろう……。熊吾は、まだやっと四歳になったばかりの伸仁の、蝶《ちょう》を追って走っている姿を胸に描いた。

「日本は、いつ、どこで、間違いましたかなァし」

と茂十が、その思慮深さをあらわす動きの少ない、しかし静かで鋭い光を宿す目を熊吾に向けて訊いた。

「満州に鉄道を敷いたときですかのお。それとも、ずっとさかのぼって、日露戦争に勝ったときですかのお」

その茂十の問いに、熊吾は、

「明治という国家が生まれたときやとわしは思うちょる」

と答えた。

「わしは歴史学者でもないし、政治家でもない。しかし、明治という国家が、王政復古の看板のもとで、外国からの圧力をバネにして生まれたときに、どこかの蔵の中に押し込められちょった天照大神《あまてらすおおみかみ》までが踊りだしよった。その天照大神は、鹿鳴館《ろくめいかん》で毛唐と混じってダンスをしながら、日本を動かす連中の魂を混乱させたんじゃ。白人の、世界制《せい》覇《は》の罠《わな》を見抜く眼力を奪われたまま、飛んで火に入る夏の虫みたいに、朝鮮や中国や東南アジアに手を伸ばした。その間違いの始まりを象徴するのが、あの鹿鳴館のダンスじゃ。日本は、いまだに文明開化なんかしちょらんのじゃ。これから五十年たっても、ほんまの意味での文明開化なんかせん国じゃ」

　熊吾の言葉を聞き終わると、和田茂十は大きな和卓に目を落とし、腕組みをしてから、番頭や息子の顔を見やった。そして、

「松坂の大将の言うことは右でもなければ左でもない……。ましてや、禅問答でもないだけに、わしらにはかえって難しいなァし」

　と言った。熊吾は、あらためて茂十を賢い男だなと思った。

「わしは、知っての通り、中国との貿易で商売の基礎を習《なろ》うた。五年のうちの半分は、上海《シャンハイ》で暮らしたようなもんじゃ。上海というところはおもしろいところで、あそこから日本を見ると、なさけないほどの小島やなと思う。おんなじ漢字を使うちょるが、中

国はアジアとは違《ちご》うてヨーロッパやないのかと思うたことが何度もある。中国が、もう三千年も昔に、人間の退廃の極致を味わい尽くした国じゃということもわかる。そんな中国に共産主義やとは笑止千万じゃ。毛沢東もそのうち狂いよるぞ。ただし、毛さんを狂わすのは、天照大神やのうて、無神論の、神も仏もないイデオロギーっちゅうことになる。神も仏もないとなると、権力だけが頼りじゃけんのお」

「これから五十年たっても、ほんまの意味での文明開化なんかせん国で、この和田茂十はどうやって南宇和のしがない網元から国会議員になれますかなァし」

「和田茂十の人間性に惚《ほ》れたり、意気に感じて一票投じてくれるやつなんか、せいぜい百人くらいやろう。和田茂十の人徳では、他人はすきっ腹も財布も膨らませることなんかできんちゅうわけじゃ」

「しかし、人さまの腹も財布も、ほんまに膨らませるには、途轍《とてつ》もない金がかかりますなァし」

熊吾は箸を置き、小さな盃で飲んでいた酒をコップ酒に換えると、煙草《たばこ》を吸った。そして、和田茂十の顔を見つめた。

深浦港だけでなく近辺の港の網元連中は、雇い人をこき使い、少し金ができると松山や高知まで遠出して女を買い、その程度で天下を取ったかのようにふんぞりかえっている。けれども、この和田茂十は、そんな網元とは異なり、やはり人徳と呼ぶしかないものをたずさえている。余人には窺《うかが》い知れぬ苦衷にまみれた生いたちが、彼の内にあった善なるものを磨《みが》いたとしたら、俺《おれ》は一肌《ひとはだ》脱いでやってもいい。どうせこのいなかで退屈しているのだから……。

熊吾は、一升壜《びん》を持ち、茂十にもコップで飲むよう勧めた。この地方では、どんなに親しい友人同士だけで酒を飲むときも、手酌はさもしいこととされていた。酒は必ず相手の酌によって飲まねばならないのだった。だから、熊吾が酌をしてやらなければ、茂十も、彼の息子も、番頭たちも、いくら飲みたくても飲むわけにはいかないのである。

そんな風習を熊吾は嫌《きら》いだった。酒を飲めない人間に、酒を無理強《むりじ》いすることは罪悪だと思っていたし、自分が飲みたくもないのに酌をされるのも迷惑だった。けれども、茂十たちは頑《かたく》なに自分たちの国の風習を固持して、熊吾の酌を待っていた。日ごろ、どぶろくか芋焼酎《いもじょうちゅう》しか飲めない二人の番頭は、舌鼓《したづつみ》を打って、感に耐えぬといった表情で清酒を味わっていた。熊吾は、二人の番頭がコップの酒を飲んでしまったのを見届けてから、

「謀《はか》り事は密なるを以《も》ってという言葉があるけんのお」

と茂十に言った。だが、熊吾のその言葉で、茂十の息子と二人の番頭は、丁寧に熊吾に挨拶《あいさつ》し、座敷から出て行った。無骨な漁師をそんなふうにしつけた茂十の、一国一城の主《あるじ》としての才覚に感心し、

「もう言葉の最後に〈なァし〉をつけんでもええ。それから、〈松坂の大将〉っちゅう呼び方もやめてもらおう。〈熊さん〉でええ。わしはあんたを茂十と呼ぶ。そういう間柄《あいだがら》にならんと、和田茂十っちゅう山出しの芋娘を大夫《たゆう》に仕立てあげる謀り事を進めることはできんけんのお」

と熊吾は言った。

「それは誠に光栄ですがなァし、わしを茂十と呼んで下さるのは喜んでお受けしても、松坂の大将を〈熊さん〉とは呼べませんなァし」

茂十は笑って言った。言葉の最後に〈なァし〉をつけるのは、この地方では最高の丁寧語であり、尊敬語でもあった。

しばらく考えていたが、やがて茂十は、熊吾のことを〈親父《おやじ》さん〉と呼ばせてもらいたいと提案した。熊吾は承諾し、コップ酒で乾杯してから、茂十に言った。

「確かに、有権者の全部のすきっ腹や財布を膨らませてやっちょったら、こっちの金がなんぼあっても足りん。それに、ほんまにすきっ腹を満腹にしてやって、財布も膨らんでしもうたら、ありがたみがのうなって、和田茂十のために票を集めるのも億劫《おっくう》になるのが人間ちゅうもんよ。茂十を国会に送り出したら、どんな楽しみが舞い込んでくるかと、それぞれの欲に合わせた胸算用だけを与えとくのが一番ええんじゃ」

「具体的には、どうすりゃええんですか」

「両面作戦を使う」

「両面作戦？」

「まず、後援会を作る。その後援会では、すきっ腹や財布をちょっとだけ膨らませてやる。そのためには蒲鉾工場を再開するんじゃ」

熊吾は、自分の血が騒ぎだすのを感じた。酔狂な道楽と呼ぶにはいささか厄介《やっかい》な時間やら頭脳を費やさねばならないだろうが、この和田茂十という四国の南端の名もない網元を国会議員にさせるための戦略を練り、指揮をとるのは、自分の性分にはうってつけだと思えた。

「やっぱり選挙は金ですかなァし」

と茂十は何かを考え込みながら訊《き》いた。

「とくにいなかでは、金以外は何の役にも立たんやろ」

熊吾は、何かこの自分に言いたいことがあるのに、それを言葉にしかねている様子を察して、茂十に、

「何が言いたい。選挙参謀に隠し事はいけんぞ」

と言った。茂十は、かすかな苦笑を浮かべかけたが、すぐにそれを消し、和卓越しに身を乗りだしてくると、声をひそめた。

「なんぼ考えても、この南宇和っちゅうところは発展のしようがないっちゅう結論が出

ましてなァし。農業も林業も漁業も、それぞれがなんとか食うていけるぐらいが関の山で、それ以上にはなりようがありませんなァし。ここは、どんづまりの場所で、つまり、日本という国の中で、四国それ自体が閉ざされた島にすぎんのです。九州は少し違ごちょるなァし。本州と九州には関門トンネルがあって、海を渡らんでもええからなァし」

熊吾は無言で頷《うなず》きながら、茂十の考えに耳を傾けた。

「わしは無学で、建築のこともも道路工学のこともわかりませんなァし。それで、半年ほど前、松山まで行って、愛媛大学で建築工学を研究しとる先生に逢《お》うてきましたなァし。大阪か神戸から四国へ海底トンネルを掘るのは不可能なのかどうかを知りたかったなァし」

「どんな返事じゃった」

「距離の問題もさることながら、瀬戸内海の海底の岩の状態では不可能やと言うことでしたなァし」

「そんなら、四国と本州とのあいだに橋を架けたらどうじゃ」

「橋……？」

「アメリカの科学技術を、日本もそのうち身につけよるやろ。原爆なんかを作れる科学技術が、本州と四国のあいだに橋を架けられんはずがあるかや。それができたら、豊後《ぶんご》水道にも橋を架けて、愛媛県と大分県もつなげるじゃろ。四国と九州とのあいだに橋を架けたら、四国は茂十が言うような〈どんづまり〉とは違うようになる。堰《せき》をあけたら何もかもが流れだすのは物の道理やろが」

「橋を架ける……。夢みたいな話やなァし」

「海にトンネルを掘るより橋を架けるほうが技術的には簡単なはずじゃ」

茂十は熊吾の言葉に再び腕組みをして考え込み、

「また松山まで行って、愛媛大学の先生に教えてもらわにゃあいけんなァし」

とつぶやいた。

「そんな夢物語は、まだ口にするなや」

と熊吾は言い、身を乗り出して声をひそめた。

「最初は県会議員に立候補せえ。これは、愛媛県での人脈造りと組織の拡大のためにはまず越えにゃならん関門やぞ。しかし、県会議員という峰も、いまの和田茂十には高すぎるくらいじゃ」

「さっき、松坂の親父さんは、わしに、蒲鉾工場を再開せえと言いなさったが、それはどうしてかなァし」

と茂十は訊いた。

「いまは金よりも食う物に血まなこの時代じゃ。魚は腐るほど獲《と》れるんやから、蒲鉾を作って、それを大阪や神戸に出荷してみい、飛ぶように売れるぞ」

自分もかつてそのことを考えたことがあると茂十は言い、

「ところが親父さん、蒲鉾は生物《なまもの》じゃけん、三日もせんまに腐りだすんじゃ。せっかく作っても、この南宇和から出荷した蒲鉾は、大阪に着くころには腐ってしまうがなァし」

そこで熊吾は、昨年の夏、何気なく思いついた薬のことを話して聞かせた。

「食品を腐らせんようにする薬はできんもんじゃろかと考えたんじゃ。これは、薬学の研究者の領分やろ。本気になって専門家が研究したら、わしは発明できると思う」

「それもまた夢みたいな薬やなァし」

と茂十は言い、しきりに首をかしげた。

「何がおかしい」

と熊吾は訊いた。

「この近在の名士連中が、松坂の親父さんの家に集まって、話を聞きたがるのは当然じゃと思いましてなァし。本州と四国に橋を架け、ついでに豊後水道にも橋を架けて、本州、四国、九州をつないでしまうとか、食品を腐らせんようにする薬とか、奇想天外みたいじゃが、松坂の親父さんの口から出ると、まるっきり夢物語とは思えん。知識や知恵に飢えちょるこの近辺のちょっと頭のええ連中が、何かあると、松坂の親父さんの家に行きたがるのは当然じゃ。美しい奥さんがおんなはるせいやあらせん」

妻のことが茂十の口から出たので、熊吾は少し得意になって、

「家内は、僧都川の鮎《あゆ》を手づかみにするそうや。そんなアホなことがあるもんかと思うが、あっちでもこっちでも、そんな噂《うわさ》をしちょる」

と言って笑った。

「鮎を？　川で泳いじょる、生きちょる鮎をかなァし」

「わしは信じられんが、さっき妹の息子を問い詰めたら、ほんまやと言いよる」

「それはまたすばしっこい奥方よなァし」

「あいつがすばしっこいはずはないんじゃ」

熊吾は話題を戻し、もし少しでも可能性があるなら、自分が研究費を出して、腐敗防止薬の研究開発を進めてもよいと提案した。

「生物《なまもの》をせめて二週間、冷蔵庫に入れとかいでも腐らんようにする薬ができたら、わしはその特許権だけで一生左うちわじゃ。魚茂の茂十は、日本全国に蒲鉾を出荷して大儲《おおもう》けし、その金で愛媛県の実力者を味方にできる。そのうえ、和田茂十の支持者は、いわし漁でも蒲鉾工場でも働けて、食卓に蒲鉾だけは不自由せんというご利益《りやく》にありつける」

熊吾と茂十は、日が暮れかかるまで、腹を割って語り合った。

すでに茂十は、三百人ばかりの後援会組織をつくる準備をすすめていた。その最初の

会合が、二週間後の日曜日にひらかれる段取りになっていたが、会場が決まっていなかった。三百人が一堂に集まれる会場といえば、学校の講堂しかなかった。

しかし、深浦の公民館も、一本松小学校も、村会議員たちの圧力で、茂十に貸すのをしぶっている。

「わしが話をつけちょいちゃる」

熊吾は、料理屋の前で茂十に言って別れると、まだかなり酔っている体で、商店街を横切り、北裡への路地を歩いて行った。

家のあたりから老人の悲鳴が聞こえた。二度目に聞こえたとき、母のヒサの悲鳴だと気づき、熊吾は歩を速めた。

ヒサは、伸仁に追いかけられて逃げまどっていた。それは、孫を遊んでやっている姿とは思えないくらい、せっぱつまった逃げ方だった。けれども、追いかけている伸仁は、顔を真っ赤にさせて咳込《せきこ》んでしまうほど烈《はげ》しく笑っている。

「どうしたんじゃ」

熊吾は、ヒサの異常な怯《おび》え方に驚き、伸仁をつかまえた。ヒサは、かすれた笛のような音を喉《のど》から絞りだして、縁の下にもぐり込んでしまった。

「お前、ばあちゃんに何をしたんじゃ」

伸仁の手には、U字型の、小学生が理科の教材に使う磁石があった。

「ばあちゃんをひっつけちゃるけん」

と仲仁は言って、縁の下のヒサに向かって磁石を近づけた。ヒサはまた悲鳴をあげ、

「許してやんなはれ。このばあちゃんにわるさをせんといてやんなはれ。ノブ、それを近づけんといてやんなはれ」

と手を合わせ、縁の下のさらに奥へと身を隠した。

熊吾は、仲仁の手から磁石を取りあげ、何があったのか、ちゃんと説明しろと仲仁に言った。

仲仁は、ヒサの目の前で、釘《くぎ》を磁石に何度もくっつけてみせてから、おもむろにその磁石をヒサに近づけたのだという。ヒサは、釘を吸い寄せる磁石を自分に近づけられたので、自分も磁石にくっついてしまうと考え、怯えて逃げた。そのヒサの怯え方がおもしろくて、仲仁は磁石を持ってヒサを追いかけつづけたのだった。

「なんちゅうわるさを思いつくやつや。ばあちゃんは磁石なんか見たこともないけん、自分もひっついてしまうと思うちょるんじゃ。ばあちゃんにわるさをしたらいけんぞ」

熊吾は笑いながら、わざとヒサに聞こえるように言ったあと、

「ばあちゃんが出て来たら、磁石を首のところから背中に入れちゃれ。北裡中を走り廻《まわ》るかもしれんぞ」

と仲仁にささやいて、その尻《しり》を軽く叩《たた》いた。

「ノブ、おばあちゃんにわるさをしたらあかんで」

座敷から房江の声がした。夕陽《ゆうひ》が鶏《とり》小屋の屋根を黒い朱色に染め、そのうしろに隠れた伸仁が、縁の下からヒサが出て来るのを待っていた。

熊吾は、縁側にあがって寝そべり、手枕《てまくら》をしてから房江を呼んだ。

――すばしっこい奥方よなァし――。喜怒哀楽をあまり表情に出さない和田茂十が、いかにも驚いたといった表情で、目を丸くさせて言った言葉は、どことなく〈なんと色っぽい奥方であろう〉という含みもあったように思い、熊吾は房江の体に触れたくなった。

伸仁のズボンの破れをつくろう手を止めて、熊吾の横に坐《すわ》った房江は、

「どこで飲んできはりましたん?」

と訊いた。その房江の膝《ひざ》を枕にして、

「こら、お前はわしに内緒事があるじゃろ」

と熊吾は笑顔で言った。

「内緒事なんかあらへん」

そう答えたくせに、房江も笑みを浮かべた。

「有体《ありてい》に白状いたせ」

熊吾は芝居がかった言い方をして、人差し指で妻の乳房を突いた。

「ばれた？」

と房江は熊吾の頭を撫《な》でた。

「もうすっかりばれちょる」

「お義母《かあ》さんにも、ばれたやろか？」

「お袋に？」

「お義母さんは、毎朝、明彦と千佐子にだけ卵をやって、ノブにはくれへんねんもん。ノブのお父さんは金持ちやけん、卵はお父さんに買《こ》うてもらえ。そない言いはるから、私、お義母さんよりも早よう起きて、そっと鶏小屋に行って、卵を盗んだんよ。卵を買うお金はあるけど、ノブがひがんだらあかんと思て、この卵はおばあちゃんがくれはったんやって言うて聞かせて……」

「何？　お前、毎朝、お袋の卵を盗んどったのか」

「えっ？　ばれたのは、卵のことと違うのん？」

熊吾は上半身を起こし、あきれ顔で房江を見つめた。

「その言い方は、他にも山ほど内緒事があるみたいやのお」

そう言って、まだまだつつけば出て来そうな内緒事を訊き出そうと思ったが、それよりも、母が、三人の孫のうち、伸仁にだけ卵を与えないことに腹が立ってきた。

「ほんまにお袋は、伸仁にだけ卵をやらんのか」

房江は、しまったという表情で、

「私の口から聞いたなんて、お義母さんには言わんといて」

と小声で頼んだ。

「米一合で人殺しが起こるご時勢やぞ。そんなえこひいきをしやがって……。この家を買うたのは誰やと思うちょるんや。自分の母親ながら愛想が尽きる。三人の孫が一緒に朝めしを食うちょるときに、二つだけ卵を配って、仲仁にはやらんちゅうのか。くそお、あしたから、仲仁の前に卵を三つ置いちゃれ。夜には、仲仁にだけ鯛《たい》の刺身を食わせちゃれ。じゃから、わしはいなか者《もん》は嫌いなんじゃ。お袋のやり方は、じつにいなか者らしいやり方なんじゃ」

熊吾は怒鳴っているうちに、怒りがつのって抑えられなくなった。しかし、そのうち熊吾は、自分の母親をいなか者と馬鹿《ばか》にするのは、自分自身を馬鹿にしているようなものだなと思った。自分も、この南宇和の南端の村で生まれ育ったのだから。

「ばあちゃん、ぼくはもうわるさをせんけん、出て来てもええよ」

磁石をポケットに隠し、仲仁は鶏小屋の陰からヒサを呼んだが、言葉の最後のほうは、悪企《わるだく》みを隠し切れずに笑いこけて、言葉になっていなかった。

「あの子、何をあんなに喜んでるのん？」

不思議そうに房江がつぶやいたので、熊吾は仲仁のいたずらを説明してやった。房江は初めのうちは口元を手で押さえて笑っていたが、そのうち涙を滲《にじ》ませ、身をよじって笑い始めた。

「お義母さんは、磁石を生まれて初めて見はったんやろか」

「たぶん、そうじゃろう。自分もひっついてしまうと思い込んじょる」

ひとしきり笑い、房江はハンカチで涙をぬぐいながら、とにかく伸仁は突然とんでもないことをして困ると言った。

「すぐに泣かされて帰ってくるくせに、自分より大きな子とケンカをして、その子に石を投げるんやけど、投げそこねて人の家のガラスを割ったりする。千佐子が便所に入ってたら、汲《く》み取り口から棒で千佐子のお尻を突くし、何匹も蛙《かえる》をつかまえてきて、お隣の牛小屋に入れて、牛を暴れさせるし……。お義母さんは『熊にそっくりじゃ。このわるさのやり方は、熊の子供時分とおんなじやけん』て言うてはった」

いっこうに縁の下から出てこないヒサを見かねて、房江は庭に降りると、ヒサを呼んだ。そのとき、自転車に乗った郵便局員がやって来て、

「電報が届きましたなァし。印鑑をお願いします」

と言った。電報は、房江に宛《あ》てて打たれたものだった。

房江は郵便局員に礼を言い、印鑑を捺《お》して、怪訝《けげん》な面持《おもも》ちで電報用紙を開いた。電文に目をやった瞬間、房江は「えっ！」と声をあげた。熊吾は、房江の手から電報を取り、

慌《あわ》てて電文を読んだ。

――マスオシス。イサイテガミデ。ミツコ。

二人の子を持つ白川益男《ますお》と結婚し、北海道の旭川《あさひかわ》で暮らしている美津子からの思いがけない電報を手に持ったまま、

「マスオっちゅうのは、亭主の益男じゃのお」

と房江に念を押し、熊吾は郵便局へと走りだした。房江が追いかけてきて、どこへ行くのかと訊いた。

「旭川の美津子に電話をかけるんじゃ」

「美津子の家に電話なんかあらへん」

房江は泣きながら、

「美津子と二人の子供を遺して、益男さんが死にはった……」

とつぶやき、よろめくように家の前の大根畑を歩き廻った。

房江の姪《めい》の美津子は、結婚してまもなく、夫を戦争で喪《うしな》い、三年前、二人の子のある白川益男と再婚したのに、その二度目の夫も死んでしまった……。

熊吾は、気立てのいい、言いたいことの半分も言えない美津子の運の悪さを思い、次第に何物へともつかない怒りに包まれはじめた。

ことしの正月に届いた美津子からの賀状には、なさぬ仲の二人の子も、自分を実の母

みたいに慕ってくれるし、夫は少々融通はきかないが、優しくて働き者で、この私をとても大事にしてくれると、熊吾をかすかに微笑《ほほえ》ますほどの、美津子らしくないおのろけまで添えてあったのである。

〈イサイテガミデ〉とあるのだから、おっつけ手紙が届くだろう。益男の死が、事故によるものなのか、病気によるものなのかといったことよりも、熊吾が一瞬胸に抱いた懸《け》念《ねん》は、美津子の今後の身の振り方に関してであった。

白川益男の二人の遺児は、美津子が腹を痛めた子ではない。その二人の子は、父の死によって、いわばみなし子になったのと同じだった。美津子の性格を考えて、熊吾は、あるいは美津子は、このまま白川家の寡《か》婦《ふ》として、自分が産んだのではない二人の幼い子を育てようとするのではあるまいか……。

「北海道の旭川は、この四国の南宇和からは、とんでもないくらい遠いのお」

夕食もほとんど喉を通らず、目を赤く腫《は》らして泣いている房江にそう言ってから、

「あした、郵便為替でお香典を送れ。お香典じゃから、あんまり多いのもさしさわりがある。美津子は、初七日が済んで、気持も落ち着いたら、神戸の実家へ帰って来よるじゃろ。そのとき、お前も神戸へ行って、当座の金を工面してやりゃあええ」

房江は、正坐《せいざ》して、自分の膝に視線を落とし、

「美津子は、神戸には帰ってけえへんと思う……」

と言った。俺《おれ》と同じことを房江もまた予感しているのだなと思い、熊吾は、房江の肩を叩くと、家の外へ出ようと目で促した。

客間をはさんで、その向こう側にあるタネたちの部屋に行き、熊吾はタネに、小一時間ほど伸仁を預かってくれと頼んだ。

瞼《まぶた》全体に腫れ物をこしらえた千佐子が、柱にうしろ手にしばられて泣いていた。ヒサが、その瞼に溜《た》まった膿《うみ》を取り出すために、剃刀《かみそり》を火であぶって消毒していた。

「あとでわしがやってやるけん、ちょっと待っちょれ。そんな、柱にしばりつけたりしたら、子供は恐ろしがって、かえって膿を取りにくい。千佐子、あとで、熊のおっちゃんが、痛《いと》うないようにやっちゃるけん、安心して待っちょれ」

熊吾はそう言って、千佐子をしばりつけている寝巻の紐《ひも》を解いてやった。

おそらく体質的なものなのであろうが、千佐子は年に三、四回、瞼の上に膿をもった。物もらいではなく、瞼全体が膨れてきて、どんな煎《せん》じ薬も効かない。剃刀で眉《まゆ》の下を真横に切り、膿を絞り出せば、三日もたたないうちに治ってしまう。

タネの、うつろな反応が気になり、熊吾は、

「おい、顔をあげてみィ」

とタネに言った。タネは緩慢に顔をあげ、呆《ほう》けたような目で熊吾を見たが、すぐに視線をそらせて、何かを企《たくら》んでいるみたいに、唇《くちびる》だけで笑った。

「母さん、タネはおかしいぞ」

と熊吾はヒサに言った。ヒサは、剃刀を布で巻き、タネの前にいざり寄り、その目をのぞき込んだ。

「タネ、しっかりせんかい。タネよ、どうしたんじゃ」

「ふん、うちはなんともないけん」

ヒサは、タネの肩を揺すりながら、

「熊よ、タネにまた狸《たぬき》が憑《つ》きよったかのお」

と言った。熊吾は舌打ちをし、こんなところに伸仁を預けておくわけにはいかないと思った。

「狸か狐《きつね》か知らんが、また正気を失《な》くしとる。柱にしばりつけとかんといかんのは、千佐子やのうて、タネのほうじゃ。ほっといたら、ぴょんぴょん跳びはねながら出て行きよるぞ」

タネには狸が憑いているという噂を熊吾が初めて耳にしたのは、まだ一本松村にいたころで、熊吾が貴子《たかこ》と死に別れ、傷心のまま帰郷した二十歳のときだった。

当時、タネは六歳であった。日枝神社に近い田圃《たんぼ》のなかで、れんげ草を摘んで遊んでいたタネは、突然、うつろな目をして跳びはねだした。いつまでも、田圃のなかで跳びはねつづけるので、異常を感じた子供たちが、熊吾の家に走って来て、そのことを伝えた。

熊吾が駈《か》けつけると、六歳のタネは、田圃と畦道《あぜみち》のあいだを、四つん這《ば》いになって行ったり来たりしていた。その姿は、里に下りてきた狸が、人間に気づかれないよう、そっと食い物を捜しているのと似ていた。

熊吾は、そんなタネの衿首《えりくび》をつかんで立ちあがらせ、頰《ほお》を殴りつけた。するとしばらく熊吾を見やってから、タネは、

「熊にいちゃんが、うちを叩いた」

と繰り返し、泣きながら家へ帰ったのである。

その後も、三、四年に一度、とりわけ春先に、タネは正気を喪って、奇怪な行動をとるのだが、誰かがそれに気づいて、水をぶっかけるとか、尻を竹で叩くとかすると、嘘《うそ》みたいに正気に戻る。いったい自分に何が起こったのか、まったく覚えていないどころか、正気を喪っていたことを周りの人間に教えられると、みんなで寄ってたかって私を狸憑きにすると怒るのだった。

熊吾は、房江に、伸仁と一緒に玄関のところで待っているように言い、タネの腕を引きずって中庭につれて行くと、井戸に取りつけた手押しポンプで水を汲んだ。そして、その水をタネの頭からかぶせた。

悲鳴をあげて逃げようとするタネに、二度三度と冷水を浴びせ、

「何が狸じゃ。くそなまいきな。松坂家では、代々、狸なんか拝んだことはありゃせんぞ。お前のは、ただの病気じゃ。ときどき正気を失うっちゅう、頭の病気じゃ」

と言い、最後に下駄《げた》でタネの尻をしたたかに蹴《け》った。

「熊よ、あんまりきついことせんとってやんなはれ」

ヒサは縁側に正坐して、手を合わせた。

「兄さん、何するんじゃ。うちが何をしたっちゅうんや」

タネは、全身濡《ぬ》れそぼって、井戸の横にしゃがみ込み、驚きの目で熊吾を見あげた。

やれやれ、ひとまず一件落着だな……。熊吾は、明彦を呼び、タネの着換えを揃《そろ》えろと命じて、月明かりだけの道に出た。

事情がわからず、垣根《かきね》のところから成り行きを見ていた房江は、いったいどうしたのかと怯えた声で訊《き》いた。城址《じょうし》の森の上にかかった月は、満月にはあと三日ほど足りないという形をしていた。

「タネは、三つのときに耳の病気をしてのお、いなかのことじゃけん、ちゃんとした医者に診てもらわんままに大きいなった。あいつの耳の奥には、しょっちゅう膿《うみ》が湧《わ》いちょる。耳からしょっちゅう膿を出すのを、このあたりでは〈耳だれ〉っちゅうんじゃ。タネがときどき、あんなふうになるのは、もう三十七年も治らん〈耳だれ〉のせいやないかのお」

と熊吾は言い、伸仁を肩車にして、僧都川のほうへと歩いた。風はなく、近辺の家々のほとんどは明かりを消して、地虫のかぼそい鳴き声がとぎれとぎれに聞こえた。

「月明かりが、こんなに明るいもんやとは知らんかった……」

と房江が熊吾の腕に自分のそれを絡《から》めながらつぶやいた。

「星明かりっちゅうやつも、闇《やみ》を多少は明るうするもんじゃ」

熊吾は、自分が何のために房江を家の外へと誘ったのかわからなくなり、満州東部での野営の様子を話して聞かせた。

「敵は近くにおるかもしれん。こっちは身動きがとれん。月も星もない。そんな夜は、息をするのも恐ろしいくらいじゃ。というて、火を焚《た》くわけにはいかん。無線機も使えん。眠ってしもうたら命がない。そんなとき、松坂軍曹《ぐんそう》は何をしとったと思う？」

「麻雀《マージャン》？」

熊吾は笑い、

「アホ。わしでも命は惜しいぞ。軍隊に麻雀の牌《パイ》なんかあるかや。戦争中、あれは敵国の遊び道具で、麻雀なんて言葉をうっかり言おうもんなら、営倉入りじゃ」

「ほんなら、何をしてはったん？」

「雲の動きをみつけようと、ひたすら夜空に目をやっちょった」

「雲……」

「ああ、雲じゃ。雲がもし動いちょったら、そのうち必ず何個かの星が出てきよる。星が姿をあらわした瞬間に、動物みたいに周囲をさぐる。必ず何かが見える。冬の満州で、厚い雲が何日もかかっとっても、わしは、夜になると雲が動いちょるかどうかをさぐった。一粒の星でも姿をあらわしたら、何かが必ず見えるんじゃ。こういう視力は、そんな状況に放《ほう》り込まれんと生まれてこん。星は自分で光っちょるんやあらせんぞ。けし粒みたいな星ひとつでも、こっちの目次第で闇を晴らしよる」

　そうだ、つまり俺は、そういう話をしたかったのだと熊吾は思った。商店街のほうへとつながる道を横切り、大根畑と田圃にはさまれた畦道を歩いて、僧都川の低い土手をのぼった。さざ波に反射する月光が、視界を明るくさせた。

　熊吾は、房江が編んだカーディガンを脱ぎ、それを土手の草の上に敷いて、房江と並んで坐った。仲仁を肩から降ろし、膝に載せた。

「美津子は、白川家の嫁としてやのうて、白川益男の二人の子の母親として生きていくじゃろう。二人の小さい子を置いて、実家に帰って来るような女やないけん」

「私もそう思う……。美津子は、きっとそうするやろと思う」

「何が幸福の種か、人間には区別がつかん。もし美津子が辻堂と所帯を持っちょったらと思わんでもないが、幸不幸の帳尻《ちょうじり》は、その人間が死ぬときに決まるもんじゃ。いまの不幸が、将来、どんな幸福へ変わるか、誰にもわかりゃせんけん」

仲仁があまりにおとなしいので、熊吾は、夜の川辺でうたたねなどしたら大変だと思い、その頰を両手ではさみ、

「こりゃ、寝るんやないぞ。こんなとこでうたたねをしたら風邪をひくぞ」

と言った。

「寝とらんよ」

と仲仁は別段寝ぼけた様子もなく熊吾に全身を凭《もた》せかけてきた。

「ちゃんと起きちょるわりには、えらいおとなしいのお」

熊吾の言葉に、

「さっきの騒ぎでびっくりしてしもたんやわ」

と房江が言った。

対岸の土手の東側に、灯《つ》いたり消えたりする光の粒があった。熊吾は煙草《たばこ》に火をつけ、あれは誰かが提灯《ちょうちん》を持って歩いているのだと思った。

「鼻をつままれてもわからん闇のなかでは、遠くの星ひとつでも提灯の役割をするっちゅうことは、都会の人間にはわかりよらん。ほんまの闇っちゅうもんを知っとる人間には、たったひとつの星のすごさがわかる。美津子は、なんとまあ不運な女じゃろうと人は考えるが、雲が切れたら、どれだけぎょうさんの星が美津子の頭上にあるやしれん……。雲さえ流れて切れたらええんじゃ。そんなものは、必ずいつか切れてしまいよ

る」

いやいや、俺の言いたいことは、どうもそんなことではなさそうだ。いささか核心からずれているのはわかるのだが、ならばいったいどんな話をすれば核心に近づけるのか……。熊吾は思いをめぐらしたが、そのうち面倒臭くなってきた。

「お前はとんでもない女じゃ」

熊吾は房江の耳たぶを軽く引っ張って言った。

「お前は、この僧都川の鮎《あゆ》を手づかみにするっちゅうが、それはほんまか」

遠くのものはあらかた判別がついたが、近くの房江の表情はわかりにくかった。けれども、房江の目が笑っているという見当はついた。

「それどころか、手づかみにした鮎を、姑《しゆうとめ》に売りに行かせちょるっちゅう噂《うわさ》や」

「売りに行かせたりしてへん。お義母《かあ》さんが勝手にお小遣いを稼《かせ》ぎに行きはるんや。嫁が手づかみにして捕った鮎じゃって言いふらして」

「お前、ほんまに鮎を手づかみにできるんか？　わしには信じられんが、きょう、明彦を問い詰めたら、ほんまやと言いよった」

「失敗することのほうが多いけど……」

と房江は言った。

「十回やったら、一匹か二匹はつかまえられる」

「ほんまか？　川のなかの、生きちょる鮎やぞ。わしなんか、めだかさえ手づかみになんかでけん。どうやるんじゃ？　なんかこつでもあるのか？」

「こつ？　うん、こつはあるけど、誰にも内緒」

房江はおかしそうに笑い、

「絶対、誰にも教えへんの」

と、いやに舌たらずな口調でささやいた。房江がそんな喋《しゃべ》り方をするときは、心だけが先に性的な愉悦の淵《ふち》に傾いている場合だった。

熊吾が房江の腰に手をかけると、

「あっ、提灯」

そう房江は対岸の土手に目をやって言った。さっきの提灯の灯《ひ》は、左右に小さく揺れながら、熊吾たちが坐《すわ》っている前方を横切っていった。

「そんなもったいぶらんと、そのこつっちゅうのをわしに教えてくれ」

と熊吾は頼んだ。伸仁をつれてくるのではなかったと思った。もし伸仁がいなければ、房江に、寝間のなかの営みではなく、夜露に濡れた草の上での悦《よろこ》びを経験させてやるのに……。

房江の耳元で、そのことをささやくと、

「アホ」

と小声でなじったが、房江の目は潤《うる》みを増していた。

「提灯を持った人が、いつ通りかかるかわからへんのに」

「川べりには、死角っちゅうのがいっぱいあるんじゃ。それも戦地で習《なろ》うた」

「ほんまに戦地やろか。若いとき、そんなことばっかりしてはったんとちがう？」

「わしは、女はお前しか知らん」

その熊吾の言葉で、房江は声をあげて笑った。熊吾は本気になってしまい、房江をここに待たせておいて、仲仁を家につれて帰ろうと考えた。

「ちょっと待っちょれ。わしはもうその気になってしもうた。仲仁をタネに預けてくる」

そう言って立ちあがりかけた。しかし、房江は、そんな熊吾の腕を引っ張り、

「今夜は、益男さんのお通夜《つや》やから」

と言った。

言われてみれば、確かにそのとおりであった。夫が息を引きとってすぐに、美津子は電報を打ったであろうから、旭川の白川家は、今夜、通夜を営んでいることだろう。

こんどは、三つの提灯が、対岸の土手を東から西へと動いてきた。やがて、熊吾たちが坐っている土手のほうからも、提灯を持った夫婦づれがやって来た。

「よかった……」

そう言って、房江は熊吾に微笑みかけた。夫婦づれは、急ぎ足で近づいて来て、熊吾たちに気づき、驚いたように立ち停《ど》まった。

「あれまあ、松坂の大将と奥さまやなァし」

と夫のほうが言った。営林署に勤める男で、女房のほうはタネと小学校の同級生だった。

「ご家族で仲のよろしいことで。風がそろそろ強うなるけん、坊に風邪ひかさんようにしてやんなはれ」

と男は言った。

「提灯を持って、人が西のほうへ行きよるが、何かあったかなァし」

と熊吾は訊いた。

「野崎のじいさまが死んだなァし。今夜はお通夜で」

植林山の大木を切り出すとき、野崎のじいさまはなくてはならない存在であった。木こりとしての腕は並外れていて、力自慢の若い衆五人よりも、野崎のじいさまひとりにまかせたほうが、仕事は速かった。熊吾の父・亀造《かめぞう》が母屋《おもや》を改築した際、必要な檜《ひのき》を切り出したのは野崎のじいさまだった。

「もうかぞえで九十やけん、いつこの日が来ても不思議やあらせんが、死なれてみると、わしらはみんな気持に穴があいたみたいでなァし」

男はそう言い、一礼して、急ぎ足で土手を歩いて行った。その姿を見送りながら、

「あの男が『風がそろそろ強うなる』と言いよったら、ほんまにそのとおりになりよる。嘘かほんまか、ここにおったらわかる」

と房江に言った。

「あいつらの耳は、いっつも山の音を聴いちょる。木と木がすれあう音で、あしたは雨やとか大風やとかがわかるんじゃ。人は道によって尊《たっと》しっちゅうが、わしはどんな道を生きちょるんじゃろうのお」

〈道によって尊し〉という領分は、この自分には何ひとつないのではないか。熊吾はそう思った。

「北海道の旭川は、まだ雪があるやろか」

と房江がつぶやいた。

「まだ残っちょるやろ。こっちは、春の風のなかやが、美津子のところは雪道を踏んで、近所の人らが通夜に来よる」

すると、房江が、この地に移って以来一度も口にしなかったことを質問した。

「いつまで、この南宇和の城辺にいてるの？　永久にここで暮らすつもりとはちがいますやろ？」

「永久になんて思うちょらん。しかし、松坂商会をつぶしてまでも、わしはいなかに引

きこもったんじゃ。目的を果たすまでは、ここを動けん。そんなにあっさりと大阪へ帰ったら、得意先の連中にも、辻堂にも、おめおめと顔を合わせられん」

「私は、丈夫になった。伸仁も、弱いことは弱いけど、大病もせんと二年がたった。そやけど、松坂熊吾は退屈ですやろ？」

「退屈せんように、わしも鮎を手づかみにするこつを知りたいのお」

房江は笑い、じつは、こつなどないのだと言った。

「流れの速いところで、右手を水のなかに入れて、鮎が来るのを待ってるだけや。追いかけんと待ってるんや。近くに来たら、さっとすくいあげる……。それだけのことやもん」

房江は、楽しげに、はしゃいだ口調で言った。また二つの提灯が東のほうからあらわれた。

「それだけのことやと簡単に言うな。それだけのことが、たいがいの人間には真似《まね》できんのじゃ。わしは、自分の目で確かめるまで信用せんぞ。鮎を手づかみにするなんて、そうおいそれと信用できるかや」

「そしたら、五月になったら見せてあげる」

そして房江は、自分は尋常小学校に一年間しか行けなかったが、体操の時間には、走りっこでも、幅跳びでも、男の生徒にすら負けなかったと言った。

「鉄棒が一番好きやってん」

「わしは、逆あがりができんけん、鉄棒が一番嫌《きら》いじゃった」

熊吾は、再び房江の腰に腕を廻《まわ》し、

「わしのお袋とは、うまいことといっちょるのか」

と訊いた。房江は大きくうなずき返し、じつはそれが一番心配だったのだが、お義母さんは私のやり方にまったく干渉しないし、陰で悪口をふれまわったりもしないと答え、心なしか、腰の力を抜き、熊吾に身をあずけた。提灯の灯は、ふいにあらわれて三つも四つもつづくかと思うと、長いこと途絶えて、もうこれで通夜へおもむく人は終わりかと思わせたあと、調子はずれの鬼火みたいにあらわれた。その闇の向こうの提灯の、不規則な動きが、房江に人の目を気にする心を捨てさせたらしかった。

「お義母さん、このごろ、急に耳が遠なりはったみたい。二年前は、左の耳だけが遠かったのに、去年の秋ぐらいから右の耳も聞こえにくうなりはって……。そやけど、体は元気やから、仲仁と千佐子をときどきお風呂《ふろ》に入れてくれはるんやけど、力が強うて、仲仁の背中が真っ赤になるくらい洗いはる」

熊吾は笑い、

「若いころの野良《のら》仕事で、力は強いじゃろう」

と言った。

春先には、熊吾たちがいま坐っている僧都川の土手の後方からの風が多いのだが、やがて前方からの北風がそよぎだした。風の変化で、川のきらめきにも異変が生じ、流れは一瞬逆流したかと思わせた。

「ほんまや。冷たい風が吹いてきた」

と房江はつぶやき、自分のカーディガンを脱ぐと、仲仁の体に巻きつけ、

「ノブ、どうしたん？　喋りもせえへんし、動き廻りもせえへんし、眠ってるわけでもないし」

と言って、仲仁の額に掌《てのひら》をあてがった。

「べつに熱もあらへん」

「まさか、例の脱腸が出たんじゃあるまいな」

熊吾の言葉で、房江は仲仁のズボンの奥に手を入れ、横腹あたりをまさぐった。しかし、そんな気配もなかった。

「こら、なんでそんなにおとなしいんじゃ」

と熊吾は仲仁に訊いた。しかし、仲仁には、ときどきこのようなときがある。何か異常に興味を魅《ひ》かれるものがあると、それに神経を集中して喋りもせず遊ぼうともしないときがあるのだった。

仲仁は、熊吾の首に両腕を絡め、

「おっちゃんが、あそこで踊りよる」

と言った。熊吾と房江は、伸仁の視線を追って、坐ったまま首を後方にねじった。遠くの人家の屋根の上に人影があった。それは、伸仁の言葉どおり、踊っているとしか言いようのない動きを繰り返していた。

「音吉じゃ。鍛冶《かじ》屋の音吉じゃ」

と熊吾は怪訝《けげん》な面持《おもも》ちで言った。

「きょう、ビルマから復員してきはった人?」

「そうじゃ。あそこは、鍛冶屋の音吉の家じゃ」

「あんなとこで、何をしてはるんやろ」

「わからん」

熊吾はそう答えたが、終戦後六年を経て、やっと祖国の、自分の生まれ育った家に帰りついた音吉が、屋根にのぼって、ふるさとの月や星や夜風を味わっているうちに、歓《よろこ》びによるものでもなく、哀《かな》しみによるものでもなく、ただむやみに馬鹿《ばか》踊りをつづけてみたくなったのではなかろうかと考えた。

月と星のもとの闇のなかでは、音吉の体は灰色に見えた。足元は頼りなげで、いまにも屋根から滑り落ちそうなのに、音吉は落ちなかった。

「そのうち、あの人、落ちてしまいはるわ」

と房江が言った。熊吾は立ちあがり、力のない踊りをつづけている屋根の上の音吉に向かって叫んだ。

「音吉、もうやめんか。屋根から落ちて死んだりしたら、何のために生き長らえたのかわからんじゃろうが」

その熊吾の、北裡中に響き渡るような声で、音吉は踊るのをやめ、直立不動の姿勢をとると、

「それは命令でありますか」

と訊《き》き返してきた。

「中村一等兵は、もはや上官殿の命令に服する気はないであります」

熊吾は、まだ草の上に坐っている房江に手を差しのべ、そろそろ帰るかと小声で言った。そして、土手を降り、音吉から目を離さないようにして歩いた。音吉を無事に屋根から降ろしたら、そのあとで千佐子の瞼《まぶた》の治療をしてやらねばならぬと思った。

第三章

熊吾と房江が予期したとおり、美津子はついに一度も神戸の実家に戻らぬまま、旭川の白川家の人間として、夫の遺《のこ》した二人の子を育てていくという人生を選んだ。

その美津子の意志をひるがえさせようと、美津子の両親は二度も、神戸と旭川とを往復したが、四十九日の法要の翌日、

「どうか、あんたたちのお母さんを、よろしゅうお願いします」

と白川益男の幼い遺児に両手をついて挨拶《あいさつ》し、神戸への長い旅についた。

その間の一部始終をしたためた鶴松《つるまつ》からの手紙を熊吾が受け取ったのは、七月五日である。

——責任感に縛られてというのではなく、美津子と二人の子供との絆《きずな》は、これがなさぬ仲の母と子かと思うほどに情愛の深いもので、美津子の決断に義理や世間体などひとかけらも見当たらない。これ以上、翻意を迫ることは、かえって無慈悲なように思われ、美津子の将来を案じつつも、妙にすっきりした気分で帰神した次第だ——。

鶴松は、長い手紙を、そのような意味の文章でつづっていた。

熊吾は、その手紙を房江とかわるがわるに読み返し、目頭が熱くなり、それを気づかれたくなくて、小雨の降る城辺町北裡《きたうら》の、入り組んだ路地をあてもなく歩きだした。規則正しい金属音が、城址《じようし》の小高い丘と森に当たって、かすかな谺《こだま》を響かせていた。それは、鍛冶屋《かじ》の音吉が仕事場で振りおろす鎚《つち》の音であった。

熊吾は、運の強い人間の近くに行きたくなった。いまでもときおり奇行に及ぶものの、体力を取り戻した音吉は、兵隊に徴《と》られる前の機知と仕事への意欲を甦《よみがえ》らせ、彼の人柄《ひとがら》を愛する町民たちの好意による仕事を得て、早朝から夕刻まで鎚をふるっていた。

中村音吉のビルマでの体験は、どれもこれもが、死を紙一重のところでかわしつづけた魔法のようなものだった。熊吾は、音吉からその話を聞くたびに、白川益男の死と対比して、人間の運というものに思いをめぐらせてきた。

白川益男は、胆石を原因とする急性腹膜炎で死んだ。ひどい腹痛に襲われた日、腕がよくて親切だと評判の高い医者は、親戚《しんせき》に祝い事があって札幌に出向いていた。それで仕方なく、隣町の、まだ若い医者のもとに運んだが、その医者は最初、食当たりだと診断した。問診の際、きのう何を食べたかと訊《き》かれ、白川益男は、当たるようなものを口にした記憶はないが、しいて思い起こせば、昼に食べた豆腐が少し酸《す》っぱかったような気がすると答えた。医者は、その豆腐がいたんでいたのであろうと言い、薬をくれた。

しかし、夜半になって痛みは烈《はげ》しくなり、美津子が自転車でその医者を呼びに行くと、医科大学の同窓会に出かけてまだ帰宅していなかった。

医者は夜中の二時過ぎに帰宅したが、料理屋の仲居二人に支えられなければ立つことも出来ないほど泥酔《でいすい》していた。

その医者がやっと往診に来てくれたのは、朝の十時で、白川益男はすでに顔を黒ずませ、意識も混濁していた。それでも医者は盲腸だと言い、手術の出来る病院へ運ぶよう指示した。白川益男は、病院に着いて二十分後に息を引き取った。胆嚢《たんのう》が破れ、腹膜炎を起こしていたのである。

何もかも、めぐりあわせが悪かった——。美津子は、手紙にそう書いていた。やぶ医者への恨み事はひとことも書かれていなかったが、熊吾はかえってその淡々とした手紙の文章から、美津子の無念さを感じ取った。それと同時に、神戸で一度顔を合わせたきりの、白川益男の、なんとなく影の薄そうな風貌《ふうぼう》を思い浮かべた。

運の良し悪《あ》しとは、こんなものだな……。熊吾は、その体験を聞くにつけ、音吉の置かれたビルマでの状況を想像し、よくぞ生きて帰れたものだと感心するのだった。

人間には持って生まれた運というものがある。これればかりは思慮の及ぶところではない。頭のいい人間は腐るほどいるが、運のいい人間は少ない。運の悪い人間と一緒にいれば、こっちも災厄《さいやく》に巻き込まれる。自分はこれまで運が良かった。しかし気をつけねばならぬ。どこでどんな運の悪い人間と交わっていくか知れたものではない。熊吾は真剣にそう思ったのだった。

蛇《へび》が嫌《きら》いで、密林の歩きやすい場所を避けた音吉は、上官に、「こら、どこへ行くか。命令どおりに行動しろ」と怒鳴られた。けれども、行く手に長さ一メートルほどの緑色の蛇がいたので、うまく誤魔化して小隊から離れた。その直後、音吉の小隊は、五発の砲弾に見舞われた。助かったのは、音吉と、巨木のうしろにいた二人だけだった。

そんなことが何十回あったかしれないと音吉は、そのつど首をかしげ、あまり嬉《うれ》しそうな顔をせずに語るのである。

熊吾は、道ですれちがう町民の挨拶に、丁寧に応じ返しながら、音吉の仕事場へと昂《こう》然《ぜん》と胸を張って歩いた。いやに肩を落として歩いている自分に気づいたからだった。

「精が出るのお」

鰹船《かつおぶね》の、収納庫の蓋《ふた》を作っているらしい音吉に熊吾はそう声をかけ、きょうは使う必要のないらしい鞴《ふいご》の横にある椅子《いす》に腰をおろした。

「魚茂さんの註文《ちゆうもん》は、簡単なようでなかなか難しいて」

音吉は鉢巻《はちまき》にした手ぬぐいを取り、それで首筋の汗を拭《ふ》いた。

所有している鰹船の収納庫を改造したいという茂十に、音吉を紹介したのは熊吾だった。深浦にも鍛冶屋はあるのだが、和田茂十はわざわざ使用人にリヤカーで収納庫の蓋を運ばせ、音吉に仕事を与えてくれたのである。

「漁師の手を使わんでもあけしめの出来る蓋を考案してくれっちゅう註文で、この三日ほど頭をひねりましたなァし」

音吉は自分で描いた図面を熊吾に見せ、

「鰹はどんどん甲板に釣《つ》りあげられる。船が沈むほどの重さになるけん、鰹は船底に作った収納庫に漁師が放《ほう》り込みよる。そのとき、蓋が真ん中から左右に開くようにしとくと、仕事もはかどるし、漁師の手間もはぶけるそうやなァし。ところが、しょっちゅう開いたままやと危ないけん、必要なときにあけしめが自由に出来んといけんそうで。それもロープを引っ張るだけで簡単に操作出来んじゃろかと言いなはって。いやあ、このからくりは、南宇和を捜しても、中村音吉にしか作れませんなァし」

「ええ考えが浮かんだか」

と熊吾は笑顔で訊いた。音吉は得意気に頷《うなず》き、図面を見せて説明を始めた。しかし、熊吾は、いかにも感心して音吉の説明に耳を傾けるふりをしながら、伸仁の顔を胸に思い描いた。

はたして、伸仁は運のいい人間だろうか。まだわずか四歳ではあったが、持って生まれた運の強弱を示す予兆は、すでに伸仁の周りにあらわれているに違いない。

熊吾はそう考えて、伸仁が生まれてから今日までの日々をおおざっぱにたどってみた。

進駐軍から手に入れた粉ミルクは、ついに伸仁は飲まなかった。けれども、当時、船来の粉ミルクなどは、到底手に入らない代物《しろもの》だった。飲む飲まないにかかわらず、伸仁の前にはちゃんと粉ミルクが置かれた……。

はしかと腸炎と中耳炎を同時にわずらって一命を落としかけたが、父親の作ったスープを飲んで、あの筒井医師が不思議がるほどの奇蹟《きせき》を起こした。実際、あれは奇蹟と言ってもいい。俺《おれ》もとんでもない荒療治を試みたが、伸仁もまたあのスープを飲んで一滴も吐かなかったのだ。

そのあとで、伸仁は弱い体に恵みをもたらすきれいな空気や日光や新鮮な魚などがある父親のふるさとでの生活を得た。それは、南宇和にふるさとを持つこの松坂熊吾の子として生まれたお陰だ。

そうだ、数えあげたらきりがないくらい、伸仁の運のよさを示す事柄《ことがら》は多い。ついこのあいだも、千佐子とケンカをして縁側から突き落とされたが、うまい具合に祖母が下で煙草《たばこ》の葉を干していて、その背に落ち、かすり傷ひとつ負わなかった。その代わり、祖母は背筋を痛めて、あれ以来毎夜、房江に背を揉《も》んでもらっているが……。

そうだ、闇《やみ》のなかで、音吉が屋根にのぼって珍妙に踊っているのをみつけたのは伸仁だ。もし、伸仁がそれをみつけなかったら、きっと音吉はそのうち屋根から足を滑らせて落ちていたことだろう。音吉を説得して、屋根から降ろすのには難儀をしたが、そのようなことも、仲仁の運のよさを示しているではないか。

そうだ、まだあるぞ。あの左利《き》きの、何をやっても不器用な仲仁は、蝶《ちょう》や蜻蛉《とんぼ》をつかまえようと無茶苦茶に網を振り廻《まわ》すが、逆にその無茶苦茶さが功を奏して、必ず網のなかには何匹かの蝶や蜻蛉が入っている。

仲仁は、運がいいのだと熊吾は思った。顔つきはなんだか頼りないが、強い運を持って生まれているのだ。熊吾は、何度も、仲仁は運がいいと胸の内で繰り返して、自分に言い聞かせた。

「じつはわしは、ええ商売を思いついたぞなァし」

音吉は、図面を仕事場の隅《すみ》に片づけながら言った。

「ええ商売？」

と熊吾は訊いた。

「わしには資本がないけんど、熊のおじさんにならすぐにも始められるええ商売やけん」

なにやかやといろんなことを思いつく男だなとおかしそうに笑みを浮かべ、

「どんな商売を思いついたんじゃ」

熊吾はひやかし半分にそう訊いた。

「わしの友だちが東京で働いとるんやが、こないだ手紙を送って来ましてなァし。最近、ダンスに凝っちょるて書いとった」

「ダンス?」

「東京じゃあダンスホールっちゅうのが大繁盛で、若い男や女がそこに集まって、体をすり合わせて踊っちょるそうやなァし。信じられんような世の中になっしもて……」

そう言えば、神戸の基地でも、トニー・オカダたちは、週末にはダンスパーティーをひらいていたな。アメリカの進駐軍が残していった産物であろうが、若い恋人同士が一緒に道を歩くことさえはばかられた戦前や戦中の抑圧に対する反動でもあるのだろう。熊吾はそう考え、かつて上海《シャンハイ》で暮らしたころ、欧米人たちの社交クラブで、自分もダンスを習ったことがあるのを思い出した。

「ダンスか。あれはやってみると、なかなか楽しいもんじゃ」

と熊吾は言った。

「へえ、熊のおじさんはダンスを踊れるかなァし」

「なかなか洗練されたステップじゃとフランス人の女に賞《ほ》められたことがある」

「へえ、フランス人の女に……。さすがは熊のおじさんじゃ。人殺し以外は何でもやれるんやけん」

「人殺しもやった。戦地でな」

熊吾は何気なく言ったのだが、音吉の顔から笑みは消え、仕事場の出入り口に視線を

投じると、

「いなか者《もん》の百姓を兵隊にしちゃあいけん」

とつぶやいた。

「戦地じゃあ学歴も氏素姓も品性も関係ないんじゃ。兵隊の位と体力だけの世界なんじゃ。なんぼ戦争やっちゅうても、これが人間のすることやろかと思うようなことをやりよるのは、たいてい、いなか者の百姓出身の兵隊じゃ。若い女を犯して殺すのも、年寄りや子供の首をはねるのも、たいてい、いなか者の百姓出身の兵隊じゃ。なんでですかのお。なんで、いなか者の百姓が兵隊に徴《と》られると、あんなえげつない残酷なことを平気でやるようになるんじゃろ……」

熊吾も同感だった。そのような兵隊は、満州の戦地でもたくさんいた。けれども、熊吾は音吉の質問には答えず、微笑を取り戻して、

「おい、ダンスの話をしとるんじゃ」

と言い、シャツのポケットからアメリカ煙草を出した。それを音吉の口にくわえさせ、火をつけてやった。音吉は礼を言って、うまそうに煙を吸い込み、

「熊のおじさんは、どこでダンスを習うたかなァし」

と仕事場の茣蓙《ござ》の上にあぐらをかいて坐った。

「上海じゃ。昭和十年の秋から十一年の春まで、わしは上海に家を借りて暮らした。わ

しの借りた家は、三階建てのロシア風の建物でな。一階にはイギリス人の宣教師が住んで、三階にはフランス人の銀行家の一家が住んじょった。わしは二階の二部屋を借りたんじゃ。寝室よりも便所のほうがでかいくらいで、なかなか快適やったのお」

「戦前の上海は、面白い街やったそうやなァし」

「日本人の将校とか外交官らがのさばっとったが、上海っちゅう街は、底の深い街やったな」

熊吾は、ときおりふらっと訪れて、二日ほど泊まっていく愛芳《アイファン》という中国人の女の細い腰を思い浮かべた。当時、彼女は二十一歳だったから、生きていれば三十七歳になっていることになる。金は与えれば受け取るが、自分から無心することはなかった。日本に行きたいとしばしば熊吾に言ったが、ある日、姿を消して、二度と訪ねてこなかった。

「この城辺で、ダンスホールをやったらどうかのお」

と音吉が言ったとき、音吉の妻が、やかんと茶碗《ちゃわん》を盆に載せて仕事場をのぞき込んだ。

「また何をひとりごと言いよるんやろと思うたら、松坂の旦那《だんな》様かなァし」

目を離すと屋根にのぼりたがる夫を四六時中見張っていなければならず、そのためにずっと寝不足で、夫の安否を案じていたころよりもやつれてしまった音吉の女房は、

「きょうは弟の結納で、かますの寿司《すし》を作りましたなァし。奥さまと坊やに持って帰ってやんなはれ」

と言い、茶碗に湯を注《つ》いで母屋《おもや》のほうへ行った。

「ダンスホールか……。それはひょっとしたらええ考えかもしれんな」

と熊吾は言った。この城辺町にダンスホールが出来たら、近在の人間はみな驚くだろう。闘牛以外に何の娯楽もなく、若い者たちは身を持て余して、酒や博打《ばくち》を吐け口にするしかない。どうせ損をするに決まっている農機具販売に手を出すよりも、ダンスホールの主人におさまるほうが、あの政夫には向いていそうだ……。熊吾はそう考えたのだった。そのような商売には、はやりすたりがあるだろうが、このご時世なら五、六年はもつだろう。政夫だけでなく、タネにも向いている……。

「しかし、ダンスホールと名がつく以上は、ある程度の広さが要るじゃろう」

と熊吾は音吉に言った。

「わしは東京のダンスホールが、どのくらいの広さなのか知らんけん」

音吉には見当もつかないようだった。彼は煙草を途中でもみ消し、大事そうに仕事着のポケットにしまうと、

「上海のダンスホールは、どのくらいの広さがありましたかなァし」

と訊いた。

「百坪はあったぞ。ホールの中には酒場もあるし、楽団用の場所もあるし、客のコートや荷物を預かるクロークっちゅうもんもある。それを差し引いても、踊る場所は七十坪

ほどじゃ」

「楽団が要りますかのお。わしは楽団のことまで考えんかった。熊のおじさんがいま住んどるところに、三十坪ほどの建物を建てりゃええと思うちょった」

　庭の、道に面している場所に三十坪の建物を建てることは可能であった。しかし、楽団を雇うのは、この辺鄙《へんぴ》ないなかでは不可能と言える。

「音吉、その東京の友だちに葉書で問い合わせてみい。東京のダンスホールは、どのくらいの広さか。楽団を雇うちょるのか、それとも蓄音機でレコードを流しとるだけなのか。上海の酒場には、そうやって、気が向いたらいつでも客が踊れるようにしてあるっちゅうところもあったからな」

「熊のおじさんは本気かな？」

　音吉はあぐらをかいたまま背筋を伸ばし、口元に笑みを漂わせて、熊吾を見つめた。茶碗の湯をすすり、熊吾は、政夫とタネがいずれは正式の夫婦となることを話して聞かせ、

「政夫みたいな男に、頭を使う商売は無理じゃ。タネは、頭のなかものんびりしとるが、体ものんびりしとる。そやけん、政夫とタネには、うってつけの仕事みたいな気がしてのお」

　と言った。

音吉は、早速今夜にでも友人に葉書を書くとはしゃいだ口調で言った。そんな音吉に、

「お前、なんで夜中に屋根にのぼったりするんじゃ？　お前の女房の言葉じゃと、そんなときのお前は、どうも正気を失のうちょるみたいやっちゅうが、もしそうなら、ちゃんとした医者に診てもらわにゃあいけんぞ」

と熊吾は言った。

音吉は、伸ばしていた背筋の力を抜き、茣蓙の目を爪先《つめさき》でなぞりながら、外の小雨を無言で見入ってから、何かを強く否定するかのように首を左右に何度も振った。

「わしは、わしが死んだあと、閻魔《えんま》様にしか裁いてもらえんようなことを、ビルマの収容所でやりましたなァし。どんなことやと訊かんといてやんなはれ」

と小声で言った。

「わしは親の代からの鍛冶屋で、体を動かしちょると、なんやしらん安心出来るけん、夜、恐ろしいなると屋根にのぼる……。城址《じょうし》の森が風で動いちょる音を聞くと、戦地のことはみんな嘘《うそ》やった、あんなことはみんな悪い夢を見とったのとおんなじやと思えるんじゃ。わしの家の屋根からは、城址の森も、僧都《そうず》川の流れも、よう見える。わしは子供のとき、親父《おやじ》に叱《しか》られると、腹いせに、屋根にのぼりましたなァし。屋根にのぼって、落ちて死んでやるっちゅうて、おかしな踊りを踊ってやりましたなァし。親父は、えらい怒りながらも、わしをなだめて、家の中へ戻らせてくれよった……。わしは、子

供のときにやったように、屋根にのぼって踊っちょると、死んだ親父が助けに来てくれるような気がしてなァし。音吉よ、お前が悪いんやあらせん、何をそんなに怖がっとるんじゃ、お前が悪いんやあらせんぞ、早よう女房の横に戻って、安心して眠らんか……。親父がそう言うて、わしを抱いてくれるような気がしましてなァし」

熊吾は音吉への言葉が思いつかず、無意識に手を伸ばして、彼の頭を撫《な》でた。音吉の目から涙がこぼれ落ちた。それは仕事場の軒先から落ちて地面を打つ雨の滴《しずく》よりも大きな音を莫蓙の上に作った。

これまでも、熊吾は、戦争そのものと戦争遂行者たちを、どれほど憎悪《ぞうお》しつづけたかしれなかった。しかし、郷里の平和な風景のなかに身を没して二年余もたつと、熊吾が味わった戦争の無惨《むざん》な名残《なご》りも、どこか遠くに去って薄まりつつあった。

「音吉の考えついたダンスホールっちゅう商売をやってみるか。ダンスホールも、この日本の平和の小さな象徴じゃ」

再び沸きあがった戦争遂行者たちへの烈しい憤《いきどお》りと憎悪を抑えながら、熊吾は幼な子をあやすように音吉に言った。音吉は頭を垂れたまま肩を震わせ、その熊吾の言葉にうなずき返した。

音吉の友人から、行きつけのダンスホールの見取り図が添えられた親切な手紙が届いたのは七月二十日で、南宇和の梅雨があけ、城址の森からすさまじい油蟬《あぶらぜみ》の鳴き声が聞こえ始めたころだった。

その見取り図には、友人の目測による数字が記されていて、ダンスホールの面積は約三十二坪であった。何軒かのダンスホールをのぞいてみたが、生のバンドが演奏しているところは一軒もなく、どこも蓄音機でレコードを流している。レコードは、アメリカ兵たちが日本に残していったもので、いまでは中古のレコード盤専門の業者も増えたようだ――。手紙にはそう書かれてあった。

熊吾は、縁側から庭を見やり、鶏《とり》小屋を別の場所に移せば、三十五坪ほどの建物を建てるのは可能だろうと考えた。彼は房江を呼び、自分の考えを伝えてから、

「タネに大阪に行かせようと思うんじゃが」

と言った。ダンスホールを経営するという夫の言葉に驚いて、ぽかんとしている房江は、団扇《うちわ》で熊吾に風を送りながら、

「ダンスホール……」

と何度もつぶやいた。

「ダンスの教師がおらんと、せっかくダンスホールが出来ても、客は誰も踊れんけん、タネに一ヵ月ほど大阪でダンスを習わせにゃあいけん。レコード盤も、相当な数を買い込んでこさせにゃあいけんのお」

「本気ですのん？」

と房江は団扇を動かす手を停《と》めて訊《き》いた。

「本気じゃ」

「ダンスホールて、何ですのん？」

熊吾は房江を見やり、

「お前、ダンスホールを知らんのか」

と訊き返した。

「ダンスホールっちゅうのは、男と女がダンスを踊るところじゃ。盆踊りやあらせんぞ。西洋の社交ダンスっちゅうやつじゃ」

そして熊吾は、房江の腕をつかみ、片方の手を腰に廻した。

「アン、ドゥー、トロワ。アン、ドゥー、トロワ」

と言いながら、熊吾は房江を抱いて座敷で振り廻した。

「お前の片方の手は、わしの肩に置くんじゃ」

「アン、ドゥーって何ですのん？」

「フランス語で一、二、三じゃ」

「四と五は？」

「知らん。そこから先はフランスにはない」

「フランス語には、一、二、三から先はあれへんのん?」

「でんでん虫なんかを食いよる国やけん、一、二、三以上の数字は必要ないんじゃろ」

房江は、熊吾に教えられるままに、ぎごちなく足を動かした。もっと背筋を伸ばして、とか、もっと軽やかに、とか熊吾に言われながら、房江は座敷のなかで振り廻されていたが、そのうち熊吾の足を踏まなくなり、熊吾の口からでまかせのリズムに上手に合わせ始めた。

「どうや、なかなか楽しいもんやろ」

「音楽があったら、もっと楽しいやろね」

と房江は笑いながら言った。

「あんたの口から出る曲、だんだん阿波《あわ》踊りみたいになってきた」

「わしは生まれつきの音痴なんじゃ。しかし、声はええっちゅうて、昔、小唄《こうた》のお師匠さんが言うとった」

「えっ、小唄なんか習《なろ》てはったん?」

熊吾はまずいことを口走ったとあわてた。随分昔のことだが、その小唄の師匠とねんごろになり、二年ほど関係をつづけたことがあったのだった。

「わしは努力家やけん、なんとかして自分の音痴を治そうと思うて、習いとうもないのに、小唄のお師匠さんのところへ通うたんじゃ」

「美人のお師匠さんですやろ？」

「あいにくと皺《しわ》くちゃの婆《ばあ》さんじゃった」

こんどはワルツを教えてやる。熊吾がそう言って房江の体からいったん離れると、房江は目元を赤く染め、慌《あわ》てて取りつくろうように団扇を拾った。ヒサとタネ、そして伸仁と千佐子が庭に並んで立ったまま、不思議そうに熊吾と房江を見つめていたのである。

ヒサは、縁台をよじのぼるようにして座敷に上がると、滅多にない生真面目《きまじめ》な目をして、

「熊よ、女房を可愛《かわい》がるときは、子供が寝てからにせにゃあいけん」

と声を忍ばせて言い、幾分なじるように房江にも視線を移した。

「そんなこと、なんぼこのわしでも、立ったままあっちこっちへ動きながら出来るかや」

熊吾は苦笑して、ほとんど両耳とも聞こえなくなりつつある母に、

「ダンスを踊っとったんやけん」

と大声で言った。それから、タネに、話があるから座敷へ上がるように促した。

熊吾の話を聞き終えると、タネは、去年の暮に宇和島の映画館で洋画を観《み》た際、主人公の恋人同士がダンスホールで踊る場面があったとはしゃいだ口調で言った。

「政夫さんも、そのダンスホールで働けるん？」

と房江が熊吾に訊いた。

「そのために作るんじゃ。政夫には、せいぜいその程度の仕事しか出来んけんのお」

秋の、戻り鰹の時期まで、鰹船《かつおぶね》が港から出る機会は少なかったが、政夫は魚茂から貰《もら》った鰹船の操縦法を身につけるために、ここ数日、海に出ていた。

魚茂の若い衆に言わせると、政夫は動作が緩慢で、呑《の》み込みも遅く、見ていてはらはらするとのことだった。

「あいつに漁師なんか出来るかや。鰹船を手にいれて有頂天になっとるが。そのうち海に落ちるか、船を岩にぶつけてこわしてしまうか、知れたもんやあらせん」

政夫の悪口を言われると、いつもタネは温和な顔を少し険しくさせるのだが、きょうは元気のない表情で畳に視線を落とし、

「政夫さんは、きのうから海には出ちょらん」

と言った。

「なんでじゃ。もう船にも飽きっしもたんか」

熊吾は怒鳴りつけたくなったが、かろうじてそんな自分を抑えた。

タネは、濃い緑色を夏の太陽のもとで光らせている城址の森に目を向け、

「政夫さんの奥さんは、もうあしたまでもたんやろうて、お医者さんが言いなはって……」

とつぶやいた。

「梅雨があけた日から、もうおおかた意識がのうなりなはった」

「そうか……」

熊吾はそれだけ言うと、自分も城址の森に目をやった。彼は立ちあがり、ダンスホールは、二、三週間もあれば出来あがるだろうが、もうあしたかあさってにも、大阪へ行くようにとタネに命じた。

「政夫の女房の四十九日が済むまで、お前はこの城辺から姿を消しちょれ」

「そんな早ように？　支度も何にも出来とりゃせんのに」

とタネはうろたえたように言った。

「どこにダンスの先生がおるのかもわからんし……」

「かまわん。とにかく大阪へ行っちょれ。どこかの安宿に居場所を定めたら、わしに電報を打て。どうすりゃええかは、わしが指図しちゃるけん」

熊吾は下駄《げた》を履いて庭から道へ出ると、伸仁と千佐子を呼んだ。

「城址の森へ行くぞ。蟬取りじゃ」

と言った。伸仁も千佐子も嬉《うれ》しそうにはしゃぎ、歩いて行く熊吾の足元にまとわりついた。

「父さんが子供のころは、とり餅《もち》を使《つこ》うたもんじゃ。あれはうっかり髪の毛につくと、えらい目に遭う。お前らにとり餅を使わせて、わしの髪につけられたら大変じゃけん、虫捕り網を使うぞ。蝉を網で取るのは、父さんが子供のころは邪道じゃった」

田圃《たんぼ》に沿って右に左に畦道《あぜみち》を進み、城址の近くまで来たとき、千佐子が熊吾を呼んだ。

「おっちゃん、ノブがおらん」

熊吾は、ふいにいなくなった仲仁を捜して、息を凝らし、目を素早くあちこちに動かした。野壺に落ちたな。底なし沼みたいな野壺《のつぼ》が、このあたりには二つ三つあるのだ。なすび畑と田圃のあいだの草叢《くさむら》に、仲仁の手が見えた。熊吾は下駄を脱ぎ、必死でそこへ走り、突き出ている仲仁の手首をつかんで引きあげた。

全身を糞尿《ふんにょう》だらけにして、仲仁は目をあけ、泣こうとしたが、口からは泣き声よりも糞尿がこぼれ出た。熊吾は、仲仁の両足首をつかんで吊《つ》り下げると、さかさまになった仲仁の体を振った。仲仁が泣き声をあげた。それを確かめて、熊吾はほっとして畦道に坐《すわ》り込んだ。

糞尿まみれになって立ちつくし、大声で泣きつづけている仲仁を見つめ、熊吾は、もし父親と一緒に歩いていなければ、この子は深い野壺にはまって死んでいたことは間違いないだろうと思った。

「助かったんじゃけん、泣くもんやない。笑え！　命拾いしたんじゃけん、喜んで笑え！　それが、命を助けてくれた人に対する礼儀っちゅうもんじゃ」

と熊吾は、全身から悪臭を放っている伸仁に向かって怒鳴った。

房江にしらせるために、履いていた草履《ぞうり》の片方をどこかに跳ねとばして駈《か》けていった千佐子が、走り戻ってきた。そのあとから、房江が走ってきた。その房江のスカートが、膝《ひざ》の上あたりにまでめくれあがるのをぼんやり見やり、熊吾は、

「おお、わしの女房は、なかなか色っぽいのお」

と誰に言うともなくつぶやいた。彼は、開衿《かいきん》シャツの胸ポケットから煙草《たばこ》を出そうとしたが、糞尿まみれになっている自分の手に気づき、千佐子に、

「おい、おっちゃんの口に煙草をくわえさせてくれんか」

と言った。

房江は、走り寄ろうとした伸仁を制し、あとずさりしながら、

「いやあ、うんこだらけや。お母ちゃんにさわったらあかん。うんこに溺《おぼ》れて死んだりしたら、どないするのん。いっつも遊びまわってる場所やねんから、どこに危ないもんがあるかぐらいは、ちゃんと頭に入れときなはれ。あっちへふらふら、こっちへふらふらと歩いてるから、うんこを溜《た》めてある穴にはまったりするんや」

「おい、早よう連れて帰って、洗《あろ》うちゃれ。その前に、とにかく腹薬を服《の》ませとくんやぞ。だいぶ飲み込みよったみたいやけんのお」

と熊吾は言い、千佐子にくわえさせてもらった煙草を房江に向かって突き出した。

「マッチも胸のポケットじゃ」

しかし、房江は、

「おっちゃんの煙草に、火ィつけてあげなはれ」

と千佐子に言い、小走りで伸仁を家に連れて帰った。熊吾は、妻と息子のうしろ姿が視界から消えてしまうまで、田圃の横の道に坐り込んでいた。熊吾の目には、情けなさそうに母のあとから駈けていく伸仁にだけ、夏の陽光が当たっているみたいに見えた。

千佐子が、熊吾のシャツの胸ポケットからマッチの箱を出し、煙草に火をつけた。マッチを擦るまだ五歳の千佐子の指の動きをじっと目で追いながら、こんなに幼くても、女はちゃんと女の指の動かし方をするものだなと熊吾は妙に感心し、

「この野壺は深すぎる。畑の持ち主は誰じゃ」

と訊いた。

「桑田のまあちゃんとこや」

と千佐子は言った。

「桑田か。子供がはまらんように、ぶあつい板をかぶせとくとか、周りを何かで囲むとかさせんといかん。伸仁は、またこの野壺にはまりよる。あいつは、前を見て歩かん男じゃ。あいつは、いっつも、中空を見ちょる。蝶々《ちょうちょ》やとか、蜻蛉《とんぼ》やとか、燕《つばめ》やとか……。とにかく、わしは、あいつが足元を確かめて歩いちょるとこを見たことがない」

熊吾はやっと立ちあがり、僧都川から水田へと引いてある細いせせらぎで手を洗った。水で洗ったくらいでは、悪臭は消えなかった。

熊吾は、田圃の持ち主である桑田の家へ行き、お前のところの野壺は深すぎる、頑丈《がんじょう》な蓋《ふた》をかぶせるか、何かで囲いをするようにと言った。

「いま、わしの息子がはまって、危うく死ぬとこじゃった」

松坂熊吾の突然の来訪に驚いて、桑田家の住人は、九十二歳の曾祖母《そうそぼ》までが、何事かといった顔つきで、広い板の間に正坐《せいざ》した。

「ここいらの子で、うちの野壺にはまる子は、滅多におりませんでなァし。みんな、どこにどんな野壺があるか知っちょりますけん」

桑田の妻は、至極のんびりとした口調で言い、その言葉を補うかのように、九十二歳の曾祖母も、歯が一本もない口を、柔らかすぎるゴムのように動かして、

「あの野壺に子供がはまったのは、わしが次女を産んだ年じゃけん、明治三十七年やなァし。それからあとは、誰も落ちちょらん」

と言った。

「明治三十七年以後、あの野壺に落ちた子供はひとりもおらんちゅうのか」

熊吾は、仲仁を馬鹿《ばか》にされたような気がして、静まりかえっている桑田家の土間に立ったまま、少し声をあらだて、

「たとえ百年に一遍でも、あの野壺に落ちた子供は、近くにおとながおらんかぎり死ぬぞ。そんな野壺には、やっぱりちゃんと蓋をしとくもんぞ」

と言った。

「その子はどうなった。えっ？　その明治三十七年に、お前んとこの野壺にはまった子供はどうなったんじゃ」

桑田家の曾祖母は、ほとんど顎《あご》が床につくくらいに曲がった背中を左右にゆっくり揺らしながら、

「生きちょる、生きちょる。なんちゃ死んどらん。松坂熊吾っちゅう子供や」

と言った。

熊吾は、糞尿の臭《にお》いがこびりついている指で、思わず自分の口髭《くちひげ》をこすった。

「あのときは、確か、あんたは七つぐらいじゃった。お父さんの亀造《かめぞう》さんの知り合いが亡《な》くなりなはって、そのお葬式に、一本松から北裡まで来なさったんやが、お葬式の最中に、あんたは、うちの野壺にはまってなァし。亀造さんはえらい怒りなはって、いまのあんたとおんなじように、わしの家に怒鳴り込んできたんじゃ。亀造さんは、自分で杉の木で蓋を作って持って来なさって、うちの野壺に蓋をして帰りなはったんやが、あの蓋も、とうの昔に腐っしもて……」

と桑田家の曾祖母が言った。長い沈黙が生じた。桑田家の住人は、みな、無言で熊吾

を見ていた。

「糞《くそ》まみれのあんたを、わしと、死んだうちの父さんとで、あそこの井戸んとこで洗うたんやが、もう昔のことじゃけん、あんたは覚えとりゃせんやろのお」

桑田家の曾祖母は、しおれた朝顔の花に包まれている庭先の井戸を指差して、そう言った。

「桑田のばあちゃんは、ぜんぜんぼけちょらん。まだまだ長生きをするぞ」

熊吾は照れ臭さを隠そうとして言った。音吉に頼んで薄い鉄の蓋を作り、あの野壺に間抜けな子供がはまらないよう、早急に手を打たねばならぬと思った。

「遠い昔のことは、気持が悪いほど覚えちょるのに、今朝のことは忘れっしまう。わしも、そろそろ消えにゃあいけんのに」

桑田家の曾祖母は、そう言って声をたてずに笑った。熊吾は、まだ封を切っていないアメリカ煙草を、ズボンのポケットから出し、

「桑田のばあちゃんは煙草が好きやったのお」

と言って、嫁に手渡し、

「わしが、音吉に蓋を作らしてかぶせとくけん」

そう言って桑田家を辞した。

家に帰ると、井戸端で、丸裸にされた伸仁が、房江とタネに全身を洗ってもらってい

た。着ていたものは、もう捨てるしかなかった。洗い終わるのを待って、熊吾は、体を拭《ふ》いてもらっている伸仁に、

「陽《ひ》の当たっちょるところに三日ほど立っちょれ。ここいらの子で、野壺にはまるような間抜けはおらんのじゃ。なんぼ洗うても、臭いが完全に取れるのに三日ほどかかる。そこで三日ほど立ったまま、まっすぐ前を見て歩くっちゅうことを考えて、人生っちゅうもんに心を向けにゃあいけん。お前みたいな臭いやつを、家の中に入れるわけにはいかんぞ」

と言った。その熊吾の言葉で、伸仁はまた泣いた。井戸水を桶《おけ》に何杯も頭からかけられたので、唇《くちびる》は青くなり、体の震えは止まらなかった。

「体があったまるまで、おてんとさんに当たってなはれ」

自分の掌《てのひら》で、何度も何度も伸仁の体をさすったあと、房江は伸仁の寝巻を持ってくると、それを着せた。そして、伸仁の髪を嗅《か》いだ。

「あかんわ……。まだ、臭いが取れへんわ。やっぱり、お湯で洗わんとあかんねんなア」

とつぶやいた。

縁側に、一通の封書が置いてあったので、熊吾はそれを手に取った。熊吾への手紙で、差出し人は辻堂忠《つじどうただし》であった。伸仁を洗っているときに届いたのだと房江は言い、立って

いる伸仁の前にしゃがんで、絶え間なく幼い息子の冷えた体をさすりつづけた。

熊吾は、辻堂からの手紙の封を切った。

前略
大阪も梅雨が去り、いよいよ暑くなってまいりました。南宇和の夏はどんな夏なのでしょうか。お見舞い申し上げます。

先日の株売却の件、御指示通りに処理しておきました。私もある程度の予想はたてでありましたが、その予想をはるかに上まわる暴落の兆《きざ》しが見えてきました。あるいは、とんでもない大暴落が起きるかもしれません。

さて、本日封書をしたためましたのは二つの御報告事項が生じたからです。

その一つは、井草正之助氏の消息が判明したこと。氏は、現在、金沢に住居を持ち、奥さんとお子さんの三人で暮していらっしゃいます。私の得た情報が正確であるならば、井草氏は現在、海老原《えびはら》太一氏とはまったく交際がなく、しかも重症の肺結核で病床にあります。詳しいことは判《わか》りませんが、他の病気も併発していて、病状は相当深刻な様子です。

井草氏は、つい最近まで、妻子を郷里に帰していたのですが、病状悪化によって、金沢に妻子を呼び寄せたらしく、それ以前は、愛人と暮らしていました。私の記憶違いかもしれませんが、社長が以前、何かの折に、中国人の御友人の名を出された際、その御友人と結婚する予定であった女性の名も、私にお聞かせ下さいました。谷山節子さんと記憶しておりますが、井草氏と金沢で最近まで暮らしていた愛人と同じ名前です。

　おそらく、井草氏は、自分の意向が社長に届くようにと意図された感があります。私に、井草氏の現況を伝えた人物の話し振りから、私はそのように判断いたしました。井草正之助氏は、死ぬ前に、なんとしても、松坂熊吾という人物に詫《わ》びたいと強く念願しているとのことです。しかし、井草氏は、もはや旅行が出来る体ではありません。幾つかの情報によって、井草氏の状況についてはおおむね外れてはいないと考えます。

　もう一つの御報告事項は、私の勤務いたします東明証券が、近々、野口証券との合併を決定したことです。この手紙が社長のもとに届くころには、正式発表となっている筈《はず》です。

　御説明の必要はないでしょうが、この合併によって、新会社は我が国で第三位の証券会社へと規模を増大させることになります。そして、この合併工作は、我が社が常に主導権を握ってきました。

　まだ内示の段階ですが、合併と同時に、私は旧野口証券の東京本社勤務となります。

私の仕事は、野口証券生え抜きの幹部たちから、それぞれの実権を奪うことです。いやな役廻《やくまわ》りですが、あるいは、この私には最も適した仕事かもしれません。

なお、これは余計な御報告ですが、岩井亜矢子は、昨年の秋、三協銀行の頭取の長男と結婚いたしました。精栄海運とは戦前からつながりの深かった銀行で、やはり、彼女はおさまるべきところへおさまったということになるでしょう。

別便にて、いつもの煙草とチーズ、御依頼のあった夏物の衣類をお送り申し上げました。

奥様も御子息様も、御健康におすごしの御様子、心よりお慶《よろこ》び申し上げます。奥様に、どうかくれぐれもよろしくお伝え下さい。

不一

別の便箋《びんせん》には、井草正之助の住所と、辻堂の東京での新しい住所がしたためられてあった。

熊吾は、井草正之助に関する報告事項の中に、谷山節子という名が出てきた瞬間、体中の血管が怒張して破れてしまうように感じた。

あの周栄文が愛し、中国人であることを放擲《ほうてき》してでも己の妻にしようとした女を、井草は自分の愛人にしていたというのか。いかなるいきさつによって、井草正之助と谷山節子が、そのような関係へと進んだのかといった詮索《せんさく》が心に入る隙《すき》もないほど、熊吾の怒りは大きかった。

井草とて、節子と別れて中国へ帰る周栄文を神戸港で見送った男ではないか。周栄文と節子の、おそらく今生最後になるであろう夜を、確か井草は三句の俳句に託し、それを周栄文へのはなむけとしたはずだ。三つの短冊《たんざく》にしたためた句を、周に手渡すとき、井草が泣いていたのを俺《おれ》は忘れてはいないぞ。あの涙が、何年かあとに涎《よだれ》に変わったなどとは言わさないぞ。

「そうか、井草は死ぬのか。罰が当たって、生きながら地獄にいるのか。あいつは、いま、生きながらの地獄よ。このわしが、井草の死にざまを、ちゃんと見届けちゃる」

熊吾は、その語尾だけを、まるで何かの掛け声みたいに発しつつ、胸の内でそう言った。

「宇和島行きのバスは、もう出たか」

と房江に訊《き》いた。夫の目を見つめ、房江は怯《おび》えた表情で伸仁を抱きあげた。

「何があったん？」

「井草の居所がわかった」

「どこにいてはるのん？」

「金沢じゃ。肺病で死にかけちょる。わしが死に水をとっちゃる。宇和島行きのバスはもう出たんか」

「そんな急に金沢に行く言いはっても。行くなら行くで、ちゃんと旅の用意をせんと」

仲仁の服を捨てに行っていたタネが帰って来て、熊吾と房江の会話を聞き、

「バスは、もう出てしもた」

と言った。

「あした、うちと一緒に大阪まで行ったら？　うちもそのほうが心強いけん」

「宇和島から高松までの汽車は何時じゃ。高松からの船は何時じゃ。わしは、なんとしても、井草の息の根があるうちに金沢へ行かにゃあならんのじゃ。タネ、汽車と船の時間をしらべてこい」

「何をしに行きはるのん？」

仲仁を縁側に坐らせ、房江は熊吾の腕をつかんで心配そうに訊いた。

「井草が、わしに逢《あ》いたがっちょる」

熊吾は、谷山節子の名を口に出さなかった。房江にも、周栄文と節子とのことは、折にふれて話して聞かせてはあった。だから、辻堂からの手紙を、そのまま房江に見せればいいのに、熊吾にはそれを避けようとする心があった。

熊吾に、いま狂的な怒りをもたらしているものは義憤だけではなかったし、そのことを熊吾は自覚していたのである。

「どっちにしても用意をせえ」

と熊吾は房江に言った。

「根は、優しい人やから」

その房江のつぶやきで、熊吾は少し体の力を抜いた。

「誰がじゃ。井草か？　わしか？」

熊吾は、わかっているのに、そう訊いた。

「あんたは、優しい人やから、井草さんを見たら、何もかもを許してしまいはります」

それから、房江はタネに聞こえないようにして、熊吾の耳元で、

「旅の用意は、すぐにします。それよりも、ほんまにダンスホールを、この庭につくるのん？」

と訊いた。

「大儲《おおもう》けは出来んが、必ずええ金稼《かねかせ》ぎになる。わしは、本気じゃ。政夫とタネに、てめえの力で生きていく道具立てを作っといちゃらんと、いつまでもわしがあいつらを食わしてやらんといけんはめになるけん」

「こんないなかで、ダンスホールなんかやって、お客が来るやろか……」

「開店してからびっくりするなよ」

熊吾は、縁側に坐っている伸仁の唇を見た。さっきの紫色は消えて赤味が戻っていた。

けれども、父親に叱《しか》られるのではないかと思っているらしく、うなだれたまま、ときおり熊吾の表情を盗み見ていた。

「男がいつまでめそめそしとるんじゃ。それより、ちゃんと薬を服んだか？　お前の腹の中では、いまぎょうさんの黴菌《ばいきん》が宴会をやっちょるぞ」

と熊吾は、表情をやわらげて仲仁に言った。

「ぼく、まっすぐ歩くけん」

と仲仁は安心したように言った。

「そうじゃ。しっかりと目をあけて歩け。それから、喋《しゃべ》るとき以外は、唇をちゃんと閉めちょけ。唇は人間の入口なんじゃ。脳味噌《のうみそ》の出来不出来が最初に出て来る場所は唇じゃ。唇がいっつもだらしのうに半開きになっとるやつがおる。そんなのに賢いやつはひとりもおらん。その証拠に、女には唇が二つあるが……」

熊吾の言葉を、房江は慌《あわ》てて制した。

「子供に何を言うのん。仲仁はまだ四つやのに。そんなしょうもないこと、教えんといて」

熊吾は、わかったわかったとうなずき、辻堂からの手紙を二つに折ると、ズボンのポケットにねじ込んだ。

タネが帰って来て、汽車と船の時刻表を熊吾に手渡し、

「政夫さんの奥さんが……」

とつぶやいた。

熊吾は、城址《じようし》からの蟬《せみ》の声のほうに視線を投じながら訊いた。

「いつじゃ」

「二時間ほど前。政夫さんの友だちがしらせに来てくれて、そこの曲がり角のとこで教えてくれなはった」

熊吾は時刻表を見た。宇和島行きのバスはもうなかった。明朝の九時のバスに乗り遅れると、宇和島からの汽車に間に合わない。

「つまらん道連れやが、あした、大阪まで送っちゃる。わしは、お前と大阪で別れて、そのまま金沢へ行くが……」

熊吾はそこまで言って、さてどうしたものかと考えた。タネの落ち着く先を、辻堂にみつけてもらうわけにはいかない。辻堂は、おそらくもう大阪にはいないだろう。そう思ったのだった。

熊吾は、タネに紙とペンを持ってこさせると、電文を書いた。

――七ガツ二二ヒ　ジヨウハン。オネガイゴトアリ。ヤハン、ゴジタクニテ。

「これを電報で打ってこい。相手は丸尾千代麿《ちよまろ》っちゅう男じゃ」

熊吾は、机の引き出しから住所録を出し、丸尾千代麿の住所を書き移して、タネに渡した。

そのタネと道ですれちがって、こちらへ歩いてくる男がいた。和田茂十であった。茂十が、熊吾の家を訪れるのは初めてのことだった。

茂十は熊吾に軽く手を振り、

「ご相談がありましてなァし。ご連絡もせんと、勝手に来てしまいましたなァし」

と言った。挨拶《あいさつ》に出た房江に、茂十は木箱に入った鰈《かれい》の干物《ひもの》を、つまらないものだがと渡し、

「噂《うわさ》にはお聞きしちょりましたが、なんと、噂以上におきれいな奥様よなァし」

と言って、丁寧に頭を下げた。

「ついでに、わしの息子も賞《ほ》めてくれんか。さっき、野壺《のつぼ》に落ちて糞まみれになって、まだちょっと臭うがのお」

茂十は、ためつすがめつ伸仁を見つめ、

「坊は、野壺にはまったかなァし。まあ、男は一遍は野壺にはまっといたほうがええ。あそこは、いろんな経験が溜《た》まっちょるとこやけん」

そう言って、伸仁の頭を撫《な》でた。その茂十の言葉で、熊吾は笑った。

風の吹き渡る縁台にあぐらをかき、

「坊を医者に連れて行かれましたかなァし」

と茂十は房江に訊いた。

「口から怖い黴菌でも入っちょるとことやけん。赤痢やとか、コレラやとか……。いなか薬を服《の》ましただけではちょっと心配でなァし」

そう言われて、熊吾は確かにそのとおりだなと思った。房江も同じことを思ったらしく、熊吾を見やった。熊吾は、仲仁を医者へ連れて行くよう房江に促した。

房江が急ぎ足で、仲仁を抱いて出かけてしまってから、茂十は用件を切り出した。

「宇和島を地盤にしちょる県会議員が、いまこの町に来ちょりまして、わしに、松坂の大将に引き合わせてもらいたいと頼みよりましてなァし。きょうは、玉水旅館に宿をとっちょります。もし、逢《お》うてみてもええと思われましたら、わしのほうで一席設けさせてもらいますけん」

「茂十にとっては、どうなんじゃ。わしが逢うたほうがええ相手なら、足を運んでもええぞ」

熊吾は、半ばうわの空で茂十にそう言った。初対面の人間と話をする気にはなれなかったし、逢いたがっている人間が、まず先に足を運ぶのが筋道というものだろうと思い、不愉快な気分にもなっていた。

熊吾は、団扇《うちわ》で自分の胸元に風を送りながら、死にかけている人間の顔を踏みつけるために、遠い北陸の地まで出向くことが馬鹿《ばか》らしくなってきた。男と女とは、そういうものなのだ……。熊吾はそう思った。節子も生身の女だから、いつまでも周栄文の面影《おもかげ》だけをよすがにしているわけにはいくまい。自分は、節子の相手が井草正之助だという思いがけない出来事に腹を立て、その思いがけなさが、おかしな嫉妬《しっと》へとつながったにすぎない。

いったんはそう考えたが、熊吾は、大切な約束を失念してしまっていたことに気づいた。失念というよりも、まだ自分の出番ではあるまいと見当をつけ、南宇和の穏やかな風光のもとで手足を伸ばしすぎて、妻子のこと以外に心が向かなかったのである。

周栄文と谷山節子とのあいだには娘があった。その子に麻衣子と名づけたのは熊吾だった。周栄文に頼まれて、彼の娘の名づけ親となったのである。

「麻衣子を、自分の娘のように思ってやってくれ」

と周栄文は日本を去る間際《まぎわ》、熊吾に言ったのだった。

どうしてこんな大事なことをなおざりにしていたのだろう。麻衣子は幾つになったであろう。俺が周栄文との約束をあとまわしにした結果として、麻衣子の母は、井草正之助とねんごろになったのだ。俺が悪いのだ。麻衣子を自分の娘のように思ってやらなかったこの松坂熊吾は裏切り者だ。しかし、いまからでも遅くはない。俺は、病床の井草を見舞い、谷山節子と麻衣子に逢わなければならぬ。

「お気がすすみませんかなァし」

あぐらをかいている自分の膝頭《ひざがしら》あたりに視線を落とし、無言で考え込んでいる熊吾に茂十は訊いた。

「どうせいずれはお前の敵になる男じゃろう。しかも、いちおう現職の議員さまじゃ。和田茂十の選挙参謀としては、ご挨拶をしとかにゃあならんやろ」

と熊吾は言い、タネを呼ぶと、ズボンを穿《は》きかえるから持ってくるようにと命じた。

「あしたやないの？」

タネは怪訝《けげん》な顔つきで訊いた。

「別の用事じゃ。ちょっと出かけてくる。玉水におる」

ズボンを穿きかえ、愛用の扇子を持つと、熊吾はパナマ帽をかぶって、茂十とともに玉水旅館に向かった。

「政夫の女房が、ついいましがた息を引き取った」

歩きながら、熊吾は和田茂十に言った。

「牛小屋でですかなァし」

「可哀相《かわいそう》に。甲斐性《かいしょう》なしの亭主は、よその女に子を産ますし、姑《しゅうとめ》にはいじめられ、あげく胸を患《わずろ》うたら牛小屋に放《ほう》り込まれて、夏が来た日に牛小屋で死んだ。政夫もタネも、いつか必ず罰が当たりよる。どんな罰かのお……」

茂十は道の曲がり角で歩を停《と》め、

「松坂の親父《おやじ》さん、政夫を鰹船《かつおぶね》に乗せちゃあいけん」

と言った。

「なんぼ教えてやっても、海というもんがわかりよらん。いっぱしに船長気取りをしたがるだけに、よけい危ない。海を舐《な》めちゃあいけんぞとなんぼ言うても、船遊びをするみたいな性根で海に出て行きよる。弱い風と小さい波が、おかしな混じり方をすると、鰹船の一隻《せき》や二隻、ひとたまりもないっちゅうことを、政夫はあんまりにも知っちょらん」

熊吾は、茂十の言葉にうなずき返し、

「そのうち、船遊びにも飽きてしまいよる。それまでに命を落とさにゃええがのお」

と薄い笑みを浮かべて言った。

万崎栄良という名の県会議員は、座敷の上座に坐《すわ》ったまま熊吾を迎えた。五十過ぎの、額の狭い、赤ら顔の男だった。

「松坂熊吾でございます。本日はお招きにあずかりまして、ありがとうございます」

熊吾は、ことさら丁寧な口調で初対面の挨拶をした。万崎は和卓に手を掛け、軽く頭を下げると、

「ヨロズザキっちゅうのが正しい読み方ですがの、投票用紙にマンサキと書かれると具合が悪いので、マンサキっちゅうことにしとります」

そう言って、名刺を熊吾に渡した。

「ほう、珍しいお名前ですな。たいていの人は、マンサキと読むでしょう」

熊吾はそう言いながら、襖《ふすま》ひとつで仕切られている隣室に人の気配を感じて、いっとき神経を後方へ向けた。女の咳払《せきばら》いが、かすかに聞こえた。

「和田さんに、とてつもない選挙参謀がついたと聞いて、どんなお方かと思いましてなァし」

「選挙参謀っちゅうのは名ばっかりで、何の役にもたっちょりませんなァし」

「いやいや、このあたりの村会や町会の議員から報告を受けちょります。関西で成功されたそうで。それに、鉄砲の腕もたいしたもんやと聞いちょりますけん」

熊吾は、ここはしばらく殊勝にして、この万崎の用向きの本当のところをさぐってみようと思った。

酒が運ばれて来、料理が並ぶころになると、隣室で待たされて退屈したのであろう女の、聞こえよがしの咳払いが増えた。

熊吾は微笑を浮かべ、

「お連れの美人も、ご一緒にいかがかなァし。退屈をなさっちょるようですけん」

と万崎に言った。

「若いおなごは、辛抱が足らんで困りますわい」

万崎は笑い、

「和田陣営の票集めは、だいぶ進みましたか」

と熊吾に訊いた。そして、熊吾が口を開く前に、

「固まっちょる票を、わしに売る気はないかのお」

と切り出した。

「どなたさんのためにですかなァし」

万崎の盃《さかずき》に酌《しゃく》をしながら、熊吾は訊いた。

「それは訊かんということで、この話を進めたいんやが」

そう応じ返した万崎は、熊吾と茂十に酌をして、

「漁師は魚を追いかけちょるのが一番ええのと違うかのお」

と言った。

「万崎さんに、和田が固めた票をお売りして、私どもは金以外にもっとええ目に遭いますかなァし」

と熊吾は訊いた。

「わしは、金以外のもんで片をつけようとは思うちょらんのじゃ」

どこまでも図に乗りつづける性分らしいな……。熊吾はおかしくなって、かすかに笑いながら茂十を見た。茂十も笑みを浮かべ、そっとうなずいた。

熊吾は、並んでいる料理のなかから、家に持って帰って家族に食べさせてやりたいものだけを選び、それを一皿一皿、畳の上に置いた。万崎は、狭い額に無数の横皺《よこじわ》を作ると、そんな熊吾の奇妙な行為を見ていた。

「このいなか猿《ざる》が、大物ぶった猿芝居をしやがって！」

熊吾は、そう言うなり、漆塗りの大きな和卓を、万崎めがけてひっくり返した。

第四章

金沢まであと一時間余りのところで、熊吾の乗った汽車はトンネルに入ったが、閉め忘れた窓から蒸気機関車の吐きだす煙が入って来て、息を苦しくさせた。

トンネルを出て、乗客たちが窓をあけた。熊吾の向かい側の席で、母親に抱かれていた赤ん坊が、いささか異常な泣き声をあげて、目をこすった。

煙の煤《すす》が目に入ったのだな……。熊吾はそう思い、早く水で洗ってやったほうがいい、それも、大量の水で、とまだ若い母親に忠告した。しかし、母親は、あまり機転のきくほうではないらしく、自分の指で、赤ん坊の目をひたすらこするばかりだった。

熊吾は、駅弁と一緒に買った茶の容器を持つと、便所に行き、そこに水を入れて戻って来て、赤ん坊を押さえつけるようにと母親に言った。

「服が濡《ぬ》れてもよろしいかのお」

と訊《き》き、赤ん坊の目を無理矢理指であけ、水で洗ってやった。

「わしの息子が、二年前に、おんなじ目に遭《お》うて、半年も眼医者《めいしゃ》の世話になりましたけん。煤が入ったときに、ちゃんとこうやって、きれいに水で洗《あろ》うちょったら、半年も医者通いをせんでも済んだと、眼医者に言われました」

汽車の中は、おそらく三十四度近くあるのではあるまいかと思われた。熊吾の腕も、手の甲も汗まみれで、開衿《かいきん》シャツの胸や背の部分は、肌《はだ》が透けて見えるほど汗で濡れていた。

まだ泣きつづけている赤ん坊をあやしている母親に、熊吾は、井草正之助の住所を見せ、ここへは、金沢駅からどうやって行けばいいのかと訊いた。若い母親は、自分は金沢のことはよく知らないと答え、水をかけられて濡れてしまった自分のスカートをハンカチで拭《ふ》き、熊吾の好意に、なじるような目つきを返してきた。

熊吾の隣に坐《すわ》っていた男が、熊吾の手帳を覗《のぞ》き込み、この町は、金沢の町の西にあるところだと説明し、市電の番号と降りる駅名を教えてくれた。

熊吾は男に礼を述べ、席を立つと、車輛《しゃりょう》から出てデッキで煙草《たばこ》を吸った。北陸を訪れるのは何年ぶりだろうと、真夏の陽《ひ》を浴びる稲穂の緑に見入りながら考えた。

そうだ、あれは昭和十四年の五月十一日だ。ノモンハン事件が起こった日だ。松坂商会を閉めるにあたって、残っていた社員たちと最後の社員旅行をしようということになり、三泊四日で加賀温泉へ行った。

あのとき、俺《おれ》と一緒に朝風呂《ぶろ》に入り、そのあと朝酒を飲みながら花札をやったのは、横沢という入社早々の社員と、経理部員の関口、そして井草正之助だった。花札の勝負は、確か横沢の一人勝ちで、横沢はその金で妹の結婚祝いを買った。横沢も関口も、ほぼ同じ時期に徴兵され、不思議なことに、ほぼ同じ時期に戦死した。横沢はフィリピンで、関口は満州とソ連の国境で。あの二人は仲が良く、体格や目鼻立ちも似ていたので、たいていの人が兄弟だと思い込むくらいだった……。

朝風呂につかりながら、井草は俺にこう言ったのだ。

「大将、この井草正之助は、番頭としては一級品の器やと思いまんねん。そやけど、社長には向いてない。わてが社長になったら、わての得手が生きまへん。わては、松坂熊吾っちゅう社長の番頭でいられることを、天職みたいに思えるときがおまんねや」

あいつは涙ぐみ、それを隠すために、温泉の湯で顔を何度もぬぐった。それなのに、ある日突然、俺を裏切り、俵木徳三に預けてあった大金のうちの百万円余りをネコババして姿を消し、周栄文の愛した女に手を出して、金沢で暮らしていた。そして肺病を患《わずら》い、あと数ヵ月の命となって、この俺に逢《あ》いたがっている。いったい、この期《ご》に及んで、俺に何を言いたいというのだ。芝居がかって許しを請い、あいつのひねりだす下手な俳句のように、自分の人生につまらないさびをきかせて終わろうというのか……。

熊吾は、仁丹の粒を口に放《ほう》り込み、金沢に着くまで、デッキに立ちつづけた。彼は、南宇和からここまでの、いやになるくらいの長旅を思い、わずか三日ばかり逢っていない妻と一人息子を懐《なつか》しんだ。南宇和とはあきらかに質の違う、北陸の湿った暑さが、松坂熊吾に珍しく弱気をもたらし、漠然《ばくぜん》とした感傷にひたらせたのである。

空襲を受けなかった金沢の町には、古い家々が、戦前のままに残っていた。市電に揺られながら、熊吾は乗客同士の会話で、金沢がきのう三十二・四度を記録したことを知った。

熊吾は、駅前で買った西瓜《すいか》を下げ、汽車に乗り合わせた男から教えられた停留所で降りると、通りがかりの人に道を訊いた。

市電の通りから民家の並ぶ道を西へ行き、そこでさらに小さな道を縫って、製糸工場の前を通りすぎ、小学生たちがたむろする駄菓子《だがし》屋の前で立ち停《ど》まると、その斜め向かいの、二階建ての家をしばらく見つめた。

〈井草〉と書かれた表札のかかっている二階屋は、玄関に朝顔の鉢《はち》植えが幾つか並べてあり、庭へとつづく狭い空間に、男物の寝巻が干してあった。

熊吾は、西瓜を地面に置き、パナマ帽を取って、額や首筋の汗を拭いた。そうしながら、干してある寝巻に長いこと見入った。

たとえ海老原《えびはら》太一にそそのかされたにしても、なぜ井草はこの俺を裏切ったのだろう。それも、俺の金を盗んで姿をくらますなどとは、あまりにも井草らしくないではないか。

松坂商会の番頭として、ただの一度たりとも、井草は自分の金と会社の金を混同したことはなかった。その点においては、潔癖すぎるほど潔癖な男だったのだ。そんな井草が、この松坂熊吾の金だけでなく、いなかから働きに来ている女中ののり子の蓄えたわずかな預金までも騙《だま》し取って行方をくらませた。井草の豹変《ひょうへん》ぶりは、あまりにも井草らしくない。俺は井草を二十五年以上も前から知っている。その間、井草は松坂商会の番頭として、俺の片腕となって務めてくれたのだ。俺は、井草正之助という男をよく知っているつもりだったが……。

熊吾は、駄菓子屋の前から小学生たちがいっせいに去ってしまったあとの、少し陽の傾きかけた路地の静寂にたたずみ、井草の家の二階を見あげた。

そこには、すだれが掛かり、微風すら吹かない熱気の中で、風鈴の短冊《たんざく》はほんの少し捩《ねじ》れたまま動かなかった。

西瓜を持ち、パナマ帽をかぶって、もう一度二階を見あげた熊吾の目に、井草正之助の、奇怪なほどに面変《おもが》わりした顔が映った。井草は、すだれの端を手で押し、その隙間《すきま》から熊吾を見つめていたのだった。

熊吾は、無意識のうちに、パナマ帽を脱ぎ、それを持った手を、井草に向けて軽く振った。

「大将……」

井草はそう言って、片手で自分の口の周りをしきりに撫《な》でた。

「北陸の夏は、とてつものう暑いっちゅうが、こんなに暑いとはのお。南宇和からここまでは、遠かったぞ」

「そんなとこに立ってはらんと、どうぞ入っておくれやす」

井草の充血した目と土色の顔を見ているうちに、熊吾はもう何も語らず、ここから立ち去ってしまおうと思った。

「これはつまらんみやげじゃ。もっと栄養のあるもんをと、駅前で捜したが、ろくなもんはなかった」

「大将、早よう中に入ってやっておくれやす」

「いや、ここで今生の別れっちゅうやつをやろう」

「ここまで来て、そんなひどいことはせんといておくれやす。大将、お願いやから、中へ入ってやっておくれやす。西瓜を届けに来てくれただけやなんて、あんまりやおまへんか」

しかし、熊吾の決心は変わらなかった。彼は、路地に立ったまま、二階の井草に、谷山節子の住んでいるところを訊こうとした。すると、玄関の戸があき、井草の妻が出て来て、熊吾に走り寄った。

「大将、こんな遠いところへ、わざわざ来てくれはって……」

井草の妻は、そう言って、中指で涙を拭き、早く中へ入ってくれと促した。

この瓜実顔《うりざねがお》の、質素な生活を貫きとおしてきた女は、自分の亭主が松坂熊吾を裏切り、金を持ち逃げしたことを知っているのだろうか。それだけでなく、亭主が谷山節子という女とねんごろになり、この金沢の家で一緒に暮らしていたのを承知しているのだろうか……。

熊吾は、井草の妻は、あるいはそのどちらも知らないのではないかと思った。そのために、二階の窓から顔を出している井草に、谷山節子の住所を訊けなくなった。虚《むな》しさと疲れを感じつつ、二階の井草と、目前に立っている井草の妻の顔を交互に見比べているうちに、熊吾の心は、ふいにぼんやりとなった。

熊吾は、とめどなく噴き出てくる手の甲の汗をズボンになすりつけた。その瞬間、熊吾は、井草のことも、谷山節子のことも、周栄文の忘れ形見である麻衣子のことも、まるで考えていなかった。自分が何のために金沢まで来たのかも忘れた。

熊吾は、房江の体を思い描いていたのである。あの反応の遅い、けれども反応しはじめると急激に変化する房江の性器の、ふっくらと膨れて粘っていくさまを、猛烈な性欲とともに思い描いてしまったのだった。

そんな熊吾を我に返らせたのは、手に持った西瓜の重さだった。

「大将、このまま帰ってしもたりせんといておくれやす」

井草が悲痛な声で言い、駄菓子屋の歳老《とし》いた主人夫婦が怪訝《けげん》そうに店から表に出て来た。熊吾は、井草の妻に勧められるまま、玄関の敷居をまたいだ。西瓜を井草の妻に渡し、階段を昇った。

窓ぎわの六畳の間に蒲団《ふとん》が敷いてあり、井草正之助は、寝巻の衿元《えりもと》を整えてから、その上に正坐《せいざ》して、熊吾に向かって深々と頭を下げた。

「寝ちょらにゃあいけん。そんなにかしこまっちょったら、体にさわるぞ」

と熊吾は言った。

「奥さんも坊《ぼん》も、お元気でっか？」

井草は、正坐していることが苦しいらしく、熊吾に言われるまま、蒲団に横たわった。

「女房も息子も元気じゃ。いなかの空気とおてんとさんが、体に合《お》うたみたいじゃ」

「坊は、もう四つにならはりましたなァ。どっちに似てはります？」

「房江によう似ちょる」

「へえ、それやったら、男前になりまっせ」

熊吾は初めて笑みを浮かべた。

「なんで病院に入院せんのじゃ」

と熊吾は井草に訊いた。

「病院で死にとうはおまへん」

「死ぬと決まったわけじゃあるまい」

井草は、かぶりを振り、自分の胸を指差すと、

「左の肺は全滅で、右の肺には、ピースの箱ほどの穴と、もうひとつ鶏の卵ほどの穴があいてまんねん。もうあきまへん」

と言った。

「周栄文の大事な女に、精を使いすぎたか」

井草の妻が、扇風機とおしぼりを持ってあがってきた。熊吾は、扇風機の風は病人にさわるからと断わった。

「大将のうしろから扇風機を廻《まわ》してんか」

と井草は言い、長く咳込《せきこ》んだあと、枕元《まくらもと》のちり紙で口元をぬぐい、

「大将のうしろから扇風機を廻しといたら、わての結核菌は、そっちへ飛んでいきまへんやろ」

と喘《あえ》ぐように言った。熊吾は、井草の足の裏にむくみが出ているのを見て、井草の死期はそう遠くないなと推し量った。

井草の妻が階下へ降りてしまってから、

「何と言われようと、返す言葉はおまへん」

そう言って、井草は目を閉じた。風鈴が鳴り始めた。

「やっと風が出てきよりましたなァ」

井草は言って、すだれのほうに顔を向けた。風鈴を鳴らしているのは扇風機の風だったが、熊吾はそれを口にしなかった。

「わしが、この家の前に立っちょることが、なんでお前にわかったんじゃ。下の女房が気がついたんか」

「この五日ほど、毎日、すだれ越しに表を見てましたんや。大将が絶対に来はると思うて……」

「お前が、女たらしやとは思わんかった。人は見かけによらんもんじゃ」

「そのうえ盗《ぬす》っ人《と》でおました」

「もうええ。俵木の女房からむしり取った金のことは、もうええ。それよりも、谷山節子は、いまどこにおる。麻衣子は元気か？　麻衣子は幾つになった？」

「麻衣子ちゃんは十七歳になりました。金沢のミッション系の女学校に通《かよ》とります」

自分が、谷山節子と再会したのは、松坂熊吾のもとから姿を消す一ヵ月ほど前だったと、井草は、息をするのも苦しげに話しだした。

松坂商会の事務所で、夜遅くまで帳簿の整理をしていると、谷山節子が事務所の玄関を叩《たた》いた。節子は金沢から、たったいま大阪駅に着き、その足で松坂商会の事務所へとやって来た。

自分はひと目で、節子が松坂熊吾に金を用立ててもらいたくて、金沢から上阪したのだとわかった。しかし、その日はもう夜も遅かったので、北浜の旅館に節子の宿を取ってやった。

そう説明してから、

「周さんと暮らしてたときよりも、なんやしらん色香が増して、きれいになってました。わては、ふらふらあとなって、この女に、一生に一遍の男気をふるうてみたいと思たんだす。しかし、それには金が要りますわなァ。大将に対するいろんな気持が重なってたときやったから、よけいに、そんな魔がさしたんやと思いまんねん」

と井草は言った。

「わしに対するいろんな気持とは何じゃ」

その熊吾の問いに、井草はあおむけに寝そべったまま、目だけすだれのほうに向けて答えた。

「わては、女を殴る男が嫌《きら》いでんねや。大将は、奥さんを、えげつのうに殴りはる。人前でもどこでもおかまいなしや。わては、大将のそんなところだけが、どうにもこうにも嫌いでたまらんかったんだす。こんなに優しい奥さんを、このお方は、なんで人前で殴ったりしはるんやろ……。それも、ほんのちょっとしたことで……。わては、奥さんが大将に殴られてはるのを目にするたびに、なんやしらん、自分の身ィ切られるみたいにっらかったんだす」

熊吾は黙っていた。井草もそれきり口を閉じた。長い沈黙があった。井草の妻が、冷たい茶を運んで来た。熊吾は笑みを浮かべ、

「房江は、川で泳いじょる鮎《あゆ》を手でつかまえよる」

と言った。井草は、妻に席を外すよう促してから、

「鮎を……。川で泳いでる、生きてる鮎をでっか？」

と訊いた。

「わしは、房江が、そんなにとんでもないすばしっこい女やとは知らんかった」

その熊吾の言葉を聞いたあと、井草は遠くを見るような目つきをして、

「へぇェ、見てみとうおますなァ。奥さんが、いなかの川で、鮎を手でつかまえはることを」

とつぶやいた。井草の目に、ふいに涙が溢《あふ》れ、それはこめかみを伝って耳の穴に流れて行った。熊吾は、思いも寄らなかった井草の心の秘密に驚き、それを口にすべきかどうか迷った。迷いながら、井草の涙が、彼の耳の穴に流れつづけるのを見ていた。井草の腕に鳥肌が立っているのに気づき、熊吾は、扇風機のスウィッチを切った。だが、風鈴の音は止まらなかった。

「〈木は傾くほうに倒れる〉っちゅう言葉がある。どんな木も、結局は傾いちょるほう

へ倒れる。わしも、いつか、傾いちょるほうへと倒れていくじゃろう」

熊吾はそう言うと、井草に、谷山節子の住所を教えてもらった。それを手帳に控え、熊吾は、井草に別れの言葉を述べた。そして、井草家を辞した。

兼六園の近くの旅館に落ち着くと、熊吾はすぐに浴衣《ゆかた》に着換え、ビールを一本飲んで、座蒲団を枕に横になった。

仲居が、朝刊だがと言って、新聞を持ってきてくれた。熊吾は寝そべったまま新聞に目を通した。

サンフランシスコで行なわれる米国の対日平和条約に関する記事が大きく報道され、その下に、社会党書記長の談話が小さく載っていた。米国との安全保障条約締結は、独善的な秘密外交であると……。

熊吾は、九月七日に調印予定の、サンフランシスコ講和条約が、朝鮮半島の動きと密接な連係を持っているに違いないと思った。新聞の一面の左側には、朝鮮の共産側である金日成将軍が三十八度線に休戦のための緩衝地帯を設定する提案を出し、米国はそれを拒否する態度をあきらかにしたという記事が載っている。

「白人が思いどおりに出来る世界を作ろうっちゅう腹やろ。日本人を骨抜きにして、あっちこっちに共産主義の貧乏国を作って……」

熊吾は、そうひとりごち、何気なく広告面に目をやった。

――結核にストレプトマイシンとパス――という太文字を読んで、熊吾は起きあがった。

――ストレプトマイシンとパスは現在最も優れた結核治療剤であります。マイシンとパスを併用しますと各一方を単独で用いるよりも一層効果があります――。

広告主は、〈株式会社　科学研究所〉で、東京都文京区駒込《こまごめ》上富士前町となっている。熊吾は、帳場に電話をかけ、住所を言って、その科学研究所に長距離電話を申し込んでくれるよう頼んだ。

電話がつながるのに三十分ほどかかった。熊吾は、マイシンとパスの併用は、確かに効果があるのかと訊《き》いた。電話に出てきた男は、現在の結核治療では、この二種併用が最善であると自信を持って答えた。

「左の肺は全滅で、右の肺に大きな穴が二つあいちょる。この夏を越えられるかどうかわからん状態やが、それでもマイシンとパスの併用で助かりますかのお」

熊吾の問いに、男はしばらく考えていた。そして、難しい状態だが、試みてみる以外あるまいと答えた。しかし、ストレプトマイシンの使用は、医者の所見に従う必要がある。副作用のある薬だから。男はそう言った。

熊吾は、早急に手に入れたいがどうすればいいかと訊いた。薬屋に註文《ちゆうもん》し、その薬屋に当方から郵送するという方法はいかがなものか。電話の男はそう答えた。

「金沢の松坂熊吾といいます。これから薬屋へ行って註文しますけん、すぐに送って下さい」

熊吾は、科学研究所の電話番号を控え、浴衣姿のまま、小走りで旅館の帳場へ行き、この近くに薬屋はないかと訊いた。

「大きな薬屋がええのお」

旅館の主人に教えてもらい、熊吾は五百メートルほど南へ行ったところにある薬屋の戸を開いた。訳を話し、薬局の主人に、あらためて東京の科学研究所に電話をかけてもらった。薬が届くのに四日かかるという。

熊吾は、井草正之助の住所を書き、とりあえず三ヵ月分の薬代を払うと、

「この家に届けてもらいたい。注射器とか、必要なもんも一緒にじゃ」

と頼んだ。

「人手がないがやで、取りに来てくれるとありがたいがや」

薬局の主人は、熊吾が払った代金を勘定しながら不親切そうに言った。

「貴様、人が生きるか死ぬかっちゅうときに、人手がないと抜かすのか」

熊吾は、薬局の主人の胸ぐらをつかみ、引きずり寄せて、耳元で怒鳴った。主人は、小さく悲鳴をあげ、薬が届いたら、即座に配達すると約束した。

「もし約束を守らんかったら、貴様、ただじゃおかんぞ」

熊吾は、配達料だと念を押し、百円札を五枚、薬局の主人に渡すと、蚊柱があちこちに立っている道を、旅館へと帰った。

風呂《ふろ》に入り、夕食をとると、熊吾は、早々に蒲団を敷いてもらい、大きな蚊帳《かや》の中で大の字になって目をつむった。

いかにストレプトマイシンとパスの併用をもってしても、もはや手遅れであろうと熊吾は思った。井草の、幅を喪《うしな》って板のようになった体や、足の裏のむくみや、あの土気色の顔には、まぬがれがたい死の兆《きざ》しがあった。しかし、人の命ほどに不可知なものもない……。

「井草、死ぬにはまだ早すぎるぞ。お前はまだ四十九になったばっかりやないか」

熊吾は胸の内で言って、目をあけると、蚊帳越しに旅館の中庭に目をやった。一粒の黄緑色の光が、蚊帳にへばりついて明滅していた。七月の末に螢《ほたる》か……。死に遅れた螢か……。

熊吾の中には、井草の言葉が重く詰まっていた。——わては、女を殴る男が嫌いでんねや。大将は、奥さんを、えげつのうに殴りはる。人前でもどこでもおかまいなしや。わては、大将のそんなところだけが、どうにもこうにも嫌いでたまらんかったんだす——。

郷里にひきこもってからも、俺《おれ》は三回ほど房江を殴ったな。熊吾はそう思い、その際の、伸仁《のぶひと》の異常な怯《おび》え方と、このままどうかなってしまうのではないかと案じるくらいの全身の震えを思った。

確かに俺は理不尽な男だ。しかし、他の理由は別にして、俺が房江に苛立《いらだ》ちを感じるのは、いつもいつも先のことばかり心配している点だ。房江が楽天的であったことは一度もない。あいつが胸に抱いている訳のわからない不安は、絶えず俺の行き足を鈍らせる。

おそらく、それは房江の性分なのであろうが、あまりにも恵まれなかった生い立ちが、房江の心に慢性的な不安を植えつけてしまったとも言えるだろう。

あいつは、本当に、可哀相《かわいそう》な幼少時をおくった。そして、不幸な最初の結婚をした。

「しかし、川で泳いじょる鮎を手でつかみよるんやぞ」

熊吾は、一匹の螢の明滅を凝視したまま、かすかに笑みを浮かべてつぶやいた。房江は、本当はお茶目な、活発な女なのかもしれない。だが、生まれた日から一度も肉親の愛情を受けられなかったことが、房江の心をいつも不安で満たすという病癖で染めあげたのだ……。

彼は、松坂熊吾の妻である房江が、井草正之助にとって〈憧《あこが》れの君〉であったことを、井草の涙によって知ったのだが、その驚きは、なおいっそう、熊吾の胸を重くさせていた。しかも、その重く詰まった心には、仄《ほの》かな幸福感もあった。

熊吾は一日も早く、南宇和の北裡《きたうら》に帰りたかった。そして、房江に手を突いて謝ろう。自分は二度と妻に暴力をふるわないと約束しよう。熊吾はそう思った。

母が父に殴られているときの、仲仁の怯え方は尋常ではない。子供に、そのような怯えをもたらしてはならぬ。

時期外れの螢の光が、少しずつわずらわしく感じられてきて、熊吾は起きあがると蚊帳を強く揺すった。螢は、畳の上に落ちて動かなくなった。

翌日も、金沢の町は暑かった。熊吾は、朝食を済ませると、旅館の仲居に便箋《びんせん》と封筒を持って来てもらい、井草の妻に宛《あ》てて手紙を書いた。

前略
昨日は御連絡も差し上げぬまま、突然に貴家を訪問し、申し訳なし。御主人様の病状の重きことを拝察し、昨日、東京の科学研究所なる会社に、結核の特効薬であるストレプトマイシンとパスを註文いたしました。薬局の主人が、届き次第、貴家へ持参する手筈《てはず》。小生の出来得る唯一《ゆいいつ》の報恩と存じます。思えば、松坂商会の円滑な業務は、ひとえに井草正之助氏の篤実《とくじつ》なる人柄《ひとがら》に依《よ》るところ大でありました。昭和二十二年、このまま郷里にて平穏なる生活を続けたしとする井草氏に無理強《むりじ》いし、汚れた混乱の大阪へお誘いした小生の我儘《わがまま》が、氏を大病に染めたものと深くお詫《わ》び申し上げます。奥様及び御主人様が強固な気力をもって、病を平癒《へいゆ》されますこと強く御祈念申し上げます。なお、薬は七月二十七日に届く予定。

草々

熊吾は、封をして、帳場へ行くと、これを投函《とうかん》しておいてくれと頼み、蟬《せみ》の声以外何も聞こえない道に出た。

市電で金沢大学の正門近くまで行き、煙草《たばこ》屋で道を訊いた。麻衣子のために大阪駅で買ったハンカチ・セットを片手に持ち、もう片方の手で扇子を使いながら、日盛りの道を、市電のレールに沿って歩いた。

大学生のための下宿屋が軒を並べる地域にさしかかると、熊吾は、かなりの老舗《しにせ》らしい古本屋に入り、もう一度道を訊いた。谷山節子の家は、その古本屋の裏側の、疏水《そすい》に沿った小道の奥だと教えてもらったあと、熊吾は、古本屋の棚《たな》に、黄ばんだ背表紙の「ボードレール詩集」があるのに気づき、それを手に取った。

フィリピンで戦死した横沢が、松坂商会の自分の机の奥に隠して読んでいたのを思い出したのだった。熊吾は、二十一歳で戦死した横沢に教えられて、ドストエフスキーやトルストイの小説を読んだのである。

「死骸《しがい》に沿って寝かされた死骸のように……」

熊吾は、酔うと歌うようにボードレールの詩をそらんじた横沢の、線の細い顔を思い浮かべ、いつのまにか自分も覚えてしまったその一行をそっとつぶやいた。

熊吾は「ボードレール詩集」を買い、古本屋から出ると、蓼《たで》の葉の茂る疎水べりの小道を進んだ。

二軒つづきの平屋があり、そのどちらの玄関にも〈谷山〉という表札がかかっていた。二軒とも節子の家なのであろうか……。熊吾は、どちらの玄関をあければいいのかと思い、垣根《かきね》越しに様子をさぐった。どちらにも人の気配はなかった。

思い切って、奥のほうの玄関を叩いた。応答がないので、次に手前の家の玄関を叩き、

「ごめん」

と大声で言った。どちらも留守のようだったので、熊吾が手帳を破り、自分が金沢に来たこと、兼六園の近くの旅館に泊まっていること、また夜に参上することを書き、それを玄関の戸の隙間《すきま》に差し入れたとき、女学校の制服を着た少女がうしろに立った。

家の横から道のほうへ、かなり斜めに傾いて大きく成育しているいちじくの木の、大男の手ほどもある数枚の葉が、少女の顔を濃い影で包んでいた。

そのために、少女の顔だけが、まるで宙に浮いているブロンズの像みたいに、すべての表情を削《そ》ぎ取った動かない容貌《ようぼう》として、熊吾の視界に入った。

熊吾は、周栄文が生きているのか死んでしまったのかもわからないのに、目の前に、周栄文の死に顔があらわれたような気がして、少し顔をしかめながら、少女を見つめ、

「ここは谷山節子さんのお宅で、あんたは谷山麻衣子さんですかのお」

と訊いた。

「はい、そうですけど……」

といぶかしそうに答えて、麻衣子は警戒するように一、二歩あとずさりした。いちじくの葉の影は去り、周栄文の面影《おもかげ》をわずかに目元と鼻の形にだけ受け継いだ、色白で、唇《くちびる》の右下にほくろを持つ、少女の全身が太陽に照らされた。

熊吾は、パナマ帽を取り、丁寧に頭を下げると、

「わしは松坂熊吾という者です。昔、あんたのお父さんに懇意にしていただいちょりました。あんたのお母さんのことも、よく存じあげております。戦争が終わって、なんとか世の中も落ち着いてきよりましたけん、節子さんも麻衣子さんもお達者でお暮らしかと思うて、四国の愛媛県から訪ねてきました」

と言った。

「松坂……?」

「松坂熊吾です」

麻衣子は、黒目がちの目を熊吾に注いでから、ここでしばらく待っていてくれと言っ

て、疎水べりの道を表通りへと走って行った。

熊吾は、走って行く麻衣子の白い靴下《くつした》が、うしろから見られていることをちゃんと意識した跳ね方をしているさまに目をやったまま、パナマ帽をかぶった。

十七歳か……。子供とおとなとの危うい境めか……。そう言えば、あの貴子《たかこ》も、麻衣子とほぼ同じ年頃《としごろ》に、俺と手に手をとって大阪へ駈《か》け落ちしたのだったな。

熊吾はそう思いながら、いちじくの枝葉が落とす影の中に体を移し、扇子を開いたり閉じたりした。そして、ひょっとしたら、自分はいま麻衣子に不用意な自己紹介の仕方をしたのではないかと案じた。

周栄文が、節子と麻衣子を残して祖国へ帰ったのは、昭和十二年だった。いまから十四年前ということになる。麻衣子はそのとき三歳だったのだ。

ふいに父がいなくなった幼い娘に、節子はその理由をどう説明したのであろう。周栄文は、日本が属国にしようとした国の人間であり、やがて強固な敵国となった国の人間なのだ。節子は、あの戦争の時代に、お前の父は周栄文という中国人だと麻衣子に教えたであろうか。

三歳といえば、自分の父が何という名前かは覚えていないだろうから、麻衣子は、自分の父は周栄文という名で、中国人であることを認識しないまま、戦争の始まりのときに父と別れたことになる。節子も戦争のまっ只中《ただなか》にあって、それを口外しないことに心を砕いたに違いない。もし、そのことを知られたりすれば、多くの日本人が、麻衣子をいじめたであろうから。

急ぎ足で疎水べりの道をこちらへやって来る女の姿が見えた。女は、エプロンを取り、

「松坂の大将」

とつぶやいた。節子のうしろから、麻衣子が、さぐるような目つきでついて来ていた。

「達者で何よりやのお」

熊吾はパナマ帽を取った。そして、熊吾に向かって手を差し出そうとして、それを途中で慌《あわ》ててやめた節子の手を自分のほうから強く握った。

「わしは、周栄文との約束を果たしに来た」

と熊吾は麻衣子に聞こえないように小声で言った。

「わざわざ愛媛から、そのためにお越しになったがですか」

節子はそう言って、ほつれたうしろ髪を片手で整えた。全体に少し肉がついたようだが、節子は年齢よりもはるかに若く見え、大阪駅で別れた日からほとんど変わっていないかに見えた。

節子は、二軒並んでいる家の、手前のほうの玄関をあけ、座敷にあがると麻衣子を呼び、裏の井戸で冷やしている西瓜《すいか》を切るように言った。

熊吾は、こらえ性のない自分だが、井草のことは決して口にすまいと己に誓った。周

栄文との約束を果たしに来たという芝居がかった言葉に信憑性《しんぴょう》をもたらすためには、節子と井草の関係を、おくびにも出してはならないと思ったのである。そのためには、節子が井草から聞いたに違いない事柄《ことがら》を、まず最初に口にしなければならなかった。

「あんたも手紙をくれんかったが、わしも手紙を出す余裕がなかった。およそ信じられんじゃろうが、わしに子供が授かったんじゃ。昭和二十二年に息子が生まれた。ことし、四つになったんじゃ」

熊吾は、意外に上物の調度品が揃《そろ》っている八畳の間に目を配りながらそう言った。

「えっ！ 子供さんが？」

節子は、いかにも信じかねるといった表情で、熊吾の前に正坐《せいざ》し、

「奥さんにですか？」

と訊いた。

「ああ、わしの女房にじゃ」

「どこかで必ず風の噂《うわさ》っていうもんがあるがやけど、そんな話は、この金沢にはぜんぜん吹いてこんかったがに」

節子は、周栄文と暮らしていたころには一度も使わなかった生まれ故郷の訛《なま》りで言い、裏庭に面した窓をあけると、井戸のところで西瓜を持ちあげている麻衣子を見つめて、

「あんなに大きいなりましたがや」

と言った。

「麻衣子は、自分の父親が中国人やっちゅうことは知っちょるのか?」

と熊吾は訊いた。勿論《もちろん》、知っているし、一枚だけ残っている父の写真を大事に机の上に飾っていると節子は言った。

「周がどうなったのか、わしにはさっぱりわからん。あんたのほうには、風の噂っちゅうやつは吹いてこんか」

熊吾の問いに、節子は無言でかぶりを振り、

「そやけど、麻衣子の父親が中国人やていうことは、金沢に帰って来て三日もたたんうちにひろまりました」

と言った。

「さぞかし、いじめられたことじゃろう」

節子は、その熊吾の言葉には何も応じ返さなかった。

切った西瓜と、塩を入れた容器を運んでくると、麻衣子は、自分はいったいどうすればいいのかといった顔つきで母親を見つめてから、ふいに、母親に向かって、

「私、いじめられんかったよ」

と言った。その口調と表情には、どこか自分の母親に挑《いど》みつつ侮蔑《ぶべつ》しているようなところがあった。

裏庭へと突き出た格好の部屋が家の東側にあり、どうやらそこが台所らしいと見当をつけて、熊吾はいつもよりも声を低くさせて喋《しゃべ》っていたのだが、麻衣子にはそんな熊吾と母親との会話が聞こえていた様子だった。

「あんたのお父さんの写真は何枚もあったが、空襲でみんな焼けっしもた。生まれて半年ほどのあんたを抱いて、三ノ宮の写真館で撮った写真には、このわしも写っちょるんやが、それも焼けっしもた。あれはええ写真で、写真館の主人が、店先に飾らせてくれっちゅうて頼みよって、二年近く飾られちょった。あの写真は、あんたのお父さんが中国に帰るときに、大切に鞄《かばん》の中に入れて持って行ったんじゃ」

そう言ってから、熊吾は、たった一枚残っているという周栄文の写真を見せてはくれないかと麻衣子に頼んだ。

うなずいて立ちあがりかけた麻衣子に、熊吾は、

「ああ、忘れちょった。これはつまらん物《もん》やが、あんたへのおみやげじゃ」

と言い、刺繍《ししゅう》入りのハンカチ・セットの入っている箱を渡した。

「これ、私にですか?」

と麻衣子は言い、あけてもいいかと熊吾を見つめて訊《き》いた。

そんな失礼な行儀の悪いことを、と節子はたしなめたが、熊吾は、笑顔で、中をあけてみろと勧めた。

「わしには、十七歳の娘が、いったいどんなものを欲しがるのか見当がつかんもんやけん、梅田の、ちょっと気のきいた品を置いちょる店の店員に相談したんじゃ。じゃから、それは、あんたとおない歳《どし》くらいの、女の店員の推奨品じゃ」

麻衣子は、正坐した膝《ひざ》の上に箱を置き、丁寧に包装紙を取ると、蓋《ふた》をあけた。

「うわあ、きれい……」

七枚の、それぞれ模様の異なる刺繍入りのハンカチを一枚ずつひろげて、麻衣子は熊吾を、いやに長いあいだ無言で見つめてから、礼を述べると、自分の部屋へ行った。

「どこかに勤めちょるのか？　いま、仕事中やなかったのか？」

と熊吾は節子に訊いた。

ここから歩いて十分ほどのところにある商人宿に勤めていると節子は答え、

「関西からのお客さんが多いんで、松坂の大将のお話が出んがやろかと思うて、お客さん同士の話にそれとのう耳を傾けたりするがやけど、行商の小商人《こあきんど》ばっかりの常宿でェ……」

「松坂ビルは手放した。息子が弱い体で、女房も丈夫やないけん、しばらくいなかに引っ込むつもりで、松坂商会も閉めっしもたんじゃ。伊予《いよ》に引っ込んで、二年とちょっとになる」

「おきれいな奥さまやそうで……」

そう言いかけて、節子は口をつぐみ、

「周から貰《もろ》うたお金で、この家と土地を買《こ》うて、さきざきのことを考えて、香林坊《こうりんぼう》で売りに出てた店を買いましたがや。そこで本屋を始めたがやに、戦争が大きいなって、検閲、検閲で、仕入れた本の大半は押収《おうしゅう》されて……。やっと、言論の自由とかで、いままでおおっぴらに読めんかった小説とか雑誌とかが飛ぶように売れだしたころ、従弟《いとこ》夫婦に、ひどいめに遭わされてェ……」

「ひどいめに？　どんなめに遭わされたんじゃ」

熊吾はそう訊き返しながら、節子が房江を知っているはずはないのだと思った。自分が房江と知り合ったのは、節子と周栄文が別れたあとで、それ以後、節子と自分とのあいだに音信はなかったのだ。

節子が口をひらきかけたとき、女学校の制服を脱いで、普段着に着換えた麻衣子が、周栄文の写真を持って、熊吾の横に坐《すわ》った。

幾分、神経質そうな、鼻梁《びりょう》の秀《ひい》でた、黒目勝ちの、懐《なつか》しい含羞《がんしゅう》の笑みが、麻衣子から手渡された名刺大の写真にあった。

熊吾は、周栄文の写真に見入り、周よ、お前も、このわしに息子が出来たと知ったら、さぞかし仰天するだろうなと胸の内で話しかけた。

周よ、麻衣子は、こんなに大きくなったぞ。お前に似て、どこか凜《りん》としたところのある、けれどもなんとなく、女として危うそうなところもある娘だ。お前が生きてさえいれば、いつの日か、お前はお前の娘に逢《あ》えるだろう。たかがイデオロギーが、百年も変節しなかったことはない。七億の民を、いつまでも凝り固まった管理のもとで縛りつづけることなど出来るものか。それは結局、いつも権力のための錦《にしき》の御旗《みはた》になりさがるのだからな。病や老いや死から免《まぬが》れ得ない人間たちに宗教を与えない共産主義などが、公平で差別のない楽土をこの世に作れると信じている連中は馬鹿者《ばかもの》だ。そんなものは妄想《もうそう》以外の何物でもない。周よ、お前には、そんなことは先刻承知だったろう。おい、周よ。お前は生きているのか。それとも死んでしまったのか。麻衣子は、永遠に父と逢えないままに終わるのか……。

「私、ほんまに、中国人の子ォやてことで、いじめられんかったがや」

熊吾の無言の語りかけは、その麻衣子の、なにか別のことを訴えているような言葉で途切れさせられた。

「麻衣子、つまらんことを言うでないがや」

節子が、きつい目でたしなめた。

「つまらんことやあるかや。麻衣子が、いじめられんかったっちゅうことは、あの戦争中の日本では有り得ん話じゃ。なんで、麻衣子は、いじめられんかったんじゃ？」

熊吾は、周の写真を持ったまま、微笑を浮かべて麻衣子に訊いた。

「おじさんは、私のお父さんと本当に仲良しやったがですか？」

「わしには、周栄文という人以上の友だちは、もう出来んじゃろう。周栄文という人は、いつも〈許す〉ことが出来る人じゃった。自分以外の人間の失敗や悪意や裏切りなんかを、いつも大きく呑《の》み込んで〈許す〉人じゃった。わしは、そんな周栄文という中国人に、ねたみを持つほどじゃった。わしよりも歳はうんと下やのに、わしよりもはるかに器の大きい人間やった」

　そう言って、熊吾は写真を麻衣子に返し、麻衣子の次の言葉を待った。しかし、麻衣子は、父の写真に見入ったまま、それきり何も喋ろうとはしなかった。

　従弟夫婦が、節子の印鑑を無断で使って、高利な借金をし、香林坊で繁盛していた本屋を手放すはめになり、それではまだ足りずに、この家と土地までも奪われそうになったことを節子は語った。

「女手ではどうにもならんようになって、もうにっちもさっちもいかんとき、松坂の大将に相談しようと思いましたがに、助けてくれる人があらわれて、この家と土地だけは、なんとか守れました」

「そうなる前に、わしに遠慮なく相談してくれりゃあよかったのお」

　その、助けてくれる人というのが、井草正之助だったわけか……。熊吾は、節子を責める気には毛頭なれなかったが、この人目につきやすい小さな町で、節子と井草との関係が、麻衣子に気づかれなかったはずはあるまいと思った。

　熊吾は、冷えた西瓜を食べながら、井戸のほうから吹いてくる夏の風と、油蟬《あぶらぜみ》の鳴き声にひたった。麻衣子の、なんとなく理由のありそうな視線を感じたが、熊吾は、それに気づかないふりをして、井戸の周りに咲いているカンナの花を見つめたまま、

「周栄文は、自分の国へ帰る間際、このわしに『麻衣子の父親代わりになってくれ』と言うたんじゃ。わしは、そうすることを周栄文に約束したくせに、十年以上もほったらかしにした。わしが、周との約束をこまめに守っちょったら、せっかく繁盛しちょる本屋を人手に渡すはめにもならんかったじゃろ。すまんかった。わしを、許してやんなはれ」

　と言った。熊吾は、カンナの花を見ていたので、その言葉が、節子と麻衣子のどちらに対してのものなのか、熊吾自身わからなかった。

「あいだに、大きな戦争がありましたがや」

　と節子は言った。さらに、節子は、

「その戦争が終わったら、大将にお子さんが生まれて。お気持があっても、こんな金沢にまで足が向かんのは当たり前ですちゃ」

　と疲弊が滲《にじ》む力のない口調でつづけた。

　麻衣子はそっと立ちあがり、玄関から外へ出て行ったが、すぐに隣の家の玄関をあけ

る音が聞こえた。熊吾は、目を節子のほうへ向け、

「隣の家にも谷山っちゅう表札がかかっちょるが、まさか同姓の他人じゃあるまい」

と訊いた。

「三年前まで従弟夫婦が住んでたんです。私の従弟やから、名字はおんなじで。いまは、麻衣子が使うとりますがや」

「この家は、妙な造りじゃ。裏側のほうが家の表側みたいな感じがするのお」

その熊吾の問いに、節子は、

「従弟夫婦が、おかしな新興宗教に凝って、やれ方角やの鬼門やのて言いだして。その教祖さまの教えに従って、家の玄関の位置を変えましたがや。ほんとは、井戸の南側の、いまは納戸《なんど》になっとる場所が玄関やったがです」

と答えた。

「なるほど、それで、いちじくの木が玄関の横にあるっちゅうわけか。たいがいの家は、いちじくの木を、家の裏手に植えるもんやけんのお」

熊吾は納得したかのように何度も小さくうなずきながら、

「その従弟夫婦とは縁が切れたのか」

と訊いた。

「夫婦は別れましたがや。私の従弟に女が出来て。従弟は、いま、その新興宗教の教祖

さまの妹と一緒に暮らしよります」

熊吾は、声をたてずに笑い、節子に何歳になったかと訊いた。来年、四十歳になると節子はうなだれて答えた。

「わしは、周との約束を守ろうと思うて、麻衣子の父親代わりになるために金沢まで来たが、いったいどうすりゃあ父親の代わりをつとめられるのかがわからん。なにしろ、わしは、子の親になってまだ四年の経験しかない。十七歳の娘の父親っちゅうのは、いったいどうすりゃええのかのお」

そう笑顔で言ったあと、熊吾は、用意してきた封筒を出した。中には、一本松村の小学校の教頭が一年間で得るのとほぼ同額の紙幣が入っていた。

節子はそのぶあつい封筒を見つめたまま、受け取るべきかどうか迷っている様子だった。

「今晩、一緒に飯でも食わんか。わしの泊まっちょる旅館は、うまい料理を出す。麻衣子もつれて、夜、もういっぺん、ゆっくり話でもしたいが」

と熊吾は誘い、旅館の名を教えた。

「あの旅館は、明治の半ばからつづいてる料理旅館です。昔からの加賀料理が自慢でエ」

節子は虚《うつ》ろな目を封筒に注いだまま、そう言い、ゆっくりと視線を熊吾に向けた。そ

して、

「麻衣子を、このまま金沢におぃとけませんがや」

と言った。

「金沢におぃとけん？　なんでじゃ」

「金沢におぃといたら、何をしでかすかわかりませんがや。この夏休み中に、女学校の校長さんと担任の先生が、麻衣子を退学にするかどうかを決めるそうです」

「退学？　どんな理由でじゃ」

「結婚したばっかりの男の人と、しょっちゅう内緒で逢《お》うとりますがや」

「結婚したばっかりの男と？」

熊吾は、煙草《たばこ》をくわえ、火をつけて、煙を深く胸に入れ、それをゆっくり吐き出してから、詳しい訳を訊いた。

十七歳の、女学生の麻衣子と内緒の逢瀬《おうせ》を重ねている男は、二十三歳の、金沢では有名な料理屋の次男であった。ことしの三月、金沢大学を卒業すると同時に、親が決めた女と祝言《しゅうげん》をあげて夫婦となった。しかし、麻衣子とは子供のころから仲が良く、年頃《としごろ》になると、親の目を盗んで逢ったり、手紙のやりとりをしたりしていた。結婚は、双方の親が勝手に決め、無理矢理、祝言を強行しただけで、自分は妻を好きでもないし、ひとかけらの愛情もない。自分が妻にしようと思っているのは麻衣子ただひとりだ。男は、麻衣子にそう断言し、麻衣子も、男を愛していると公言してはばからない。

「私は、もうほとほと困り果てましたがや」

節子はそう言って、熊吾の視線から逃げるように、顔を井戸のほうへ向けた。

「麻衣子とその男とは、もう出来ちょるのか」

熊吾の問いに、節子は、

「逢うのは、たいてい、隣の家で……。私が勤めに出てるときに。そやけんど、秀之《ひでゆき》さんが出入りするのは、近所の人に気づかれへんはずがないがやです。誰かが学校にしらせたらしいて、きのうもおとといも、麻衣子は学校に呼ばれました」

「男のほうはどうなんじゃ。親も、新婚早々の女房も、麻衣子とのことを知っちょるのか」

「まだ気づかれてないと思いますがや。向こうからは、何にも言うてきませんから。気がつかれんうちに、なんとかしたいと思うがに、麻衣子は私の言うことなんかききませんちゃ」

「その秀之っちゅうやつとは、どうやったら逢える。わしが逢《お》うて、話をしよう」

節子は、しばらく考えてから、とりあえず今夜、麻衣子を熊吾の泊まっている旅館へ行かせると言った。

「私は一緒でないほうがええと思います」

熊吾は、もう一切れ西瓜《すいか》を食べ、扇子をせわしげに使いながら立ちあがると、

「父親代わりをつとめに来たとたんに、とんでもない厄介《やっかい》な問題に出食わしたもんやのお」

と言って、節子の家を出た。

――熊も火の玉じゃが、貴子も火の玉よ――。何十年も昔の、父・亀造《かめぞう》の言葉が、熊吾の胸の中を走った。彼は、軒つづきの隣家の、いやに静まり返っているたたずまいを見やってから、疎水《そすい》べりの道を戻り、市電の停留所へと歩いた。

「火の玉を諌《いさ》めるのは難儀なことやぞ」

熊吾はそうひとりごち、熱した海から立ち昇る湿気に覆《おお》いつくされているような金沢の町の、人気《ひとけ》のない停留所で市電を待った。

宿命というものが、それぞれの人間にそれぞれの境遇をもたらすのであろうが、その境遇とは、言葉を換えれば環境ということになる。同じ環境下にあっても、美しく咲く花もあれば、咲く前に散ってしまう花もある。その違いは、個々の花が持つ性癖や生命力といった本源的な、姿を見せない核みたいなものによって左右されるのであろう。

熊吾は、市電のレールの上に落ちている、パナマ帽をかぶった自分の影を見つめながらそんな物思いにひたった。

この三つは、恐ろしい敵だなと熊吾は思った。宿命、環境、自分の中の姿を見せない

核……。この三つ以上に、恐ろしい敵などいない。この三つは、鎖のようにつながり、もつれ合って、すべての人間を幸福か不幸かのどっちかのレールに乗せる。どっちかの駅にしか着かないレールだ……。

麻衣子は、中国人を父に、日本人を母として生まれた。これは宿命というやつだ。生まれた時期は、日本と中国が戦争を始めかけたときだった。これは環境の部類かもしれない。そして、父と生き別れたことで、金沢に移り、そこで育って、料理屋の次男と知り合ったのは、環境というやつのせいだ。さらに、多感な年ごろに、母に愛人が出来た。そのことも、麻衣子に大きな影響を与えたであろう。しかし、いま麻衣子を愚かな恋に走らせているものは、つまるところ、麻衣子という人間が持っている本源的な核の為《な》せる業なのだ。そのような核を内部に沈めていることこそ宿命なのだ。

「これをほんまの三位《さんみ》一体《いったい》と言うんじゃ」

熊吾は、口に出してつぶやき、いっこうにやってこない市電に苛立《いらだ》ちながら、自分の思考を、房江や伸仁にあてはめてみようとした。けれども、暑さが、それを面倒臭くさせた。自分にあてはめてみるのは、もっと面倒であった。

旅館に帰り着くと、熊吾は風呂《ふろ》に入ってからビールを飲み、ひやむぎを食べた。そして、帳場に行き、番頭に長距離電話を頼んだ。

「愛媛県南宇和郡城辺町の役場じゃ」

と熊吾が言うと、番頭は、

「愛媛県の南宇和郡。ちゃんとかかるがやろか」

と首をひねった。

「何時間かかってもええけん、電話局に頼んで下さい」

熊吾は心づけを番頭にそっと渡し、部屋に戻ると、床の間の柱に凭《もた》れて腕組みをし、あぐらをかいて、死んだ貴子のことを思った。可愛《かわい》い女だったな。男はこの俺《おれ》以外は知らなかったが、少々疑ってみたくなるくらい、抱かれ上手だった。俺にじらされたときの、哀願の仕方を、俺はいまでも忘れられないでいる。俺は、その最中に、しょっちゅう、貴子に気持がいいかと訊いた。――馬鹿亭主、いいかいいかとやたら訊き――。そんな川柳があったな。俺は若くて馬鹿だった。貴子は、俺に殺されたもおんなじだ。俺は、貴子とまた逢いたい……。

麻衣子と貴子とが、ほぼ同じ歳だということが、熊吾に感傷と悔恨とを与え、電話を待つ時間をもてあまして、いろんな想念が飛び交うくせに、苛立ちの裏返しみたいな、いやに禅定《ぜんじよう》な心持ちをもたらしていた。

四十分ほどで電話はつながった。熊吾は電話に出てきた城辺町役場の誰かに、大竹を呼んでくれと大声で言った。

「わしは松坂熊吾じゃ。早よう、大竹を呼んでくれ。この電話は金沢からかけちょる」

大竹という、熊吾の口ききで役場に就職した遠縁の青年の声が聞こえると、熊吾は、さらに大きな声で、

「自転車をすっとばして、房江を呼んで来てくれ」

と頼んだ。

「奥さんを、ここまでつれちょってきますかなァし」

「そうじゃ。早よう行け。それまで電話を切るなと、役場の連中に言うちょけ。もし切ったら、切ったやつを捜し出して、八つ裂きにして、海にばらまくと言うちょけ」

大竹は慌《あわ》てて電話を置いた。役場から北裡の家まで五分。往復で十分。まあ、それまで番頭と話でもしていよう。

熊吾は、何事かと熊吾を盗み見ている番頭を手招きし、電話を耳にあてがったまま、節子から聞いた料理屋の名を口にした。

「あんたは、その料理屋を知っちょりますか?」

よく知っていると番頭は当惑の表情で答えた。

「そこの次男坊は、ことしの春、結婚したそうやが、なんで二十三で、大学を卒業したばっかりやのに、そんなに急いで祝言をあげたんですかのお」

「そらまあ、いろいろ事情があるようで……」

「ほう、どんな事情ですか」

そう訊《き》きながら、もっと近くへ寄れと、熊吾は自分の横の床を叩《たた》いた。

「なんで、そんなことを知りたいがですか？」

と番頭は訊いた。

「その次男坊について、いろいろ調べちょる。この電話の向こうで、報告を待っちょる刑事が何人もおるんじゃ」

「えっ！　そしたら、おたくさんは」

「わしの身分なんかどうでもええ。あんたが知っちょることを正直に喋《しゃべ》らんと、あとで厄介なことになる」

役場で何人もの刑事が待っているというのもおかしな話だな……。熊吾は自分の嘘《うそ》のまずさを誤魔化すために、番頭の手首を強く握って、強引に横に坐《すわ》らせた。

「ご長男が戦死しまして、次男に跡を継がさんといかんようになりましたがや」

と番頭は声をひそめた。

「それにしても、えらい急いだ祝言みたいやのお」

「まあ、これは噂《うわさ》ですが、ご次男には、好きな女がおりまして、それが、ちょっと具合の悪い女で」

「どう具合が悪いんじゃ」

「まだ女学校の生徒で、十七か八の娘やけど、問題はその娘の父親が」

「中国人やからか」

「へえ、ようご存知で」

熊吾は、その料理屋の次男に関する噂を、根掘り葉掘り、番頭から訊きだした。熊吾の予想よりも三分も早く、房江の声が受話器から聞こえた。

電話には、断続的な雑音が混じり、房江の声も遠かった。

「どないしはったんです？」

房江は不安そうに訊いた。熊吾は、送話口を手で押さえ、番頭に、ちょっと人には聞かれとうない話なんじゃがと言って席を外させた。そして、大声で、

「わしは、お前をもう殴らん」

と房江に言った。

「えっ？　何ですって？」

「わしは、お前を、もう殴ったりはせんと言うちょるんじゃ。わしの声が聞こえちょるか？」

「よう聞こえてます。もしもし、何があったんです？」

「何にもありゃあせん。きのう井草に逢《お》うて、さっき、節子と麻衣子に逢うた」

熊吾は、旅館の玄関や廊下を見廻《みまわ》し、人の気配がないのをたしかめると、少し声を落

とし、

「わしは、お前を好きじゃ」

と言った。そのとき雑音が混じったので、房江に聞こえなかったのではないかと思い、もう一度同じ言葉を繰り返した。房江からは、何の応答もなく、役場のなかの物音や話し声がかすかに伝わった。

「それを言うために、金沢から電話してきはったん？」

房江の、安堵《あんど》したような、同時に、幾分うわずった声がやっと聞こえた。

「そうじゃ。それを言いとうて電話をしたんじゃ。わしは、お前を何回も殴って、まことにすまんかった。わしを許してやんなはれ」

「そんなことはかまわん。こら、お前も何か言え」

「電話代、高いのに」

「何かって、何を？」

「わしを好きじゃと言え」

「そんなこと、ここで言われへん。周りにぎょうさん人がいてはるのに……」

「ちいちゃい声でも、わしには聞こえる」

熊吾が言ってくれと頼んだ言葉が、聞こえるか聞こえないかの声で届いた。

「聞こえた？」

と房江が訊いた。

「ああ、ちゃんと聞こえたぞ」

自分の物が固くなりかけているのを感じ、熊吾は、伸仁は元気かと訊いた。

「耳を痛がるんです。たぶん、こないだうんこのなかに落ちたとき、汚ないもんが耳に入ったんやと思うんやけど」

「そりゃいけるかや。早よう病院へ連れていけ。城辺の医者じゃあ頼りない。宇和島の町まで行って、しっかりした病院で診てもらえ」

「そやけど、宇和島までバスで四時間もかかりますやろ。私も伸仁も、バスに乗ったらすぐに酔うてしまうから」

「酔い止めの薬を山ほど服《の》んで、バスに乗ったら寝ちょったらええ」

房江は思案している様子だったが、城辺町から宇和島までの行き帰りが約八時間、診察の時間もいれたら、丸一日かかることになる、四歳の子にはかえってよくないのではないかと言った。

「とりあえず、城辺のお医者さんに連れて行きます」

熊吾も、房江の意見をもっともだと思い、どっちにしても早く医者に診せろと念を押した。

「井草さんの具合は、どんなんでした？」

と房江が訊いた。

「もうそんなに長《なご》うはないじゃろう」

熊吾はそう答え、あした金沢を発《た》って大阪へ行き、二日ほどで用事を済ませて、城辺へ帰ると言って電話を切った。

なんだか大役を済ませたような心持ちになって、熊吾は、しばらく旅館の帳場に坐り込み、蟬《せみ》の声に聴きいった。そのすさまじい蟬の声は、熊吾の神経にさわって、ふいに彼を苛々《いらいら》させてきた。

房江には、あした金沢を発つと言ったし、熊吾もそのつもりだったのだが、麻衣子の問題をいい加減に処理したまま帰ってしまうのはやはりのちのちに悔いを残すように思われ、ひどく億劫《おっくう》な気分を抱いたまま部屋に戻ると、再び外出の用意をした。

旅館の番頭の話だと、麻衣子の相手は、一日も早く料理屋の跡を継いでほしいと懇願する親の言葉をまったく無視して、大学の研究室で淡水魚の養殖に関する研究に没頭しているという。

熊吾にしてみれば、その青年の行動と選択の仕方が腑《ふ》におちなかった。

幼いころから好き同士で、結婚を固く誓い、しかもその決意がいまも変わっていないのなら、麻衣子との結婚をいかに反対されようとも、親の勧める相手との祝言を拒むのが第一の選択となるべきだった。しかし、その井手秀之という青年は、大学で淡水魚の研究をつづけることは断じて放棄せず、愛情のない結婚をすることで、強硬な親の二つの要望に対する譲歩を示したという。

二十三歳と十七歳か……。熊吾は二人の年齢を考え、どっちにしてもまだガキだと鼻白む思いだったが、同時に、男というもののずるさやいい加減さも、同性として充分すぎるほど読める気がした。

「まだ小僧のくせに、二股《ふたまた》をかけやがって」

熊吾は、玄関で靴《くつ》を出してもらい、番頭に、もしかしたら今夜は二人の客があるかもしれないので、その分の料理も用意しておいてもらいたいと頼み、きのうよりもさらに暑く感じられる道に出た。

彼は、市電に乗り、金沢大学の正門の近くで降りると、夏休み中の閑散とした大学構内に入った。

守衛のいる建物が門の横にあったので、熊吾は、淡水魚の研究をしている井手秀之さんに面会したいと言って、自分の名刺を出した。守衛は、構内の地図を書いてくれて、親切に途中まで案内し、楡《にれ》の木立の向こうを指差して、

「あそこに池がありまして、井手さんは、いまたぶん池の横にある研究室におられると思います」

と教えた。

その楡の木立の下では、何人かの学生が上半身裸になって寝転がり、ある者は本を読み、ある者は寝息をたてたりしていた。

研究室といっても、竹矢来で四方を囲み、何枚かの板を載せて屋根代わりにした、机がひとつ置いてあるだけのものだった。そこで、ランニングシャツ姿の青年がノートに何かを書きつけていた。

「井手さんはおられますかな」

と熊吾が声をかけると、その青年はノートから目をあげ、熊吾をしばらく見つめたあと、椅子《いす》の背に掛けてあった開衿《かいきん》シャツを着ながら、

「井手は、ぼくです」

と言った。

日に灼《や》けた、意外に野太そうな容貌《ようぼう》と体格の井手秀之は、雲ひとつない空を見あげてから、

「松坂さんですね」

と言った。熊吾は、はて、どうして自分の名を知っているのだろうと思いながら、すだれのようなもので三つに区分けされている池を背にして立ち、

「わしは松坂熊吾と言います。十四年前、谷山麻衣子の父親に、麻衣子の父親代わりになってくれと頼まれた男です」

「さっき、麻衣子さんから聞きました」

と井手は言い、ここは暑いので、どこか木陰に行きましょうと先に立って歩きだした。そして、歩きながら、

「麻衣子さんは、ほんの五分ほど前に帰りました。きょう、松坂さんと一緒に食事をしてくれないかって言いに来たんです」

と屈託のない口調で言った。

「大学っちゅうところは、ええところですな。のんびりしちょって、自由で、しかしどこかに学問の匂《にお》いがちゃんとある」

熊吾は、自分とあまり身長の変わらない、どこから見ても色男とは言いかねる井手秀之の、育ちのよさそうな柔和な目を観察しながら、そう言った。まだ小僧のくせをして二股をかけやがってという気持は、どこかに消えてしまっていた。

井手は、楡の木立の東側にあるくすのきの大木の下に行くと、柔道着を着て、汗みずくになって通りすぎようとした学生に声をかけ、

「すまんが、ラムネを二本、買《こ》うてきてくれんがか」

と頼み、ズボンのポケットから紙幣を出した。

「よう冷えとるのを二本や。お前にも一本ご馳走《ちそう》するっちゃ」

それから井手は、ズボンのベルトに吊《つ》り下げていた手ぬぐいを、大木の下に敷き、熊

吾に坐るよう勧めた。

熊吾は礼を述べ、パナマ帽を取ると、井手の手ぬぐいの上に腰をおろした。そして、ハンカチで汗を拭《ふ》き、自分の隣に坐った井手に言った。

「淡水魚の養殖を研究しちょりなさるそうやが、どんな淡水魚ですか?」

と話しかけた。

「鮎《あゆ》と鱒《ます》です。人工養殖の難しい魚ですが、卵を人工的にかえすことは出来るんです」

「ほう、そうすると、一年中、新鮮な鮎や鱒を食べられるようになるっちゅうことですかのお」

「鱒のほうが、その可能性はありますね。鮎は、ちょっとそういうわけにいかないんです。琵琶湖《びわこ》の鮎が、四、五寸以上に育たないのは、いろんな学説はありますが、結局は、琵琶湖が、鮎にとっては大きないけすにしかすぎないからだと思うんです」

「ほう、なるほど。鮎は、どんなに大きないけすのなかで育てても、四、五寸以上には育ちませんか」

「ええ、それは鮎という魚の回游《かいゆう》という習性が」

熊吾はその井手の言葉をさえぎって、

「あんたにとっては、奥さんと麻衣子は、どっちが鮎で、どっちが鱒ですかのお」

と訊いた。その熊吾の問いに、

「松坂さんは、せっかちなかたですね。麻衣子さんが、恐ろしい顔をしたおじさんだって言ったので、覚悟を定《き》めてお待ちしてたら、なんだかすごく優しい顔のかただったので、ぼくはほっとしました」

と井手は言い、ラムネの壜《びん》を二本持って戻って来た学生に手を振り、

「すまんなァ、このくそ暑いのに用事を頼んで。きょうは何時まで練習や？」

と訊いた。

「死ぬまでやるっちゅうとるがや。一年生が、もう三人死によった」

学生は真顔でそう言い、ラムネの壜とつり銭を井手に渡した。井手は声をあげて笑い、

「俺も何べん死んだがやろか。五十回ではきかんちゃ」

と言った。

熊吾は、柔道着姿の学生が巨体を揺すって去って行くのを見つめながら、冷たいラムネを飲み、

「あんたも、柔道部でしたか」

と訊いた。

「ええ、子供のときは、近所の道場に通って、高校でも柔道部に入って、大学でもずっと柔道をやりました」

「ほう、何段です？」

「三段です」

「そりゃあ、たいしたもんじゃ。わしは、井手っちゅう二股野郎を、鼻持ちならんやさ男やろうと思うちょったが、ケンカをしたら、ひとたまりもなく、わしは放《ほう》り投げられますな」

「いや、ぼくはすごくあがるたちで、試合になると、いつも負けてばっかりで、うちの柔道部のお荷物やって、監督に叱《しか》られてばっかりいました」

熊吾は、ラムネを飲み、煙草《たばこ》を吸った。どこかから学生たちの喚声が聞こえた。

「きょうは、うちの大学と東京の大学とで、卓球の親善試合をやってるんです」

喚声が聞こえてくる方向に顔を向け、井手は、まったく構えていない、のんびりした表情で熊吾にそう説明した。

「結婚した以上は、どんなに好きでも、麻衣子とは別れにゃあいけん。麻衣子はまだ十七歳の子供じゃ。あんたは何を考えちょるのかのお」

熊吾は本題に入った。井手は、それには答えず、周りに繁《しげ》っている雑草をちぎった。

「そんなに麻衣子を好きなら、なんで親の勧める相手と祝言《しゅうげん》をあげたんじゃ。あんたの女房になった人の気持も考えてみィ。麻衣子よりももっと、その人のほうが可哀《かわい》そうやとは思わんか」

その熊吾の言葉に、井手は、雑草をちぎりながら応じ返した。

「静香《しずか》は、ぼくと麻衣子とのことを知っていて、ぼくと結婚したんです。結婚式を強行したのは、ぼくの両親と静香です。静香の両親は、娘とぼくとの結婚には反対しました」

「ほう、そうすると、静香っちゅうあんたの新妻は、押しかけ女房っちゅうわけか。ほう、そうすると、無理矢理結婚させられたあんたは、その静香さんに指一本触れとらんというのか。静香さんは、まだ処女のままやっちゅうわけかのお」

井手秀之は、雑草の汁がこびりついた指を見つめ、

「そのとおりだと言っても、誰も信用しないでしょうが、ぼくと静香は、まだ夫婦にはなっていません。このことは麻衣子も信用してくれないんです。ぼくは静香に指一本触れていません。だから、静香が処女なのかどうかも知らない」

その井手の言葉で、熊吾はせっかく調子が出始めた熊吾流の攻め口と論法を、ひとまず引っ込めるしかなかった。

「あんたは、わしに嘘をついとるんじゃあるまいな。あんたがいま言うたことは、天地神明に誓って本当か？」

「本当です」

「どうやって、それを証明するんじゃ」

「静香が本当のことを言えば、証明されるでしょうが、彼女は絶対にそのことは黙って

いるでしょう」

熊吾は突然かっとなって、井手の肩をつかむと、

「つまらん映画みたいなこと言いやがって。抱く気もない女と祝言をあげた責任はどうとるんじゃ。あんたは、現実に、静香っちゅう女と正式に結婚したんやぞ。そんなら、なんで結婚したんじゃ。なんぼ、両親と女とが強行しようとしても、あんたが断固拒否すりゃあ、祝言をあげることなんか出来やせんやろが。ぐにゃぐにゃと、さかりのついた蛇《へび》みたいな真似《まね》をして、まだ十七の麻衣子をてめえの女房の代わりにさせちょるんやぞ。あんたは、たとえどんな相手でも、人の亭主なんじゃ。まだ高校生の麻衣子は、これから先、いったいどうなるんじゃ。いやじゃろうが何じゃろうが、女房をさっさと抱いて、麻衣子とのことは終わってしまえ。いさぎように、鳥はさっさとてめえのねぐらに帰るもんよ」

肩をつかまれたまま、井手秀之は立てた膝《ひざ》のあたりに目を落としていたが、熊吾を見ないまま、これまでとはまったく異なる沈んだ声で、

「ぼくのねぐらは、麻衣子です」

と言った。熊吾は馬鹿《ばか》らしくなって、つかんでいた井手の肩から手を放し、空になったラムネの壜を振った。ラムネの玉が、壜のなかで音をたてた。その音は大きくはなかったのに、周囲の蟬たちが鳴きやんだ。

「ぼくは、必ず麻衣子と結婚します。そのために、ぼくはぼくなりの準備を進めてるんです」

「準備？　どんな準備なんじゃ」

と熊吾は、研究用の池のほうをぼんやり見やったまま訊《き》いた。

「京都大学でも、淡水魚の養殖の研究が進んでるんです。うちの大学の教授が推薦してくれて、京大の研究室に行けそうなんです。それが正式に決まったら、ぼくは麻衣子と一緒に京都へ行くつもりです」

「女房とちゃんと離婚してか？」

「ぼくが麻衣子と京都へ行ったら、両親も静香も、あきらめざるを得ないだろうって思うんです」

熊吾は、ラムネの壜をくすのきの太い根の横に置き、

「もういっぺん訊くがのお、そこまで覚悟しちょるあんたが、なんで祝言なんかをあげっしもたんじゃ。あんたがとことん拒否しつづけたら、あんたの両親も、その静香っちゅう女も、あきらめるしかなかったはずじゃ」

その熊吾の問いに、井手は、随分ためらったあと、このことだけは松坂さんの胸におさめて決して口外しないでくれと頼み、

「去年の暮、麻衣子のお兄さんが、静香の兄と口論して、千枚通しで刺したんです」

と言った。熊吾は、井手の言葉の意味がすぐにはわからなくて、ぽかんと井手の横顔を見た。

「麻衣子の兄やと？　なんじゃそれは」

井手は、そんな熊吾を怪訝《けげん》そうに見つめ、

「麻衣子のお兄さんです。信太郎さんです」

と言った。

「信太郎？　なんじゃそれは」

熊吾は、なにがなんだか皆目見当もつかず、そう訊き返した。

「松坂さんは、信太郎さんをご存知じゃないんですか？」

「知らん。そんな人間の名前は初めて聞いた。麻衣子の兄やと？　周栄文の子か？」

「いえ、父親は違います。麻衣子のお母さんが金沢で産んだ子供だそうです。麻衣子より四つ歳上《としうえ》で、ことし二十一になります」

熊吾は、周栄文からも、節子からも、そんな話は耳にしたことがなかった。周と節子とが結ばれる際、人に頼んで節子の身元を簡単に調べてもらったが、節子に息子がいるなどという報告は受けなかったのだった。

谷山節子の戸籍にも、かつて結婚した経歴もなければ、私生児の存在も記載されていなかったことは、熊吾自身の目で確かめていたのである。

「その麻衣子の種違いの兄貴は、あんたの女房の兄貴を千枚通しで刺して、それからどうなったんじゃ」

と熊吾は、いますぐにも節子を問い詰めたい衝動を抑えて訊いた。

「麻衣子が泣いて頼んだんです。どうか兄を許してくれって。命には別状なかったし、先に手を出したのは静香の兄でした。静香も、静香の兄も、ぼくとの結婚を条件に、警察に届け出ることをやめてくれたんです」

「麻衣子の兄貴は、いまどこにおるんじゃ」

「大阪です。大阪港の近くの、建築会社で働いてます」

自分は、子供のころから、信太郎とも仲が良く、麻衣子を〈チャンコロの子〉と侮辱して、寄ってたかっていじめようとする連中を、二人で投げとばしたり、叩《たた》きのめしたりした。自分と信太郎がいつも麻衣子を守っていたので、そのうち誰も麻衣子をいじめなくなった。自分も信太郎も腕力が強く、ケンカでは負けたことがなかった――。

井手はそう説明し、

「でも、ぼくは、戦争が終わるまで、信太郎さんと麻衣子とが種違いの兄妹だとは知らなかったんです。麻衣子も、信太郎さんのことを、ずっと従兄《いとこ》だと教えられて育ったんです。麻衣子が本当のことを知ったのは、ぼくよりも少し先で、終戦の年の、秋ごろだったそうです」

と言った。

熊吾は無意識に口髭《くちひげ》を撫《な》で、きっと周栄文も、節子の息子の存在は知らなかったに違いないと思った。節子は、この俺《おれ》と周栄文を騙《だま》したというわけか……。

麻衣子の「私、いじめられんかったよ」と母親に挑《いど》むように言った際の表情を思い浮かべ、熊吾は、仕方がない、乗りかかった船というやつだと心を決めた。

「さっきの、京大の研究室へ行くっちゅう話やが、それは間違いなく決まりそうか」

と熊吾は、ラムネの壜の口に群らがっている蟻《あり》を見つめて訊いた。

「九月の末までに、論文を提出しなければいけないんです。論文さえ提出したら、十月中に正式に決まります。研究室では、助手として給料をもらうんですが、家庭教師をやったり、翻訳の仕事をやったりすれば、ぼくと麻衣子の二人ぐらいは、なんとか暮らせるめどは立ってます」

と井手は答えた。

「あんたの実家の家業はどうなる。跡継ぎがおらんようになるけんのお」

「親戚《しんせき》の誰かが継ぐでしょう。たとえ天地が引っくり返っても、麻衣子を井手家の嫁に迎えることはないって、父も母も言ってます。中国人とのあいのこを嫁に迎えるくらいなら、店なんか自分たちの代で終わってもいいって怒鳴ったんですから」

熊吾は、蟬《せみ》の声に苛立《いらだ》ち、ラムネの壜を持つと乱暴に振ったが、蟬は鳴きやまず、数匹の蟻が熊吾の指から腕へと這《は》った。

それをはたき落としてから、熊吾は言った。

「あんたと麻衣子が京都へ行ったら、麻衣子の兄貴に千枚通しで刺された男は、あらためて警察に訴え出るかもしれんぞ」

「警察は、どうして刺されたときに訴え出なかったのかって訊くでしょう。ぼくとの結婚を条件に不問に付したなんて言ったら、藪蛇《やぶへび》になりますよ。それに、もう傷口も完全にふさがって、横腹に小さなイボがあるぐらいにしか見えませんから」

熊吾は立ちあがり、パナマ帽をかぶると、

「麻衣子に高校をちゃんと卒業させてやりたいが、どうもそれは無理みたいやのお」

と言った。そして、こうなったらいっときも早く、麻衣子は金沢からいなくなるほうがいいと考えた。

「わしの泊まっちょる旅館の番頭は、あんたと麻衣子とのことをよう知っちょった。きよう、二人で旅館に来るのはやめたほうがええじゃろう。どこか、うまい店はないか」

「ぼくの家は、いい料理を出しますけど」

熊吾と井手は、顔を見合わせて、声をたてずに笑った。井手も立ちあがり、香林坊に、いい寿司《すし》屋があると言い、ラムネの壜を拾った。

熊吾は行きかけて歩を停《と》め、笑みを浮かべて、

「わしの女房は、川で泳いじょる鮎を手で捕まえられるっちゅう噂《うわさ》があるんじゃが、あんたは信じられるか？」

と訊いた。

「手づかみにするんですか？　生きてる鮎を？」

「どうもそうらしいんじゃが、わしはまだその現場を見たことがない」

「ぼくは信じられませんね」

と井手は本来の屈託のなさを取り戻して、柔和な微笑を熊吾に注ぎながら言った。

「鮎を獲《と》って生計をたててる人たちを、ぼくは何十人も知ってますけど、鮎を手づかみに出来る人なんて一人もいませんよ」

「ところがおるんじゃ。愛媛県南宇和郡城辺町北裡っちゅうところに暮らしちょる、虫も殺せんような女じゃ」

「何か魔法でも使うんでしょうか」

「魔法？」

「その瞬間、鵜《う》に化ける、とか……」

「鵜か……。鶴《つる》と言うてほしかったのお」

熊吾は、香林坊の寿司屋の名前を訊き、七時に待っていると言って、大学の構内を正門に向かって歩きだした。節子の家を訪ねるつもりだったが、正門を出て、さてどっちへ行けばいいのかと道に立ち停まった瞬間、熊吾は、いまさら節子の嘘《うそ》をなじって何になろうと思った。

周栄文と無関係なことに首を突っ込みたくないという気持が強く、すでに熊吾の頭のなかでは、十七歳の麻衣子の落ち着き先について、あれこれ考えがめぐり、そのほうに神経は集中していたのだった。

しかし、麻衣子の今後について、彼女の母親と直接逢《あ》って相談しなければならない。だが、自分はもう二度と節子と逢いたくない。

熊吾は、

「昼寝じゃ、昼寝じゃ。こんなくそ暑い日は、昼寝にかぎる」

とつぶやき、舌に残っているラムネの甘味を消したくて、学生相手の食堂に入ると、ビールを飲んだ。

熊吾が、大阪の福島区にある丸尾運送店に着いたのは、翌日の夜だった。

丸尾運送店は、大型トラックが三台に増えて、従業員も五人になっていた。

「大将、このドテ焼き、大阪で一番うまいドテ焼きでっせ」

心もち白髪《しらが》が目立つようになった丸尾千代麿《ちよまろ》は、丼鉢《どんぶりばち》を持って二階にあがってくると、谷山節子に手紙を書いている熊吾にそう言い、焼酎《しょうちゅう》をコップに注《つ》いだ。

「ラブレターでっか？」

と千代麿は手紙を覗《のぞ》き込んだ。

「なんでそう思うんじゃ」

「松坂の大将が、いま金沢から大阪へ着いたばっかりで、それも夜の十一時を過ぎてるというのに、酒にも手をつけんと手紙を書いてはる……。これはもう女を口説《くど》く手紙やとしか思えまへんがな」

「いま、わしは女房一筋じゃ。わしは、女房に恋をしちょる」

「そらええ心がけだす。そやけど、そんなに急ぎのラブレターでっか？」

どこかの旅館に泊まるつもりだった熊吾に、ぜひうちに泊まってくれと夫婦揃《そろ》って引き留め、熊吾がそれを聞き入れてくれたことがよほど嬉《うれ》しいのか、千代麿も彼の妻も、さっきから階段を何度も昇り降りして、手料理やビールを運んでいた。

「お前んとこに、若い女の事務員はいらんか」

と熊吾は、万年筆を便箋《びんせん》の上に置き、焼酎を一口飲んでから訊いた。

「女の事務員……。大将のこれでっか？」

千代麿は自分の小指を立てた。

「アホ。わしはいま女房一筋やと言うたやろが。もし丸尾運送店に必要なら、ぜひ雇うてもらいたい女がおるんじゃが」

「歳は幾つでっか？」

「十七じゃ」

「そらまた若いなァ……。ソロバンは出来まっしゃろか」

「ソロバンが出来んと、やっぱり雇いにくいかのお」

熊吾は、汗と、汽車の煤煙《ばいえん》のこびりついている体を洗いたくて、やはり旅館に泊まればよかったと思いながら、席を移してドテ焼きを食べた。千代麿の家に風呂《ふろ》はなく、近くの銭湯は、十一時までだった。

「雇うとなると、やっぱりソロバンの出来る子でないと。女房がいちおう事務をやってまんねんけど、あいつもソロバンがでけまへんねん。そやから、月末に、近所の人に頼んで帳簿をつけてもろてるんやけど、こっちの台所を他人に知られるっちゅうのはねェ」

ミッション系の女学校では、ソロバンを教えるだろうか……。熊吾はそう思いながら、どうにも汚れた体が不快でたまらなくなり、

「どこかに風呂はないのか」

と訊いた。

「ちゃんと用意してまっせ。もうそろそろ沸きまっしゃろ」

「お前の家に風呂があるのか」

「さっき作りましてん。ドラム缶《かん》で出来てる五右衛門《ごえもん》風呂ですけど、わてがお背中を流しまっせ」

千代麿に案内されて階下に降り、天井のない車庫の奥に行くと、大きなドラム缶に湯が入っていた。

「こんなに暑いんじゃけん、水でもええのに」

と言ったが、熊吾は、千代麿夫婦の気遣いが嬉しく、その場で服を脱ぎ、ドラム缶のなかの湯につかった。そして、麻衣子のことを話して聞かせた。

ほんの二、三年前は、飢えた人々でごったがえす廃虚の町であったのに、いまは幽冥《ゆうめい》さを持つ静けさで、どこかなまめかしい光の月が頭上にあり、夏の虫が途切れ途切れに鳴いている……。この近くに、しあわせな一家が笑い声をあげていそうな気配さえ感じさせる……。

熊吾は、ドラム缶の湯の中で、腰をそらせたり、ふくらはぎを揉《も》んだりしながら、そんなことを思い、

「人生は、まことに短いのお」

とつぶやいた。

「そんな寂しいことを。松坂の大将の口から出るような言葉やおまへんがな」

千代麿は言って、しばらく黙り込んだあと、谷山麻衣子という娘は、たしかに自分た

ち夫婦で預からせていただくと約束した。

「事務員なんかしてくれんでもよろしおまんがな。電話の番をしててくれたら、それで結構。どうせ、その男が京都へ出てくるまでのあいだですやろ。あと二ヵ月か三ヵ月のことや」

「すまんのお。千代麿くんに感謝するけん」

風呂からあがると、熊吾は、千代麿の妻が用意してくれた浴衣《ゆかた》に着換え、再び机に向かい、谷山節子への手紙を書いた。

麻衣子の落ち着き先が決まったこと。丸尾夫婦は善良な働き者であること。早く大阪へ来る日を決め、丸尾千代麿に手紙でその旨《むね》をしらせること。

熊吾は、その三点を、手紙の最後にしたため、封筒に入れた。そして、やっと落ち着いた気分になって、千代麿と酒を飲み始めた。千代麿は、しきりに、房江と伸仁の近況を聞きたがった。

熊吾が、郷里へ帰って以来のことを話していると、千代麿は、

「大将は、いつ大阪へ帰って来はるおつもりだす?」

と訊いた。

「まだ、そのつもりはないのお。わしも、いなかの暮らしに慣れっしもた。ひょっとしたら、このまま郷里に住みついて、骨を埋めるかもしれん」

半ば冗談で、半ば本気で、熊吾はそう言って笑った。

「いなかはいなかで暮らしにくいが、〈血が騒ぐ〉っちゅうのか、やっぱり、自分が生まれ育って、親父《おやじ》や祖父《じい》さんや、そのまた祖父さんらが生まれ育った場所っちゅうのは、安心して生きちょれる。なんぼ辺鄙《へんぴ》で貧しいっちゅうても、南宇和は、お天道《てんと》さんもよう照るし、魚も獲れるし、寒うて不毛のいなかとは違う。どこかの山奥の、炭を焼くしかないようないなかと較《くら》べたら、うんと恵まれちょる。よっぽどの子だくさんで、猫《ねこ》の額ほどの田圃《たんぼ》しか持っちょらん家以外は、娘を女郎屋に売らにゃあいけんちゅうことも少ない」

そう言いながら、熊吾は自分がはからずも口にした〈血が騒ぐ〉という表現に心を傾けた。大阪に足を踏み入れると、自分の中の別の血が騒ぐのを感じるからであった。

彼は、戦前の大阪を思い、破竹の勢いで事業を拡《ひろ》げていった三十代の自分を思い、新町の茶屋で初めて房江と逢った日のことを思った。

「大将、じつは内緒の相談事がおまんねや」

と千代麿は声を忍ばせ、無精髭を指で撫《な》でた。

「内緒の相談事？　また厄介《やっかい》なことやありゃせんじゃろのお。わしは金沢で麻衣子の問題に頭を悩ませて、やっといま一安心したところなんじゃ」

しばらく無言で和卓に視線を移し、千代麿は時計を見てから、

「さぞお疲れやと思いまんねんけど、小一時間ほど、わてにつきおうていただけまへんやろか」

と言った。

「どこへ行くんじゃ」

「わけは、道々に話しまっさかい」

千代麿は階下に降り、松坂の大将が久しぶりにこのあたりの様子を見たいとおっしゃるので、涼みがてら近所を散歩してくる、小一時間ほどで帰るから先に寝ているようにと妻に言った。仕方なく、熊吾は糊《のり》のきいた浴衣の衿元《えりもと》を整えて腰をあげた。

「お早よお帰り」

という千代麿の妻の元気な声に送られて、熊吾は千代麿と並んで深夜の大阪の町に出た。

「福島の天神さんの近くに、うまいおでん屋がおまんねん。小さな屋台でっけど」

そう言って、千代麿はうしろを振り返り、妻が戸を閉めている姿を見やった。熊吾も、お世辞にも美人とは言えない千代麿の妻の、小太りの姿を見てから、

「ええ女房じゃのお。骨惜しみをせん働き者で、いっつも元気で、愚痴ひとつ吐かん」

と言った。それから、煙草《たばこ》に火をつけて、内緒の相談事とは何かと訊《き》いた。熊吾の下駄《げた》と千代麿のゴムのサンダルの音だけが、最終の市電が通ったあとの夜道に響いた。路

地の奥から、八の字眉《まゆ》の娼婦《しょうふ》が歩み寄って来て、二人に声をかけたが、千代麿は、蠅《はえ》を追い払うみたいに、娼婦の顔前で手を振った。たとえ相手がいかなる人間にせよ、それはいつもの千代麿らしくなかった。

「わて、女房と一緒になって、ことしでちょうど二十年になりまんねん。とうとう子供ができへんかった……。図体《ずうたい》はでかいけど種なし西瓜《すいか》やと、女房のお袋さんにも言われる始末で。わても、自分を種なし西瓜やと思てましたんや。ところが、子供ができました」

「子供ができた？」

熊吾は歩を停め、くわえ煙草で千代麿を見つめた。こいつ、女房以外の女をはらませたなと思った。だが、熊吾が口を開く前に、

「そうでんねん。お察しのとおりで」

と千代麿は言って、大きな溜息《ためいき》をついてうなだれた。

「松坂の大将やったら、わかってくれはると思いまんねん。自分の子供が欲しいて欲しいて……。そやけどこればっかりは授かりもんで、わても大将とおんなじように、すっぱりとあきらめてましたんや。そやけど、わてと大将との違いは、大将は奥さんとのあいだに子供ができた。わては、女房とは違う女をはらましたっちゅうことですねん。わては、種なし西瓜やなかったんや……」

「相手の女は、どう言うちょるんじゃ」

と熊吾は、煙草を路上に捨て、下駄の歯で踏みつぶしながら訊いた。

「産みたいて言うてまんねん。わても、産んでもらいたいと思てまんねん。大将やったら、わての気持、わかってくれまっしゃろ」

「そんならなにか？　あの働き者の世話女房を、ぼろ草履《ぞうり》みたいに捨てるっちゅうのか」

「滅相もない。わては、女房と別れる気は毛頭おまへん。それどころか、わてが浮気をしたということさえ、女房には毛筋ほどでも知られとうおまへんねや」

「女房には知られとうない、子供は欲しい……。お前の気持はようわかるが、世の中、そんな都合ようにはいかんぞ。どうせ、その女は殊勝なことを言うちょるんやろ。子供は自分がちゃんと育てる。あんたの家庭を不幸にさせたりはせん。そう言うちょるんやろが、どっこい、産んだら、相手の出方はころっと変わるぞ」

千代麿は、ふいに顔をあげ、両手で自分の頬《ほお》を挟《はさ》んで強くこすった。そして、

「もし、大将に、ずっと子供ができんままやったとして、浮気した相手に瓢簞《ひょうたん》から駒《こま》みたいに子供がでけたら、大将はその子を堕《おろ》させまっか？」

と大きな顔を近づけて訊いた。

「そんな、もしとか、たらとかっちゅう仮定の質問には答えられん」

「なんでんねん、インチキな政治家みたいな言い方で逃げんでもよろしおまっしゃろ。わては、松坂の大将やったら、どないしはるやろと、この十日間、考えに考えつづけてきましたんや」

「まあ、ちょっと冷静になれ。こういう場合は、まず冷静になることじゃ」

熊吾は、浴衣の袖《そで》から煙草の箱とマッチを出し、なんだかいまにもつかみかかってきそうな形相の千代麿に勧めた。

「女は幾つなんじゃ」

再び歩きだして、熊吾は訊いた。

「三十六でんねん。妊娠したのは、これが初めてやと言うとりました。女も、自分の歳《とし》を考えて、産ませてくれと言うてるんやと思いますねん。悪い女やおまへん。それは、大将が見たら、わかってくれはることです。わての女房に申し訳ないっちゅうて泣きよりまんねん」

浄正橋の交差点を左に曲がって、堂島川のほうへ少し歩くと、右側に福島天満宮の神社があり、その横に、赤い暖簾《のれん》を掛けた屋台のおでん屋があった。

暖簾をくぐって、木の長椅子《ながいす》に坐《すわ》り、屋台の主人らしい女と顔が合うと、千代麿は「こんばんは」と小声で言った。女も、急にあらたまった表情で、熊吾に「いらっしゃいませ」と言った。客は、熊吾と千代麿だけであった。

熊吾は、女の顔を見つめ、

「豆腐とタコでももらおうか。それに、焼酎じゃ」

すると、千代麿は、客には出さないいい酒を用意してあるのだと言い、女に目配せした。女にしては骨組みの太い、血色のいい、そのくせ、どことなく寂しそうな顔つきで、眉間《みけん》に小さな黒子《ほくろ》がある屋台の主人は、ある瞬間には美人に見えるのだが、別の瞬間には、千代麿の妻よりも無器量に見えた。

「ここへ来るまでの道々に、大将には全部お話ししたんや」

と千代麿は女に言った。

「この屋台の主人やとは言わんかったぞ」

「そんなこと、大将やったらひと目でお見通しやおまへんか」

女は、ラベルの貼《は》っていない一升壜《びん》を出し、この酒は郷里の丹波から送ってもらったもので、安心して飲んでいただけるし、郷里の者たちの自慢の地酒だと説明した。

「まだお名前をうかがっちょらんのじゃが」

と熊吾が言うと、千代麿が、米村喜代というのだと答えた。

喜代がコップについでくれた酒は、少し辛口のいい酒であった。

「喜代さんには、両親や兄弟はおるのかのお」

という熊吾の問いに、寂しそうな顔つきではあっても芯《しん》の強そうな目の光を放つ喜代は、うちわで蚊を追いながら答えた。

「両親は、私が小さいときに死んでしもうて、私はじいちゃんとばあちゃんに育てられました。兄と弟がいてましたけど、どっちもこんどの戦争で死んでしもて……。じいちゃんは、私が十六のときに死んで、いまは、ばあちゃんが丹波でひとり暮らしてます。大阪で一緒に暮らそうてなんぼ言うても、いなかのほうがええいうてききませんねん」

「そのおばあさんは、もうお幾つですかのお」

「来年の正月で、八十六になります」

祖母が死ねば、この喜代という女は天涯《てんがい》孤独の身となるわけか。しかも、喜代の年齢を考えれば、子供を産みたいという女の本能とは別に、なんとしても堕したくないと思うのは当然だ。

熊吾はそう思い、

「親の勝手で、父親のない子が生まれるっちゅうわけか」

とつぶやいた。千代麿と喜代は、ちらっと見つめあった。

「わしの妹は、それぞれ父親の違う私生児を二人産みよった。たしかに母親は、父親がおろうがおるまいが、自分の子が可愛《かわい》いてたまらんじゃろう。しかし、子供が背負うていかにゃあいけん世間の目とか約束事とかは、なかなか残酷なもんでのお。苦しんだり哀《かな》しんだりするのは、親やのおて、いっつも子供のほうなんじゃ。わしは千代麿の気持もようわかるし、喜代さんの気持もわかる。しかし、子供っちゅうのは、親のおもちゃや慰みものやありゃせんぞ」

それから熊吾は、コップの清酒をゆっくりと味わったあと、

「わしには、相談にはのれん。わしが、どうのこうのと考えを述べても、お前らは結局、したいようにするじゃろう」

と言い、

「子供を堕すっちゅうのは、立派な殺人じゃ」

そうつけくわえて、酒のおかわりを頼んだ。

「もし、子を産んで、そのことで女房を不幸にさせたら、わしはお前と縁を切るぞ」

熊吾は千代麿に言い、

「もうあしたにでも店をたたんで、この大阪から姿を消せ。あんたと子供が生きていく金は、千代麿がどんな苦労をしても、こしらえよるやろ」

と喜代を睨《にら》みつけて言った。結局、相談にのるどころか、互いの身の振り方を指図するはめになったと思い、子供を堕すのは殺人だと、熊吾は胸の内で自分に言い聞かせた。

「二、三日のうちに、ばあちゃんのおるいなかへ帰ります」

喜代は、千代麿を見つめてそう言った。千代麿は、うなだれたまま背筋を伸ばし、小さく何度もうなずいた。

「あんたも、子を産んだあと、認知してくれやの、女房と別れて自分と一緒になってくれやのと騒ぎたてたら、生きながら地獄へ堕《お》ちるぞ。子宮が腐って、のたうちまわって死ぬぞ。天があんたを許さんぞ。あんたが受ける罰は、あんただけやのうて、大事な子供にまでも及ぶぞ。わしは抹香《まっこう》臭い説法を説いとるんやありゃせんぞ。世の中っちゅうのは、そういう仕組みになっちょるんや」

熊吾は、目を光らせて無言で自分を見つめている喜代から視線を外し、おそらく梅田のほうからつづく闇市《やみいち》の連中が、バラックを小さな商店に建て換えて出来たのであろう雑然とした商店街と、その奥の暗がりを見やった。地廻《じまわ》りのチンピラが、路地に立つ娼婦とふざけあったあと、大きな足音を立てて、喜代の屋台に近づいてきた。

若い男たちは、熊吾と千代麿にすごみをきかせるかのように睨んでから、

「どないや、景気は」

と喜代に言った。喜代はそっと清酒の壜を屋台の下に隠し、

「きょうで店を閉めさせてもらいます。あしたにでも、親分さんにご挨拶《あいさつ》に行くて伝えといて下さい」

と言った。

「店を閉める？　えらい急やなァ。なんでやねん。結構儲《もう》かっとったやないかい」

兄貴格らしい男が、くわえていた楊子《ようじ》でコンニャクを突き刺し、それを口に放《ほう》り込ん

でから、喜代の肩をつかんだ。

「お前、いま何をやったんじゃ」

と熊吾は、三人のチンピラの人相を見定めながら言った。

「口にくわえちょった楊子で、客に出す食い物を突き刺すような不潔なことはするな。そんなことをするやつは、一生、チンピラのままで終わるぞ」

これもまた〈血が騒ぐ〉という、どうしようもない俺《おれ》の病気だ……。そう思いながら、熊吾は下駄を脱いで、それを右手に持った。

「お前の汚ない唾《つば》で、わしに梅毒でもうつったらどうしてくれるんじゃ」

男たちは一様に目を吊《つ》りあげ、熊吾に近づいた。すると、千代麿が慌《あわ》てて割って入り、土下坐《どげざ》をしてチンピラたちに詫《わ》び、

「すんまへん、この人、ちょっと、これでんねん」

と言って、片手を自分の頭のところで開いたり閉じたりした。そして、財布から何枚かの百円札を出し、兄貴格の男に握らせた。

「クルクルパーを相手にしたら、にいさんの格が下がりまっせ」

「こら、千代麿。わしはクルクルパーやありゃせんぞ」

千代麿は、必死に男たちをなだめ、交差点のところまで連れて行くと、また何枚かの紙幣を渡した。

そんな千代麿の姿を見やってから、熊吾は持っていた下駄を履き、喜代に言った。

「千代麿の女房はのお、器量は悪いが、心根のきれいな、善良な働き者の世話女房じゃ。子供のことは、一生涯《いっしょうがい》、千代麿の女房には知られんようにしてやってくれ」

喜代は強くうなずき、それだけは神仏に誓うと答えた。けれども、熊吾は、そのような女の約束を決して信じてはいなかった。

男たちをなだめて戻って来た千代麿は、

「大将、そろそろ帰りまひょ。ここにおったら、またいつあいつらが来よるかわかりまへんよってに」

と言って、熊吾の腕をつかんで立ちあがらせようとした。

「余計なことせんでもええんじゃ。あんなうらなりみたいな連中なんかの首の骨をへしおるくらい、簡単なことよ」

しかし、まあこのあたりが汐《しお》どきだろう。熊吾はそう思い、立ちあがると、喜代を見て微笑《ほほえ》んだ。喜代には、その微笑みが奇異に思えたらしく、一瞬、不安気に熊吾の表情をさぐった。

「男の子が生まれたらええのお。女の子やったら、可哀《かわい》そうじゃ。どっちに似ても、嫁の貰《もら》い手に苦労しよる」

喜代は、浄正橋の交差点まで送って来て、何度も熊吾に向かってお辞儀を繰り返した。

歩きながら、千代麿は財布を振り、

「ありゃあ、からっぽやがな」

とつぶやいた。

路地の奥で、立ったまま娼婦の体のなかに排泄《はいせつ》しようとしている男がいた。まだ目もあいていない仔猫《こねこ》が市電のレールの上で這《は》っていた。さっきの連中とは異なる、別の地廻りのチンピラたちが酔って口論していた。

熊吾は、疲れを感じて、夜空を見あげた。郷里の夜空に光る星の数とは比べようもなかったが、それでも大阪の夜空には、思いのほか鮮明にたくさんの星がまたたいていた。その星をいっとき眺《なが》めてから、熊吾は、口論しているチンピラたちを見つめ、さっきよりも数の増えた娼婦たちの汗ばんだ首筋を見つめた。

「お前、苦労が始まったたな」

と熊吾は千代麿に言った。「へえ」と力なく応じ返す千代麿の肩を叩《たた》き、

「女房に内緒の金を作るっちゅうのは、なかなか難しいぞ」

「へえ、そうでっしゃろなァ」

「たとえ寝言にでも、子供のことは喋《しゃべ》るなよ」

「寝言で言いそうな気がしまんねん」

熊吾は笑った。そして、どうして世の中はこんなにも、男と女のことばかりなのだろ

うと思った。それなのに、科学は進歩し、国は興隆したり衰退したりする。思想は変節し、捏造《ねつぞう》され、地球は廻ることをやめない。地球から見える星よりも、見えない星のほうが何千倍も多い。

熊吾は、そんなつかみどころのない思いにひたり、このような心境を、井草正之助なら、どんな句にするだろうかと考えた。

自分には俳句の素養はないが、詩らしきものなら作れるかもしれない。そう思ったとき、また〈血が騒ぐ〉という言葉が浮かんだ。

——ちちははの生まれた田園に立ち——

最初の一行は即座に決まったが、次にどうつづけていいのかわからなかった。熊吾は、歩きながら、その一行を忘れてしまわないように、何度もつぶやいた。

「何をぶつぶつ言うてはりまんねん」

と千代麿が訊いた。

「さっきの、お前の質問に答えたんじゃ」

熊吾は笑みを浮かべて嘘《うそ》をついた。

「さっきの質問て何です?」

「もし、わしに、房江とのあいだにじゃのうて、別の女に子供が出来たら、どうしたかっちゅう質問じゃ」

「どないしはります？」

「わしは子供を堕したりはせん」

「そんなことを、ぶつぶつ言うてはったんでっか？　それは嘘でっしゃろ？」

「なんでわかった？　なんで嘘やとわかったんじゃ？」

熊吾は笑いながら訊いた。

「そんなことを、難しそうな顔して、ひとりごとで言う人と違いまんがな。どうせまた、中国の故事やとか、世の中の動きはこうなるとか、つまり、そんなようなことを、ぶつぶつ言うてはったのに決まってまんがな」

「これからの日本は、どうなると、千代麿は思うんじゃ」

「わては、いま、それどころやおまへん。なんやしらん、罪悪感で、身が縮む思いですねん。女房の顔をまともに見られへん。大将、わて、やっぱり、喜代に頼んで、子供を堕してもらいます」

「そんなこと、預金をおろすみたいに、簡単にはいかんのじゃ。女が絶対にいややと言うて、勝手に産んでしもうたらどうするんじゃ。あの女は、きっとそうしよる。もう肚《はら》を決めちょる」

——ちちははの生まれた田園に立ち
ちちははの血の騒ぎを聴く

茫然《ぼうぜん》と星をあおぐ――

うん、これでいい。熊吾は、心に浮かんだ詩らしきものを、また何度もつぶやいた。

「わしは女に子供を産ませるっちゅうて、言うてはりまんのか？　嘘や、嘘や。この千代麿のアホンダラっちゅうて、わてを馬鹿《ばか》にしてはりまんねんやろ」

「こら、声が大きいぞ。お前の優しい女房は、まだ起きて待っちょるぞ」

丸尾運送店の明かりを指さして、熊吾は千代麿の頭を軽く叩いた。

「優しい女房なんて言い方を、こんなときにわざわざ使わんでもよろしおまっしゃろ。大将が、こんな嫌味《いやみ》なお方やとは思わんかったなァ」

千代麿は身を屈《かが》め、そっと戸をあけた。

「おかえりやす」

千代麿の女房の、元気な声が返ってきた。

「なんや、まだ起きてたんかいな。あしたも早いんやさかい、先に寝てたらええのに」

千代麿は、わざとぶっきらぼうな口調で妻に言い、熊吾のうしろから階段を昇って来た。食卓は片づけられ、熊吾のための床がのべられてあった。

「わしも共犯じゃ。お前のお陰で、これからお前の女房の顔を、わしもまともに見られんようになる。どうしてくれるんじゃ」

熊吾は本気で千代麿をなじり、蒲団《ふとん》の上にあおむけに寝転んだ。千代麿は、熊吾の枕《まくら》

元《もと》で正坐《せいざ》して、焦点の定まらない目で蚊取り線香の煙を見つめていたが、やがて立ちあがり、

「おやすみやす。わて、あしたは七時に弁天町まで行かなあきまへんよってに」

と言った。

「お世話をかけたのお。わしは、昼すぎの汽車に乗る」

「麻衣子さんのことは、安心しといておくれやす」

「よろしく頼む。階段から落ちんように気ィつけて降りにゃあいけんぞ」

「ほんまに落ちそうな気がしてきまんがな」

「お前のことを毛筋ほどにも疑《うたご》うちょらん女房が下で待っちょるぞ」

「大将て、ほんまに嫌味なお方でんなァ」

千代麿は深く溜息《ためいき》をつくと、階段を降りて行った。熊吾は、いったん明かりを消した
が、すぐに思いたって起きあがり、明かりをつけると、さっき心に浮かんだ詩らしきも
のを手帳に書いた。

何度も読み返しているうちに、ただの感傷を文章にしただけの、つまらない代物《しろもの》みた
いに思えてきて、鉛筆で消した。手帳を閉じ、裸電球の明かりをつけたまま目をつむる
と、熊吾は久しぶりに、父の亀造のことを思い浮かべた。

寡黙《かもく》で、穏やかで、物に動じない人だったたな。長女が十七歳で死んだ日、葬列の先頭

を得意がって歩きたがる七歳か八歳の俺を叱《しか》った。――きょうは、いばってはいけない日だ――。そう言って、俺を叱った。父に叱られたのは、あとにもさきにも、あれ一回きりだったような気がする。

どうしてあのような人が、南宇和のかたいなかで生涯を百姓としておくれたのであろう。あの度量の深さは、到底、俺が真似《まね》出来るものではない。しかし、あの人は黙々と田を耕し、稲を植え、田圃《たんぼ》の雑草を抜き、藁《わら》で草履《ぞうり》を編み、行き倒れの遍路を助けて面倒を見、頼って来る者たちに米や野菜を与えつづけ、五十六歳の夏、日射病で死んだ。

父が死んだ年齢に、俺はあとたった二年で達する。だが、俺は人間として、とうとう父にかなわなかった。俺には、父のような穏やかさや温厚さはない。生まれた地に根をおろし、田圃で稲を育て、贅沢《ぜいたく》を求めず、娘の葬式の哀しみのさなかに、「きょうは、いばってはいけない日だ」という言葉など使えない人間だ。

あと二年で、父が死んだときの年齢に達する――。その思いは、熊吾に、滅多に感じないくらいの疲れをもたらした。

彼は、もう一度手帳をひらき、〈ちちはは〉という言葉から〈はは〉を取った。

――父の生まれた田園に立ち
父の血の騒ぎを聴く

茫然と星をあおぐ——

どうして〈はは〉の二文字を取ったのか、熊吾にはわからなかった。自分は、五十四歳にもなりながら、まだ母を許してはいないのだとはっきり認めるまで、随分時間がかかった。

遠くで、娼婦《しょうふ》らしい女のわめき声が聞こえ、ガラスの割れる音がした。熊吾は、明かりを消し、目を閉じて、

「何がどうなろうと、たいしたことはありゃあせん」

とつぶやいた。

第五章

城址《じようし》の森の銀杏《いちよう》の葉が黄色くなり、稲刈りもおおかた終わった十月の半ばごろ、熊吾は、麻衣子の恋人である井手秀之からの手紙を受け取った。切手に捺《お》されたスタンプを見ると、手紙は京都の左京区で投函《とうかん》されていたので、熊吾は、井手が約束どおり、金沢を引き払って京都へ身を移したのだなと考え、まだ封を切る前に安堵《あんど》の思いにひたった。

拝啓

猛暑も去り、秋風が時に冷たくも感じる季節となりました。松坂様におかれましては、ますます御壮健の事とお慶《よろこ》び申し上げます。

小生と麻衣子の事に関しましては、ひとかたならぬ御配慮を賜り、厚く御礼申し上げます。

二日前、金沢より京都へと居を移し、その夜、大阪の丸尾様のお宅にて、麻衣子と再会いたしました。丸尾御夫妻の御厚情にも、手を合わせる思いで感謝いたしております。

金沢を発《た》つ二週間程前より、連日連夜、実家の両親や、とりわけ妻の静香に、小生の非道とも言える我儘《わがまま》を謝罪しつづけました。小生にもそれなりの言い分はあるとはいえ、いかなる事情にせよ、祝言《しゅうげん》をあげて妻として迎えた一人の女性に対する罪の意識は、小生の京都行きが近づくにつれて深く大きくなり、松坂様の叱責《しっせき》の言葉は現実的な重みを持ってのしかかりました。

ですが、とにもかくにも、小生は麻衣子と京都で暮らし始めました。京都大学の研究室から支払われる給料は、とても二人が生活出来るものではありませんが、そのことは元より覚悟の上で、早速、家庭教師の口を紹介してもらい、また、翻訳の仕事なども世話していただき、大学の近くの仏具店の二階に下宿先もみつけて、一昨日あたりから、やっと小生も麻衣子も落ち着きを取り戻した次第です。

小生は、麻衣子のことに対しても、自分の研究生活に対しても、不退転の決意で金沢をあとにしてまいりました。言わずもがなのことではありますが、松坂様のまるで肉親のような御厚情に何を以《も》って報いればいいのか、その術《すべ》を持たない小生といたしましては、小生の当然の決意を、ここにあらためてしるさせていただくしかありません。

雪国で生まれ育った小生は、南宇和の秋や冬がいかなるものか想像もつきませんが、いずれにせよ季節の変り目、なにとぞ御身御自愛下さり、御健勝にておすごしになられますようお祈り申し上げます。大阪、あるいは京都にお越しの節は、どうか御一報下さい。

敬具

きょうは、音吉の仕事場から鎚の音が聞こえないなと思いながら、熊吾は、井手秀之の手紙を封筒にしまい、頭上の速い雲の動きを見やった。

けさのラジオでは、台風が発生したことが報じられ、潮岬《しおのみさき》の南南西八百キロの海上を時速三十キロで北上していると伝えていたので、いまのところは穏やかな秋の日差しが南宇和を照らしてはいるが、このあわただしい雲の動きは、確かに台風の到来を告げるものであろうと熊吾は思った。

毎年、台風が日本の本土を襲うとき、四国の太平洋側が影響を受けなかったことはない。たとえ台風が九州を直撃しようとも、近畿《きんき》のほうへ進路を取ろうとも、南宇和の、海に近い地域は、何等かの被害を受けるのが常であった。

「ここは台風の通り道みたいなもんじゃけん」

熊吾はそうつぶやき、このまま台風が北上すれば、二日後あたりには、城辺町も一本松村も、暴風雨圏に入り、〈和田茂十君を励ます会〉に多数の人間を集めることは難しくなっていただろうと思った。

当初の予定では、あさっての日曜日に、一本松小学校の講堂で、和田茂十の県会議員選出馬の演説会を開くことになっていた。だが、教育委員会のメンバーには、地盤を同じにする別の候補者の支援者が何人かいて、小学校の講堂を使用する許可を出したがらなかった。

しかし、その講堂は、かつて松坂熊吾が寄付した金によって建てられたものだった。熊吾は、和田茂十の選挙戦を邪魔しようとする連中に直談判《じか》し、強引に、講堂使用の許可を出させたのだが、彼等は熊吾の直談判を予測し、事前に、日曜日の夜は別の候補者の演説会を催す手筈《てはず》を整えていたのだった。

「時速三十キロか……。台風がふらふらしよっても、あさってには、ここいらは暴風雨圏に入りよる。そんな夜に、誰が演説会に足を運んだりするもんか。こざかしい悪知恵は、裏目に出たっちゅうことよ」

熊吾は、ほくそ笑み、すでに始まっている和田茂十に対する妨害工作について考えをめぐらせた。

——和田茂十は異常なほどの女好きで、高知に二人の妾《めかけ》を囲っている。清潔でなければならない政治家の、第一の資格に欠けている。

——和田茂十は妾の子で、跡継ぎのない父親は仕方なく認知したが、その裏では、茂十と茂十の実母の悪辣《あくらつ》な策謀があった。

——和田茂十は、深浦港だけでなく、宇和海の権益も狙《ねら》っている。彼が県会議員になりたいのは、ただ己の私利私欲のためだけだ。

他にもきりがないくらい、茂十に対する中傷は、あちこちの人々の口の端《は》にのぼって、この半月ばかりのあいだに、にわかにひろまりつつあった。

どれも他愛《たわい》のないものだったが、選挙という戦いにあっては、それがどんなに小さな火の粉であろうとも、火の粉であるかぎりはすべて払い除《の》けねばならぬ……。熊吾は、選挙戦の指揮をとるのは、生まれて初めての経験だったが、ある確信を持って、そのような覚悟を定《き》めていた。

「賢いやつの一票も、馬鹿《ばか》なやつの一票も、一票は一票じゃけんのお」

熊吾は、胸の中でそうつぶやき、再び、音吉の仕事場のほうに視線を投じた。鎚の音はなにも四六時中響いているわけではないのだが、熊吾は、なぜか、音吉の仕事場の静けさが気にかかった。

「早よう支度をせな、バスに乗り遅れてしまう」

房江は、熊吾の背広とワイシャツ、それにネクタイと愛用のソフト帽を揃《そろ》えて、洋服箪笥《だんす》の前で、急ぐよう促した。一本松小学校での〈和田茂十君を励ます会〉は夜の七時からだったが、その前に、熊吾の案によって作られた〈潮会《うしお》〉の代表たちとの宴会が、茂十の自宅で催されることになっていた。熊吾はまず、茂十とともに小学校の校長に挨《あい》拶《さつ》してから、深浦での宴会に廻《まわ》ることにしていた。

熊吾が〈潮会〉なるものの結成を思いついたのは、所詮《しょせん》、選挙の要諦《ようてい》が、人心をつかむこと以外にないと考えたからだった。茂十には学歴もなければ、力ある政治家の肝煎《きもい》りもない。知名度もない。選挙資金も、いまのところ、たかが知れている。依《よ》って立つ明確なイデオロギーに支えられているわけでもない。とすれば、人々は何を求めて、和田茂十のために票を集め、県会に送り出そうとするだろう……。

熊吾が、思いついたのは、戦後は閉鎖されたままの蒲鉾《かまぼこ》工場を再開することだった。その蒲鉾工場で、茂十は収益を得る必要はなかった。〈潮会〉という親睦《しんぼく》団体の会員だけが、そこで自ら蒲鉾を製造し、出来上がった蒲鉾をそれぞれの台所に無料で持ち帰り、余った蒲鉾だけを売ればいい。〈潮会〉の会員は、持ち帰った蒲鉾を、自分たちが和田茂十の工場で作ったものだと言って、親戚《しんせき》や知人に配り、〈潮会〉に入れば、年中、蒲鉾には不自由しないことを暗黙のうちに教える。まだジャガ芋しか食えない者の多いこの時代には、食う物だけが人心をとらえるだろう。人は争って〈潮会〉に入会したがる。入会の条件はただひとつ。ひとりが十人の支持者を作ることだけだった。

熊吾は、金沢から帰ると、早速、〈潮会〉の結成を実行し、茂十に蒲鉾工場を再開させた。

山や田畠《たはた》で働けない老人とか、農家の女房たちは、熊吾も想像もしなかった遠方からやって来て、蒲鉾を作り始め、わずか二ヵ月で〈潮会〉の会員は百名を超え、同時に和田茂十の支持者は千人に達した。

この千人の票を確実な基礎票として、熊吾は、これで五千票を和田陣営は固めたと読んだ。あとは、どれだけ浮動票を集められるか。そして、漁業組合や、老人会、その他の大小さまざまな組織票をどう取り込むか……。

熊吾は、とりわけそれら組織への食い込みに、きょうの演説会を期して全力を傾けねばならないと考えていたのだった。

房江にネクタイの歪《ゆが》みを直してもらいながら、

「きょうは帰れんぞ。一本松に泊まるけんのお」

と熊吾は言った。

「伸仁《のぶひと》はどこへ行ったんじゃ。また野壺《のつぼ》にはまっちょらせんやろのお」

「一時から、上村さんとこの棟上げ式があるんやて。にぎやかにお餅《もち》を撒《ま》きはるて聞いて、千佐子と餅拾いに行きました」

熊吾は、ソフト帽をかぶり、鏡に自分の顔を映すと、鋏《はさみ》で口髭《くちひげ》を切り揃えた。

「お風呂《ふろ》にはいれへん日は、夜、寝る前に、口髭を石鹼《せっけん》で洗うこと」

と房江が言った。

「石鹼で？　食い物の匂《にお》いがするのか？」

「煙草《たばこ》の匂いがするから」

「そうか……。お前は、わしが眠っちょるとき、内緒でわしの唇《くちびる》を吸うちょるな」

「そんなこと、せえへん」

房江は笑い、熊吾に上着を着せた。金沢からの電話で約束したとおり、あれ以来、熊吾は房江に暴力をふるったことはなかった。ときおり、気にくわないことがあって、かっとなっても、熊吾は、畳を力まかせに殴りつけて、房江への暴力を避けてきたのだった。そのせいか、夜、房江のほうから求めてくることがあり、房江の頰《ほお》の肉がこころもち豊かになっていた。

熊吾がバスの停留所に行くと、政夫と、彼の友人たちが待っていた。演説会には、出来得る限り、多数の人々を集めなければならなかったので、政夫にも、人集めを頼んだのである。

「おじさん、もうじき戻り鰹《がつお》の時期よなァし」

政夫は力こぶを作って言った。

「鰹船の舵《かじ》取りの腕は、多少は上手になったか」

妻を亡《な》くしてまだ三ヵ月しかたたないのに、もうおおっぴらにタネを自分の家に呼び、夜をともにしつづけている政夫に嫌悪感《けんおかん》を抱きながら、熊吾はそう訊《き》いた。

「舵を取りながら、ダンスのステップを踏んどるけん。荒海でもすいすいと水すましみたいなもんでなァし。こんど、おじさんも俺《おれ》の船に乗ってやんなはれ」

この軽薄なお調子者め……。熊吾は、政夫から目をそらし、煙草を吸った。

「ダンスホールの建築は、いつごろ始めますかなァし」

政夫の友だちが熊吾に訊いた。

「十月の二十二日じゃ。もう図面は出来ちょる。蓄音機もレコードも、もうじき届くはずじゃ」

「ここいらの若いもんは、みんな楽しみにしちょる。城辺だけじゃないぞなァし。宿毛《すくも》のもんも、宇和島のもんも、ダンスホールの開店を、首を長《なご》うして待っちょるぞなァし」

「まあ、せいぜい宣伝しちょいてくれ」

熊吾はそう言って、空を見あげた。雲が厚くなっていた。彼は、井手秀之に手を合わさんばかりに懇願され、離縁を求められた静香という女のことを思った。

いかなる事情があったにせよ、井手秀之の行動は、やはり理不尽と言うしかあるまい。静香という新妻は、一度も夫に抱かれることなく実家に戻ることになったのだ。どのような思いで、夫の理不尽な懇願を聞いていたのであろう……。なにが不退転の決意だ。不退転の決意を貫いてくれなければ、麻衣子だけでなく、その静香という女にも申し訳がたたぬではないか。

熊吾は、井手秀之の屈託のない表情を思い浮かべ、人柄《ひとがら》はいいが、所詮、無邪気で苦労知らずのお坊《ぼ》っちゃまという馬脚を、遅かれ早かれ現わしそうな気がした。〈不退転の決意〉という文字は、そのとき熊吾には、逆に薄っぺらな常套句《じょうとうく》として井手の手紙に添えられたもののように感じられ、ふいに腹が立ってきた。

「バスはまだか！」

熊吾は、男同士ふざけあって、バスの停留所でダンスを踊っている政夫の友人に、そう怒鳴った。

「わしに怒っても、バスは来よりませんぞなァし。だいたい、いっつも五分か十分は遅れるけん」

怒鳴られた男は、幾分、怯《おび》えた顔で言った。熊吾は、政夫の衿首《えりくび》をつかみ、停留所から離れると、

「お前は、さかりのついた犬か！」

と言って睨《にら》みつけた。

「まるで女房が死ぬのを、いまかいまかと待っちょったみたいに、てめえの家にタネを引っ張り込んで、毎日青い顔でへらへらと遊び暮らしちょる。明彦が、そんなお前らを、どんな気持で見ちょるのか、ちっとは考えてみい。明彦の気持だけじゃあらせん。死ん

だ女房とのあいだに出来た子供の気持も考えてみい。どんな思いで、タネといちゃついちょる父親を見ちょるか……。お前には、そんなことを考える頭がないのか」

「わしがタネを呼んだんやありゃせん。タネが、自分で勝手に来よるんやけん。わしは、世間の目もあるけん、せめて一周忌が済むまでは逢《あ》わんようにしょうっちゅうて言うんやが、タネは聞きよらせんのじゃけん」

「やかましい！　どっちにしても、同じ穴のむじなじゃ。自分の子供らに、恥かしいとは思わんのか」

「おじさん、人が見ちょるけん、そんな大きな声を出さんちょってやんなはれ」

政夫は、熊吾に衿首をつかまれて、苦しそうに顔を紅潮させ、咳込《せきこ》みながら、そう言った。

「人が見ちょるやと？　人目もはばからず、この狭いいなかで、恥知らずなことをつづけてきたのは、どこの誰やっちゅうんじゃ。お前とタネみたいな馬鹿者同士のあいだに、ようもまあ、明彦みたいな賢い子が生まれたもんよ。わしは、明彦を見ちょると、遺伝学なんてのはインチキじゃと思えてくる。お前は自分のやったことがわかっちょるのか？　お前は、肺病にかかった女房を牛小屋に閉じ込めて、しょっちゅうタネと乳くり合《お》うちょった。お前は、そんな女房が、どんな思いで牛小屋で死んでいったかを考えたことがあるのか」

熊吾の声は、城辺町の、商店が軒を並べる道に響き渡り、住人たちの多くは、店先や家の二階からありさまを見つめていた。

バスが砂塵《さじん》を巻きあげてやって来た。熊吾は、政夫の衿首をつかんでいた手を放し、ソフト帽をかぶり直すと、バスに乗った。政夫も、政夫の友人たちも、怯えて悄然《しょうぜん》とした物腰であとにつづいた。

「ああ、もうこんないなかは、わしには狭すぎる」

運転席のうしろの席に坐《すわ》った熊吾をガラス窓越しに盗み見て、何やらひそひそ話をしている住人たちに視線を走らせ、熊吾はそう思った。どいつもこいつも姑息《こそく》でケツの穴が小さい……。

熊吾は、三十数年前の自分と同じ心境に襲われているのに気づき、我知らず微笑《ほほえ》んだ。兵役を終えて朝鮮からこの南宇和のふるさとに帰って来たときも、自分は同じ言葉を何度も何度も胸の中で叫んだものだったな。ついには、そんな思いを胸にしまっておくことが出来なくて、父の亀造にくってかかったものだった。

「俺を、こんなくそいなかで飼い殺しにせんといてやんなはれ。俺は、こんなくそいなかで生きていける男やあらせん。俺を、もういっぺん大阪へ行かせてやんなはれ。俺は、百姓の跡を継ぐ気なんか毛頭ありゃあせんのじゃ。俺がおらんようになったら、松坂の家には跡継ぎも働き手ものうなるが、俺はきっと金をうんと儲《もう》けて、父さんと母さんにらくをさせるけん」

そんな熊吾に、亀造は微笑みを浮かべて、こう言ったのだった。

「百姓に跡継ぎなんかあるかや。誰が好き好んで百姓の跡を継いだりするかや。それに、火の玉の熊は、わしが何と言おうと、自分のしたいようにやるやろ。わしはお前が、親の言うことを聞く子やとは思うちょらせん。そんなふうには育てんかったけんのお」

熊吾は、動きだしたバスの中で、父の言葉を思い浮かべ、あした、父の墓に行こうと思った。――親の言うことを聞く子には育てなかった――。その亀造の言葉の奥には、思いも寄らない大きな意味と愛情が含まれていたのであろう。俺は、あの三十数年前と少しも変わっていない。多少、世間知にまみれたというだけで、何も成長していない……。世間知と言っても、それらは経験から学んだだけだ。人間だから、どんな馬鹿でも経験によって何がしかは学ぶだろう。昆虫《こんちゅう》ではないのだからな。

昆虫が、経験から何も学ばないことは、ファーブルに教えられなくても、俺はよく知っている。あの一本松村の、広大な土俵みたいな田園でも、それらを囲む低い山々でも、俺は幼いころ、陽《ひ》が昇る前から陽が落ちてしまったあとまで、走り廻り転げ廻って遊びつづけたものだった。スズメバチの生態、女郎蜘蛛《ぐも》の生態、蝶《ちょう》やカブト虫の生態などを、俺は自分の目で、あるいは木こりの老人の指南で、または歳《とし》老いた叔父のおもしろおかしい語りによって学んだ。学んだものは二つある。ひとつは、昆虫は己の本能以外の行動はとらないということ。つまり、果てしない経験の積み重ねによって何等かの新しい知識を得たりはしないということ。そして、もうひとつは、定められた寿命の冷酷なまでの規則正しさ……。

まったく、それぞれの種属に与えられた寿命が必ず厳守されるさまは、不思議と言うしかない。ときに仲間たちよりも二週間長生きしたところで、そんな時間はたかが知れている。たった二週間の長生きののちに、そのカブト虫は必ず死ぬのだから。

カブト虫の二週間の長生きは、人間に置き換えれば、せいぜい二、三十年といったところだろう。人生五十年と言われるなら、八十歳まで生きる者もいれば、稀《まれ》に百歳を超える者もいる。けれども、いずれにしても死ぬのだ。カブト虫の二週間の長命も、人間の二十年のそれも、要は同じことだ。ついには、与えられた寿命という約束事の中に絡《から》め取られる。

けれども、昆虫と人間の違いは、長命を得ることによって、人間が何かを為《な》せるということだ。昆虫は、本能による行動しかないが、人間は本能のために生きているのではない。しかし、昆虫のような人間もいるな。経験から何も学ばず、本能の遂行しか念頭にないやつが、人間の中にもたくさんいる……。

バスが渓谷《けいこく》にさしかかったあたりで、熊吾はとりとめのない物思いを中断し、今夜の演説会で喋《しゃべ》るための原稿を読み返した。それは、きのうの昼から深夜にかけて、熊吾が思いつくままに鉛筆で書きなぐったものを、房江が清書したのであった。

――諸君、まず私は、この南宇和、とりわけ一本松や城辺の人々にとって、和田茂十君が何故《なにゆえ》に必要であるのかを具体的に、わかりやすく、御説明申し上げたいのでありますー―

熊吾に与えられた時間は十五分であったが、熊吾は、聴衆の反応によっては、その倍に延ばしてもいいと考えていた。延びた部分で、茂十への個人的な中傷を打ち消そう。確かに茂十は妾の子で、その事実は、いなかの人々には悪印象の根元となっている。だが、それを逆手にとって、お涙頂戴《ちょうだい》式の新派悲劇をでっちあげてやろう。和田茂十が、そのような出生から今日まで、どれほどの艱難《かんなん》辛苦を経て、他者への慈愛を我が物とするに至ったかを力説するのだ。

「泣かせてやるけんのお」

熊吾はつぶやき、原稿の最後に〈妾の子で何が悪い〉と鉛筆で書いた。

顔見知りの運転手が、前方を見つめたまま、熊吾に話しかけてきた。

「きょうは、坊は一緒やないのかなァし」

「きょうは、和田茂十君の出陣式みたいなもんじゃけん、息子は連れてこんじゃった」

「坊の耳の病気は、もう良うなりはったかなァし」

「処置が早かったけんのお。もう何ともないみたいじゃ」

「奥さんは坊を連れて、週に三日、宇和島の病院へ通いなはったが、何回か車に酔うて、こっちも困りましたなァし。停留所以外のところにバスを停《と》めるのは規則違反なんじゃが、あんまり苦しそうなんで、しょっちゅうバスを停めましてなァし」

「それは迷惑をかけたな。何か礼をせにゃあいけんのお」

バスの運転手は、曲がりくねった山道を過ぎると、

「きょう、宇和島の停留所を発車するとき、人相の悪い連中が、ちょうど汽車から降りて来よりましてなァし。わしのバスに乗るつもりらしかったんやが、わしはわざと気がつかんふりをしてバスを発車させてやりましたなァし。ときどき宇和島から乗って来よる連中で、噂《うわさ》によると、上大道《わうどう》の出身の男が、その中の親分格やっちゅうが、ほんまですかのお」

増田伊佐男とその子分たちだなと熊吾は思い、そういえば、一本松の突き合い駄場《だば》での一件以来、俺の前に姿をあらわさないのはなぜだろうと考えた。

「しょっちゅう、宇和島から乗って来よるのか?」

「月に二回ほどやなァし」

と熊吾は訊いた。

「宇和島から乗って、どこで降りよるんじゃ」

「御荘《みしょう》で降りよるんやが、帰りを乗せたことは一回もありませんでなァし。バスに乗ら

んのやったら、何で帰りよるんか……。自家用車でも持っちょるのかのお」

そう言ってから、バスの運転手は、

「まあとにかく、わしは、あれほど人相の悪い男を見たことはありませんぞなァし」

と同意を求めるかのように若い女車掌に目をやった。

「あの人らが乗って来たら、なんやしらん恐ろしいて……」

若い女車掌は言った。

御荘は、宇和島から来ると、城辺のひとつ手前の停留所であった。

御荘で降りて、帰りはバスを使わない……。ならず者が何をやっているのか、熊吾にはどうでもよかったが、なぜか心に引っ掛かるものがあった。

熊吾は、バスの運転手の声が聞こえているはずの政夫を、振り返って見つめた。政夫は、いかにも無関心を装うかのように、窓外に目を向けていた。

政夫の家は御荘にあり、たいして漁にも出ないのに、最近、タネに金の無心をしない。それどころか、ときおりタネにまとまった小遣いを与えている。

まさかとは思うが、政夫の口を割らせるのは簡単だ。ためしにやってみようか。

熊吾は、政夫を呼び、手招きした。政夫は不安そうに、座席から立ちあがり、熊吾の隣の席にやって来た。

「わしが、魚茂牛を殺したときのことを覚えちょるか？」

と熊吾は話しかけた。政夫はそっと頷《うなず》き返した。

「わしがあのときに使《つこ》うた熊《くま》撃ち銃を、一本松に着いたら借りて来てくれ。喜助のじいさまの鉄砲じゃ」

「鉄砲？　なんでそんな物《もん》が、きょう要りますかなァし」

「わしが、茂十と懇意になったのは、あのときの騒ぎが縁になっちょる。あの喜助のじいさまの熊撃ち銃は、わしと茂十との記念品じゃ。きょうの出陣式の前に、わしと茂十のあいだに、あの熊撃ち銃を置いて、固めの儀式をやりたい」

「固めの儀式……。おじさんと茂十さんとの友情の固めかなァし」

「まあ、そんなところじゃ」

政夫は、熊吾の機嫌《きげん》が直ったと思ったらしく、作り笑いを浮かべ、

「戦国時代の武将が、合戦に出て行くときみたいやなァし」

と訳知り顔で言った。

「そうじゃ。武将の固めの儀式じゃ。やくざの固めの儀式やあらせんぞ」

「弾《たま》も詰めにゃあいけんかなァし」

「空鉄砲じゃあ迫力がないじゃろう」

政夫は、嬉《うれ》しそうに、

「あの鉄砲には、俺も恩がある」

と言い、元の座席に戻ろうとした。そんな政夫の手首をつかみ、熊吾は言った。

「鉄砲に恩があるとは、わしに対して語弊のある言い方やのお。わしは何の為《ため》に、罪もない牛を撃ち殺したりしたんじゃ。お前のためやぞ」

「あたりまえやけん。鉄砲に恩があるんやあらせん。わしは、おじさんに恩があるんじゃ」

「そのことを忘れるな。恩知らずは、畳の上では死ねんちゅうからのお」

一本松に着くと、紋付き羽織袴《はかま》の茂十と彼の息子が迎えに来ていた。政夫はバスから降りると、喜助のじいさまの家へ走って行った。

「きょうは、この和田茂十のために、わざわざ足を運んで下さり、ありがとうございます」

和田茂十は、初めての演説会を前にして、いささか緊張していた。

「選挙参謀が、出陣式に顔を出すのは、当然の義務っちゅうやつよ。茂十が礼を言うことはあらせん」

そう言ってから、熊吾は、茂十の耳元で、

「高知の女は、納得しよったか」

と訊いた。

「そのへんは、ちゃんと心得ちょる女ですけん、心配はいりません」

茂十も小声で熊吾に言った。

「女は、安心出来んぞ。和田茂十には、高知の色街に二人の妾《めかけ》がおるっちゅう噂は嘘《うそ》じゃ。正しくは、ひとりじゃ」

熊吾が笑うと、茂十も苦笑し、

「親父《おやじ》のやったことを、この息子もまた繰り返しちょる。わしは、親父を憎めんようになってしもうたなァし」

と言った。

茂十の息子が先に立って、小学校への道を進みはじめたが、熊吾は、茂十たちに、先に深浦へ行っておいてくれと頼んだ。

「わしは、ちょっと訳があって、一人で校長に挨拶《あいさつ》をしたいんじゃ」

茂十は、それでは、用意した車を残していくからと言って、バス停への道を歩きだしたが、何度か振り返って、熊吾を見つめた。

「なかなかの美丈夫じゃ。玄人《くろうと》の女は、茂十をほっとかんじゃろう」

熊吾は、自分が見込んだ男の立派な風貌《ふうぼう》に満足して、そうつぶやいた。人間としての器も度量も人柄も、こんないなかからは滅多に出ない逸材だと、熊吾は和田茂十のうしろ姿を見やって、あらためて思った。台風の予兆らしきものは、どこか不穏な風の音を、一本松村のあちこちに響かせていた。

風の音に耳を傾けていると、熊吾は、自分がこれからやろうとしている歳甲斐《としがい》もないいたずらが馬鹿《ばか》らしくなってきた。

小魚のちょっかいに、いちいち目くじらを立てて何になろう。増田伊佐男が何を企《たくら》み、それに政夫がどう利用されていようと知ったことではない。

生き物の脂《あぶら》を吸いすぎた体で、さらに人の血を吸おうとしているかのような気配を発散させている増田伊佐男のことを考えるだけでも気分が悪くなる。いかなる生まれ方、育ち方をすれば、あのような人間が出来あがるのだろう。〈持って生まれたもの〉という言い方があるが、おそらく、そのような表現以外に正しい表現はないだろう。増田伊佐男も、自分と同じこの南宇和の、一本松村ののどかな田園に生まれたのだ……。

熊吾は、そう思いながら、喜助のじいさまから借りた熊撃ち銃を両手で持って走り戻って来た政夫を見つめた。

「またどこの突き合い牛の頭をぶち抜くんじゃっちゅうて、喜助のじいさまは、なかなか鉄砲を貸してくれんかった」

と政夫は何か手柄《てがら》をたててきたような表情で言った。熊吾は二、三度頷き、

「たしかに喜助のじいさまの言うとおりじゃ。これは、じいさまの大事な熊撃ち銃じゃ。それも、里に降りて来て、畑を荒らしたり、人に危害を加えたりする熊だけに使う鉄砲で、喜助のじいさまが、いっぺんでも、自分の楽しみや食欲のために使うたことはあり

やせん。そんな銃で、わしは何の罪咎《つみとが》もない牛を殺した。喜助のじいさまの大事な銃は、この松坂の熊にけがされたっちゅうわけじゃ」

熊吾は、喜助のじいさまに、ひとことの詫《わ》びも言っていないことを思い出し、政夫から熊撃ち銃を受け取ると、喜助のじいさまの家へと歩いて行った。

「固めの儀式はやんなはらんのかなァし」

政夫が、いぶかしげに訊《き》いた。

「もっと他のやり方を考える。お前は先に深浦に行っちょれ」

さぞかし、喜助のじいさまは怒っていることであろう。熊吾はそう思い、商店街と言っても、雑貨屋と電気器具店、それに履物屋と自転車屋といった店が七、八軒あるだけの通りを見廻《みまわ》した。喜助のじいさまに、何か手みやげをと考えたのだった。

雑貨屋を覗《のぞ》くと、鍋《なべ》や茶碗《ちゃわん》などに混じって、おとなの拳《こぶし》ほどの大きさの黒砂糖の塊が、罎《びん》のなかに四つばかり入っているのが目についた。

「この黒砂糖は売り物かのお？」

と熊吾は店の主人に訊いた。主人は、奥の薄暗い座敷から顔だけ出して、怯《おび》えた表情で、そうだと答えた。

「二つ、包んでくれんか」

そう言ってから、熊吾は店の主人が怯えている理由に気づいた。鉄砲を持った松坂熊吾が突然店に入ってくれば、魚茂牛の一件を知っているこの界隈の人間が肝を冷やすのも当然かと思えた。

熊吾は、鉄砲の銃口を上に向けて入口の壁に立てかけ、

「わしは強盗やありゃせんぞ」

と言って笑った。店の主人は、黒砂糖の塊を紙で包みながら、自分の従兄《いとこ》夫婦も〈潮《うしお》会〉に入っているのだと言った。

「おお、そうか。あんたも、ぜひ、和田茂十くんをよろしゅう頼みます」

そう言って、熊吾は雑貨屋を出、喜助のじいさまの家の、立てつけの悪い戸を叩《たた》いた。

喜助のじいさまが坐っている狭い座敷の天井からは、三個の熊の胆嚢《たんのう》が、細紐《ほそひも》でゆわえられて吊《つ》り下げられていた。その下で、喜助のじいさまは、しきりにラジオのチューナーを廻している。

「わしとおんなじで、このラジオもこわれっしもうた」

と喜助のじいさまは言って、熊吾が畳の上に置いた熊撃ち銃に目をやり、

「なんや、使わんじゃったのか」

そう言って大きく咳込《せきこ》んだ。

「わしは、じいさまに謝らにゃあいけん。じいさまの大事な鉄砲で、何の罪咎もない牛を殺してしもうた。じいさまは、さぞかし、この松坂の熊に腹を立てちょることじゃろ

う。もっと早ように謝りにこにゃあいけんのに、きょうまで延び延びになっしもた」

熊撃ち銃を膝《ひざ》に載せ、銃身を布で二、三度磨《みが》いてから、喜助のじいさまは二発の弾を抜き、

「松坂の熊は、子供のころのまんまじゃ。わしは、わしの鉄砲を、他のやつがあんなふうに使うたりしたら、ただでは済まさんとこじゃが、松坂の熊なら仕方がありゃせん。わしは、お前に、どうにも返しようのない恩があるけんのお」

と言って、熊吾に座敷にあがるよう勧めた。

「恩？　どんな恩かのお」

熊吾には思い当たることがなく、いましがた買った黒砂糖を、喜助のじいさまの煙草《たばこ》盆の横に置きながら訊いた。喜助のじいさまは、きせるの吸い口を熊吾の斜めうしろのほうへ向け、

「もう何年前になるかのお……。お前が、貴子《たかこ》ちゃんと駈《か》け落ちする前の日じゃ」

と言って、きせるの吸い口で差し示す方向に、遠くを眺《なが》めるような視線を送った。

貴子と駈け落ち？　あれは俺《おれ》が十八のときだが、そのころ、喜助のじいさまに恩を感じさせるようなことをしたという記憶はない……。

「日枝神社の裏のほうで、子供がまむしに咬《か》まれたじゃろうが。覚えちょらんかのお」

「まむしに咬まれた？」

熊吾は三十六年も昔のことに記憶をめぐらせたが、思い出せなかった。

「びっくりして走りだした子を、お前はものすごい勢いで追いかけてきて、『走っちゃあいけん。走ったら、毒が早よう廻る』っちゅうて押さえつけて、持っちょった鎌《かま》で、咬み口をひろげて、毒を吸い出してくれた。それでも三日ほど高い熱が出て、咬まれたほうの足の痺《しび》れが取れるのにひと月ほどかかったんじゃが、あのとき、お前がおらんかったら、その子は死んじょったじゃろう。なんせ、まだ四つで、体力がないけん」

喜助のじいさまにそう聞かされても、熊吾には、三十六年前、まむしに咬まれた幼児に応急処置をしてやったという記憶を掘り起こすことはできなかった。

「あの子は、わしの末の子でのお。わしには六人の子がおったが、上の三人は病気で、下の二人は今度の戦争で死んでしもうた。その末っ子だけは、満州からなんとか無傷で帰ってきて、いまは松山で表具師をしちょる。親孝行な子で、わしに毎月、年寄りひとり何とか食えるだけの仕送りを欠かしよらん」

「じいさまの末っ子を助けたのは、ほんまにこのわしか？　人まちがいをしとるんじゃあらせんのか？」

その熊吾の問いに、喜助のじいさまは何度も首を横に振った。

「わしらは、何年も人まちがいをしちょったんじゃ。お前は、あのとき、何か急ぎの用があったらしいて、通りすがりの男に、その子を早よう家に届けてやんなはれっちゅうて頼んで、そのまま山に入って行ったんじゃ。そやから、わしらは、送り届けてくれた男が助けてくれたもんじゃと思い込んだ。その男も、いかにも子供を助けたのは自分じゃっちゅうふりをしよった。松坂の熊の名はひとことも言わんと、そのあくる日、一本松からおらんようになった。なんと、その男は、盗《ぬす》っ人《と》じゃった」

「盗っ人？」

「宿毛に住んじょる大工で、たまたま人手が足らんで、一本松に手伝いに来ちょって、日枝神社の賽銭《さいせん》箱から十三円ほど盗んで、そっと逃げかけたときに、お前に呼び停められたんじゃ。自分が日枝神社から出て来たのを見ちょったのは、松坂の熊だけじゃったけん、そいつは、お前のことを話すわけにはいかんかったちゅうわけじゃ。それから四年ほどあとに、そいつは、今度は一本松の役場に忍び込みよったんじゃが、そのとき捕まえられて、それで何もかもがわかったんじゃ。ところが、そのときは、お前も一本松におらんじゃった。兵隊から戻って来て、またすぐ大阪へ行ってしもうて、とうとう、わしらは松坂の熊に礼を言うことができんずくで……」

「その盗っ人が、じいさまの末っ子を助けたのは松坂の熊吾やと言うたのか？」

熊吾の問いに、喜助のじいさまは大きく頷き、やっときせるに詰めた煙草に火をつけた。

「なんで、その宿毛の大工が、わしの名前を知っちょったんじゃ」

熊吾がそう言うと、喜助のじいさまは、煙草を一服吸い、軽く咳込んでから、

「これは、あとになって上大道《わうどう》におるわしの従妹《いとこ》から聞いたんじゃが、お前とおんなじ歳まわりで、増田伊佐男っちゅう札つきのわるがおったが、覚えちょるかのお」

と言った。増田伊佐男の名が、喜助のじいさまの口から発せられたので、しかも、それは三十六年前の、熊吾が失念してしまった出来事に絡《から》んで飛び出てきたので、熊吾はなにかしらぞっとする思いで、喜助のじいさまを見つめた。

「ああ、覚えちょる。ことしの春に、この一本松の市松劇場の前で、ばったり出くわしたんじゃが……」

「その盗っ人は、増田伊佐男の父親じゃ」

「伊佐男の父親……？」

「ああ、これは間違いないらしい。伊佐男の母親は、まことに不幸な女で、嫁に行って半年後に亭主に死なれて、里に帰ることもできんまま、姑《しゅうとめ》の面倒をみよったが、そのうち、その宿毛の大工とできてしもうて、子を孕《はら》んだんじゃ。世間の目もあって、なんとか自分の手で堕《おろ》そうとしたらしいが、どんな手を使うても、子は堕りんかった。そうやって生まれたのが伊佐男じゃ」

そこで喜助のじいさまは、自分の熊撃ち銃を見やり、

「一本松の役場に忍び込んだ盗っ人を捕えたのは、巡査になりたての猪《いの》やんよ」

と何か考え込むような顔つきで言った。

「猪吉が……」

熊吾は、今夜の演説会場に、警邏《けいら》の任務のために訪れるであろう幼なじみの宮崎猪吉巡査の、日灼《ひや》けした実直そうな顔を思い描いた。

「猪やんは、その手柄で署長賞を貰《もろ》うたんじゃが……。わしは、ちょっと心配な噂を小耳に挟んで、猪やんに言うたほうがええもんかどうか迷うちょる」

「どんな噂じゃ」

「その盗っ人、つまり伊佐男の親父は、まだ生きちょって、自分を捕えた宮崎猪吉巡査に仕返しをするために、ひと月ほど前から御荘に住んじょるっちゅうんじゃ」

それから喜助のじいさまは、そっと玄関のほうに視線を走らせ、声を忍ばせた。

「その伊佐男の父親は、もう七十五、六で、刑務所を出たあと、ならず者《もん》とのいざこざで腰の骨を折ったそうじゃ。その怪我《けが》のせいで、いまはひとりで便所へ行くこともできん。御荘で伊佐男の父親の面倒をみてやっちょるのが、なんと、政夫やっちゅうわい。わしは、さっき、政夫が熊撃ち銃を貸してくれっちゅうて走り込んできたとき、たまげてしもうた。まさか、このわしの鉄砲で、猪やんを殺そうっちゅうんじゃないやろなと思うて……」

熊吾は煙草に火をつけ、溜息《ためいき》と一緒に煙を吐き出した。喜助のじいさまも溜息をつい

て、

「なんともまあ執念深い男がおったもんよ。因果は巡るっちゅうが、伊佐男も片足が悪いそうやけん」

と言った。

「猪吉は、そのことは知っちょるのか？」

と熊吾は訊いた。喜助のじいさまは首を左右に振り、

「この話がわしの耳に入ったのは、おとといの夜で、まだ誰にも言うちょらせん」

伊佐男の父親が住みついた家から四、五軒離れたところに孫夫婦が住んでいて、週に一度、この家の掃除や洗濯《せんたく》のために、御荘からやって来てくれる。孫夫婦は、おととい訪れて、その話を喜助に聞かせたという。

「なんで政夫が、伊佐男の父親の面倒を見とるんかのお……」

熊吾は、天井から吊るされている熊の胆嚢を見あげてつぶやいた。

「ときどき、その家で賭場《とば》が開かれるらしい。政夫は、そのときは、表で見張りをやらされちょって、近所の人間に、『余計なことを言いふらしたら、行方不明になって、生きては帰れんぞ』ちゅうて脅しちょるそうじゃ」

と喜助のじいさまは言った。

熊吾は、まったく音を立てない喜助のじいさまのラジオを引き寄せ、スウィッチをひ

ねった。中をのぞくと、真空管のひとつがこわれていた。

「真空管を新しいのに取り換えたら直るじゃろう。わしの従姉《いとこ》の息子は、明彦と同い歳《どし》で電気に興味があって、自分でラジオを組みたてたりしよる。勉強は嫌《きら》いじゃが、電気の専門学校へ行かせてくれっちゅうて、学校から帰ると、近所の電気屋に入りびたっちょるんじゃ。わしは、あした城辺へ帰るけん、その子に、喜助のじいさまのラジオを直してあげてこいっちゅうて頼んでやるけん」

熊吾はそう言うと立ちあがり、

「喜助のじいさまは、顔の色艶《いろつや》もええし、頭もしっかりしちょる。うんと長生きしてやんなはれ」

と笑顔で喜助のじいさまの肩を撫《な》でた。

「お前も、ええ歳して、危ないことはせんもんぞ。まことにきれえな女房と、まだ小さい可愛《かわい》い坊がおるんやけん」

その喜助のじいさまの、本心かららしい言葉に、うんうんと頷《うなず》き返し、熊吾は表に出た。そして、自分は増田伊佐男というならず者を少々甘く考えていたようだと思った。自分が、これまで渡り合ってきた人間たちとは、どうやら種属が違う……。種属が違うという言い方をするしかない。自分は、何人かのならず者を知っているが、どんなに平気で犯罪を犯そうとも、どこかに人間としての弱さとか、何等かの人間臭さを持っていた。しかし、増田伊佐男という男は、そのような尺度など当てはまらないようだ。

増田伊佐男が、この自分を何十年も執念深く恨みつづけていたように、彼の父もまた、宮崎猪吉巡査に逆恨みをつづけ、七十五、六歳にもなって、なお復讐《ふくしゅう》を企み、わざわざ住まいを御荘に移したとは……。

「蛇《へび》は蛇を産みよる」

熊吾はそうつぶやき、家を出る際の意気がすっかり萎《な》えてしまっているのに気づくと、気分を変えようとして両腕を大きく廻した。

彼は、魚茂の用意した車に乗って深浦港へのなだらかな坂道を走りながら、〈子は親を選べない〉という言葉には、大きな錯覚と誤謬《ごびゅう》があるように感じられてきた。

蛇が蛇を産むのではなく、蛇とならざるを得ないものは、蛇を親とする以外に生まれる術《すべ》はないのだ……。その逆説的思弁は、深浦港へと向かう熊吾の頭の中で、さまざまな展開をしてやむことがなかった。

港が視野に入る道の曲がり角にさしかかったとき、熊吾は車を停《と》めさせ、白い大波の群れが沖のほうから港へと斜めになって疾走してくるさまに見入ったまま、〈子は親を選んで生まれてくる〉という言葉を、自分で作りあげた。〈子は親を選べない〉のではなく、〈子は親を選んで生まれてくるのだ〉と。

もしそうであるとするならば、世の中の、医学や科学ではいかんともしがたい難問の多くが解けていくのではあるまいか……。熊吾はそんな気がして、荒れ始めている南宇和の海を眺めた。

この俺は、松坂亀造とヒサを両親に選んで生まれてきた。伸仁は、松坂熊吾と房江を両親に選んで、この世に生まれ出た……。それは、その二人を両親に選ばなければ、人間としてこの世に出現する術がなかったからだ。ならば、その二人の男と女を両親にしなければならなかった理由とは何だろう……。

熊吾は、自分の掌《てのひら》で自分の後頭部を何度か叩き、

「難しいことを考えたもんよ。頭が痛《いと》うなる」

とつぶやいて苦笑した。いずれにせよ、笑いを自ら作らなければ、いまの不快な気分を転換することはできそうになかったのだった。

港では、何隻《せき》かの鰹船《かつおぶね》を岸に固定させる作業に精をだす魚茂の漁師たちが、声を掛け合って太い綱を投げたり引っ張ったり結んだりしていた。

漁師の女房たちは、それぞれの住まいの前で、物干し台が風に飛ばされないよう、重しを載せ、それに針金を巻きつけている。

蒲鉾《かまぼこ》工場は二軒あり、そのうちの一軒が、きょうの〈潮会〉の集会場として使われるので、会の世話役の女房たちが、あちこちに紅白の幕を張ったり、宴会用のささやかな料理の配膳《はいぜん》に忙しそうだった。

何を手伝うでもなく、故障した船を修理するための場所で立ったまま煙草を吸っていた政夫が、熊吾を見ると慌《あわ》てて走って来て、

「魚茂の旦那《だんな》が、首を長《なご》うして待っちょるがなァし」

と伝えた。

熊吾は、そんな政夫に、怒りも蔑《さげす》みもない心で話しかけた。

「のお、政夫よ。わしはさっき喜助のじいさまの口から、お前が最近、増田伊佐男とつきおうちょるっちゅう噂《うわさ》を聞いたが、それはほんまか」

その熊吾の問いに、政夫は、熊吾が不吉に思うくらい平然と答えた。

「ああ、おじさん、それはほんまでなァし。この狭いいなかのことじゃけん、おじさんの耳に入るのは時間の問題じゃと思うとりましたなァし」

「あの男がどんなやつかを知っとって、お前は、あいつの賭場の見張り役なんかに使われちょるのか」

「あいつは、恐ろしい鬼畜みたいなやつでなァし。そのくらいのことは、わしみたいなアホにもわかっちょるけんなァし」

「それがわかっとって、なんでつきおうちょるんじゃ。お前は、賭場の見張り役だけじゃのうて、あいつの父親の面倒も見ちょるそうやないか」

するとと政夫は、いつものおどおどした表情で一瞬熊吾を見やったあと、妙に自信あり

げな落ち着いた口調で挑《いど》むように言った。

「増田の親分さんは、松坂のおじさんに恨みを持っちょる。たぶん、増田の親分さんは、松坂のおじさんに勝てる人やけん。わしの知っちょる人間で、松坂のおじさんに勝てる人は、増田の親分さんだけでなァし。そやけん、わしは、増田の親分さんの命令どおりに動くことにしたんじゃ」

　熊吾が何か言おうとすると、政夫は、ふいに顔が青ざめ、二、三歩退《さ》がると、声をかすれさせて、わめきだした。

「わしは、どれほど、おじさんに人前で叱《しか》られつづけてきたか……。人前だけなら、まだ我慢もできる。おじさんは、わしの子供の前でも、わしをアホ扱いしなさった。わしはたしかにアホじゃ。けど、一寸の虫にも五分の魂でなァし。わしみたいな甲斐性《かいしょう》なしのアホでも、自分の子供からは尊敬されたいんじゃ。尊敬されんでもええ。ただ馬鹿《ばか》にはされとうない。おじさんは、明彦がわしを見る目を知っちょりますかなァし。あれは、道ばたに落ちちょる牛の糞《ふん》を見る目じゃ。自分の親父《おやじ》を見る目やあらせん。明彦をそんなふうにしたのは、おじさんじゃ」

「わしが？　わしが、お前を、明彦の前で怒ったからやっちゅうのか？」

「そうじゃ。わしは、いっつも、おじさんに、自分の子の前で恥をかかされましたなァし。きょうも、わしは、わしの友だちの前で、おじさんに衿首《えりくび》をつかまれて、さかりのついた犬よばわりされた」

「それで、お前はあの増田伊佐男の子分になって、わしに仇を討とうっちゅうのか」

「そうじゃ。こんどは負けんぞなァし。おじさんがわしに指一本でも触れたら、増田の親分が、房江のおばさんや仲仁を、えげつない目に遭わしてくれますでなァし」

熊吾は、痩《や》せて元気のない野良犬《のら》に、突然牙《きば》をむいて襲いかかられたような気がして、しばらく言葉が出てこなかった。彼は、政夫の肩越しに、海と無数の白波を見、海老原《えびはら》太一のことを思い浮かべた。海老原も、この政夫と同じような言葉で、俺に挑んできたな……。〈恥〉か……。恥のために命を捨ててきたのが、あるいは男というものの習性かもしれない。相手がどんな男であろうとも、人前で恥をかかせてはいけない。なるほど、俺はまちがっていた。政夫が、どれほど愚かな男でも、政夫の子供の見ているところで叱りつけてはいけなかった。ときには怒りにまかせて首根っこをおさえつけ、その顔を畳にこすりつけたこともあった。そんな政夫が、俺を恨んでいるのは当然だ。

熊吾は、風で飛ばされないよう、片手でソフト帽をおさえていたが、その帽子を取ると、政夫にむかって深く頭を下げ、

「お前が怒るのは、もっともな話じゃ。自分の子供の前で恥をかかされて平気な親父なんか、ひとりもおらんじゃろう。わしを許してくれ。まことにすまんかった。わしを殴るなと蹴《け》るなと、好きなようにすりゃあええ。わしが悪かった。謝る。このとおりじ

や」

熊吾は、さらに深く頭を下げた。彼は、政夫の脅しが怖かったのではなかった。増田伊佐男がいかに残忍な男であろうとも、房江と伸仁にだけは手を出させはしないという自信はあった。熊吾は、政夫の言い分を、心からもっともだと理解し、それに対する配慮のなかった己を責めたのだった。

政夫は、さらに強くなった風のせいなのか、それとも昂揚《こうよう》しているせいなのか、全身を小刻みに揺すりながら、目を丸くさせて熊吾を見ていたが、やがて恐る恐る一歩踏み出し、

「おじさんは、本心で、わしに謝っちょりますかなァし」

と訊《き》いた。

「本心じゃ。わしは気が短いけん、腹が立つと、相手の非しか考えん。周りへの配慮っちゅうものを忘れる。相手のことを思うて怒るにも、怒り方っちゅうもんがある。どうか、このわしを許してやんなはれ」

政夫の目から涙が流れた。

「おじさんが、そんなにいつまでもわしに頭を下げんでもええんじゃ。わしは、おじさんを好きなんじゃ。わしは、もうあの連中には近づかんけん、どうか頭を上げてやんなはれ。わしは、おじさんに叱られて当然のアホやけん」

凪が熊吾の手から愛用のソフト帽をさらった。それは、くるくる廻《まわ》りながら、海のほうへと転んで行った。政夫は、熊吾のソフト帽を追いかけて、危うく海に落ちかけたが、しっかりとソフト帽をつかみ、子供のように泣きながら戻って来た。

「わしは、おじさんを尊敬しちょる。わしも、どうにかして、松坂のおじさんみたいな男になりたいと思うて……。そやけん、おじさんに叱られつづけちょるうちに、何やしらん、おじさんを憎うて憎うてたまらんようになってきたんじゃ」

政夫はそう言うと、ソフト帽のつばに付いた砂を手で払い、それを熊吾に手渡した。

「増田伊佐男とは、もうつきおうちゃあいけんぞ」

と熊吾はソフト帽を両手で持って政夫に言った。政夫は手の甲で涙をぬぐい、何度も頷きつづけた。

和田茂十が、いぶかしげな表情でやって来て、

「政夫、どうしたんじゃ。また松坂の大将に叱られちょるのか？」

と訊いた。

「いや、わしが叱られたんじゃ。わしは、いま政夫にこっぴどう叱られて、こうやって頭を下げて謝って、やっと許してもろうたところじゃ」

熊吾の言葉に、茂十は笑みを浮かべ、

「ほう、政夫にこっぴどう叱られましたかなァし。松坂の大将は、どんな悪さをしなさ

ったかなァし」

と腕時計を見ながら訊き、政夫の涙に目をやった。

「気が短かすぎて、相手の非ばっかり責めるのは、おじさんの一番悪いところじゃ。そこを改めんと、和田茂十の選挙参謀なんかつとまりゃせん。そう言うて、えらい怒られた。わしは、いま深く反省しちょるところじゃ」

「それはまたがいな意見よなァし。松坂の大将は、根は子供みたいに素直なおかたじゃけん、自分が悪いと思うと、すぐに謝るけん、わしの選挙参謀には、これほど優秀なおかたはありませんでなァし」

そう言って、茂十は、〈潮会《うしお》〉の集会の準備が整ったことを伝えた。

「あいにくの天気や。政夫の船には、もう三本ほどの綱をかけといたほうがええぞ。あしたになったら、綱をかけるのもひと苦労になるけん」

茂十の言葉で、政夫は自分の船のところへ走って行った。

「何がありましたかなァし」

蒲鉾工場へと並んで歩きながら、茂十が訊いた。熊吾は、事のいきさつを語って聞かせ、

「人を叱るには芸が要るっちゅうが、そんな芸もないのに、わしは、ようもまあ大阪で商売をして、何十人もの人間を使うてこれたもんよ」

と自嘲《じちょう》の笑みを浮かべて言った。しかし、茂十は顔をしかめ、

「増田伊佐男の父親が、宮崎巡査に恨みを持って、御荘に来よったというのは、恐ろしい話よなァし」

と言って立ち停まった。

「奥さんや坊は大丈夫かのお。大将が留守のときに何かあったら大変じゃ。うちの若い者《もん》を二人ほど、城辺に行かせたほうがええ」

茂十は、若い漁師を呼び、手短かに理由を説明すると、

「何かあったら、すぐに警察へ行け。お前らが手出しをしちゃあいけんぞ」

と言った。血気盛んな若い漁師は、大任を帯びた兵士みたいに静かな目つきで、城辺へむかった。

〈潮会〉でも、熊吾は、選挙参謀として熱弁をふるった。日本は、まだ混乱しつづけていて、中央の行政は、この南宇和など歯牙《しが》にもかけていない。だが、この地には、無限の経済的可能性が隠されている。何よりも経済の安定だ……。熊吾はそのことに重点をおいて喋《しゃべ》った。

「自動車にたとえると、この潮会の皆さんは、エンジンということになるのであります。和田茂十くんを県会に、そして近い将来、国会に送るエンジンでありますが、しかし、それはとりもなおさず、皆さまの家庭の経済を豊かにするエンジンでもありましょう。

我々は、いつも、〈初めにひもじさありき〉であります。生きていくために、人類は知恵を絞って闘ってきた。敗戦から六年。日本という国は」

そこまで喋ったとき、突然、外から、

「敗戦やありゃせんぞ」

という声がした。熊吾も茂十も、潮会の百人近い人間がいっせいに声のほうを見た。

「敗戦やありゃせん。終戦じゃ。言葉は、もっと慎重に使うてもらわにゃいけんのお」

声の主は、背広を着た増田伊佐男だった。背広を着ていても、仕込み杖《づえ》だけは手放さず、紅白の幕を張ってある会場に入って来ると、

「敗戦なんちゅう言葉は訂正してもらわにゃあいけん」

と言って、会員たちを見廻した。

「あんたは、潮会の人間やあらせん。ここは潮会の会場じゃ。やじをとばすなら、夜の演説会でやってもらおう」

熊吾はそう言って、増田伊佐男が次にどう出るかと身構えた。しかし、増田伊佐男は、

「敗戦ちゅう言い方は聞きとうないんじゃ」

と言って、会場から出て行った。

そうか、和田茂十の選挙戦の邪魔をするつもりなのか。熊吾はそう思い、どうせ対立候補の誰かから金を貰《もら》っているに違いないと考えた。

「敗戦と終戦と、どう違うっちゅうんじゃ?」

そんな声が会員たちのあいだから起こり、

「あいつは、わうどうの伊佐男じゃ。平気で人殺しをしよる」

という声も聞こえた。

敗戦を終戦と言い換えろとは、あの上大道の伊佐男にしては、思いもかけない因縁のふっかけ方だな。いっぱしの国粋主義者を装って、単なる非道なならず者が、見せかけの主義で身を飾ってみせたというわけか……。ほとんど文盲に近い人間が、一夜漬《づ》けで覚えた難解な言語をむやみに使いたがるのとおんなじだ。あいつの背後に、筋金入りの右翼がいるわけではないのだ……。

熊吾は、増田伊佐男の出現で意気消沈してしまったような潮会の面々の表情を見やりながら、この会合のあとに控えている演説会を案じた。

魚茂には、血の気の多い若い漁師がたくさんいる。彼等は血気にはやって、演説会の邪魔をしようとする伊佐男の配下たちと乱闘でもやりかねない。もしそのようなことが起こって怪我人《けがにん》でも出れば、この選挙戦は闘わずして敗れるのと同じだ。そんな事態になれば、それこそ伊佐男の思うツボではないか。

熊吾は、潮会の人々を、

「たかが、ならず者一匹で、そんなに騒ぎまくるもんやあらせん」

とたしなめ、そのまま予定どおりに演説をつづけた。熊吾の演説が終わると、茂十が挨拶《あいさつ》に立ち、そのあと潮会のひとりが乾杯の音頭《おんど》を取って、祝宴へと移った。

会員たち一人ひとりに酌《しゃく》をして戻って来た茂十に、熊吾は言った。

「あの伊佐男は、茂十の選挙の邪魔をしたいんやあらせん。このわしの邪魔をしたいんじゃ。あんな薄気味の悪い男が絡《から》んでくると、茂十の選挙戦にケチがつく。わしは、和田茂十の選挙参謀をやめたほうがよさそうじゃ」

「何を言いますかなァし。いま松坂の大将におりられたら、この選挙戦のエンジンが失《の》うなるようなもんやなァし」

茂十は小声で言い返したあと、熊吾に酌をし、この一、二ヵ月で少し痩せたのではないかと思える顔に笑みを浮かべた。選挙戦の準備のために奔走した疲れのせいであろうと思いながら、熊吾は、ついいましがた思いついた案を話して聞かせた。

「この松坂熊吾が、和田茂十の選挙参謀をやめたっちゅうことにするんじゃ。それは表向きのことで、わしは裏でいろいろと協力させてもらう。松坂熊吾は、わうどうの伊佐男に恐れをなして、すごすごと選挙参謀からおりたっちゅうことにすりゃあ、伊佐男はええ気分じゃろう。あいつの目的の八割方は達したっちゅうことになって、お前の選挙戦の妨害は減るかもしれん」

しかし、茂十は、そんな熊吾の考えを否定した。

「あいつは、最初から、わしの選挙戦の邪魔をするために、いろんな罠《わな》を仕掛けたんじゃ。中田をそそのかせて、わしの牛と勝負をさせようとしたのも、そんな計算からでなァし。わしは、やっとそのことがわかりましたなァし。そこへ、たまたま、松坂の大将が絡んで、あいつにとっては一石二鳥っちゅうことになっただけじゃ」

　茂十は声をあげて、いかにも楽しそうに笑い、言葉をつづけた。それは、潮会の面々に見せるための笑いであることを熊吾は察知した。ならず者ごときの妨害など歯牙にもかけてはいない。みんな、安心しちょれ……。茂十は、自分が楽しそうに笑うことで、大勢の支援者たちにそう語りかけたのであった。

「大将、選挙っちゅうもんには、いろんな人間が絡んできよりますなァし。やくざも絡むし、詐欺師《さぎし》も絡む。そんなことは、この茂十、覚悟のうえじゃ。そういう度胸は、ことしの春までは、わしには、かけらもありませんでしたなァし。わしは、松坂の大将から度胸を授けていただきましたなァし。わしは、松坂の大将が、あの突き合い駄場《だば》で見せてくれた大芝居を、いっときも忘れたことはありませんでなァし。わしは、血しぶきをあげて突進してきたわしの牛の前で、ふんどしを丸出しにして、声も出せんままに、駄場に四《よ》つん這《ば》いになってもがいちょった伊佐男の無様な格好を、いっときも忘れちょりませんなァし。あれが、あの男の本性っちゅうもんよ。それにもうひとつ、あのとき、松坂の大将が伊佐男に言うたことも忘れちょりませんなァし。――牛は死んじょる。もう逃げんでもええぞ――。大将は、まことに堂々としちょりました。声も震えとらんし、息も乱れちょらん……。わしは、松坂熊吾っちゅう人は、なんというお方かと体が震えて止まりませんでしたなァし。大将、大将はあのとき、自分がどんなお姿やったか、覚えとりなはるかなァし。牛の耳から、鯨の潮みたいに音をたてて噴き出た血を全身に浴びて、真っ赤になっちょりなはった。並の人間のお姿やあらせん。わしは、弱気になると、必ず、あのときの松坂の大将を思い浮かべることにしちょる。それから、誰かにむかって、こう言いますんじゃ。――牛は死んじょる。もう逃げんでもええぞ――」

熊吾は、笑みを浮かべつづけている茂十を見つめ、渦巻《うずま》くように烈《はげ》しく動いている黒い雲に視線を移した。そして、

「あんな度胸は、身を滅ぼすだけじゃ」

とつぶやいた。

あんなものは、真の度胸ではない。あれは、一種の自己愛なのだ。牛が死に、伊佐男が無様にもがいているのを見た一瞬、俺《おれ》一流の自己愛がむくむくと動いて、大向こうをうならせるような言葉が自然に口をついて出ただけだ。しかし、あんな馬鹿げた猿《さる》芝居に度胸を発揮したとて何になろう。そのときだけ、ほんの少し、自分がいい気持になるだけなのだ……。

「わしみたいな人間は、この世の中には、ぎょうさんおる。掃いて捨てるほどおるんじ

や。わしは、ほんまは小心者じゃ。ほんまに度胸のあるやつは、あのとき、牛を殺したりはせんもんよ。わしは、つまりは、いっつもいっつも、瞬間芸で世渡りをしてきたようなもんよ」

「瞬間芸？」

　茂十は、ふと笑みを消し、そう訊き返した。

「そうじゃ。その場その場で閃《ひらめ》いた安物の芸じゃ。自分をよう見せるための芸で、結局は自分の首をしめる」

　そのように考えれば、さっき、政夫に心から詫《わ》びたのも、自己愛による瞬間芸と言えるかもしれない。熊吾はそう思い、再び、蒲鉾《かまぼこ》工場の窓ガラス越しに、黒い雲を見つめた。

〈和田茂十君を励ます会〉は、一本松小学校の講堂で定刻どおりに行なわれた。ときおり、小雨がぱらついたが、講堂には、熊吾のもくろみよりも大勢の聴衆が訪れた。奇妙なことに、伊佐男もその手下たちも、なぜか会場には姿をあらわさなかったし、小学校の近辺にも、ただのひとりも、それらしき人間はうろつかなかった。

　熊吾は、自分の演説を終えると、壇上の椅子《いす》に戻ったが、政夫がしきりに手招きをするので、そっと席を立った。

講堂の裏口に通じる薄暗い通路に、息を弾ませた明彦が立っていた。明彦は、房江おばちゃんに頼まれたのだと言って、一通の電報を熊吾に手渡した。

——イグサシス。

電文はそれだけだった。発信先は金沢だったので、熊吾は、井草正之助の妻が、電報を送ってくれたのであろうと思った。

やはり手遅れだったか……。熊吾はそう思いながら、電報を背広の内ポケットに入れた。すると、明彦が、

「もうひとつあるけん」

と言って、ズボンのポケットから、別の電報を出した。

「なんじゃ、もったいぶらんと、いっぺんに渡さんか」

熊吾は言って、もう一通の電報を開いた。

——オットシス。イグサトシコ。

そうか、最初に読んだ電報は、谷山節子が出したものなのか……。熊吾は、井草の妻からの電報も背広の内ポケットに入れ、明彦に言った。

「これから城辺まで帰っちょったら夜中になる。きょうは、一本松に泊まっていけ」

「泊まるなんて言わんと出て来たけん、母さんも房江おばさんも心配しよる」

と明彦は言い、自転車を飛ばして帰れば、今夜中に城辺に着く。そのつもりで出て来

たのだとつけくわえた。

「わしが一緒に帰っちゃる。父さんも、友だちに自転車を借りるけん。いまからすっとばしたら、雨が本降りにならんうちに帰れるけん」

と政夫は言い、明彦の言葉を待たずに、裏口から走り出て行った。

「父さんと一緒に帰れ。こんなことは、生まれて初めてじゃろうが」

熊吾は、気乗りしない表情の明彦に言い、その尻《しり》を軽く叩《たた》いた。そして、明彦と一緒に講堂の裏口から外に出ると、借りた自転車に乗って戻って来た政夫に、若干の紙幣を渡し、

「これで、二人で晩めしでも食え」

と言った。

政夫と明彦の姿を見送り、熊吾は、小学校の講堂の壁に凭《もた》れて煙草《たばこ》を吸った。また小雨がぱらついてきた。熊吾は、井草が好きだった山頭火の句を心のなかでつぶやいた。

——うしろすがたのしぐれてゆくか
そうだ、山頭火の句で、もう一つ、井草がしばしば口ずさむ句があったな。あれは俺も好きだった。

——雨ふるふるさとははだしであるく
そうそう、もうひとつあった。あの句には俺も俺なりの思いがある。夏の満州で、何

度、あの句をつぶやいたことだろう。

——草しげるそこは死人を焼くところ
講堂の中からは、しばしば拍手が聞こえた。選挙参謀の熊吾は、壇上の椅子に戻らねばならなかった。ふいに壇上から消えた俺のことを、茂十は案じているだろう。熊吾はそう思ったが、痩身《そうしん》の、幾分、右肩を下げて歩く井草正之助のうしろ姿が思い出されて、彼は校庭の銀杏《いちょう》の木が、風で大きく揺れるさまに目をやった。そうしているうちに、周栄文の顔が浮かび、麻衣子の顔が浮かんだ。

熊吾は、靴《くつ》と靴下を脱ぎ、裸足《はだし》で講堂の裏手から校庭への暗い土の道を行ったり来たりした。

「雨ふるふるさとははだしであるく」

何度もそう声に出して、熊吾は、ときおり夜空を見上げ、顔で小雨を受けた。並んで自転車を漕《こ》ぎながら、しきりに明彦に話しかけ、その重い口を開かそうと苦心しているであろう政夫のことを思った。

熊吾が、校庭の銀杏の木のところで歩を止めたとき、講堂から出て来た村人の話し声が聞こえた。それには、松坂の奥方という言葉が混じっていたので、熊吾は思わず耳を傾けた。

話をしている村人は、男二人、女一人の三人づれで、講堂の入口の明かりに照らされていたが、そのために、暗がりに裸足で立っている熊吾にはまったく気づいていなかった。

「ほんまかいの。魚茂さんは、こんどは人の女房に手ェ出しなはるのか」

と女が言った。

「宇和島からのバスの中で、お二人はほんまに仲がよかったけん」

と男が含み笑いをしながら言った。

「しかし、亭主は、ええ面《つら》の皮よなァし。なんも知らんと、魚茂の選挙参謀をやっちょるんやけん」

「まあ、松坂の後添いは、誰でも手ェ出しとうなるわ。とにかく、鮎《あゆ》を手づかみじゃけんのお」

三人の話し声は、そこでふいに小さくなり、熊吾の耳には届いてこなかった。熊吾は、体中の血管が、いちどきに膨れあがっていくのを感じた。講堂からは、さっきよりも大きな拍手が聞こえた。

房江と茂十が？　熊吾は、箱からつかみだした煙草をくわえ、靴を履いた。しかし、靴下を履くことを忘れたまま、裏口から講堂の中に戻り、舞台の袖《そで》に立っている潮会の世話役に、

「誰か自転車を貸してくれんか」

と言った。

「松坂の大将がおらんようになったけん、魚茂の旦那《だんな》さんが、えらい心配しちょりましたぜなァし」

「自転車はないのか」

「どうしましたかなァし。自転車なら、わしの自転車がありますがのお」

「貸してくれ。あした、返すけん」

熊吾は、世話役の腕をつかみ、講堂の裏口から出ると、自転車を停《と》めてあるところへ案内させ、

「わしは、いまから城辺へ帰る。急用が出来たと茂十には言うちょけ」

と言った。彼は、自分がどんなに恐ろしい形相をしているかに気づいていなかった。

「大将が自分で自転車を漕いで、いまから城辺へ帰りなはるんかなァし。誰かに送らせるけん、ちょっと待っちょってやんなはれ」

「かまわん。急用じゃ。借りるぞ」

熊吾は、自転車にまたがり、校門へと漕いだ。世話役は、あとを追って来て、

「雨も、そろそろ本降りになりよるけん、大将、ちょっと待ってやんなはれ」

と引き止めようとした。しかし、熊吾は何も応じ返さず、城辺への長い夜道に向かって自転車を走らせた。

房江と茂十は、宇和島で密会を重ねていたのか。そして、仲良くバスに乗って帰って来た。きっと、俺が金沢へ行ったときだろう。

曲がりくねった県道には、ところどころ水溜《みずた》まりがあり、自転車のライトの光は弱く、たちまち熊吾のズボンは濡《ぬ》れて、靴の中は泥水《どろみず》で一杯になった。しかも、熊吾は靴下を履き忘れたので、三十分も自転車を漕ぎつづけていると、足の小指の横と踵《かかと》に靴ずれができ、その痛みに耐えられなくなった。

彼は、靴を脱ぎ、それを夜道に投げ捨て、裸足で自転車を漕いだ。道は急なのぼりになり、自転車の頼りないライト以外、何の明かりもなく、熊吾は、どこをどう進んでいるのかわからなくなった。雨は強くなり、前方から吹く強風は、烈しく息をしている熊吾の口に入った。

ぬかるみにタイヤをとられて、熊吾は何度も自転車と一緒に倒れた。それで、熊吾は、自転車を力まかせに持ちあげて、道に叩きつけ、裸足で歩きだした。だが小石が足の裏に当たり、一寸先も見えない闇《やみ》の中で、熊吾はとうとう歩けなくなった。

靴を捜しに戻ろうとしたとき、一本松村のほうからやって来る車のライトが見えた。熊吾は、道の真ん中に立ち、両手を突き上げた。

車は、魚茂に出入りしている運送店のトラックで、事の次第を聞いた茂十に頼まれて、熊吾を城辺まで送るために追って来たのである。

「ちょっと待ってやんなはりゃあええもんを」

と運送店の主人は言い、降りしきる雨の中で、熊吾の靴を捜し出し、それから、倒れている自転車を荷台に積むと、城辺へと急いだ。

「いったい、どうしましたかなァし。この大雨でびしょ濡れになるのはわかるけど、背広も顔も泥だらけやなァし」

運送店の主人は、そう言って、これはほんの少し自分が使ったものだがと、腰のベルトに吊《つ》っているタオルを熊吾に渡そうとした。

「いらん」

熊吾は前方を睨《にら》みつけたまま、煙草を吸おうとして内ポケットに手を入れた。雨は、背広の内ポケットにまで滲透《しんとう》し、煙草はすべて濡れてしまっていた。熊吾は、煙草を箱ごとトラックの窓から投げ捨て、同じように濡れてしまった二通の電報を手で丸めた。

「わうどうの伊佐男が、大将の家で何かやったんやあるまいかっちゅうて、魚茂の旦那は、えらい心配しとりましたけん」

運送店の主人は、熊吾の泥まみれの顔を見やって言った。熊吾は何も答えなかった。

「自転車のハンドルが、えらい歪《ゆが》んじょるんやが、転んで怪我でもせんかったかのお」

その言葉で、熊吾はやっと自分の肘《ひじ》に目をやった。すり傷から血が出ていた。手の指にも幾つかのすり傷があった。房江と茂十が、宇和島の旅館に入って行く姿が心に浮かんだ。

そう言えば、茂十が初めて俺の家を訪れたとき、房江は妙によそよそしかった。きっと、二人はあのとき初めて顔を合わしたのではないのだろう。二人は、俺の知らないあいだに、すでに通じていたのだ。だから、房江は、そのことを俺に悟られないよう気を配りすぎて、あんなにもよそよそしかったのだ。

茂十は、腹の底で笑っているに違いない。この松坂熊吾の妻を盗んだうえに、まぬけな亭主を自分の選挙戦のための参謀にかつぎあげて協力させているのだからな……。

トラックが城辺の町に入り、北裡《きたうら》への路地の前で停まると、熊吾は運送店の主人に見向きもせず、裸足のままトラックから降りると、乱暴にドアを閉めた。

「大将、靴じゃ。靴を忘れなはっちょるでなァし」

「いらん。そんなに濡れっしもた革靴が使い物になるかや。そんなもん、捨てっしまえ」

熊吾は、家へと急ぎながら、運送店の主人に大声で言った。

家の近くに、茂十の指示で、夕方、房江と伸仁を守るためにやって来た二人の若い衆が、雨合羽《あまガッパ》を着て立っていた。二人は、びしょ濡れで裸足の熊吾を見て、驚いたように駈《か》け寄って来た。

「大将、どないしよりましたかなァし」

「何かあったかなァし」

　熊吾は、家の明かりに視線を注いだまま、二人の若い衆に、

「何にもありゃせん。もう帰ってくれ」

　と言った。

「演説会は、どうやったかなァし」

「大成功じゃ。安心して、早よう帰れ」

　不審気に何度も振り返りながら、二人の若い衆は帰って行った。それを見届けてから、熊吾は、背広の上着を脱ぎ、縁側の雨戸を足で蹴《け》った。雨戸は外れて、熊吾のほうへ倒れてきた。彼はそれを力まかせに払い除《の》け、縁側から座敷へとあがった。

　何事が起こったのかという表情で、かすかに眉根《まゆね》を寄せて見つめている房江のセーターの衿《えり》をつかみ、

「お前、魚茂といつからできちょったんじゃ」

　と言うなり、熊吾は房江の顔を殴り、腰や尻を蹴った。傍《かたわ》らで千佐子と遊んでいた仲仁が泣きだし、千佐子が祖母を呼ぶために走って行った。

「何のことやのん？　魚茂さんが、どないしたん？」

　房江が声を発したのは、それだけだった。房江は、熊吾の突然の暴力が、いかなる理由によるものかを知ってからは、ひとことも喋《しゃべ》ろうとはせず、殴られて腫《は》れあがった瞼《まぶた》

を掌《てのひら》でおさえて、ただうなだれていた。

熊吾には、そんな房江の沈黙が、何よりも雄弁な返答だと思えた。熊吾は、房江を殴りつづけ、母を助けようとして震えながらむしゃぶりついてくる伸仁を突き飛ばした。

父の、母への暴力が、どんな理由によるものなのか知る由《よし》もないまま、伸仁は、ごめんなさい、ごめんなさいと、母に代わって気がふれたように謝りつづけた。

母のヒサが、熊吾の暴力をやめさせようとしたが、歳老《としお》いた女の力では、どうすることもできず、千佐子に、

「音やんを呼んできてやんなはれ」

と叫んだ。

熊吾は、房江を縁側に引きずって行き、

「なんで、ひとことも喋らんのじゃ」

と怒鳴って、縁側から雨の降りしきる庭へと突き飛ばした。そして、気を失いかけている房江をさらに殴った。

音吉が走って来て、熊吾をうしろからはがいじめにし、

「熊おじさん、おばさんを殺す気か」

と叫んだ。音吉の力は強く、熊吾は、荒い息を弾ませて、

「こんな女を焼いて食おうと煮て食おうとわしの勝手じゃ」

と言いながら、音吉をふりほどこうとした。しかし、音吉は、もうこれ以上は決して房江を殴らせぬという意志を全身にあらわして、熊吾を縁側に押さえつけた。

もし、熊吾が、音吉の異常に気づかなかったならば、逆上して制御できなくなった熊吾の腕力が、房江を死に至らしめたかもしれなかった。熊吾が、少し正常な精神を取り戻したのは、雨に濡れて泣きながら、母と父とのあいだに土下坐《どげざ》して、なんだかわけのわからないまま、ひたすら、ごめんなさい、ごめんなさいと謝りつづけている四歳の伸仁の震えを目にしたからである。

その伸仁の全身の震えが、自分をうしろからはがいじめにしている音吉の異常な震えを熊吾に教えた。音吉の異常は、震えだけではなかった。濡れそぼった互いの衣服をとおして、熊吾は音吉の体温の異常な高さにも気づいたのである。

「殺すんなら、わしを殺してやんなはれ」

そう言って、音吉は泣いた。

「みんなが、わしを殺しに来よる。どうせ殺されるんなら、熊のおじさんに殺されたほうがましじゃ。ビルマで死んだやつらが、わしを殺しに来よった。わしは、もう逃げられやせんけん、熊のおじさん、わしをいま殺してやんなはれ」

熊吾は、体の力を抜き、母のヒサに言った。

「わしは、もう房江を殴らん。母さん、房江を座敷につれて行ってやってくれ」

その熊吾の言葉で、音吉は自分の力を弱め、熊吾から離れた。そして、うつ伏せに倒れている房江に近づこうとしたヒサに向かって叫んだ。

「お前も、わしを殺しに来よった。わしを殺そうと思うて、わしをここまでおびき出しよった。わしは、お前なんかに殺されはせんのじゃ」

こんどは逆に、熊吾がそんな音吉をうしろからはがいじめにし、千佐子に、急いで医者を呼んで来るよう命じた。

「お医者さんじゃ。中川の藪《やぶ》医者でも、おらんよりはましじゃ。千佐子、わかるな？中川医院へ行って、早よう医者を呼んでこい」

「わしが何をしたっちゅうんじゃ。わしは、生きて、日本へ帰りたかったんじゃ。わしがお前らを殺したんやあらせんぞ。お前らを銃殺にしたのは、このわしやあらせんぞ」

虚《うつ》ろな目を充血させて暴れ始めた中村音吉をはがいじめにしたまま、熊吾は、その高熱を発している音吉をひきずって、彼の家へとつれて行った。音吉の家には、誰もいなかった。

熊吾は、音吉をあお向けに寝かせ、馬乗りになって肩を押さえつけた。音吉は、喋ることをやめたが、奇怪なうめき声を立ててもがいた。

酒臭い息の医者が、千佐子と一緒にやって来た。熊吾と二人で音吉の濡れた服を脱がせ、体を拭《ふ》き、熱を計り、

「音吉は、ビルマに行っとったんやのお」

と医者は言った。

「これはマラリアの再発じゃ。お前みたいな藪でも、それくらいはわかるじゃろう。薬はないのか」

と熊吾は言い、とりあえず、音吉が暴れないよう、縛りつけるしかあるまいと考えた。

「しかし、音吉がビルマから帰って、もう六ヵ月もたっちょるんやが」

「貴様、それでも医者か。マラリアは、再発するんじゃ。アメリカが、ええ薬を作ったはずじゃ。何ちゅう薬か調べて、すぐに取り寄せてくれ」

「悪性のマラリアやと、肝臓と脾臓《ひぞう》が腫れて、貧血を起こすんやが、音吉には貧血の症状はないのお」

医者は、そう言って、音吉の腹部を手でおさえた。

「肝臓にも腫れはないのお」

「それはどういうことなんじゃ」

「マラリアにも何種類かあるんじゃ。熱帯性の悪性マラリアか、三日マラリア、四日マラリアかで、死ぬか生きるかに分かれよるけん」

医者は注射を打ち、今夜一晩様子を見れば、どんな種類のマラリアかがわかるだろうと言った。

「まあ、どっちにしても、薬を取り寄せにゃあいけん」

医者はそう言って帰って行った。

「お前の女房は、どこへ行ったんじゃ」

熊吾は、音吉をひとりにさせておくわけにもいかず、舌打ちをして、音吉の横に坐《すわ》った。やがて、一本松から帰り着いた政夫と明彦が、硬い表情で、音吉の家の戸をあけた。二人には、なぜ熊吾が自分たちよりも先に城辺に着いたのか、なぜ狂ったように房江に暴力をふるったのか、音吉の身に何が起こったのか、どれもみな訳のわからない謎《なぞ》であろう。熊吾はそう思ったが、

「音吉は、マラリアが再発したんじゃ。政夫、音吉の女房が帰ってくるまで、ここにおってやれ。明彦はご苦労じゃが、音吉の女房の弟んとこへ行って、事情を説明してこい。誰か寄こすようにっちゅうて言うてこい」

と命じた。

「なんで、熊のおじさんは、ここにおるんかなァし。おじさんは、一本松に泊まるはずで、わしらを小学校で見送ってくれなはった……」

熊吾は、政夫の問いには答えず、自分の家に戻った。まだ決着はついていなかった。房江と茂十との仲が本当ならば、このままにしておくことはできないと思った。

熊吾は、まだ泣いている伸仁に、

「父さんは、もう母さんを殴らんけん、泣かんでもええ」

と言い、台所へ行くと一升壜《びん》を持って、房江の横たわっている蒲団《ふとん》の隅《すみ》に腰を降ろした。

「ほんまのことを言え。茂十を好きなら、わしは、いますぐにもお前と離縁してやる。お前は茂十と一緒になりゃあええ」

「本気で、私を疑《うたご》うてるのん？」

房江は顔を隠したまま、そう訊《き》いた。

「一本松の連中が、お前と茂十のことを噂《うわさ》しちょった。宇和島からのバスに二人で仲良う乗っちょったそうやの」

房江は、声を殺して泣き始めた。熊吾は、父がまた母を殴りはしないかと怯《おび》えている伸仁に目をやり、

「心配せんでもええけん、早よう寝え」

と言った。けれども、伸仁は、房江の枕元《まくらもと》から離れようとはしなかった。

房江が話し始めたのは、伸仁がやっと安心して、母の蒲団にもぐり込み、寝息をたて始めたときだった。

茂十と同じバスに乗り合わせたのは、耳を痛がる伸仁を医者に診せるために宇和島の町まで出た日である。帰りのバスで茂十と乗り合わせた。茂十は、蒲鉾《かまぼこ》を腐らせないよ

うにする薬の件で、松山まで出向いての帰りということだった。

「その薬は、松坂の大将が考えついたもんで、自分もそんな薬が発明されれば、南宇和のおいしい蒲鉾を、大阪や東京に出荷して、事業を大きくできる。松坂の大将の考えることは、こんな自分みたいないなか者にとっては、どれもこれも驚きですって、魚茂さんは感心してはった……」

たったそれだけのことなのだ。同じバスに乗り合わせたのは、その日だけで、茂十はそのまま深浦まで帰ったので、そんなことがあったということさえ忘れていた。

誰がどんな噂をたてているのかは知らないが、自分は、夫にやましいことなどただのひとつもない。宇和島からのバスに乗り合わせていた自分と茂十の姿以外に、疑いを抱かれるような状況を目にした人がいるというのなら、その人をつれて来てもらいたい。どいったい、それ以外に、自分と茂十の仲を噂するようなことを誰が見たというのか。どうか、そのような人をみつけて、ここにつれて来てくれ。あなたは、金沢から、わざわざ電話をかけて来て、わしはもうお前を殴ったりはしない、これまで、お前を殴ったりしたことを許してくれと言ってくれた。私は、そんなあなたからの電話を、どんなに嬉《うれ》しく思ったことだろう。電話を切ったあと、どんなに幸福な心で、家へと歩いたことだろう……。

房江はそう言って、ふいに蒲団から起きあがった。そして、熊吾の手から一升壜と茶《ちゃ》碗《わん》をひったくり、酒を飲んだ。房江がそんなことをするのは初めてであった。熊吾は、膨れて歪んでいる房江の顔から目をそらせた。音吉のものらしい獣のような声が、長く尾を曳《ひ》いたが、それはすぐに、強い風と雨の音に呑み込まれていった。

第六章

夫のために編み始めて、おおかた八分がた出来あがっていたセーターをすべて元の毛糸の玉に巻き戻し、房江がそれで伸仁のセーターを編み終えたのは、十二月の半ばで、その日から十日後に、ダンスホールは完成した。

わずか二ヵ月にも満たない突貫工事の最中、熊吾はほとんど家にいるということがなかった。深浦にある和田茂十の家の一室を、とりあえず臨時の選挙事務所にして、そこで連日、選挙戦の作戦やら支持者固めの指揮をとっていたからである。

房江は、姑《しゅうとめ》のヒサと、義妹のタネが、まだ渋味の残っている干柿《ほしがき》の束を、ダンスホールの、風通しのいい日陰に干し換えているのをガラス窓越しに見入りながら、タネが大阪から持ち帰ったダンスの教則本を膝《ひざ》のうえで丸めたり伸ばしたりした。

夫の嫉《しっ》妬と、それにともなう理不尽な暴力は、なにも珍しいことではない。だが房江は、和田茂十とのあいだを疑われて、問答無用とばかりに容赦なく殴打《おうだ》され、どしゃぶりの雨の中を、縁側から庭のぬかるみに投げ落とされたときの自分の恐怖と冷静さを忘れることが出来なかった。

あのとき、房江は、本気で熊吾と別れようと思った。その決意を、強く己に思い知らせるために、生まれて初めてと言っていいほどの量の冷や酒をあおったのだった。房江の決意は、十日たち、一ヵ月がたっても揺らぐことはなかったのだが、伸仁のセーターが出来あがるころには、結局、「伸仁のために」という思いから、夫への失望や憎しみは薄らいでしまい、夫の行為を、妻に対する比類のない愛情の、度の過ぎたあらわれとして受けとめようという気持に変わってしまった。

——どんなにわがままで無茶苦茶で、平気で暴力をふるおうとも、この私を心から愛してくれたのは、松坂熊吾という人以外には、ひとりもいない。

房江は、夫がどんなに自分を愛してくれているかということだけは、なにやら途方もなくおごそかな真実として理解していた。それを自分によりいっそう納得させるために、房江は、物心ついてからの、さまざまな不幸を思い起こそうとした。

けれども、決して思い出したくない数々の不幸や寂しさは、酒の酔いに包まれると、奇妙に楽天的な思考経路を辿《たど》って、ある種滑稽《こっけい》で他人事《ひとごと》みたいな昔話に変じ、しばしば房江を楽しくさせた。前夫との離婚の際に、自分の産んだ赤児と別れたことも、その子が年頃《としごろ》になって、御影《みかげ》の家を訪ねてきたことも、酒に酔っている心で思い起こすと、別段たいしたことのない人間の営みにすぎないと思えるのだった。

しかし、酒の酔いの心地良さによってもたらされるものは、その反動として、素面《しらふ》でいるときの房江に、以前よりも大きな不安感と、先々に対するさまざまな心配事をつのらせる結果となった。

戦後、夫が手にした厖大《ぼうだい》な財は、南宇和に引っ込んで二年半がたつと目に見えて減ってきた。松坂熊吾の財力に群らがる親戚《しんせき》縁者はあとを絶たず、「もうわしは一銭も出さん」と言いながらも、熊吾は先月も、従兄《いとこ》に多額な資金を工面してやって、城辺町に自転車屋を開業させた。けれども、これまでに商いの経験などまったくない連中に、自力で商売を軌道に乗せる才覚はなく、もうすでに回転資金に窮して、あらたな借金を頼み込んできている。なにやかやと文句を言いながらも、夫は結局、また金を貸してやるだろう……。

それだけではなく、夫は、和田茂十の選挙戦の指揮をとるかたわら、本気で、蒲鉾《かまぼこ》が腐らないようにする薬を開発しようと考えて、愛媛大学の研究室に、多額の研究費を寄付してしまった。もしそのような薬が開発されれば、わずか半年で寄付した金の倍以上が戻ってくると夫は豪語しているが、そんな薬が、一年や二年の研究で発明されるものだろうか……。

物価のすさまじい高騰《こうとう》を考えれば、自分たち一家の生活費は、あと二年で底を突いてしまうのだ。

房江は、仲仁の着ているセーターに目をやり、我ながらうまく編めたと満足し、干柿を干す作業でも手伝おうかと立ちあがった。

二日ほど前から咳《せき》をしている仲仁の頬《ほお》を両手で挟《はさ》んでみたが、熱はないようで、明彦からもらった鉛筆を左手で持っている仲仁に、

「絵を描くとき、鉛筆は右で持つんやろ？」

と言った。仲仁は左利《き》きで、最近、せめて箸《はし》だけでも右手で使わせようと、房江はしょっちゅう、しつこいくらいにそう教えている。

すると、さっきから、仲仁の新しいセーターをうらやましそうに見やっていた千佐子が、縁側から庭へ降りて、タネのところへ走って行き、自分にもセーターを編んでくれとねだった。

タネの取り得は、おっとりしていることと、人を恨まないことだけで、およそ母親として身につけておかねばならない事柄《ことがら》は、どれも不得手だったので、明彦も千佐子も、セーターを編んでもらうどころか、服のほころびひとつつくろってもらったことはないのだった。それはいつも祖母のヒサの仕事で、タネはそのことを少しも気にせず、針に糸を通してやるだけで自分の責任は果たしたと考えているようだった。

房江は、タネを、女性としてはどこかで軽蔑《けいべつ》していたが、人間としては決して嫌《きら》いではなかった。房江から見れば、女性としてこれほど愚かで、先のことなどまったく気に

もかけない人間はいないのだが、タネと話していると、なぜか世間の煩雑《はんざつ》さから、いっときにせよ離れていられるような気がした。

タネも、世間の女たちと同じように、他人の噂話《うわさばなし》が好きだったが、彼女の口からは、その噂に便乗した悪口といったものは、ひとかけらも発せられたことがない。

「あの人は、あんまりええ人やないけん」

とか、

「あの家は、じいさまの代から意地悪じゃけん」

とかの一般的な批評は口にしても、その批評に尾ひれ背びれがつくことはないのだった。タネの関心は、いま大阪ではどんな服が流行しているかとか、最近、こんな歌手に人気があって、その歌を覚えようとしているのだが、ラジオでやっと聞こえても、雑音が多くて覚えそこねた、といった類《たぐ》いのものばかりだった。

千佐子にセーターを編んでくれとせがまれると、タネは、日本人には珍しく彫りの深い顔で笑い、

「母さんは、なんちゃ編めんけん、房江おばさんに頼んだらええ」

といっこうに悪びれもせず、房江を見やった。千佐子は、人差し指をくわえて、タネのスカートの裾《すそ》をつかんだまま、房江の反応をうかがった。

「市松劇場さんが、美空ひばりを一本松に呼びたいと思うて、松山の興業主んとこへ頼

みに行ったそうやと」

とタネは房江に話しかけた。

「美空ひばり？」

「なんと、一回の公演が四十万円やて言われて、目ェ白黒させて帰って来たらしいけん」

「一回の公演で、何曲ぐらい歌うのん？」

と房江は、あらかた干し終わった干柿の乾き具合を指でたしかめながら訊《き》いた。

「さあ、十曲も歌わんやろ」

「へえ、十曲で四十万円……。美空ひばりて、まだ十二、三やろ？」

「十四歳や。『悲しき口笛』もええけど、こんどの『越後獅子《えちごじし》の唄《うた》』も、まあ惚《ほ》れ惚《ぼ》れさせるけんねェ」

「四十万円いうたら、新しい鰹船《かつおぶね》が四隻《せき》も買えるわ」

房江は、母親に似て目鼻立ちの整った千佐子と視線を合わさないようにしながら、毛糸は、子供のセーターをもう一人分編めるだけ残ってはいるが、伸仁のセーターを編み終えて、ひどく肩が凝り、さらにこれから千佐子のために根《こん》をつめるのはご免こうむりたいと思った。

けれども、薄いグレーのセーターが、伸仁にとてもよく似合っているのを見ると、母にセーターなど一度も編んでもらったことのない千佐子を不憫《ふびん》に思った。同時に、自分が編んでやることで、姑のヒサの機嫌《きげん》が良くなり、もうあしたの朝食からでも、ヒサの手で、千佐子と平等に、伸仁の前にも産みたての卵が置かれるに違いないと考えた。

どうしようか迷っているふりを示しながら、房江は、最近とみに耳の遠くなった姑の傍《そば》に行き、声を大きくさせて、

「ほな、房江おばちゃんが、千佐子のためにセーターを編んであげるわ」

と言った。

「ほう、千佐子、よかったのお。ノブの母さんは、編み物が上手やけんなァし」

ヒサは曲がっている腰を少し伸ばし、下の前歯が一本と、右の奥歯が一本抜けているだけの、虫歯などひとつもない歯を見せて笑った。

房江が、千佐子を手招きして母屋《おもや》の座敷につれて行き、おおざっぱに寸法をはかっていると、

「房江さん、房江さん」

とヒサの呼ぶ声が聞こえた。さっそく効果があらわれたなと思って、房江は縁側から顔を出した。タネは台所に姿を消し、庭にはヒサだけが立っていた。ヒサは、あたりをうかがい、庭の北側にある物置小屋の前まで行くと、房江を手招きした。

なるほど、けさ、鶏が産んだ卵は、物置小屋のどこかに隠してあるのか……。房江は

そう思って、ヒサの立っているところへ歩み寄った。

しかし、房江の勘は外れた。ヒサが物置小屋に隠してあったのは、ヒサが密造したドブロクだった。ヒサは、木の蓋《ふた》を取り、甕《かめ》に入っているドブロクを茶碗《ちゃわん》ですくうと、

「これは、ええ出来じゃけん、半分ほど飲んでみなァし」

と言って房江に差し出し、物置の隅《すみ》に坐《すわ》った。

「ドブは酸《す》っぱいもんやが、これは、なんちゅうわけか、酸っぽうない。甘《あも》うもないんじゃ。房江さんの口に合うと思うけん」

ドブロクよりも、仲仁のための鶏卵《けいらん》のほうがありがたいのにと思いながらも、姑の、せっかくの好意を断われなくて、房江はヒサの横に腰を降ろして、それを口に含んだ。

たしかに、酸っぱくも甘くもなく、麹《こうじ》のいい香りだけが、口の中から鼻へと抜けた。

「南宇和での暮らしは退屈やろうのう？」

とヒサは、自分もドブロクを飲みながら訊いた。

「退屈なことはあれへん。城辺に来てから、私もノブも元気になったし」

「もうひとり、子を産めんか？」

そのヒサの言葉に、房江は微笑を返し、授かるものなら産みたいが、仲仁を産んで以来、次の子を妊娠するという気配はまったくない。それに、自分も、もうじき四十一歳になる。もう子供を産める歳《とし》は終わったと思う、と答えた。

「熊が、魚茂の茂十とこへ行って帰ってこんのは、女房の体が面白うのうなったからかもしれん」

ヒサの言葉つきには、嫁への嫌味《いやみ》などはまったくなかった。房江は黙っていた。ヒサの造ったドブロクは、思いのほか度数がきついようで、胃全体に沁《し》みた。音吉の仕事場のほうから、鎚《つち》の音が聞こえてきた。

ヒサとて女だから、何か察するところがあるのだろう。房江はそう思って、ドブロクをもうひとくち飲んだ。

「あんなに殴られたり蹴《け》られたりして、そのうえ、あの縁側から放《ほう》り投げられたりしたら、顔を見るのもいやになって……」

ヒサは、何度も、もっともだというふうにうなずき、

「熊も、ええ歳をして、相も変わらずの乱暴者じゃ。あいつの乱暴は、死ぬまでなおりよらん。房江さんは、よう辛抱しよる」

と言った。

あれ以来、夫が求めてきたことは何回かあったのだが、房江は、ときには、体の具合が悪いとか、ときには、今夜はそんな気になれないと言ってはっきり自分の意思を示して、受け入れたことはなかった。熊吾も、あの夜のことはばつが悪くて、かなり罪の意識を持っているらしく、

「わしは、えらい嫌われっしもたのお」

と言って、それ以上求めようとはしない。

けれども、熊吾が、深浦に行ったまま帰ってこないのは、この自分のせいではないということを房江は確信していた。私の夫は、茂十の選挙戦の指揮をとることが、いま楽しくて仕方がないのだ。大阪の松坂商会で毎日を忙しくおくっていた夫にとって、この南宇和での二年余の休憩は長すぎたと言えるかもしれない。私は夫が、じつのところ、とても焦《あせ》っていることを知っている。

いまこうしているあいだにも、大阪や神戸や東京では、かつての商売仲間たちが、新しい時代にもまれながらも、それぞれの城を築きつつある。それを、南宇和の片隅で、指をくわえて見ているのは、夫にとっては耐え難い焦躁《しょうそう》に違いない、と。

しかし、房江は、そう思いながらも、ひょっとしたら松坂熊吾という人には、他のいずこの地よりも、この愛媛県南宇和郡の城辺町や一本松村のほうが適していると感じられるのだった。

夫が本気になって才覚を働かせば、従兄の自転車屋経営など簡単に軌道に乗せてしまうだろう。もしかしたら、このダンスホールも、周りの人々はあきれかえっているが、案外繁盛するかもしれない。夫の着想はいつも突飛だが、なぜか人心の盲点を突くようなところがあるのだ。

だが、夫の欠点は、あきっぽくて、すぐに人まかせにしてしまうことだ。商売が少しうまくいき始めると、自分で動こうとはせず、丼《どんぶり》勘定で次から次へと別の商売に手を出してしまう。だから、この南宇和の辺鄙《へんぴ》ないなか町のほうが夫には向いている。

　私も、多少は窮屈であるにせよ、そして、冬には大阪や神戸よりもはるかにたくさんの雪が降るにせよ、この夫の生まれ育った土地を気に入っている。おそらく、気候が自分の体に合うのだろうし、周辺の人々の、いささか間の抜けたところのある、のんびりした気性にいつのまにか感化されて、自分も以前よりものんびり屋になったようだ。伸仁も、ことしは風邪をひいても、二度しか熱を出さなかったし、食欲もうんと増えた。

　房江は、物置小屋でヒサとドブロクを酌《く》み交わしているうちに、なんとなく夫に逢《あ》いたくなってきた。何か夫の好物でも作って、伸仁をつれて深浦まで訪ねたら、どんなに歓《よろこ》ぶことだろう……。一本松行きのバスの時刻までに太い海苔《のり》巻《まき》でも作れないだろうか。

　房江は、母屋に戻って、柱時計を見た。バスが出る時刻まで四十分ほどしかなかった。海苔巻は無理でも、梅干入りのおにぎりなら作れそうだと思い、台所に行った。

　腰に紐《ひも》を巻きつけ、そこに長い木の枝を差してチャンバラごっこをしていた伸仁が走り戻り、

「おっちゃんが、ぼくに『坊は長い刀を差してござんすねえ』て言いよった」

　と房江に言った。

「おっちゃん？　どこのおっちゃんや？」

仲仁の指差す方向に目をやると、ちょうどダンスホールの入口にあたるところに、毛皮の衿《えり》のついた外套《がいとう》を着た、色の浅黒い男が立っている。仲仁は、台所の窓をあけ、なんだか怖そうにその男を見つめた。そんな仲仁に、男は、にこりともせず、

「坊は、長い刀を差してござんすねえ」

と大声で言った。

房江は母屋へ廻《まわ》り、下駄《げた》を履くと玄関から出て、

「どちらさまでしょうか」

と男に訊いたが、男が杖《つえ》をついているのに気づくと、腰のあたりが冷たくなるのを感じた。人相風態《ふうてい》から、房江は、その男が〈わうどうの伊佐男〉だと気づいたのだった。

「松坂熊吾の奥方さんかなァし。わしは、増田伊佐男っちゅうて、奥方さんのご亭主とは幼なじみの気の毒な男よ」

そう言ってから、増田伊佐男は、房江のうしろから顔だけ出している仲仁に笑いかけた。

「坊の刀は、よう切れるか？」

仲仁は、首を左右に小さく振った。

「どんなご用件ですやろ」

「わしの幼ななじみが、城辺に、なんといまはやりのダンスホールを作ったちゅうんで、どんな建物かと見に来ましたんですがなァし」

　物置小屋から目元を赤くさせたヒサが出て来て、いったい何者かといった表情で伊佐男を見つめた。

「おお、松坂の母さんやなァし。わしを覚えちょりなはるかのお。上大道《わうどう》の増田伊佐男じゃ」

「忘れやせんけん。お前には、ぎょうさんの干柿を盗まれた。うちの子に怪我《けが》をさせられたっちゅうが、お前も、うちの娘の顔に火傷《やけど》をさせたんやけん。おなごの顔に火傷をさせといて、お前の母親のウマちゃんはひとことも謝りよらん。うちも、娘に火傷をさせられたことを忘れちょらんけんなァし」

　ヒサはそう言って、ダンスホールの工事に使ってそのまま放置してある丸太を両手で持った。

「火傷？　わしが誰の顔に火傷をさせたっちゅうんじゃ」

「キクの目の下にじゃ。あの火傷のおかげで、嫁に行けんまま、十七で死んでしもうた」

　房江は、ヒサの気丈さに驚きながらも、我知らず、伸仁と一緒にヒサのうしろに身を移した。

「まさか、そんな作り話で、このクソババアから言いがかりをつけられるとは思わんかった。わしゃあ、おなごの顔に火傷をさせた覚えなんかありゃせんぞなァし」

「自分のやったことは忘れて、されたことばっかり根に持っちょる。ウマちゃんもそうやった」

腰の曲がった老婆《ろうば》を相手にしても仕方がないと思ったらしく、増田伊佐男は、視線を房江に移し、薄笑いを浮かべると、

「奥方さんのご亭主は、もうそろそろ深浦から帰って来よる。和田茂十の選挙戦は終わりじゃや。茂十の命は、あと半年やけん、選挙に出てもしょうがありゃせんけんのお」

そして、房江のうしろに隠れている伸仁をのぞき込み、

「坊は、長い刀を差してござんすねえ」

とさっきと同じ言葉を繰り返した。

「坊の親父《おやじ》も、坊とおんなじ歳のころ、木で長い刀を作って、腰に差して一本松を歩いちょった」

増田伊佐男は、建ったばかりのダンスホールを眺《なが》め、もう一度、房江と伸仁に薄い笑みを注いでから帰って行った。

房江は、増田伊佐男の姿が、商店街への路地へ消えていくのをたしかめてから、伸仁を抱きかかえるようにして玄関の戸を閉め、思わず鍵《かぎ》をかけた。

なんと気味の悪い人であろう……。あんな気味の悪い人間に接したのは初めてだ。あんな男が、夫に積年の恨みを抱いて、つきまとっていたのだろうか。

増田伊佐男という人間が発散する不快な磁波を払い除《の》けたくて、房江は、毛糸と編み棒を出すと、千佐子を呼んだ。そして、自分がさっきおにぎりを作って、夫のいる深浦へ行こうとしていたことを思い出し、それと同時に、増田伊佐男の言葉も甦《よみがえ》った。

——和田茂十の選挙戦は終わりじゃ。茂十の命は、あと半年やけん。

それは、どういう意味なのだろう。茂十の命はあと半年？　あの男は、半年後に、和田茂十を殺すと宣言しに来たのだろうか……。きっとそうに違いない。

房江は、いったんはそう考えたのだが、少し冷静になって、増田伊佐男の言葉を思い起こしてみると、なにやら深い意味を含んでいたような気がしてきた。

どうして、夫は、もうそろそろ深浦から帰って来るのだろう。あの男は、なぜそのようなことを言ったのだろう。もうそろそろとは、いったいいつごろを意味しているのだろう。あと二、三時間後ということだろうか。それとも、二、三日中にということなのだろうか……。

房江は、座敷に立ったり坐《すわ》ったりして、そのたびに柱時計を見つめた。いまから深浦港へと急ぐべきかどうか迷いつづけた。

ならず者の、単なるいやがらせだとしたら、そんなことをわざわざ伝えに行ったりすれば、選挙戦の指揮をとっている夫の気持をわずらわせるだけだと結論を下し、房江は、ドブロクの酔いを醒《さ》ますために水を飲んだ。

そのとき、熊吾の、いつになくゆっくりとした歩調で歩いてくる姿が見えた。房江は、玄関から出、無言で、熊吾の表情をうかがった。伸仁が熊吾にむしゃぶりつき、どこかのおっちゃんが、坊は長い刀を差してござんすねえとぼくに言ったと、幾分興奮した口調で話した。

「どこのおっちゃんじゃ」

その熊吾の問いに、

「杖をついちょったよ」

と伸仁は言い、父親に肩車してもらおうと熊吾の腕をつかんだ。

熊吾は房江を見つめ、

「杖をついちょる？」

と訊いた。

「わうどうの伊佐男か？」

房江がうなずき返すと、

「いつじゃ。伊佐男は何をしに来よったんじゃ」

熊吾は、家の周りに視線を走らせた。

増田伊佐男が訪れた際のことを説明し、房江は、

「あの人、茂十さんの命は、あと半年やて言うてはった……」

と言った。熊吾は、伸仁に、千佐子と遊んでいろと命じ、

「たいした早耳じゃ。茂十に近い連中の中にスパイがおるんじゃろう」

そうつぶやくと、母屋の座敷にあがり、座蒲団《ざぶとん》を敷き蒲団代わりにして横たわった。

「そんな格好でうたたねしたら、風邪を引いてしまう」

房江は、掛け蒲団を夫の体に掛け、

「選挙戦は終わりやていうのは、どういうこと？」

と訊いた。

「選挙戦は終わりじゃ。茂十の命はあと半年じゃ」

熊吾は、増田伊佐男と同じ言葉を、天井を睨《にら》みつけながら言った。

「茂十は、てっきり痔《じ》やと思うちょったらしい。しかし、あんまりにも痩《や》せてきよって、しんどそうやけん、二週間ほど前、宇和島の医者に診てもろうた。そしたら、松山の一番大きい病院へ行けっちゅう」

熊吾は、腕枕《うでまくら》をして溜息《ためいき》をつき、

「直腸ガンで、手遅れやと医者に言われた」

と言った。

「このことは、まだ茂十は知らんのじゃ。茂十の女房が、茂十に内緒で医者に呼ばれて告げられた。五日前、茂十の女房が、何かいやな予感がする、ひとりで松山の病院へ行くのは恐ろしいっちゅうて頼みよるけん、わしがついて行ったんじゃ。もう、選挙どころやあるかや」

「絶対に助からへんのん?」

「ああ、医者は、もう打つ手がないと言いよった。このことを知っちょるのは、茂十の女房と息子と、このわしと、先代から魚茂につかえちょる大番頭だけじゃ」

選挙活動を突然中止するにあたっては、まず何よりも和田茂十にその理由を説明しなければならないのだが、死の宣告など、そう簡単に出来るものではない。とりあえず、茂十には、腸に大きな潰瘍《かいよう》があり、そこからの出血が意外に多くて、それで貧血症状を起こしている。残念だが、県会議員に打って出るのは、今回は体力的に無理であろう。少し時間はかかるが、ちゃんと養生すれば治るので、次回の選挙まで待とうではないか。そう説得して帰って来たのだと熊吾は言った。

「茂十さんは、それで納得しはったん?」

「納得しよった。わしが嘘《うそ》をついちょることも感づいちょる。松坂の大将がそう仰言《おつしや》るのなら、この茂十、とりあえず今回は出馬をあきらめて、病気を治すことに専念しましょうと言いよったが、おそらく、自分の病気が養生しても治らん病気に違いないと感づいたはずじゃ」

熊吾は、それから小一時間ほど、腕枕をしたまま、目を閉じたり、天井を見つめたりしていたが、音吉の仕事場からの鎚音を耳にすると、

「おお、音吉のやつ、また仕事を始めたか」

と言った。

「おとといから、仕事をしてはる。きのう、奥さんが、お餅《もち》つきの手伝いに来てくれはった。このあたりで、お餅つきが出来るのは、まだうちだけやから、近所の人も見に来はって……」

熊吾は起きあがり、狸《たぬき》の毛皮で作った半纏《はんてん》のようなものを着ると、

「音吉んとこへでも行ってくるか」

そう言って、出て行った。

房江は、夫にどのような言葉をかけていいのかわからず、正月用の黒豆を煮る準備を始めた。ヒサとタネが加わって、おせち料理の準備に取りかかった夕刻、痩せて、ひとまわり小さくなったような和田茂十がひとりで訪ねて来た。

挨拶《あいさつ》を交わし合ったあと、房江は、こんなところでは寒いので、座敷にあがってくれと勧め、伸仁に、

「お父ちゃんを呼んどいで。魚茂のおじさんが来てはるって」

と言った。

「坊とは、夏以来やが、耳はもう痛《いと》うありませんかなァし」

茂十はおとなに対する丁寧語で、にこやかに仲仁に話しかけた。

「耳にうんこが入っとるのを、ちゃんと取ったけん、もう痛うない」

「おお、うんこが入っとりましたかなァし。ここらの田圃《たんぼ》は気ィつけて歩かんといけませんなァし」

「うん、母さんもそう言いよる」

「坊は、まだ一度も、この茂十おじさんのとこへ遊びに来てくれたことはありませんなァし。いっぺん、お母さんと一緒に遊びに来てやんなはれ。小さな舟もあるし、うまい魚もぎょうさんありますけん」

仲仁が、父を呼ぶために走って行くと、和田茂十は、房江の淹《い》れた茶をすすり、

「わしの不養生のために、松坂の大将のこれまでの努力を水の泡《あわ》にしてしまいましてなァし」

と笑顔で言った。

「選挙よりも、魚茂さんのお体のほうが何よりも大切やから、どうかゆっくりお休みになって」

しかし、それにしても、さっきまで夫は茂十の家にいたのだから、まるでそのあとを

追うように茂十が訪れたのはなぜだろう。房江はそう思った。それで、そのわけを茂十に訊《き》いた。

茂十は少し考えるような表情をしてから、

「大将は、きょう帰ってこられましたかなァし」

と訊き返した。

「大将は、たぶん、松山までおいでちょったんでしょう」

「松山？　魚茂さんのお宅にいたんと違いますのん？」

「わしの家には、おとといまでおりなはったんやが、わしが出馬を辞めることを決めたあと、何か用事があるっちゅうので、わしんとこに出入りしちょる運送屋の車で宇和島までお送りしましたがなァし」

きっと、松坂の大将は、松山の病院まで足を伸ばして、この和田茂十の病状をたしかめたのに違いない。そう言って、茂十は穏やかな笑みを浮かべた。そして、背広の内ポケットからぶあつい封筒を出した。

房江は、茂十が貧血状態にあることを思い出し、火鉢《ひばち》を彼の近くに引き寄せて、炭を足した。熊吾が帰宅したころから、にわかに冷え込んできたが、薄い雲は切れて、冬の太陽が裏窓から差し込んだ。

和田茂十は、火鉢に手をかざし、裏窓から居間の一部を照らしている陽《ひ》の光に、いっ

とき見入っていたが、

「南宇和のうまい蒲鉾《かまぼこ》を、せめて二、三週間ほど腐らせんで保《も》たせる防腐薬が発明されると、それは大阪や東京に運んで、飛ぶように売れよりますでなァし。わしと松坂の大将とのあいだで生まれた二つの夢のうちのひとつはこわれっしもたが、残りのひとつは、なんとしても実現したいもんやと思いましてなァし」

茂十は、封筒のなかの金は、防腐薬の発明に必要な研究費として使ってもらいたいと言った。しかも、このことは、当分、松坂の大将には内緒にしておいてもらいたい、と。

「わしは、誠に愚かなことに、なんとおとといまで、人間は必ず死ぬもんじゃっちゅうことを忘れて生きてきよりましたなァし」

「そんな、もうじき死ぬみたいなことを言いはって……。ゆっくりと養生しはったら、すぐにお元気になりはりますのに」

その房江の言葉に、茂十は再び穏やかな笑みを浮かべ、松坂の大将がこないうちに、どうかこの金を預かってもらいたいと頭を下げて頼んだ。

「気ィの弱い、機転のきかんわしの息子でも、蒲鉾の防腐薬がありゃあ、なんとか魚茂の看板を守っていけるかもしれませんでなァし。深浦の網元は、わしひとりやないけん、わしがおらんようになったら、漁師の半分は、別の網元のほうへと走りよる……。なんぼ網元やっちゅうても、漁師がおらんけりゃ、船は動かん、魚は獲《と》れん……。わしは、息子のことを心配しちょるんやないんだっせ。わしは、妾《めかけ》の子ォが、とうとう魚茂の看板をつぶしたっちゅうふうにしとうないだけで……。わしが死ぬことで魚茂がつぶれたら、世間様は、やっぱり妾の子ォは最後まで魚茂を背負い切れんかったっちゅうて笑いよりますでなァし。それでは、死んだ親父にも、この妾の子ォを引き取って育ててくれなはったお母さんにも、わしを産んだほんまの母親にも、わしの子として生まれた息子にも、わしは恥をかかせることになりますのでなァし」

房江は、茂十に、いまは体調が悪いので、そんな気弱な考えばかりが浮かぶのであろうと言いかけてやめた。茂十は自分の病気を知っているし、残された時間もだいたいの見当がついていて、もはや口先だけの誤魔化しなど通用しないであろうと思ったのだった。

「そやけど、主人に内緒で、魚茂さんからお金を預かったりしたら、あとで私が叱《しか》られますから」

と房江は言った。

「いや、松坂の大将は、そんなことで奥さんを怒ったりはしませんでなァし。奥さんが、わしの生きちょるあいだに、この金のことをうっかり喋《しゃべ》らんかぎり、松坂の大将は、わしが死んだあと、ちゃんと生きた金として使《つこ》うてくれますけん」

その茂十の言葉で、房江は封筒を受け取り、たしかに責任をもってこの私が預からせていただくと約束し、簞笥《たんす》のなかにしまった。

音吉の仕事場から走り戻ってきた伸仁は、

「父さん、おらんかった」

と言って、長い棒を振り廻《まわ》しながら、大根畑のほうへ駈《か》けていった。

房江は茶を淹れるために台所へ行き、茂十が体の不調をおしてわざわざ深浦からこの城辺までやってきたのは、私に金を預かってもらうためだけだろうかと考えた。どうも、それだけではなさそうな気がする。いまは、たまたま夫が留守だったので、これ幸いと、私に金を預けたが、もし夫が家にいれば、茂十は夫と話し込んだはずだ。私への相談事は、茂十にとっては二の次の用件だったのではないか。私に金を預けるのは、なにもきようでなくてもいいのだから……。

房江は、茂十に茶を勧め、きっとこの近くにいるはずだからと言って、夫を捜すために家を出た。音吉の仕事場をのぞくと、音吉は鞴《ふいご》の掃除をしていた。

「一杯つきあえっちゅうて誘うてくれなはったんやが、夕方までに片づけんといけん仕事がありましてなァし。そんなら、ひとりで飲むかっちゅうて……。たぶん、ヨネやんのとこやと思うんやが」

マラリアの再発は、ビルマから半病人の状態で帰還してまだ半年ほどしかたっていない音吉の体にはよほどこたえたようで、音吉の頰《ほお》はこけ、肌《はだ》にも艶《つや》がなかった。

房江は、

「まだあんまり無理をしたらあかんよ」

と音吉に言い、急ぎ足で商店街へと向かった。

最近、城辺町の商店街のはずれに小さな飲み屋を開店した浦辺ヨネは、タネの、尋常小学校での同級生だった。若いころ大阪に出て、大正区でおでん屋を営んでいたのだが、空襲が烈《はげ》しくなる前に店をたたみ、生まれ故郷に帰ってきた。一度結婚したが、夫にすぐに先立たれ、それ以後独身をとおしている。若いころは〈首巻のヨネ〉と呼ばれ、次には〈ネッカチーフのヨネ〉と呼ばれ、最近は〈ろくろっ首のおヨネ〉と呼ばれている。大阪に出てから、何かで首に怪我《けが》をして、その傷痕《きずあと》を隠すために、マフラーを巻いたり、ネッカチーフで誤魔化したりしてきて、いまではその日によって、包帯や、自分で考案したビロード地の、幅の広い首飾りを決して外そうとしないからだった。がさつだが悪意はなく、お世辞にも器量良しとは言えないのだが、話し上手で朗らかなところが近在の男たちに気に入られるらしく、店は開店以来、結構繁盛していた。

ヨネの店をのぞくと、熊吾は椅子《いす》の上にあぐらをかいて坐り、ひとりで酒を飲んでいた。房江は、茂十のことを伝え、

「何か大事な話がありはるみたいで……」

と熊吾に言った。熊吾は、そうかとだけ言い、誰もいない店内の奥にある便所に向か

って、

「おい、わしは急用ができたけん帰るぞ」

と大きな声で言った。房江は、便所にいるのはヨネであろうと思ったのだが、そこから出てきたのは、増田伊佐男だった。

「しっぽ巻いて逃げる男やあらせんけん、ほんまに急用なんじゃろう。わしは、話し合いには、ちゃんと応じるけん、いつでも声をかけてやんなはれ」

仕込み杖《づえ》をつき、左足をひきずりながら、増田伊佐男はテーブルのところに来ると、房江を見つめながらそう言い、二合徳利に残っている酒を手酌《てじゃく》で飲んだ。

「のお、奥方さん。乱暴なご亭主に泣かされたら、このわうどうの伊佐男に助けを求めりゃええ。そうせんと、そのうち、わしみたいに、体のどこかをこわされるけんのお」

増田伊佐男の言葉が終わらないうちに、房江は熊吾と一緒に外に出た。そして歩きながら、熊吾に、ヨネさんはどこに行ったのかと訊いた。

「いつのまにやらおらんようになっしもた。ひょっとしたら交番へ行きよったのかもしれん」

「交番？」

「伊佐男が仕込み杖を抜きよったけん、びっくりしたんじゃろう」

「あんた、もう、あんな人とかかわりあいにならんといて」

房江は、歩を運んでいる自分の足が震えているのを感じた。

「かかわりあいになりとうはないが、わしの留守のときに、ぶっそうな杖をついて、家にこられるのはご免こうむりたいけんのお」

房江は、どうして夫が、ヨネの店で、増田伊佐男と飲んでいたのかを訊こうとしたが、夫の歩調があまりに速く、並んで歩くことができないのと、向こうからヨネが小走りでやって来る姿をみつけたので、そのまま口をつぐんだ。

「交番には、誰もおらなんだ」

ヨネは言って、わうどうの伊佐男はどうしたのかと熊吾に訊いた。しかし、熊吾は何も応じ返さず、家への路地を曲がった。

「松坂の姉さん」

ヨネは声を殺して房江を呼んだ。ヨネは、熊吾を〈松坂の兄さん〉と呼び、房江を〈松坂の姉さん〉と呼ぶ。

「警察は、その気になったら、いつでも、わうどうの伊佐男を捕えられるんやでえ」

そのヨネの言葉で、房江は足を停《と》めた。

「そしたら、なんで、すぐにも捕えへんのん？」

自分の店の様子を気にしているらしいヨネにそう訊いて、房江は、ヨネの玄関先に視線を向けた。

「わうどうの伊佐男は、いっつも仕込み杖を持ち歩いてるやろ？　あれは法律違反やんか。銃砲刀剣不法所持っちゅうやつやねん」

大阪での生活が長かったヨネは、房江と熊吾にだけは大阪弁を使うのだった。

「ここらへんのおまわりも、もう伊佐男に飼い慣らされてしもてるんやわ。おまわりにしてもお役人にしても、結局は弱い者《もん》いじめしかでけへんのや」

房江は、まだ何か話をしたがっているようなヨネに、来客があるのでと言って、家への路地を進み、大根畑の横にさしかかったとき、ふいに、ここは自分たちの安住の地ではないという思いを抱いた。あの増田伊佐男の、松坂熊吾に対する恨みは常軌を逸している。そんな男が、四六時中、仕込み杖を持ってうろついているというのに、警官は知らんふりをしている。ヨネの言葉が本当だとすれば、警官は、よほどのことがないかぎり、増田伊佐男の行動を見て見ぬふりをするだろう。そのようなところで親子三人が暮らすことはできない。

房江のなかには、次から次へと悪い予感が生じて、彼女は、一日も早く神戸の御影に戻ろうという気持になった。そして、ああ、御影の家を手放さなくてよかったと思い、庭から直接台所へ入ると、新しい茶を淹れた。

熊吾は房江と目が合うと、しばらく席を外していろというふうに合図を送った。房江は、茶を二人の前に置き、伸仁を捜すために再び家を出た。冷え込みがきつくなり、日は暮れかかっていた。

　家の周辺を捜しているうちに、千佐子の芝居がかった泣き声が僧都《そうず》川のほうから聞こえたので、房江は、伸仁がまた木の枝か何かで千佐子を殴ったのであろうと思い、大根畑を横切って、僧都川の土手に立った。

　千佐子は、房江を見ると、自分が伸仁からいかにひどい目に遭わされたかを訴えるために、冬枯れの土手の上にあお向けに倒れ、

「うちはなんちゃしとらんのに、ノブが棒で叩《たた》いたァ」

　と叫んで泣いた。伸仁は、自分の背丈よりも長い木の枝を両手で持ち、口を尖《とが》らせて房江を見つめた。

　房江は、千佐子の両手をつかんで立ちあがらせ、髪や服に付いた枯れ草を手で払ってやりながら、

「ノブは悪い子や。女の子を棒で叩いたりする子は、子盗《ことと》りにつれて行ってもらお」

　と言った。千佐子は伸仁に向かって舌を出し、家へと走り戻っていった。

　房江は伸仁の傍《そば》に行き、木の枝を捨てさせてから、

「女の子はいけずやから、他の男の子と遊びなさい」

　と言って、伸仁の顔や手を調べた。案の定、首の横に、千佐子の爪《つめ》によるひっかき傷があった。どんなに小さなものでも、ひっかき傷は痕《あと》が残るので、千佐子に、爪でひっ

かくのだけはやめるよう注意しておこうと思いながら、房江は伸仁の手を引いて、土手を上流へとゆっくり歩きだした。

暮れていく空を、十数羽の鳥が海のほうへと飛んでいるのを見上げ、渡り鳥の季節でもないのにと思い、房江はまた不安を感じた。すると、また、夫に容赦のない暴力をふるわれた大雨の夜を思いだした。

町の青年団の何人かが土手にあがってきて、房江に声をかけた。伸仁が怯《おび》えて、房江にしがみついた。青年たちは、獅子舞《ししま》いの練習をするつもりらしく、笛と太鼓と大きな獅子の面を持っていた。伸仁は、その獅子の面が怖いのか、房江のうしろに隠れた。

「松坂の政所《まんどころ》さま、魔除《まよ》けの獅子舞いをするけん、祝儀《しゅうぎ》をやんなはれ」

昼間は郵便局に勤めている青年が言った。少し酒が入っているらしかった。

「まんどころ？」

房江は、そう訊き返して笑みを浮かべた。

「そうじゃ。政所さまじゃ。どんなまんどころか、ちょっとわしにだけ見せてやんなはれ」

「まだお正月でもないのに、もう酔うて、獅子舞いの練習なんかでけるのん？」

「練習せないけんのは、笛だけよなァし。太鼓も舞いも、目ェつむっててもできよるけん」

獅子の面をかかえた青年は、そう言って、笛を持っている背の高い気弱そうな青年の頭を指で突いた。

「去年まで笛を吹いちょったやつが、大阪へ行っしもて、笛吹きがおらんようになっしもた。正月まであと三日やっちゅうのに、こいつの笛からは、何の音も出くさらんのじゃ」

「教えてくれはる人はいてへんのん？」

と房江が訊くと、若い衆に笛を手ほどきしてきた老人も、ことしの秋に卒中で倒れて寝たきりになってしまったのだという。房江は横笛を受け取り、それを唇《くちびる》に当てた。新町の〈まち川〉で働いていたころ、横笛の名手と言われる芸者に、遊び半分で笛を習ったことがあったので、音ぐらいは出せるだろうと房江は思った。

「政所さまは、笛が吹けるかなァし？」

青年たちは嬉《うれ》しそうに顔を見あわせ、房江の唇に視線を注いだ。

初めのうちは、音程も定まらず、音もかすれたが、房江はやがて、青年のひとりが吹く口笛に合わせて、獅子舞いのための威勢のいい笛の音を響かせた。音さえ出れば、単調な音階の繰り返しだけなので、遊び半分にせよ歌舞伎囃子《かぶきばやし》を習ったことのある房江にしてみれば簡単すぎるほどであった。

「お前ら、政所さまのお吹きになる横笛やけん、静粛にせんか」

はしゃいで奇声を発している者たちを制して、郵便局員の青年は、獅子の面を頭からかぶった。それにつられて、太鼓を担当する青年がばちをふるった。ことさらに体をくねらせて、獅子舞いは房江と仲仁の周りで舞った。

「私が吹いてもしょうがあれへんやろ？」

房江が笛から唇を離してそう言ったとき、獅子の口が大きくあいて、房江の尻《しり》を嚙《か》んだ。仕様のない若い衆だと思いながら、房江は獅子の口の奥から自分を見ている青年を睨《にら》みつけ、獅子の頭を笛で軽く叩いた。

「政所さまの美しいのは、あそこだけやあらせん。お尻の形もなんとも言えん」

房江は、青年の言う政所という言葉には、卑猥《ひわい》な意味が隠されていることにやっと気づき、顔が赤らんだ。

青年たちは、真顔で、笛の先生になってくれと房江に頼んだ。冬の夕陽は、低い山の向こうに沈み、どこかでつながれている牛の長い鳴き声が聞こえた。

唇の形や角度を教え、房江は笛を担当する青年が、なんとか音を出せるようにと練習につきあった。仲仁も、獅子の面を怖がらなくなり、またどこかから長い木の枝をみつけてくると、それを振り廻して、土手の上ではしゃいだ。

太鼓を打つ青年が腕時計を見、青年団の集会所に練習の場所を移す時刻がきたと告げた。そして、房江の手を引っぱったり、背を押したりして、笛を教えてくれと頼んだ。

「こんなに遅うなって……。ご飯ごしらえをせんと主人に叱られる」

房江はそう言って、伸仁の手を引き、青年たちに背を向けた。獅子の面が房江の尻を追ってきた。不思議に房江は不快感を抱かなかった。

「あしたは、昼から、ここで練習するけん、笛を教えにきてやんなはれ」

獅子の面をかぶった青年は、面の頭を房江に手で叩かれたあと、土手に四つん這《ば》いになって言った。

「わしらは、松坂の政所さまの家来になりますけん」

「政所なんて言い方はせんといて。なんやしらん、気色が悪いわ」

房江は振り返って言った。獅子の大きな口がしつこく自分の尻を狙《ねら》っているように感じ、それをどこかで楽しんでいる自分の心をたしなめた。

家に戻ると、茂十の姿はなかった。

「ノブがひとりで遠いとこへ行ってしもて……」

夫の機嫌《きげん》が悪いことに気づき、房江は、帰宅が遅くなった理由を伸仁のせいにした。

「日が暮れたら家に帰るもんじゃ。ひとりで遠いとこへ行ったりすると、子盗りにつれて行かれるぞ」

熊吾が伸仁にそう言った。自分の嘘《うそ》がばれるのではないか……。房江は伸仁がどんな言葉を返すだろうかと案じたが、伸仁は、父親のあぐらのなかに坐《すわ》り、

「獅子舞いが追いかけてきよった」

とだけ答えた。

「土手で、青年団の人が、獅子舞いの稽古《けいこ》をしてはってん」

房江は、ほっとして、台所からそう言った。

「もう正月か……。茂十のことで、正月がすぐそこに来ちょるなんて忘れっしもとった」

急いで夕飯の支度をしながら、房江は、ついさっき、土手で青年たちに笛の吹き方を教えているときの楽しさを思った。ひょっとしたら、本当の私は、親分肌で、わがままで、賑《にぎ》やかなことが好きな剽軽者《ひょうきんもの》ではないのだろうか。そして、どんな甘えやわがままも大目にみてくれる穏やかな父のようなものを、松坂熊吾という男に求めたのではないだろうか……。

しかし、私のそのような気性は、ことごとく抑えつけられてきた。母は私を産んでまだ一歳にもならないうちに死に、放蕩者《ほうとうもの》の父は、赤児の私を捨てて、再婚した。私は物心もつかないうちに、あちこちの家をたらい廻しにされ、幼くして奉公に出、人の顔色ばかりうかがって生きてきた。いつも何歩もうしろに退いて、我慢だけを自分の得手みたいにする以外、私には身の処し方がなかった。

松坂熊吾と結婚してからも、私は本来の私という人間を殺しつづけている。私のわがままよりも、夫のわがままのほうが強く、父のようなものを求めている私に、夫は母のようなものを要求する。私は、夫に駄々《だだ》をこね、思い切りわがままを言い、子供のように甘えてみたい。でも、私はそのようなことに慣れていないから、わがままになることも、甘えることも、剽軽にふるまうことも下手なのだ。

房江の体の背後に、獅子の面の大きな口に狙われている気配が残っていた。房江は、どうしたら、夫が受けとめてくれるようなわがままや甘えを投げかけられるだろうかと考えた。

夫よりも先に酔ってやろう。酔えば、私は楽しくなり、本来の私らしさを飾らずに出せるかもしれない。

房江は、晩酌はいつもコップ酒の熊吾の前に、大きめの猪口《ちょこ》を置き、自分の前にも同じものを置いた。

「どうしたんじゃ」

熊吾が房江を見つめながら訊《き》いた。

「気がむしゃくしゃしてはるやろと思て。私が相手では不服？　若い芸者さんのほうがええやろけど」

熊吾は笑みを浮かべ、

「お前は胃が丈夫やないけん、あんまり飲みすぎるなよ」

と言いながら、房江の猪口に酌をした。房江は、伸仁のためのおかずや、自分たちの酒の肴《さかな》などをすべて和卓に並べ、そのあと、おひつを運んで、熊吾の向かい側に坐った。

「なかなかええ心構えじゃ。酒を飲んじょる最中に、やれおかずがどうの、醬油《しょうゆ》がどうのと、台所を行ったり来たりするのは興醒《きょうざ》めじゃけんのお」

と熊吾は言い、自分が酌をした酒を、房江が飲み干すのを待った。房江は猪口の酒を飲み、それから熊吾に酌をした。

「生きててもらいたいやつにかぎって早死にしよる。こんなやつは早よう死ぬほうが世のため人のためやっちゅうやつは長生きしよる。どういうわけかのお？」

茂十の病気は、熊吾にはさすがにこたえたらしく、酔いがまわり始めても声は沈んでいた。

「悪いことをして、地獄に堕《お》ちるのが決まってる人は長生きするんやって、まち川のお客さんがしみじみと言うてはったことがあるわ」

「まち川の客？」

「日本画の絵描《えか》きさんで、息子さんを亡《な》くしてすぐに奥さんにも先立たれて……。それで、ちょっと頭がおかしいになりはって、二年ほど養生しはったんや。だいぶ元気になりはったころに、お友だちに誘われて来はったんやけど」

「わしも、伸仁に死なれて、またすぐにお前にも死なれたら、頭がおかしいなるやろのお」

そう言ってから、熊吾は、上手に箸《はし》を使えなくて、ご飯粒を和卓の上にちらかしている仲仁を膝《ひざ》に載せると、自分の箸で食べさせ始めた。

いつもなら、そんなことをしていれば、いつまでたっても箸を上手に使えなくなると夫をたしなめるのだが、いい気持に酔いがまわって、房江は自分の箸で魚の身をほぐし、それを仲仁の口に運んだ。

「魚茂さんは、どんなお話やったん？」

と房江は熊吾に訊いた。

ほんの短い時間、ぼんやりと考え込むような表情を火鉢《ひばち》のなかに向けたあと、熊吾は、

「茂十の代わりに、わしに出馬してくれんかっちゅう相談やった」

と言った。

「出馬？　あんたが県会議員の選挙に出るのん？」

「まだ茂十ひとりの考えやが、あいつは本気じゃ。和田茂十は不治の病にかかって、あと半年の命やが、この南宇和のためには、なんとしてもおんなじ理念の政治家が出にゃあいけん。茂十の遺志を継いで、松坂熊吾が出馬すると宣言すりゃあ、同情票の上積みは間違いない。これが茂十の考えや」

房江のなかで、それはたしかに茂十の言うとおりだ、この松坂熊吾には、いなかの議

員が最も適しているかもしれないし、選挙にも勝てそうだという勘のようなものが閃《ひらめ》いた。

房江は、夕刻、いっときも早く神戸の御影《みかげ》に戻りたいと思ったことなど忘れてしまい、

「私は、あんたが魚茂さんの代わりに出たら、絶対に勝てると思う。そんな気がする」

そう言って、自分の猪口を熊吾の前に差し出し、

「お酌《しやく》、お酌」

と促した。熊吾は笑い、

「これは気がつかんで申し訳ありませんでなァし」

と言い、房江の猪口に酌をした。それから、

「お前は、もう酔うちょる。お前は酔うと、目がとろんとする。もう相当とろんとしちょるぞ」

房江は、夫の気性を考えると、なぜこのような茂十の提案に対して二の足を踏んでいるのかがわからなかった。死期を悟った友人からの、いわば最期《さいご》の頼みごとではないか。松坂熊吾という人は、こんな場合、たとえ負け戦だとわかっていても受けて立つ人なのに……。

「魚茂さんには、どんな返事をしはったん？」

と房江は訊いた。

「もうこの選挙は終わったんじゃ。選挙のことなんか、きれいさっぱり忘れて、養生に専念せえと言うた」

合点《がてん》のいかない顔つきで、房江は熊吾に酌をしながら、私の夫はこのいなかの県会議員が一番向いているし、選挙には絶対に勝てると思った。松坂熊吾が県会議員になれば、あのわうどうの伊佐男も手が出せまい。

「いっぺんこわれたもんを組み立て直すのは、新しく作るよりも骨が折れるもんなんじゃ」

と熊吾は言い、なぜ自分が茂十の代わりに出馬しようとしないのかを説明した。

「魚茂の大番頭は、愚直そうなふりをしちょるが、とんだ狸《たぬき》よ。茂十の病気を知ったとたんに、相手陣営に寝返りよった。茂十が死んだら、魚茂もつぶれると考えたんやろ。しかし、その寝返りの仕方は見事なもんじゃ。たった二日のあいだに、潮《うしお》会の有力会員四十人を手みやげにして、相手陣営に鞍替《くらが》えしよった。大番頭と一緒に寝返った潮会の四十人は、ええ仕事を世話してやるとか、息子や娘の就職先を斡旋《あっせん》してやるとかの餌《えさ》に、さっさと食いつきよった」

先代の跡を継ぐのはこの自分だと思っていた大番頭は、先代が妾《めかけ》の子を認知して魚茂を継がせたときから、茂十に対して憎しみを抱いていたらしい。しかし、大番頭といっても、所詮《しょせん》は読み書き算盤《そろばん》ができる漁師にすぎず、魚茂を辞めて食っていける自信もないので、腹に一物を秘めたまま、茂十につかえてきたのだ。

「ところがのお、それだけじゃあらせんのじゃ」

と熊吾は言い、何かをあざ笑うかのように鼻から大きく息を吐いた。

「茂十は、妾の子の自分に従順につかえてくれる大番頭を大事に思うあまり、深浦の網元の番頭としては破格の給金を出してやったんじゃ。それで、ええ気になって、その大番頭のやつ、月にいっぺんくらい、高知の色街で遊ぶようになりよった。遊ぶっちゅうても、不見転《みずてん》をときたま買う程度のもんじゃが、そのうち、芸者に片思いして通いだした。ところが、その芸者は茂十に惚《ほ》れっしもて、茂十の妾になっしもた。大番頭にすりゃあ、恨み骨髄に徹したっちゅうわけよ」

新町のまち川でも、そのような話はしょっちゅうあったなと房江は思った。ひとりの芸者のことが元で、ふられたほうの男が株を買い占めて、相手の会社を乗っ取ったなどという話は、それほど珍しくはなかったのである。

「女の嫉妬《しっと》は恐ろしいっちゅうが、男の嫉妬も恐ろしいぞ。男の嫉妬のほうが、ある意味では陰湿じゃ。利害、女、やっかみ……。この三つで、どんな強い組織も結束も約束事も、あっさりこわれよる」

いや、まだこわれてはいないと房江は思った。和田茂十を県会に押し出すために作られた組織は、熊吾の手腕をもってすれば、たちまち修復できる。人心の機微をおさえることにかけては、私の夫は天才的なのだ。しかも、そんな夫の才能は、このようないなかでこそ真に生かされる。房江は、そう思った。房江は、自分は酔っていると言い聞かせてから、

「私、あんたは、魚茂さんの代わりに選挙に出たらええと思う」

と言った。結婚して以来、房江が夫の身の処し方に意見を述べたのは初めてであった。

「お前は酔うちょる。お前は酔うと、何もかも、どうでもええようになるっちゅう癖がある。まあ、選挙の話よりも、今晩、どんなふうに亭主を可愛《かわい》がってやるかを考えてくれ」

「そんなん、いやや」

慣れない媚《こび》を作って、房江はふくれてみせた。

「何がいやじゃ」

「どんなふうに可愛がってもらうかを考えるほうがええもん……」

「うん、それもええのお」

熊吾は房江に酌をした。

「うんとわがままを言うて可愛がってもらうねん」

「わしは、いっつも、お前を可愛がっちょるぞ」

房江がもっとふくれてみせようと思ったとき、誰もいないはずのダンスホールから賑

やかなジャズの音楽が聞こえた。

ダンスホールの二階には、政夫を〈髪結いの亭主〉にさせてしまってはいけないという熊吾の考えで、レコード盤やプレーヤーを置く部屋が設けられてある。ダンスホールが開店すれば、政夫はその部屋で、レコードの選曲をし、プレーヤーを廻《まわ》し、中古のマイクロフォンを通してホールに曲を流す役割をつとめることになっていた。

「大きな音……」

房江は、政夫が、数日前にやっと大阪から届いたマイクロフォンとスピーカーの試験をしているのであろうと思い、熊吾に微笑《ほほえ》みながら言った。

「政夫さんは、ダンスホールの二階に、亡くなった奥さんの位牌《いはい》を置いて、タネさんと一緒に朝晩けったいなお経をあげてはるねん」

熊吾は不快そうな顔つきで障子越しにダンスホールのほうに目をやり、

「音が大きすぎる。近所迷惑やけん、やめるように言うてこい」

と言った。

「死んだ女房の位牌でままごと遊びなんかするなっちゅうてやれ。女房がどんな思いで、牛小屋で死んでいったかなんてことをちょっとでも考えたら、ダンスホールの二階でタネと一緒にお経をあげたりはせんはずじゃ」

熊吾の言うとおり、あの二人のやることはどこか的外れで愚かなのだ……。房江はそう思いながら、台所のほうへ廻ると玄関から出て、ダンスホールの二階に声をかけた。いくら南宇和とはいえ、少々暖かすぎる。あと三日で年が明けるというのに、セーターを脱ぎたいくらいだ。房江は、いい気持に酔った頭でそう思い、電灯の明かりがついているダンスホールの二階を見あげ、もう一度、政夫に声をかけた。

「もっと音を小そうせな。ご近所に迷惑やから」

　窓があき、政夫が顔を出した。

「早よう一月の十日にならんかのお。この城辺にダンスホールができるっちゅう噂《うわさ》は、宿毛《すくも》のほうにも伝わっちょる。こないだも、宿毛におるわしの友だちが、いつ開店かっちゅうて葉書で問いあわせてきよった」

　政夫はそう言ってから、いったん姿を消し、プレーヤーを止めると窓のところに戻ってきた。

「プレーヤーもスピーカーもええ調子でなァし。一月十日なんて言わんと、正月の三日が終わったらすぐに開店すりゃあええのに」

　政夫の笑顔がふいに歪《ゆが》んだ。小さくて短い政夫の悲鳴のあと、房江の立っているところから一メートルも離れていない地点に政夫は頭から落ちた。政夫は房江の足元にうつぶせに倒れたまま、鳩《はと》の鳴き声に似た音を喉《のど》から絞りだした。

　房江の悲鳴で、熊吾が縁側から飛び出してきた。房江は、いったい何が起こったのか、

よくわからなかった。政夫の名を呼びながら、その肩を揺すろうとした房江を制し、熊吾は、

「動かしちゃあいけんぞ。ええか、絶対に政夫の体を揺すったりするなよ」

と言い残し、裸足《はだし》のまま、どこかへ走っていった。

タネが家から出てきて、首をかしげながら、

「どないしたん?」

と至極のんびりした口調で訊いた。ヒサと明彦も出てきた。それにつづいて、千佐子と伸仁も政夫に近づこうとした。

「ノブと千佐子は、家のなかにいときなさい」

房江はそう叫んだ。

「政夫さん、酔うちょりなはるの?」

タネが、政夫の傍《そば》にひざまずき、体に触れかけたので、房江はタネの肩をうしろからつかみ、

「さわったらあかん。タネちゃん、政夫さんにさわったらあかん。いま、うちの人がお医者さんを呼びに行ったから」

と言った。

「卒中でも起こしたかいのお」

ヒサがそう言って政夫をのぞき込んだとき、政夫の喉から発せられていた奇妙な音が途切れ、それと同時にタネがゆっくりと尻《しり》もちをついた。

政夫は翌日の夕刻に死んだ。ダンスホールの二階の窓から庭に落ちて側頭部の骨と首の骨を折り、二十時間ほど昏睡《こんすい》状態のまま、松坂家のタネの部屋で息を引きとった。熊吾が自動車を手配して宇和島の病院から医者をつれてきたのは、政夫が死んで三時間もたったあとであった。医者は、政夫の遺体を調べ、たとえ近くに大きな病院があったとしても、ほとんど打つ手はなかったであろうと言って帰って行った。

事故死だったので、駐在所の警官が調べに来て、ダンスホールの二階にあがり、窓が大きくて位置が低すぎたのが原因なので、この窓はあかないようにしなければ、また第二の事故が起こるだろうと言った。当初、二階には小窓をひとつ取りつける予定だったのだが、煙草《たばこ》のけむりがこもるので窓を大きくしてくれと政夫が頼んだのだった。

警察は、ダンスホール建築の際の設計に、事故を誘発させる過失があったとして、松坂熊吾と二人の大工の取り調べを大晦日《おおみそか》の夕刻までつづけた。

房江は、帰宅した熊吾に、警察の沙汰《さた》を訊いたが、熊吾は、

「岡っ引きめが」

とつぶやいたきり何も語ろうとはせず、政夫の遺骨の入っている箱が置かれた仏壇の

前で冷や酒をあおった。

なにぶん、時期が時期なので、通夜《つや》も葬儀も年が明けるまでに執り行なおうということになり、すでに年末の休みに入っている役場に頼み込み、火葬場の者にも無理をきいてもらって、政夫の葬儀は、すべて房江がとりしきり、熊吾が警察から帰ってくる二時間ほど前に骨あげをして、とりあえず松坂家へ遺骨を持ち帰ったのである。

居間には、政夫の親類縁者が集まり、口数少なく酒を飲んでいた。房江は、通夜のときから、政夫の母親のにくにくしげな視線を感じつづけていたが、いまはそれが熊吾に向けられているのに気づき、なんとか穏便に葬儀のすべてが終わってくれるようにと願った。

「ダンスホールの二階の窓は、人が落ちるようにでけちょるて警察は言いよったでなァし」

その政夫の母親の言葉で、房江は、夫が冷静でいてくれなければ、大変なことになると思い、

「窓を大きいしてくれて言いはったのは政夫さんです」

と言いながら坐《すわ》った。

「なんぼ政夫がそない言うても、危ないけんやめとけっちゅうて止めるのが施主さんの責任よなァし」

政夫の母親は、自分の弟に目配せをして、まるで餌に食いついた魚を見るような目を房江に向けた。

「事故が、うちの主人の責任かどうかは、警察が決めはります。おたくさんたちで決める問題やあらしまへん。それとも、警察が、責任の有る無しを決める前に、おたくさんたちで決めてしまいたい理由でもおますのんか？」

どうせ金なのだ。息子の死に乗じて、金をせびろうという魂胆なのだ。それならそれで、はっきりと幾ら払えと言えばいいではないか。房江は、胸を患《わずら》った嫁を牛小屋に閉じ込めた女などに負けるものかと思った。

「顔に似んと気の強いおなごよなァし」

いかにも仰天して返す言葉もないという表情を作ると、政夫の母親は自分の親類たちを助けを求めるかのように見やった。

熊吾は、一升壜《びん》を音を立てて畳の上に置いてから立ちあがった。そして、自分の部屋に行くと、ぶあつい封筒を持って戻ってきた。

「わしに責任があるかないかは別問題として、わしはついさっきまで、息子を亡くしたあんたにこの金を渡すつもりじゃった。政夫は、タネの亭主になるはずの男じゃったし、明彦の大事な父親じゃけんのお。しかし、わしは、この金をあんたに渡すのはやめる。わしの女房の言うとおりじゃ。責任の有る無しは、警察が判断しよる。わしに責任があるなら、法律がわしを裁くじゃろう。法律で裁かれたうえに、あんたに金まで払うなら、わしが、あんまりにも可哀相《かわいそう》じゃ。政夫が死んだことへのお見舞い金は、わしが警察から何のお咎《とが》めもなかったときに、あんたに渡すことにするけん」

熊吾はそう言って、紙幣の入った封筒を房江に投げて寄こした。房江は、それを喪服の衿《えり》に差し入れた。

この、いかさま師……。房江は夫の横顔を見て、胸の内でそうつぶやいた。どうしてとっさに、このような策略を思いつけるのであろう……。きっと、政夫の母親は、金欲しさで、いますぐにも警察へ行き、松坂熊吾には何の落度もない、周りの者たちの忠告も聞かず、窓を大きくしたのは息子であると訴えるだろう。

房江は、別の部屋で事のなりゆきをうかがっている音吉のところに行き、葬儀の裏方をつとめてくれたことに対する礼を述べた。

「あの強欲ババア」

音吉は言って、手酌《てじゃく》で酒を飲んだ。

「まあまあまあ、金のことなんかを、こんな葬式の日に口にせんでも。寿命じゃ、寿命じゃ。政夫が死んだのは寿命じゃけん」

政夫の叔父が座をとりなすように言い、何人かの親類たちも、そうだそうだと口を揃《そろ》えた。

「まあ、とにかく、政夫の骨は、わしが貰《もろ》うていくけん」

政夫の母親は、仏壇に手を合わせ、遺骨箱を両手に持つと、泣きつづけているタネに、

「わしは、一日も早よう、タネがわしんとこの嫁になる日を待っとったでなァし。お互い、なんと不運なことよなァし」

と言ったが、タネが顔をあげないので、親類の者たちを促して、松坂の家から去っていった。

「クソ坊主《ぼうず》め！　女房と道後温泉に行って、十日も寺を留守にするとは何事じゃあ。正月は、みんな神社に行くけん、お寺はヒマでなァしなんてぬかしおった。坊主なしの葬式で安うついたわ。温泉から帰ったら戒名を届けるときたぞ。房江、わしが死んでも、戒名なんかつけるな。この世で呼ばれたことのない名前で呼ばれても、わしには誰のことやらわからんけん、返事のしようもありゃせん。わしは死んでも松坂熊吾じゃ。戒名なんか絶対つけるな。あんなのは、坊主の商売じゃけん」

大きな声でそう言うと、熊吾は音吉を呼び、酒を勧め、葬儀を手伝って台所で洗い物をしている音吉の妻にも休憩してくれるよう声をかけた。

房江は、この近くの寺の住職は温泉に行って留守だったが、政夫の従弟《いとこ》が宇和島の寺の住職に頼み込んで、城辺町まで来てもらい、僧侶《そうりょ》なしの葬式にはならずにすんだことを熊吾に伝えた。

「いっつも屋根で踊っちょったわしが落ちんと、ダンスホールの窓から政やんが落ちよるなんてのお……。政やんは、酒でも飲んじょったかなァし」

と音吉が言った。

「酒の匂《にお》いはせんじゃった。あの夜は、お酒は一滴も入っとらせんじゃった」

泣き腫《は》らした顔をやっとあげてタネは言った。

「はずみっちゅうやつやのお。たしかに、二階の窓は普通よりも低いとこについちょるが、よっぽど体を前に乗りださんと落ちはせん。何かの物のはずみじゃ。誰のせいでもありゃせん」

熊吾はそう言ってから、初めて、タネにいたわりの言葉を投げかけた。

「政夫は、ことしの春に、一本松の突き合い駄場《だば》で、魚茂牛に突き殺されるとこじゃったのに、たとえ九ヵ月にせよ、命を延ばした。その九ヵ月のあいだに、政夫の身にはいろんなことがあったが、女房を亡《な》くして、お前と晴れて一緒になることを決め、明彦とも多少は心を通わせて父親らしいことの真似事《まねごと》もやりよった。タネにとっては誠に辛《つら》い話じゃが、不運は不運として乗り超えていかにゃあいけんぞ」

ずいぶん長いあいだ、着物を着るということがなかったので、帯が苦しくて、房江は部屋に戻ると、セーターとスカートに着換えた。そうしながら、自分の体のどこが太り、どこが痩《や》せたのかをたしかめた。たしかめながら、夫は本当のことを言っていると思った。珍しく、本当のことを言っている、と。この善意の人を、私は好きだ、と。いかさま師だが、善意のかたまりの人を好きだ、と。私を抱くときにも、インチキばっかりなのだ、と。自分勝手に終わるときも、私が終わっても自分は終われないときも、私のせいにするために百万言を費やして、勝手に傷ついている人だ、と——。房江は、政夫が、自分の足元に落ちてきて死んだことなど、別段、気にもとめないまま、私は夫に勝ったと思った。そして、また思った。政夫は政夫らしく死に、タネはタネらしく残された、と。

房江は、帯じめを力強くしめるように、カーディガンのボタンをはめ、音吉夫婦をねぎらうために、あらためて酒の燗《かん》にとりかかった。

しかし、お前も一杯どうだと熊吾に勧められて、口数少なく酒を飲み、いつもより強い酔いを感じたとき、房江の心には、二階から庭の土に落ちた政夫が発しつづけた鳩の鳴き声みたいな奇妙な音色が甦《よみがえ》ってきた。房江は、この数ヵ月のあいだに、美津子の夫が死に、井草正之助が死に、政夫が死んだのだと思った。和田茂十も、よくもって、あと半年の命だという……。いやなことはつづくものだというが、この南宇和の城辺町にいるかぎり、不幸はあとからあとから自分たちの身に降りかかってくるのではあるまいか。

房江はそんな気がして、熊吾や音吉に勧められるまま酒を飲んだ。

「房江、目尻《めじり》が垂れちょるぞ」
と熊吾が言った。楽しそうな言い方ではなかったが、房江は、それを、葬儀のあとという状況のせいだと思った。

城辺町から深泥《みどろ》への道は、御荘湾《みしょうわん》を眺望《ちょうぼう》しながらの山の背の道だった。きつい坂が曲がりくねって昇っているが、眼下には穏やかな御荘湾の入江と一本釣《づ》り用の鰹船《かつおぶね》が見えて、房江は、伸仁を歩かせたり、ときおり音吉に肩車してもらったりしながら、しょっちゅう歩を停《と》めて入江の景色を楽しんだ。

深泥の集落から山側へ少し外れたところに、熊吾の従弟一家が住んでいた。房江は、その唐沢家の子供たちが、正月の三日がすぎても城辺町にやってこないのは、きっと政夫の葬儀の直後ということで遠慮しているのであろうと思い、自分のほうから出向いてきたのだった。

唐沢家の子供たちは、気前のいい熊吾おじさんのお年玉をあてにしている。おととしも去年も、唐沢家の子供たちは元旦《がんたん》に深泥から訪れて、かつて一度も貰《もら》ったことのない百円札に茫然《ぼうぜん》とし、その代償として、日が暮れるまで伸仁と遊んでくれた。ことしも、熊吾おじさんのお年玉を楽しみにしていただろうに、両親に言い含められて、行きたくても行けないままお年玉のことばかり考えているに違いない。

房江がきのうそのことを熊吾に言うと、

「ちょっと遠いが、伸仁をつれて、お前のほうから年始の挨拶《あいさつ》に行ってやれ」

という返事が返ってきた。房江が伸仁と二人で深泥へ行くことを耳にした音吉は、伸仁をともなっての深泥行きはきついだろうと言い、道案内を兼ねて同行してくれたのである。

いい天気で、風もなかった。伸仁が音吉に肩車され、食べかけのおにぎりを持ったまま、うつらうつらしはじめたので、房江は伸仁の尻を叩《たた》いて目を醒《さ》まさせ、音吉の肩から降ろした。

「頑張《がんば》って歩けへんかったら、強い人になられへんのやで」

「まあ、まだ四つやけんなァし」

音吉は言って、自分の後頭部についているご飯粒を取り、御荘湾の入江を指さした。

「ここらへんは、リアス式の海岸でなァし。軍港に適しちょるんで、宇和島までの海岸には大きな軍港があったんでなァし。深浦港には、特殊潜航艇の基地があったんで、アメリカさんのB29に爆弾を一発落とされて、漁師が何人か死んだそうやが……」

小型の鰹船が一隻《せき》、入江から出て行き、そのあとを数羽の海猫《うみねこ》が追いかけるかのように飛んでいた。房江は、波のない緑色の海をいつまでも見ていたかったが、唐沢家の子供たちの歓《よろこ》ぶ顔を想像し、歩き始めた。

房江は、唐沢家の三人の子供たちを好きだった。年に二度しか顔を合わせないのだが、伸仁を上手に遊ばせてくれる。その遊ばせ方には、熊吾おじさんの息子だからという作為がまったく感じられない。三人とも無口で、気が長く、伸仁にちやほやするわけでもなく、力で抑えつけることもない。それなのに、何かにつけて飽きっぽい伸仁が、朝から晩まで三人の言うことを従順にきいて機嫌《きげん》良く遊び、決してわがままを通したりはしないのだった。三人の子供たちは、上のふたりが男の子で、末は女だった。男の子は年子で、十三歳と十二歳、末娘は十歳。三人とも、熊おじさんが少年のころ、自分たちの祖父が可愛《かわい》がっていたアカという牛の背に乗って、深泥から一本松へと帰って行ったという話を知っていた。かつて、アカがいた牛小屋は、いまは刈った煙草の葉の選別をする作業場に使われている。唐沢家は、一町の煙草畑で煙草の葉を栽培し、それを専売公社に納めて現金収入を得ているのだった。

房江は、伸仁の手を引いて坂道を歩きながら、アカは、どのあたりで死んだのだろうかと思った。それで、夫から何度も聞かされたアカの話を音吉に聞かせた。

「ああ、そのことやったら、わしもじいちゃんから聞いたことがあるでなァし」

と音吉は言った。

「道を迷わんと、なんで牛が、深泥と一本松を往復しよるんやろっちゅうて、みんな不思議がったそうでなァし」

音吉は、深泥の村の集会場まであと一息といったあたりの、樹林にさえぎられて入江が見えなくなる坂道で立ち停まり、

「アカは、ここで死んじょりましたなァし」

と言った。海側に桜の老木があり、道の両側の樹林は長く枝を伸ばして、陽《ひ》の光を網の目みたいに土の道に散らしていた。

「熊とアカとは、よっぽど気が合《お》うたんじゃろうって、じいちゃんが言うちょった。アカが自分の背中に乗せる人間は、唐沢のじいさまと熊おじさんだけじゃったそうでなァし。深泥と一本松とは、そりゃあ遠いけん、熊おじさんを乗せたアカが城辺を通りかかると、みんながアカに、気ィつけて行けやっちゅうて声をかけたそうでなァし。熊おじさんは、アカの背中に乗って、えらそうに『金太郎は熊《くま》に乗っちょったが、熊は牛に乗ってご帰還よ』っちゅうて手ェ振りよったそうな」

房江は声をあげて笑い、少年の熊吾を一本松村まで送っていった老いたアカは、その帰り道に、誰もいない樹林に覆《おお》われたこの坂道で静かに息絶えたのかと思った。すると、房江は、やはり夫は、このふるさとで生きるべきだという気がした。茂十の代わりに、県会議員選挙に打って出るべきだ、と。

しかし、茂十が訪れた日以来、熊吾は一度も選挙のことを口にしなかった。茂十の不治の病が、よほどこたえたのだろうか……。房江は、疲れてぐずりだした伸仁を励まし、

坂道を昇った。

唐沢家の屋根と天井のあいだには、もう何年も一匹の青大将が棲《す》みついていた。胴の太さは直径五センチもあり、家のなかの鼠《ねずみ》を獲《と》ってくれるありがたい存在なのだと唐沢家の嫁は言う。

自分の頭上に大きな蛇《へび》がいるという意識さえ失《な》くなれば、房江にとって唐沢の家は、なぜかとても落ち着く場所だった。

房江は、唐沢家の人々と新年の挨拶を交わし、

「はい、これは熊おじさんからのお年玉」

と言って、三人の子供たちにぽち袋を渡した。伸仁は、唐沢家の人々に迎えられるなり、兄妹たちの体に蟬《せみ》みたいにしがみついていた。

「なんと、なんと、房江さんとノブちゃんが、わざわざおいでなさるとはなァし」

房江よりも二歳年長のイツは、三人の子供たちへのお年玉に対する礼を何度も述べてから、その小柄《こがら》な体を機敏に動かして、正月用の重箱を運び、大豆の入った餅《もち》を切った。

熊吾の従弟の政市《まさいち》は、そんな妻をさらにせきたてて、竹製の筒を持ってこさせた。なかには刻んだ煙草の葉が入っていた。

「専売公社さんにはちょっくら内緒で、ええ葉を干して刻んどいたけん、熊やんにあげてやんなはれ。熊やんは、わしの手製のこの煙草が大好物やけん」

と政市は言い、いたずらっぽく笑って天井を見あげた。

「はて、冬眠でもしちょるのかと思うちょったら、さっき、床の間の上のほうから台所のほうへ音を立てて動きよった」

房江は悲鳴をあげ、鳥肌《とりはだ》のたった頬《ほお》から首筋を両手でさすった。

「せっかく忘れてるのに、そんな意地悪をせんといて」

房江の言葉で、イツは笑い、

「そんなに毛嫌《けぎら》いせんといてやんなはれ。天井におるのも、うちの家族やけん」

と言った。

「音やんも一緒に来てくれて大助かりや。リヤカーの車輪の軸が折れっしもて困っちょったとこで」

イツがそう言うと、音吉は、

「おう、そうか。軸をつなぐくらい簡単やが、ここには道具がないけんのお」

と言って、煙草畑に面した中庭に出て行った。

唐沢夫婦は、政夫の突然の死について、房江と語り合ったあと、政夫が死ぬ十日ほど前、タネと一緒にこの家を訪れたのだと言った。

「わしは政夫を好かんし、そのことはタネちゃんも政夫もよう知っとるけん、二人がわしの家に訪ねてくるなんてことはこれまでになかったことで、いったい何事かと思うたら、こんどの県会議員の選挙には、ぜひ深浦の和田茂十に一票入れてくれっちゅう。熊やんが肩入れして選挙の指揮をとっちょることはわしもよう知っちょるけんど、わしが自分の畑で煙草を作るようになったのも、専売公社に紹介してくれたのも、御荘から出ちょる議員さんで、これぱっかりは義理があってのお。それでわしは、熊やんが選挙に出るんならともかく、魚茂さんに一票入れることはできんと断わったんじゃ」

房江はどうしようか迷ったが、そんな話が出たついでだと思い、和田茂十が健康を害して出馬をとりやめたことと、自分は魚茂の代わりに夫が出馬すればいいと思っていることを話した。

「熊やんは選挙に出るかのお？」

と政市はきせるの煙草《たばこ》を一服して訊《き》いた。

「出る気はないみたい」

政市はうなずき返し、

「魚茂さんが出たら七割がた負けるじゃろうし、熊やんが出ても勝負は六分四分でやっぱり負けるやろ」

このあたりから立候補する県会議員の票田は人口密度が低く、極めて保守的で、新人議員の当選はほぼ有り得ないのだと政市は言った。

「そのことを一番よう知っちょるのは熊やんのはずじゃ。よっぽどの金や物をばらまいて、危ないやり方をせんかぎり、現職の議員に勝てる土地柄《がら》やないことくらい、熊やんがわからんはずがあるかや」

「それやったら、うちの人は、なんであないに一所懸命に魚茂さんの選挙参謀をやってたんやろ」

「魚茂さんの人柄《ひとがら》に惚《ほ》れたっちゅうこともあるやろが、まあ本音は、退屈しのぎやないかのお」

「退屈しのぎ?」

「松坂の熊やんは、頭のええ人じゃ。野放図な乱暴者みたいに思われちょるが、負けるとわかっちょってケンカをしたことはありゃせん。人から見りゃあ突拍子のないことでも、松坂の熊やんには、熊やん流の勝算があるんじゃ。わしの知っちょる熊やんは、負けるケンカは、これまでいっぺんもせんかった。魚茂さんに肩入れしたのは、熊やんにとったら、結局は他人のケンカやからじゃ。そのうえ他人のふんどしで退屈しのぎの相撲がとれる。そのへんは、なかなかちゃっかりしたとこがある人やけん」

　いずれにしても、あの元気な熊やんが、このままずっといなかにくすぶっているはずはない。熊やんには、このふるさとは適していない——。政市はそのような意味のことを言って、きせるを煙草盆に打ちつけた。

「負けるケンカはせえへん人やろか……」

政市の言葉は、房江にとっては意外だったが、そう言われてみると、夫には確かに、進むときと退くときの選択については臆病《おくびょう》なくらいに慎重な場合があるような気がした。夫は、衝動的に物事を決めているように見えて、じつはある特殊な勘や計算をはたらかせているのかもしれないと房江は思った。

だが、房江は、政市の公平な考えを聞いたあとでも、夫が茂十の代わりに出馬すれば勝てるのではないかという思いをぬぐい去ることができなかった。やってみればいいではないか。負けてもともとというやつだ……。

房江は、なぜ魚茂だと七割がたで、夫だと六割がたという負け率なのかと政市に訊いた。

「魚茂さんは妾腹《しょうふく》じゃけん。こんないなかでは、もうそれだけで、頭っから小馬鹿《こばか》にされっしまう。のんびりしとるようでも、ここいらも因習の深いいなかなんじゃ。松坂熊吾なら、年寄りも昔からよう知っちょるし、親父《おやじ》の亀造さんに世話になった者《もん》もおるけんのお」

「私、うちの人は、いなかの議員に向いてると思うねんけど……」

「そらまたなんでかいのお？」

「いかさま師やから……」

政市は手を叩いて笑い、

「さすがは奥方。よう見抜いちょる」

と言った。

リヤカーの車軸を修理していた音吉が、

「これはここでは直らんけん、わしが引いて帰る。いちおう応急処置はしといたけん、房江おばさんも坊も、帰りはリヤカーに乗ってやんなはれ」

と言い、イツに勧められて、焼いた餅を食べた。

畑と山のあいだに細いせせらぎがあり、そのあたりから、伸仁のはしゃいだ声が聞こえた。春や夏には、せせらぎではたくさんのサワガニが獲れるのだった。

「わしも若いころ、熊やんの成功に憧《あこが》れて、大阪に出ようと思うて、熊やんに手紙を書いたことがある。わしが二十二で、熊やんは三十になったとこやった」

と政市は自分の節くれだったぶあつい掌《てのひら》に見入って言った。

「そしたら、熊やんから返事が届いて、お前はいなかで親孝行をしちょれ、絶対に自分の田圃《たんぼ》や畑から離れちゃあいけんぞって書いてあった。それ以上のことは書いちょらんじゃった。わしは、何回も何回も熊やんからの手紙を読んで、わしは熊やんの言うとおりに、先祖伝来の田圃と畑を耕して生きていこうと思うた。わしも二十二で、血気盛んで、百姓がいやでいやでたまらんかったのに、熊やんの手紙で、考えを変えた。なんで、そんな素直に、熊やんの忠告をきいたのか、ようわからん。そしたら、それからすぐに、体の弱かった兄貴が死んでしもうた。わしは、死ぬまで、ここで煙草の葉を作って、一家が食えるだけの米を作って生きていくことやろ」

房江は、そんな政市の目を見つめ、もし三十年後もお互いが生きていて、この自分が深泥の唐沢家を訪ねたら、政市は彼の言葉どおり、ここで煙草の葉を栽培しているだろうと思った。それを幸福と言わずして何と言おう。三十年後……。なぜか、房江のなかで、三十年後という数字が浮かんだ。三十年後に、この唐沢家に来てみせる。そのとき、私は七十一歳。夫は八十四歳。伸仁は三十四歳。夫は、そこまで長生きできるだろうか……。房江が、遠い未来に為《な》すべきことを心に描いたりしたのは、遠い未来に、たとえささやかではあってもひとつの目標のようなものを定めたりしたのは、生まれて初めてであった。

第七章

ダンスホールを建てたことによって、政夫を死なせてしまった……。松坂熊吾は、元来、そのような考え方に陥らない人間であったが、政夫の突然の死は、一時的に熊吾を弱気な運命論者にさせ、別段、拝むわけでもないのに、伸仁をともなって、深浦港にある蘇我《そが》神社の、百八十七段の急な石段を昇るのを日課にさせた。

城辺町から一本松村へと向かう道を右に折れると、深浦隧道《ずいどう》という名の三百メートルほどのトンネルがある。そこを抜けるとすぐに、深浦港がひろがり、深浦の庄屋の家のとびぬけて大きな瓦屋根《かわらやね》が、なだらかな坂よりも一段低い位置に見えてくる。

その庄屋の旧家の瓦屋根は、深浦隧道を抜けた瞬間だけ、熊吾の目には、塹壕《ざんごう》の底に溜《た》まっている泥水《どろみず》に見えるのだった。満州の東部の、どしゃぶりの雨のなかの戦闘で死んだ部下の顔は、瓦屋根の左側にあり、右側には半分にちぎれた日の丸の旗があり、真ん中には軍刀があるのだった。それらは、泥水のなかに浮かんでいる。

けれども、熊吾にそのような幻影をもたらす瓦屋根は、熊吾が二歩三歩と近づくごとに、苔《こけ》や海鳥の糞《ふん》や埃《ほこり》や、長い年月にわたる風雪によって作られたさまざまな模様を浮きあがらせてしまう。

だから、熊吾は、これまでに何度も、深浦隧道を抜けたところで、行きつ戻りつして、その庄屋の旧家の大きな瓦屋根を角度を変えて眺《なが》めてみたのだが、そこに不思議な形が描かれるのは、隧道の出口の、少し山側に寄った一ヵ所だけであった。熊吾はその地点でいつも立ち停《ど》まり、瓦屋根にむかって敬礼し、伸仁にもそれを真似《まね》るよう命じた。

「日の丸や軍刀に敬礼するんやあらせんぞ」

まったくわけのわからないまま、父に言われたとおり、ぎごちなく敬礼している伸仁に熊吾は言った。

「父さんの友だちに敬礼するんじゃ。腕のええ菓子職人じゃった。戦争で死んだんじゃ」

松坂熊吾と彼の幼い一人息子の奇妙な行動は、やがて深浦の人々の口を伝って、城辺町の人々にも知られるところとなった。

——松坂の大将は、気がふれなはったかなァし。

——庄屋の瓦屋根に、政夫の霊が映るそうな。

——あの人が頭をおかしいにしてしもうたら、ほんまに気ィつけにゃいけん。いつ日本刀を振り廻《まわ》して、近くにおる人間の首をはねるかわかったもんやありゃせん。

二月の一日に雪が降った。それは、夜明けごろから昼すぎまで降り、南宇和一帯を白くさせてやんだ。

熊吾は、空を見あげ、まもなく冬の太陽がたとえ弱くとも顔を出すであろうと見当をつけ、伸仁をつれて深浦へ向かった。政夫の四十九日は過ぎていなかったが、熊吾は、きょうの夕方に、ダンスホールを開店させることに決めていた。

熊吾は、いつもどおり、伸仁を先に歩かせ、マフラーを首に巻きつけると、左手をズボンのポケットに突っ込み、深浦隧道への道を曲がって、隧道を抜けた。予想していたとおり、瓦屋根の模様がもたらす一瞬の幻影は、薄く積もった雪のせいであらわれなかった。

「きょうは、敬礼はせんでええぞ」

と伸仁に言い、熊吾は、すでに何人もの人間の足跡やリヤカーなどによって地肌《じはだ》を見せている港への坂道を下った。下りながら、何気なくうしろを振り返ると、隧道を出たところに立っている房江の姿があった。

房江は、夫にみつかったことによほど慌《あわ》てたらしく、一度、隧道のなかに身を隠し、それから照れ笑いをかすかに浮かべて出てきた。

「お前、何をしちょるんじゃ。わしのあとを尾《つ》けてきたのか？」

駆《か》け寄ってきた伸仁と手をつなぎ、熊吾のところまで歩いてくると、

「ああ、よかった。やっぱり、タネちゃんの嘘《うそ》やったんや」

房江はそう言って、庄屋の家に目をやった。

「タネが、どんな嘘をついたんじゃ」

「あんたが、トンネルを出たところで、いっつもノブと一緒に敬礼をするって。庄屋さんの家の屋根にむかって敬礼してる。とうとう、頭がおかしなったんとちがうやろかって」

「いつ、そんな話を聞いたんじゃ」

「けさ。タネちゃんは、音吉さんから、きのうの夜に聞いたそうやねん。私は、そんなアホなことはあれへん、タネちゃんが私をからこうてんねやと思て……」

すると、伸仁は房江の手を引っ張って隧道のところへ行き、庄屋の家の瓦屋根にむかって敬礼し、嬉《うれ》しそうに、

「あの屋根に、父さんの友だちがおるんやけん」

と言った。房江の顔から笑みが消え、

「ほんまに、瓦屋根に敬礼をしてるのん？」

と熊吾に訊《き》いた。

「べつに気がふれたわけやあらせん。ほんのお遊びじゃ。たいしたことやあるかや」

熊吾は笑って誤魔化し、深浦港の入江の、最もえぐれているあたりを指差した。

「あそこに、茂十の家がある。お前は、まだ茂十の家に行ったことはあらせんやろ。ここまで来たんやけん、親子三人で茂十を見舞うか」

「魚茂さんは、なんで病院に入院しはらへんのやろ」

「仕事の段取りをつけて、息子に教えることを全部教えてから入院するっちゅうてきよらん。魚茂の跡取り息子はまだ二十一で、漁師連中に采配《さいはい》を振るのは難しい。親父《おやじ》の跡を継ぐために、一所懸命になっちょるが、気の弱いおとなしい子で、漁師らは、なめてかかっちょる。あの子が、一人前の網元になるには、十年はかかるじゃろう。その十年を、どうしのぐかは、あの子の人徳次第じゃ」

干物《ひもの》や魚を軒先に置いて小商いを営む家が、港への細い坂道に並んでいた。それらの屋根に薄く積もった雪には、無数の猫《ねこ》の足跡があった。行商から戻って来たらしい老婆《ろうば》が、リヤカーを停めて、熊吾と房江に挨拶《あいさつ》をした。その挨拶に、丁寧に応じ返している房江を見て、熊吾は、少し酒が入っているような気がした。

「お前、一杯飲んじょるのか？」

と熊吾は房江に訊いた。房江は、酒など飲んでいないと答えたが、目元には、かすかではあったが、房江独特の酔いの形があった。

「飲んじょるんなら飲んじょると言え。いつから、昼間っから盗み酒をするようになったんじゃ」

「お酒なんか飲んでへん。こんな昼間から、飲むはずがあらへんやろ?」

「嘘をつくな。わしを誤魔化せると思うちょるのか」

熊吾は、房江が自分に内緒で昼間から酒を飲んだりしたのは、結婚して以来、はじめてのことだと思い、たまらなく不快になった。房江に、昼間から酒を求めさせるものは、いったい何だろう……。

「お義母《かあ》さんに勧められて、ドブロクを湯呑《ゆの》み茶碗《ちゃわん》に半分ほど」

房江は、熊吾の視線を避けるためなのか、自分で編んだ厚手のカーディガンのポケットからちり紙を出し、それで伸仁の洟《はな》をかんでやった。

「それやったら、なんで隠すんじゃ。亭主に隠さにゃいけん酒なんか、女が昼間っから飲むな」

洟をかんでもらいながら、父親を心配そうに見ている伸仁の目を、熊吾は、いやに子供らしくない目だなと思った。もうじき五歳になるという幼児の目ではない、と。

鰹船《かつおぶね》が十数隻《せき》つながれている港に出ると、熊吾は蘇我神社の急な石段を昇り始めた。親子三人で茂十を見舞おうという気持は消えていた。彼は、自分の都合で房江に酒の相手をさせるのはやめなければならぬと思った。

熊吾は、房江が酒を飲むと余計な心配事をしなくなり、神経質なところが消えて、楽天的になると思っていたのだが、じつはそうではないのかもしれないと気づいたのである。

房江は、酔うと虚無的になるのだ。それが、一見、房江を楽天的に見せるのだ。房江は酒によって楽天的になるのではない。つまり、何もかもどうでもよくなるのだ。亭主の吸う煙草《たばこ》の灰が畳に落ちようが、魚の骨がお膳《ぜん》の上に散らばろうが、伸仁が行儀の悪い食事の仕方をしようが、そんなことはすべて、もうどうでもよくなってしまうのだ。何もかも、どうでもいいと思わせてしまうような酒は、やめさせなければならない。そんな酒は、一年で房江をアル中にさせてしまうだろう……。

熊吾は、石段に目を落とし、雪を見つめた。そこには、どうやらたった一人だけが、きょう蘇我神社に詣《もう》でたと推量できる足跡が残っていた。

五十段ほど昇ってから、熊吾は振り返った。房江は神社の石段の昇り口で、伸仁に小さな雪ダルマを作ってやっていた。熊吾は息を整えてから、房江を呼んだ。

「ここまで昇ってこんか。港と海がよう見えるぞ」

その声で、房江と伸仁は手をつないで石段を昇って来た。

「ここの石段は何段あるの？」

と房江が下から訊いた。

「百八十七段じゃ。ええ運動になる。高校の柔道部の連中が、ひぃひぃ言いながら、この石段を二往復、走り昇らされちょる」

「伸仁も、自分でこの石段を全部昇るのん？」

その房江の問いには、伸仁が自慢そうに答えた。

「ぼくは、ちゃんと全部昇れるけん」

「へえ、すごい、すごい。お母さんは、もう息が切れて、目が舞《も》うてきたわ」

本当は、伸仁は、途中で何度も音《ね》をあげて、石段の途中で父親におんぶをしてくれとねだり、最後の五十段くらいを残して、そこで父親と一緒に腰を降ろすのだった。

だから、熊吾も伸仁も、まだ一度も神社の境内に足を踏み入れたことはなかった。境内まであと五十段くらいのところで腰を降ろして、鳶《とび》や海猫《うみねこ》やかもめや、港を出て行く船を見ながら、熊吾は伸仁に、さまざまなことを語って聞かせる。伸仁に理解できようができまいが、そんなことはおかまいなしに、熊吾は、たとえば、

「中国に揚子江《ようすこう》っちゅう大きな河がある。海よりもでっかいかと思うほどの河じゃ。とにかく、向こう岸が見えんのじゃ。日本は小さい。こんな小さい国に住んじょると、人間の出来までが小そうなるんじゃ。お前がおとなになったら、こんな小さい国になんかおるな。どこか、でっかい国で暮らせ」

とか、

「いやよ、いやよと腰を振りっちゅう都々逸《どどいつ》がある。お前は男じゃけん、絶対に、いや

よ、いやよと言いながら腰なんか振っちゃあいけんぞ。人生を生きるにあたって、男は、いやよ、いやよと腰を振っちゃあいけんのじゃ」

とか、

「父さんのおちんちんには、雀《すずめ》が十三羽とまるんじゃ。お前のおちんちんを見せてみィ。一羽ほどしかとまれんじゃろ。昔、父さんが友だちに、わしの物には雀が十三羽とまるって言うたら、それがほんまなら自分の牛をやるとぬかしよった。試してみたら、十二羽半しかとまりよらん。一羽だけ、よう肥えた雀がおって、十三羽目の雀は片足でとまるしかなかったんじゃ。それで、父さんは、えらい強い突き合い牛を貰《もら》いそこねっしもた。人間も雀も、あんまり肥えて太ると、他の連中に迷惑をかける」

などと話して聞かせるのである。そのあいだ、伸仁は、鳶の旋回を見つめていたり、自分で父親の肩によじのぼって甘えたり、ときには、首をもたげて話に聞き入ったりしているのだった。

「ああ、しんど。どこかに坐《すわ》りたいけど、雪が積もってるから」

熊吾の立っているところに来て、房江は息を弾ませて言った。熊吾は、自分のジャンパーを脱いで、それを房江に渡した。進駐軍の将校から貰ったジャンパーで、防水加工が施されていた。

房江は、石段に薄く積もっている雪を手で払い除《の》け、そこに熊吾のジャンパーを敷くと腰を降ろし、膝《ひざ》に伸仁を載せた。

「お前は、もう酒を飲んじゃあいけん。酒は、お前には良うない。体に良うないんじゃあらせんぞ。お前の精神に、どうも良うない。お前は、なんで最近、酒を好きになったんじゃ」

熊吾のその言葉に、房江は何も答え返さなかった。熊吾は、もう一度、どうして酒を飲むようになったのかを訊いた。房江は、しばらく眼下の港に目をやっていたが、やがて、

「金沢で約束してくれたことを、守ってくれへんかったから……」

とつぶやいた。

「わしは、あのことは、もう何遍も謝ったぞ。酒を飲むことで、そんなはらいせをするっちゅうのは、お前らしいない。お前が、急に酒を飲むようになったのは、そのせいだけじゃあるまい」

熊吾がそう言うと、房江は、もう二度と酒は飲まないから、あんな馬鹿《ばか》げた焼き餅《もち》を焼いたりしないでくれと、伸仁の耳を掌《てのひら》であたためてやりながら言った。

熊吾は、返す言葉がなく、無言で何度もうなずいた。

「もう、酒は飲むなよ」

「うん、もう飲めへん」

房江は、それから、くすっと笑った。

「なんじゃ？」

と熊吾は房江の顔をのぞき込んだ。

「ノブに、しょうもないことばっかり言うたらあかん」

「しょうもないこと？」

「ぼくの父さんのおちんちんには、雀が十三羽もとまるんやけんて、こないだノブが近所の子ォらに自慢してた。そんなら、お前のおちんちんには雀が何羽とまるんじゃって言われて、ノブはどうしたと思う？　五本の指を突き出したんや。四歳でお父さんのよりも大きいなんて、化け物やわ」

熊吾は大声で笑い、伸仁の頰《ほお》をそっとつねって、

「お前は男のくせにお喋《しゃべ》りなやつじゃ。父さんがここで話すことは、絶対に母さんには内緒やぞって約束したじゃろが」

と言った。伸仁は困ったような顔をして母親の胸に顔をこすりつけた。

「きょうは、最低でも六人のお客さんがあるよ」

と房江は言った。

「小学校の若い先生が三組、必ず、ダンスホールの開店の日には行くって約束してくれたそうやから」

「男ばっかりが来よっても、ダンスのしようがないけんのう」

「ダンスなんて踊ったことのない人ばっかりやから、当分のあいだは、タネちゃんがお客さんの手を取って教えなあかんし。レコードのかけ方を教えてもろたから、きょうは、私が二階にあがらなあかん」

「小学校の先生ちゅうのは、ダンスができるのか？」

「まだ二十二、三の音楽の先生は、えらい上手やって、タネちゃんが言うてた。なかなかべっぴんさんで、独身の男の先生らの憧《あこが》れの的やねんて」

そして、房江は、政夫の事故について、あれきり警察から何も言ってこないことに話題を移した。

「そろそろ、政夫さんのお母さんが、あのお金を受け取りに来はるかもしれへん……」

「あの強欲ばばあ、警察に行って、すべては政夫の非で、松坂熊吾には何の責任もないっちゅうて訴えたそうじゃ」

「タネちゃんも、運の悪い人やねェ」

「運が悪いんやあらせん。愚かなんじゃ。ただ、あいつには悪意っちゅうもんがない。あいつのええとこは、まあ、それだけじゃ」

しかし、悪意がないということくらい、人間にとって美徳はあるまい。世の中、悪意ばっかりなのだからな……。熊吾はそう思い、自分の妻もまた、悪意というものをひとかけらも持ちあわせていないと考えた。父の愛情も母の愛情もまったく受けずに育ったくせに、房江はなんと潔癖で、汚れたところがなく、悪意と無縁な女であることか……。しかし、房江は、決してお人好しではない。あるいは、人間の鍛えられ方という点においては、俺《おれ》よりも一枚も二枚もうわてかもしれない……。

熊吾はそんな気がして、房江にも、酒を飲むという楽しみくらいはあってもいいではないかと思い直した。

「お前は相当いけるくちじゃけん、わしと一緒に飲むのはかまわんぞ」

熊吾はそう言って立ちあがり、伸仁を抱くと、足を踏み外さないよう注意しながら、急な石段を降りて行った。

白い和服を着た初老の男が石段を昇って来た。手に竹箒《たけぼうき》を持っている。熊吾は、この神社の神主だなと思った。すれちがうとき、熊吾は軽く会釈《えしやく》をした。すると、神主は立ち停まり、伸仁を見て、

「可愛《かわい》いお孫さんよなァし」

と言った。孫ではなく息子だと言いかけて、熊吾は口を閉ざした。もう一度目礼し、あとから石段を降りて来た房江と並んで石の鳥居をくぐると、深浦隧道《ずいどう》への細い坂道を昇った。

そうか、世間の人には、俺と伸仁とは、祖父と孫に見えるのか……。そんなに驚くよ

うなことではなかったのだが、熊吾は、ふいに、何物かにうしろから追い迫られている気分になった。

俺は、もうあと何日かで五十五歳になる。三月には、伸仁も五歳になる。こんなに悠長にかまえていていいのだろうか。来年の四月には、伸仁は小学生になるのだ。伸仁には、ちゃんとした教育を受けさせなければならない。俺は五十五歳になる。世間の勤め人は、みんな停年を迎えて、とりあえず現役から退いていく年齢なのだ。いくら急いだところで、五歳の子が三日で二十歳《はたち》になるわけはないのだが、俺は、やはり何かを急がなければならないのではないだろうか。しかし、いったい何を急いだらいいのだろう。

熊吾は、伸仁を自分の孫だと見られたのは、きょうが初めてではないと思った。伸仁が生まれて間もないころ、たしか、辻堂忠も、丸尾千代麿も、「お孫さんですか」と訊いた。あのときは、そう思われるのを当然のこととして、さして気にもとめなかったのに、なぜ、きょうは、こんなにも焦《あせ》りに似た感情に襲われるのだろう……。

熊吾は、深浦隧道を抜けると、そこから伸仁を歩かせた。

「こら、まっすぐ歩けや。ちゃんと前を見とらんと転ぶぞ。お前の歩いとる格好を見ちょると、なんやしらん、極楽トンボがふらふら飛んじょるみたいじゃ」

熊吾が伸仁にそう声をかけると、房江も、

「この子は、遠くしか見てないねん。遠視とちがうやろか」

と、まんざら冗談でもなさそうな口調で言った。

「遠視？」

「タネちゃんがそない言うねん」

「焦点が合《お》うとらんのじゃ。それは目の問題やのうて、精神の問題じゃ」

城辺町の、商店の並ぶ通りに入ったとき、房江が熊吾の肘《ひじ》を強くつかんだ。上大道《わうどう》の伊佐男が、子分を三人したがえて、通りの真ん中に立ち、熊吾に細い目を注いでいた。

「松坂熊吾さんは、人をよくよく災難に巻き込むお方よなァし。子供のころにはこのわしの足をこわし、こんどは政夫が命を落とした。松坂熊吾さんに何のお咎《とが》めもないっちゅうのはまことに不公平な話よなァし。警察は何をしちょるんや」

増田伊佐男は、薄笑いを浮かべながら、通りの住人に聞こえるように言った。

「ほんとじゃ。警察は何をしちょるのかのお。わうどうの伊佐男に袖《そで》の下でも貰《もろ》うちょるのか、こんないなかやくざに、ぺこぺこしちょる。所詮《しょせん》、岡っ引きは岡っ引きちゅうことかのお」

熊吾は、房江に、伸仁をつれて早く帰れと促し、この男ともそろそろ決着をつけねばなるまいと思った。

「子分がおらんと一人歩きができんのか。自分の手で、このわしの首をはねてみィ。せっかく仕込み杖《づえ》を持っちょるんじゃ。いっぺん、抜いてみたらどうじゃ」

熊吾に初めてまともに相手にされたことが意外だったのか、伊佐男の黒ずんだ顔から薄笑いが消え、子分の一人が舌打ちをして熊吾に近づこうとした。伊佐男は、それを制し、

「先のことも考えんと、本気でわしとケンカするつもりかなァし」

と声を落として言った。

「お前の足のことは、こないだヨネの店でちゃんと謝った。わしには覚えのないことで、それも十四、五の子供のころのことじゃ。謝ってくれても、この足は元に戻らんとお前は言うが、わしに恨みを晴らしたとて、その足が直るわけでもあるまい」

熊吾は、喋りながら後悔していた。話の通じない人間に何を言っても無駄《むだ》なのだから、取り合わないのが最善の道だと決めていたのに、どうしてここで決着をつけようなどと思ったのだろう。しかし、もう後には引けまい。俺も、こんな蛭《ひる》にいつまでもつけまわされたくはない……。

熊吾は、路地の奥で成り行きを見守っている房江に、家に帰っていろと言い、わうどうの伊佐男の傍《そば》に行った。三人のなかの兄貴分らしい、いかにも腰の据《す》わっていそうな長身の男が、熊吾と伊佐男のあいだに割って入った。熊吾は、その男の体を左手で突きとばし、右手で伊佐男の仕込み杖をひったくった。

「こんな物を四六時中持ち歩いちょるのは犯罪じゃ。誰か警察に行って岡っ引きを呼ん

でこい」

熊吾は、通りの住人たちに怒鳴った。何人かが、派出所のほうへ走って行った。

「松坂熊吾さんよ。ヨネの店でいっぱいやらんか」

わうどうの伊佐男は、熊吾の手に移った仕込み杖に神経を注ぎながら、細い目を充血させて誘った。松坂熊吾が肚《はら》を決めたら、この仕込み杖を抜いて切りかかってくるかもしれないと脅《おび》えているのだった。

「わしを殺したら、松坂熊吾はしょっぴかれる。わしは魚茂牛とちごうて人間やけんのお」

と伊佐男は小声で言った。

「お前は牛以下じゃ。牛なら、殺したら食えるが、お前の臭い肉なんか食えんけんのお」

決着なんかつくはずがない。ますます恨みを買うだけだ。そう思いながらも、熊吾は、この場で、伊佐男を叩《たた》き切ってしまいたい衝動を抑えつづけた。

「お前を叩っ切っちゃる」

熊吾は、仕込み杖の柄《つか》を握っている指に力を込めた。伊佐男の細い目がひらいたりすぼんだりした。その目と睨《にら》み合っているうちに、熊吾は、伊佐男の白目の部分がひどく黄色いことに気づいた。それは、あきらかに肝臓を病んでいる目だった。上海《シャンハイ》にいたこ

ろ、肝硬変で死んだ知人の白目の部分も、伊佐男と同じように黄色かったことを思い浮かべ、熊吾は、

「せっかく誘うてもろうたんじゃ。ヨネの店で、いっぱい飲むか」

と言った。

「お互い、肚《はら》を割って酒でも飲んで、わしが心から謝って土下坐《どげざ》でもしたら、いまはそこいらのチンピラとはちがう増田の大親分は、ひょっとしたら、この松坂熊吾の子供のころの乱暴を、水に流してくれるかもしれんけん」

伊佐男は、子分たちに、

「お前ら、どっかへ行っちょれ。わしは、松坂熊吾さんと、ヨネの店におる」

と命じた。

「仕込み杖は、まだ返さんぞ。もうじき、お巡りが来よる。こんなぶっそうなもんは警察に預かっといてもらわにゃいけん」

熊吾はそう言って、伊佐男の仕込み杖を持ったまま、ヨネの店の戸をあけた。徹底的に飲ませてやると思いながら。

飲みだしてすぐに、警官が二人、自転車に乗ってやって来た。熊吾は警官に、

「銃砲刀剣不法所持じゃ。こいつをしょっぴけ」

と言って仕込み杖を渡してから、

「しかし、本人はいま、こんな物を持ち歩いちょったことを悔いちょる。わしが説得して、自首させるけん、派出所で待っちょいてくれ」

伊佐男は薄笑いを取り戻し、

「あとで必ず出頭しますけん、ちょっとだけお時間をやんなはれ」

と警官に言った。警官は、必ず出頭するようにと念を押し、伊佐男の仕込み杖を持って帰って行った。その喋り方で、熊吾は、警官が伊佐男に何等かの借りがあるのを確信した。ヨネに、どんどん酒を運べと笑顔で註文《ちゅうもん》し、

「まだ酔うちょらんが、ここで土下坐をするか」

と言った。

「二人きりのところで土下坐してもろても、わしの気はおさまらん。松坂熊吾は、ぎょうさんの人の前で、この、わうどうの伊佐男に土下坐するんじゃ」

伊佐男は言って、熊吾の酌《しゃく》を受けた。

「ヨネ、こんな猪口《ちょこ》ではまどろっこしい。コップを持ってこい」

熊吾は、伊佐男に酌を返してもらってから、コップに熱燗《あつかん》の酒をついだ。そして、伊佐男の肩を叩き、

「わしは、もうまいった。もう、かんにんしてくれ。わしは、わうどうの伊佐男に負けた」

と言って笑みを注いだ。すると、伊佐男は、

「なんで、魚茂の代わりに、松坂熊吾は出馬せんのじゃ」

と訊《き》いた。

「一息に飲まんか。そんな飲みっぷりで、天下は取れんぞ」

熊吾にあおられて、伊佐男はコップの酒を一息に飲んだ。

「わしが選挙に出ても負ける。負けるとわかっちょるのに出馬するアホはおるまい」

「いや、松坂熊吾なら勝てる」

「お前、わしに勝たせたいのか?」

「いや、邪魔をしたいんじゃ。せっかく、魚茂の選挙で松坂熊吾の邪魔をできると思うて楽しみにしちょったのに、魚茂が癌《がん》にかかっしもた。わしの楽しみがのうなったけんのお」

「この松坂熊吾につきまとうちょる暇は、いまの伊佐男にはあるまい。お前がのしあがっていくには、こんな時代のどさくさを味方にするのが一番ええんじゃ。ここいらのいなかやくざで終わらせるのは勿体《もったい》ない。お前は、四国を牛耳る大親分になれる男じゃ」

熊吾につがれるままコップ酒をあおり、

「四国どころか、わしは山陰、山陽に自分のシマを拡《ひろ》げてみせるぞ」

と伊佐男は言った。

「それには、腕と度胸だけじゃ足りんぞ。これからは、ここじゃ」

自分の頭を人差し指でつついている熊吾を見ながら、伊佐男は首を左右に強く振った。

「いや、まだ頭はいらん。いまは、とにかく力ずくよ。力だけなんじゃ。頭では、わしよりも強いやつも、岡っ引きも、わしに頭を下げよらん。殺したいやつを、どれだけ正確に殺すかっちゅう切り込み隊に徹するしかない時代よ。頭が欲しいなったら、松坂の熊吾さんに頼みに行くけん」

熊吾は、話題を少年時代のことに移したり、母親と死に別れたあとの伊佐男の苦労話を聞きだしたりしながら、三時間ほどで、伊佐男に五合の酒を飲ました。ほとんど酔いつぶれかけている伊佐男の目を見て、熊吾は、

「お前、肝臓が悪いんやないか。自覚症状はないのか」

と訊いた。伊佐男は、それには答えず、呂律《ろれつ》の廻《まわ》らない口で、

「わしには、また楽しみができた。お前のダンスホールをつぶしてやるけんのお」

と言った。


ダンスホールは、開店して一週間もたたないうちに、入りきれない客たちを入口で断わらねばならないほどの活況を呈しはじめた。

これには、発案者の中村音吉のみならず、熊吾も啞然《あぜん》とするほどだったのだが、彼に

とって予想外だったのは、毎夜、ダンスホールの二階の小部屋から片時も離れることができないまま、熊吾自身がレコードをかけつづける役廻りを受け持つはめになったことであった。

ダンスを踊りにくる青年たちは、近郊の町や村からだけではなく、宇和島や吉田や、高知の宿毛《すくも》や、そこよりさらに東の中村あたりからも、知人の家に泊まりがけでやって来るのだが、そのほとんどは、ダンスというものを一度も踊ったことがない。

そのために、タネは、青年たちにダンスの初歩的ステップから手を取って教えなければならなかったが、タネひとりではさばききれず、昼間、タネに教えられたステップを、夜になると、房江も青年たちに伝授する役目を担《にな》わされた。

けれども、房江の役割は、習ったばかりのステップを教えることだけではなかった。踊りの相手をともどもに欲しながらも、恥かしがってダンスホールの隅《すみ》に突っ立っている男と女を促し、即席のパートナーを作ってやるという役割も担当しなければならなかった。

なぜなら、房江は、熊吾が感心するくらい、いなかの、まだ結婚前の男と女の羞恥心《しゅうちしん》を取り除き、お似合いのパートナーを作りあげる呼吸に長《た》けていたのだった。

しかも、房江は、決して不似合なパートナーを作ろうとはしなかった。背の低い青年と長身の娘とを組ませることはないし、粗野な青年を純朴《じゅんぼく》な娘のパ！トナーにはさせな

かった。その選択は、一瞬のうちに行なわれるのだが、房江はまるで小学校の先生が幼い教え子に体操を教えるような調子で、

「はい、あんたは、えーと、うん、あのお嬢さんと踊ってもらいなさい。紳士は男らしく、礼儀正しく、ダンスに誘わなあかんよ。お嬢さんのお名前は？　育代さんか。はい、育代さん、この人と一緒にダンスを習いなさい」

とか、

「そこの、わざわざ宿毛から来たのに、壁と踊ってる人、あの小柄《こがら》なお嬢さんにパートナーになってもらいはったらいかが？」

とか言いながら、相手が躊躇《ちゅうちょ》したり照れつづけたりする暇もないある種の威厳と柔和さで、てきぱきとカップルを作っていくのだった。

房江がいなければ、若い男と女たちは、いつまでも二手に分かれて、ダンスホールの壁ぎわにかたまり、タネがどんなに促しても、踊ろうとはせず、ついには男同士女同士でぎごちなくステップを踏みはじめてしまうのである。

だから、青年たちは、入場料を払ってダンスホールに入ると、まず房江の姿を捜した。房江が気づいてさえくれれば、必ず自分のダンスのパートナーはみつかるのだった。

たまに、酒に酔った不心得者がいて、その手を相手の腰よりも下にもっていったりしたら、房江は、周りの青年たちがみないっせいに踊るのをやめてしまうほどの厳しい口

調で叱《しか》った。ここは、そのような場所ではない。そんなことをする者は、二度とこのダンスホールに来てくれるな、と。

若い娘たちにとって、房江は、ただパートナーをみつけてくれるだけではなく、若い男の無礼な行ないから自分たちを守ってくれる存在でもあった。

熊吾は、もし政夫が生きていれば政夫の毎夜の仕事場になっていたであろうダンスホールの二階の、天井の低い小部屋の板壁を縦十センチ横四十センチにくりぬいた穴から、ホールの光景を眺《なが》めおろしていることに、妙な楽しみを抱くようになった。

ダンスホールには、どんなに詰め込んでも四十人が精一杯なのだが、壁を穿《うが》った覗《のぞ》き穴から見ると、その四十人近い若い男女の群れは、熊吾には、新しい時代にうごめく大群衆に映るのだった。

——あそこに、御荘《みしょう》の漁師の息子がいる。なかなか気風《きっぷ》のいい若い衆に育ったものだ。あいつの兄は、シベリアに行ったきり消息が絶えているが、もし戦争から生きて帰っていれば、こうやって弟と一緒にダンスを楽しんでいるだろうに。

——あの娘は、深浦の漁業組合で働いているあばずれだな。自分では、この近辺では一、二を争う美人だと思っているらしいが、入口のところで遠慮気味に立っている一本松村の娘のほうがはるかに美しい。いつも、両親の手伝いをして野良《のら》仕事に精を出しているが、こうやって野良着から一張羅《いっちょうら》のピンク色のワンピースに着換えると、目を疑うほどに可憐《かれん》で、しかも色っぽい。それにしても、あの堅物の両親が、よくもこのダンスホールに行くことを娘に許可したものだな。

――あいつは、役場の助役の息子だ。まだ二十二だというのに大酒飲みで、すぐに女の尻《しり》をさわりたがる。あいつはいつもズボンのポケットに飛び出しナイフをしまっているという。いずれ、このダンスホールで騒ぎを起こすだろうから、気をつけねばならない。

――あの海産物屋の次男と自転車屋の長女は、どうやら惚《ほ》れ合っているな。それなのに、一度も言葉を交わしたこともなければ、勿論《もちろん》、一緒に踊ったこともない。本当は一緒に踊りたくてしょうがないのに、お互い無視し合って、別の者と踊っている。房江は、そのことに気づいているのだろうか。気づいているからこそ、知らんふりをして、あえて二人に一緒に踊ったらどうかなどと勧めないのかもしれないな。

――いまタネにジルバを習っている背の低い青年は、少し離れたところで煙草《たばこ》を吸っている御荘の左官屋の息子とは異母兄弟にあたるのだ。だが、二人はそのことを知ってはいない。知っているのは、あいつらの父親と、俺《おれ》と、巡査の宮崎猪吉《いのきち》だけなのだ。あいつらの父親は、ついにそのことを口外しないまま、脳溢血《のういっけつ》で倒れて、喋《しゃべ》ることも動くこともできなくなり、去年の夏に死んだ。二人の母親も、とうの昔に死んでしまった。弟のほうは祖母に育てられたが、その祖母も戦争が終わる十日ほど前に死んだという。

この狭いいなかで、よくもそんな秘密が人に知られずに済んだものだな。左官屋の女房、つまり兄のほうの母親は、宮崎猪吉の妹で、弟の母親はその従姉だったからな……。

——それにしても、若い男と女が、堂々とダンスに興じるという時代が、この日本にも到来した。しかも、こんな四国の片いなかにも。

敗戦によって、日本という国は何を得、何を失ったのだろう。時代が大きく変化するときは、必ず異なった思想や文化を得るのだが、同時に独自の思想の濃度は薄まり、あてがいぶちの文化にきりきり舞いさせられる。国粋主義者には我慢のならないことだろうが、少なくとも、こんどの戦争だけは、その国粋主義者であることを商売にしているやつらが片棒以上のものをかついだのだ。

ときおり、レコード針を新しいのに取り換えながら、熊吾は〈のぞきからくり〉を見るような思いで、板壁をうがった穴からダンスホールを見おろし、傍《かたわ》らに置いた一升壜《びん》を湯《ゆ》呑《の》み茶碗《ちゃわん》についで飲んだ。

政夫が落ちた大窓には内側から四本の板を打ってある。窓は開閉できるので、熊吾は煙草を吸いたくなると、その窓を半分ほどあけて、そこから煙草のけむりを外に吐き出すようにした。

二階の部屋に通じる急な階段を誰かが昇ってきて、戸を叩いた。熊吾が返事をすると、

「入ってもええかなァし」

という音吉の声がした。音吉は、焼いた鯛《たい》を大きな皿に載せて部屋に入って来た。和田茂十が、ダンスホールの開店祝いにと、一尺以上もある石鯛を届けてくれたのだが、房江もタネも忙しくて、玉水旅館の主人に調理を頼んだとのことだった。

「全部を塩焼きにするのはもったいないけん、裏側は刺身にしといたっちゅうて玉水旅館の親父《おやじ》が言うとりましたなァし」

音吉は、そう言って、皿の上の鯛を裏返して見せた。

「こんな見事な石鯛は滅多に釣《つ》れん。魚茂さんは漁師に一尺以上の石鯛を釣って、それを松坂の大将にお届けせえと言いなはったそうやが、釣れるのは小物ばっかりで、やっときょう、こんなでかいのが釣れたそうでなァし。開店の日に間に合わんで誠に申し訳ないっちゅうとられました」

「誰が届けてくれたんじゃ。茂十が自分で持ってきてくれたのか?」

音吉は、ズボンのポケットから箸《はし》を出しながら、かぶりを振り、

「息子さんが届けてくれなはった」

と言った。

「ダンスホールをやってみたらどうかっちゅうたのはお前じゃ。刺身のほうは、お前んとこで食うてくれ」

熊吾は、音吉にそう言って、酒を勧めた。湯呑み茶碗の酒をうまそうに飲み、音吉は、覗き穴からしばらくダンスホールの盛況を見つめていたが、やがて片肘《かたひじ》をついてそこに自分の顎《あご》を載せると、

「子供っちゅうのは、親にとって、いったい何ですかのお？」

と言った。

「なんじゃ。ダンスホールの話をするのかと思うたら、子供の話か。お前の娘がどうかしたのか」

この中村音吉という男は、ときおり突拍子もないことに深く考えをめぐらせる癖があるようだな。熊吾はそう思い、箸で鯛の身をほぐした。

「子供のおる夫婦と、子供のない夫婦の違いを考えましてなァし」

まったく偶然に、最近、三組の、子宝に恵まれない家の仕事をした。それぞれ難しい仕事ではない。ストーブにひびが入ったとか、リヤカーの車軸が折れたとか、祖父の代からの自在鉤《じざいかぎ》がこわれたとかの、自分にとっては朝めし前に修理できる仕事だ。そして、その三組の夫婦ととりたてて悶着《もんちゃく》があったわけでもない。だが、自分はその三組の夫婦に何かしら共通点があるのを感じた。ひとことではうまく表現できない。つまり何と言ったらいいのだろう、たとえば、自分の考え方とかやり方以外にも幾つか方法はあるのだということを工夫したりはしない。自分の考え方とかやり方に固執する点ではじつに

頑固《がんこ》なのだ。それがひとつ。

もうひとつは、自分たちが何等かの好意を投げかける場合においても、相手からの好意を受ける場合においても、それに対する感情の表現が、何かしら一味《ひとあじ》足らない。つまり、人間としての温かさの伝え方が微妙に不足している。

さらにもうひとつあげるとすれば、真底から相手の身になって考えるということをしない。相手には相手の事情があるという前提にたって人と向き合わない。そこのところが、なぜか欠落している。

「わしは、子宝に恵まれんかった夫婦がみんなそうじゃと言うとるんじゃありませんでなァし。どうも、そういう共通したところのある夫婦が多いっちゅうふうに感じましてなァし。子宝に恵まれんでも、人柄《ひとがら》のええ、正直な、親切な夫婦はたくさんおりますけん。わしは、子なしの夫婦が全部そうじゃと言うとるんやあらせんので……」

わかった、わかったと熊吾は音吉に頷《うなず》き返し、酒をついでやった。音吉の言わんとしているところは、多少わかるような気がしたが、そのようなことについて考えてみたことはなかったので、どう答えていいのか判断がつかなかった。

「わしが、いまたとえにしてあげたようなことは、ぎょうさんの子供に恵まれた夫婦にはあてはまらんのかっちゅうと、そうやあらせん。子供がおっても、頑固で冷とうて、自分のことしか考えん夫婦は山ほどおりますでなァし。ただ、どういうわけか、この二日ほどで、そんな三組の夫婦の仕事をして、それぞれ形は違《ちご》うても、なんかよう似たもんを感じましてなァし」

「それで、またいろいろと考えにふけったっちゅうわけか。お前はおもしろいやつよ」

熊吾は鯛の塩焼きを口に入れ、酒を湯呑み茶碗につぎかけると、タネが階段の下から大声で叫んだ。

「兄さん、早よう次のレコードをかけてやんなはれ。ジルバや、ジルバの曲やけんね」

音吉の言葉を聞いていて、熊吾は、レコードが鳴り終わったことを忘れてしまったのだった。

「どれがジルバじゃ。そんなもん、わしにわかるかや」

熊吾はそう言いながらも、四曲ほど前にかけたレコードをもう一度プレーヤーに載せた。慌《あわ》ててレコード盤に針を置いている熊吾を見て、音吉は膝《ひざ》を叩《たた》いて笑い、

「政夫を髪結いの亭主にさせんために、この仕事場を作りなはったのに、いまは熊おじさんが見事に髪結いの亭主になっちょりますでなァし」

と言った。熊吾も笑い、

「ほんまじゃ。女房は下で汗だくになって働いちょる。これで寝る前に女房の腰でも揉《も》んだりしたら、わしは絵に描いたようなヒモになっしまうぞ」

と言った。

「いつまでつづくことやら。熊おじさんが、こんな天井の低い狭い部屋でレコードをかけつづけるなんてことが一週間もつづいちょるとは、わしには不思議でなァし」

「いや、ここはなかなか退屈せんところじゃ。この覗き穴から、ホールで踊っちょる若い連中を見ちょると、おもしろいもんがぎょうさんみつかるんじゃ」

熊吾が、一日おきにやってくる小学校の若い女教師を指さそうとすると、音吉は、

「わしは、さっき話したようなことをずっと考えながら、熊おじさんに子供が授かったのはなんとええことかと、つくづく思いましてなァし」

と言い、自分で酒をついだ。その音吉の言葉は、熊吾の心をいやに静かにさせた。

「熊おじさんは、もともと優しいお方で、人一倍気遣いをなさるお方じゃったが、わしが戦地から帰って来て、何年ぶりかで逢《お》うた熊おじさんは、前よりももっと優しいお方になっちょりなはった……。それは、きっと、熊おじさんに子供が授かったからじゃとわしは思いましてなァし」

「それは、わしが歳《とし》をとったからじゃ」

照れ臭くて、熊吾は覗き穴に顔を近づけてそう言った。

「おい、音吉、見てみィ。伸仁が千佐子と踊っちょるわ。なんちゅうことや。五つと四つの子供が、抱き合《お》うて、くるくる舞《も》うちょる。このダンスホールは、開店して一週間で、退廃の巣窟《そうくつ》になっしもた」

熊吾は笑って、音吉の肩をつかむと、彼の目を覗き穴に近づけてやった。

「あれ？　あいつは郵便局の清志やのお。松坂の大将に用事があって来よったみたいやが……」

音吉の言葉どおり、やがて階段を駈《か》け昇ってくる音が響いた。

若い郵便局員は、もう夜の九時だというのに、熊吾宛《あて》に出された手紙を持っていた。あした配達する郵便物を区分けしていると、松坂熊吾宛の封書があったので、上司に内緒で持ってきたとのことだった。

速達便でもないのに、わざわざこんな夜にこっそり持ってきてくれたのは、それを口実にダンスホールで踊ってみたかったのであろうと察し、熊吾は青年に礼を述べ、

「せっかくこんな時間に配達してくれたんじゃ。お前もダンスを習《なろ》うて行け」

と郵便局員に言った。

「給料前で、入場料を払う金がないけん」

「きょうはただにしてやる。タネには、わしがそう言うたと言うちょけ」

郵便局員は嬉《うれ》しそうにホールへ降りて行った。

手紙は、丸尾千代麿からであった。レコードをかける作業を音吉に頼んで、熊吾は戸口のところに坐《すわ》り、封を切った。それと同時に、音吉が大声で「あっ！」と叫んだ。

「そうじゃ。つまり、〈気がきかん〉のじゃ」

「何を言うちょる。でっかい声をあげて、びっくりするじゃろが」
「さっきのことじゃが、どうもうまい言葉が出てこんじゃったが、つまり、子供のない夫婦っちゅうのは、世の中のいろんなところで、どこか気がきかんのです。そうじゃ、どこか気がきかんところがある。そういう夫婦が多いっちゅう言い方が、わしは一番正しいと思いますでなァし」
「その話は、ちょっと待て。わしは、この手紙を読むけん。お前は、レコードをかけるのを忘れるなよ。ジルバはそろそろ終わるぞ」

――関西は、いま最も寒い時期を迎えたが、自分も妻も息災に暮らしている。商売のほうも、朝鮮戦争が終わった直後は、少し暇な時期があったが、去年の暮あたりから、得意先も増え、従業員も六人に増えて、まあまあ順調と言えるようだ。

きょう、このような下手な字で手紙をしたためたのは、余計なこととは知りつつ、松坂の大将のお耳に入れておこうと思うことがあるからだ。

松坂の大将は、もしかしたらこのままずっと、愛媛県の南宇和の郷里で一生をすごすかもしれないと言われた。しかし、気が変わって、再び大阪に戻られることがなきにしもあらずと思い、二つの土地と家が売りに出ていることをご報告する次第だ。

一軒は、大阪市北区中之島《なかのしま》七丁目で、大阪中央市場と橋ひとつ隔たったところにある三階建ての鉄筋コンクリート造りのビルだ。ビルは、堂島川と土佐堀《とさぼり》川のあいだの、土佐堀河畔に建っている。西へ行くと安治《あじ》川沿いに大阪湾に達し、東へ行くと淀屋《よどや》橋や北浜へつながる。北は玉川町から野田阪神へ。南は、本田《ほんでん》町から九条へとつづく。説明するまでもないが、大阪市北区の最西端の要《かなめ》のような立地条件で、ビルの斜め向かいには、電々公社の社屋もある。土地は百四十二坪。

このビルの持ち主は、戦争中に疎開《そかい》したまま消息が絶えているのだが、持ち主の知人の話によると、このまま疎開先で暮らしたい意向のようで、いっときも早くビルと土地を売りたがっているらしい。

ビルは、戦後すぐに進駐軍に接収され、米軍の高級将校の住居兼資料庫として使われたので、一階にも二階にも三階にも水洗便所が取り付けられている。土佐堀川にそのまま船を出せる地下室まであるのだが、それは米軍が接収したあと、何等かの理由で作られたそうだ。

もう一軒は、大阪市福島区上福島三丁目。昭和二十四年に建てられた木造の家で、土地は百二十坪。福島西通りの交差点の西側の角地にある。メリヤス問屋の店舗兼住居だったが、持ち主の家庭の事情で、ことしの夏に岡山県に引っ越すことになった。だから、ことしの八月末までは、いまの持ち主が住みつづけるという条件付きだ。

この場所は、桜橋や梅田新道にも徒歩で行けるほどの立地条件で、松坂の大将もよくご存知のように、自動車の中古部品屋が軒を並べている。どちらも価格に大差はない。自分は、もし松坂の大将が大阪に戻って来る意志があれば、このどちらかの土地と家屋をお勧めしたいと考える。

いずれにしても買い手は殺到しているので、松坂の大将のご意志を早急にしらせていただければありがたい――。

丸尾千代麿の手紙は、おおむね、そのような内容であった。

熊吾は読み終えて、思わず苦笑した。手紙には、肝腎の価格が書かれていなかった。いかにも千代麿らしいなと思い、

「値段がわからんのに、返事のしようがあるかや」

と声に出してつぶやいた。

それにしても、千代麿は、自分勝手な思い入れで、俺の気を乱すような手紙を書き送ってくれたものだな。俺がこのまま南宇和の城辺町で暮らしつづけるか、それとも大阪に戻って新たな事業に取り組むかの選択は、ほとんどこの一年のあいだに決定しなければならないだろう。貨幣価値はどんどん下落し、土地の価格は上がりつづける。大阪の中心部に土地を得るには、確かにこの一年、あるいは半年のあいだに手を打たなければ手遅れになる……。

熊吾は、どういうはずみか、四国の片いなかのダンスホールの主人になってしまった自分の行く末を思いながら、覗き穴に顔を近づけている音吉の横顔を見つめた。そうしているうちに、さっきの音吉の言葉の意味を考えた。

——熊おじさんは、子供が授かってから、以前よりももっと優しい人になった——。はて、千代麿はこの手紙では、妻に内緒で喜代という女に孕《はら》ませた子供のことにはまるで触れていない。もうそろそろ生まれるころだと思うが……。

「子供っちゅうのはのお」

と熊吾は音吉に話しかけた。

「子供っちゅうのは、この世のなかで、一番気にかかる他者じゃということになる。それは、惚れ抜いた相手でもないし、友だちでもないし、当然、自分自身でもない。そやのに、子供が病気をすると、自分が病気をするよりも痛いし、子供が哀《かな》しい目に遭《お》うちょると、自分のことみたいに哀しい。そのくせ、子供が何を思い、どんなことを考えちょるのか、親には結局、充分にはわからん。〈子は、かすがい〉っちゅう言葉があるが、あれは、ひょっとしたら、夫婦のあいだのかすがいじゃっちゅう意味だけでもないのかしれん。子は、親と社会とを結ぶかすがいでもあるのかしれんのお」

「一番気にかかる他者ですかなァし」

音吉は、新しいレコード盤に針を置きながら、以前よりもずっとふっくらしてきた自分の頬《ほお》を片手で撫《な》でた。

「お前も娘がおるんじゃから、そう思わんか？」

熊吾の問いに、音吉は、

「そうかもしれませんなァし。他人やのうて、他者やなァし」

と答えた。

「この子供っちゅう他者は、世間の他者よりも厄介《やっかい》じゃ。世間の他人様なら、何が起ころうと、どんなことを考えちょろうと、こっちとは関係ない。しかし、自分の子供の身を切られるのは、親にとったら自分の身を切られるほどに痛い。なんとも厄介な他者やないか。そうすると、子供のない夫婦っちゅうのは、この世で一番厄介な他者との関《かか》わり合いがないっちゅうことになる」

熊吾は、自分の思考を整理するために、視線を天井の一点に注いで煙草《たばこ》を吸った。

「お前がさっき言うたことが本当なら、その理由は、つまりこういうふうに考えられんかのお。つまりじゃ、人間は他者とのぶつかり合いで、いろんな機微っちゅうものを学ぶんじゃが、子供のない夫婦は、どんな場合でも、この世で一番心を砕かにゃあならん他者とのぶつかり合いを経験でけんのじゃ。そやから、取るに足らんように見える些細《ささい》な、ところがじつは人間社会では非常に大事な部分での機微を学べん。それが、お前がさっき例にあげたような欠落の原因やないかのお。ただ、そんな欠落を持った夫婦には、みな子供がないかっちゅうと、そんなことはない。子なしの夫婦には、往々にして、そういう人がおるっちゅうことじゃ」

「そうなんじゃ、そうなんじゃ。わしは、子なしの夫婦には、そういう人が多いと言いましたんでなァし」

　音吉は、熊吾の言葉を、いかにも納得したといったふうに何度も頷きながら、そう応じ返した。

　熊吾は、ふとあることを思いつき、

「わしの親戚《しんせき》が、わしに金を借りて自転車屋をやりよった。ところが、開店してすぐに左前で、もう何回もつぶれかかっちょる。そのたびに、わしは金を用立ててやったが、穴のあいた風船に空気を送り込むようなもんで、どうにもならん。しかし、わしは、いまの日本で、自転車屋っちゅうのは、ええ商売やと思うんじゃ。このあたりが、自動車の時代になるのはまだまだ先のことじゃ。音吉、お前、わしの親戚の自転車屋を買《こ》うて、お前が自転車屋をやってみんか」

「えっ！　わしが？　わしには金がないけん」

「わしの親戚は、もう音《ね》をあげちょる。当たり前じゃ。パンクの修理も自分らではでけんのじゃけん。あの自転車屋は、わしが借金のかたに取りあげる。わしの親戚は、肩の荷を降ろしこそすれ、文句なんか言わんじゃろ。あいつらは、元の百姓に戻るのが一番ええんじゃ。お前は、儲《もう》けた分のなかから、ちょっとずつでも、わしに金を返していきゃあええんじゃ」

機械をいじらせたら特異な才能のある音吉は、しかしもはや体力的に鍛冶《かじ》屋をつづけることは無理であろう。熊吾は、音吉がマラリアを再発させたあと、そう感じていたのだった。マラリアが、音吉の体内から退散しても、彼の体力は戦地における苛《か》酷《こく》な体験によって消耗してしまっている。音吉なら、いろいろな工夫と真面目《まじめ》な仕事ぶりで、立派に自転車屋を営んでいけるはずだ……。熊吾はそう思ったのだった。

「ありがたいお話やなァし」

音吉は言って、

「鍛冶屋もつづけてもええかなァし」

と訊《き》いた。

「そりゃあお前の勝手じゃ。しかし、鍛冶屋をやっとる暇はのうなると思うがのお」

「わしは、鞴《ふいご》の火で鉄を真っ赤にして、それを叩いて、いろんな形に細工しちょると、『ああ、わしは生きて働いちょる』と嬉しいなりますんでなァし」

「まあ、お前のやり方で、好きなようにやってみることじゃ。自転車屋をやるかやらんかは、十日以内に結論を出せ。お前は、しつこうに考え抜く性分じゃけん、放《ほ》っといたら、決心がつくのに五年ほどかかる」

熊吾は、ダンスホールのざわめきと音楽が、いささかわずらわしくなり、音吉にレコード係を頼んで二階の小部屋から出た。階段を降り、伸仁を捜した。伸仁は、小学校の若い女教師と踊っていた。踊るといっても、女教師に両手を持ってもらい、左右に歩いたり、女教師の足のあいだをくぐったりしているだけだった。

「あいつは、子供やっちゅうことを利用して、若い女の股《また》ぐらを覗《のぞ》いちょるぞ。ちんぽこが固《かと》うなっとったら賞《ほ》めてやらにゃあいけん」

熊吾は、そうつぶやき、伸仁の傍《そば》に行くと、首根っこをつかんだ。

「いつまでダンスホールで遊んどるんじゃ。まだ五つにもならんのに、もう放蕩《ほうとう》息子になりよったか」

熊吾の言葉で、周りの青年たちが笑った。女教師は顔を赤くさせ、

「すみません。私がノブちゃんに踊ろうって誘うたんです」

と言った。その表情と口調には、どこかに媚《こび》があった。大阪の音楽大学出身の女教師は、若い男の教師たちが熱をあげて争っているという噂《うわさ》だったが、確かに、他の娘たちとは比較にならないくらいに垢抜《あかぬ》けていて、器量もよかった。

熊吾は、額と首筋にうっすら汗をかいている伸仁を肩車させ、人差し指で、女教師の頰を突いた。そして、

「女房のおらんとき、わしと踊ってくれませんかのお」

とささやいてみた。女教師は、手で口をおさえて含み笑いをし、

「奥さまに叱《しか》られます」

と小声で言った。

熊吾は、伸仁を肩車したまま、ダンスホールから出て、冷たい空気を吸った。

「あの人は、何ちゅう名前じゃ？」

と伸仁に訊いた。

「ヨウコさんじゃ」

あの若い女教師、俺《おれ》が本気になれば落ちるぞと、熊吾は思い、自分の人差し指から逃げようとしなかった女の頬の弾力を楽しむみたいに、その人差し指で冬空の北斗七星をゆっくりなぞった。


ダンスホールの意外な繁盛が、タネだけでなく、房江の表情や身のこなしにまで活気をもたらし、それはまた熊吾の心にも伝染して、大阪へ戻るか南宇和にとどまるかどうかの迷いを断ち切りかけたのは、三月に入ったころであった。

大阪の土地の高騰《こうとう》は、熊吾の予想をはるかに超えていて、丸尾千代麿からの再度の手紙に添えられた土地と家屋の価格は、熊吾の持ち金だけでは到底払えるものではなく、城辺町の土地や、御荘に買ってあった檜《ひのき》の植林山までも手放さねばならなかった。

さらに、大阪で再び事業をおこすとなると、その資金は、御影《みかげ》の土地を売った金だけを頼りにしなければならない。

ダンスホールの経営で得る日銭は、かつての熊吾の事業による収益と比べると微々たるものと言えたが、それでも、現金が確実に毎日入ってくるという別のうまみもあったし、物価も、大阪と南宇和とでは大きな開きがあり、退屈で単調であることに不満を抱かなければ、城辺町に居を定めて、この地で自分の才覚を生かしたほうが、道はかえって大きく拓《ひら》けるのではないかと熊吾は考えたのである。

三月六日、熊吾は、房江と伸仁をつれて、御荘町に戦前からある写真館へ行き、親子三人で伸仁の五歳の誕生日の記念写真を撮った。

初夏を思わせる陽気だったが、ときおり西風が強く吹いて、バス道に砂埃《すなぼこり》が巻きあがった。写真館から出ると、熊吾は、御荘の海でも眺《なが》めに行こうと房江を誘い、伸仁の手を引いて、農家の点在する曲がりくねった道へと歩を運んだ。いつもよりもいやに数の多い鳶《とび》が、頭上で旋回していた。

御荘湾の一角が見え始めたあたりに、一軒の藁葺《わらぶ》き屋根の農家があり、そこに一頭の突き合い牛がつながれて草を食《は》んでいた。

「これは魚茂牛の弟にあたる牛じゃ。あの牛よりも二つ歳下で、番付ではいちおう小結っちゅうことじゃが、兄貴と比べると格が違う。魚茂牛は二十二戦無敗じゃった。この弟のほうは、ことしの正月の闘牛大会で、まだ前頭の若い牛に負けっしもた」

と熊吾は言った。

「闘牛の日は、恐ろしいて道を歩かれへん。生卵と焼酎《しょうちゅう》を飲まされて興奮してる牛が、あっちこっちで唸《うな》り声をあげてるんやもん。遠くから見てても怖いわ」

房江は、本当は怖くて傍にも近づけないくせに、父親と一緒だという安心感で、突き合い牛に小石を投げようとした伸仁を叱ってから、そう言った。そして、今朝、まだ熊吾が眠っているとき、魚茂からの使いの者が訪れ、和田茂十が、きのう、松山の病院に入院したことをしらせに来たと教えた。

「なんでそんな大事なことを、いままで黙っとるんじゃ」

「なんか、口にするのも気が重うて……。おととい、急に自分から入院するって言いだしはったそうやねん。十日ほど下血がつづいて、ぞっとするくらい痩《や》せてしまいはって、魚茂のお使いの人が言うてはった。どうか、見舞いにはこんとってほしい……。松坂の大将にそう伝えてくれと言いはったそうやねん」

熊吾は、山の背に沿った道を少しのぼったあたりで歩を停《と》め、樅《もみ》の巨木の下に腰をおろして、穏やかな御荘湾に見入った。

もう深浦には生きて帰ることはない……。和田茂十は、そう覚悟して入院したのであろうと熊吾は思った。痩せ衰えて、あまりにも面変《おもが》わりした姿を、家族以外の誰にも見られたくないのであろう、と。

「魚茂の息子が一人前の網元になるのを手助けしてやらにゃいけんのやが、わしがあんまり口出ししても、変に勘ぐられる。松坂熊吾は、跡取り息子の世話を焼くふりをして、魚茂を乗っ取ろうっちゅう魂胆じゃと言うやつが出てきよるのは目に見えちょるけんのお」

熊吾は、これまで自分の胸にしまって話さなかった大阪の土地と建物の件を房江に切りだし、

「わしは、このまま南宇和の城辺で暮らそうかと思うんじゃが」

と言った。諸手《もろて》をあげて賛成すると思っていたのだが、房江は御荘湾を見つめたまま黙っていた。

「なんじゃ。お前は大阪に戻りたいのか？」

熊吾は拍子抜けして、そう訊いた。和田茂十の代わりに、県会議員選挙に出馬してはどうかと勧めたのは房江だったではないか。そこには当然、この城辺で暮らしつづけることが前提となる。

「やっぱり、大阪に戻りとうなったか？」

房江は少し小首をかしげるようにして考え込んでいたが、

「ここは、私らにとっては、あんまりゲンのええところとは違うような気がして」

と口を開いた。

「ゲン？」

「城辺に移って来てから、なんやしらん、私らにゆかりの深い人が、ぎょうさん死んでいきはったような気がしてしょうがないねん」

房江は、姪《めい》の美津子の再婚相手である白川益男の名をあげ、次に井草正之助、その次に政夫と彼の妻の名をつぶやいたあと、

「和田茂十さんも、もうそんなに長いことあれへんやろし……」

と言った。

「それは、たまたま重なっただけじゃ。わしは、ゲンをかついだりするのは性に合わん」

熊吾が機嫌《きげん》を悪くさせて、さらに言葉をつづけようとすると、房江は、上大道《わうどう》の伊佐男の名を口にし、

「私、あの人が恐ろしいて、気色悪うて……。あの人は、きっと、あんたや私や伸仁に、何かひどいことをするんやないかって……。城辺にいてたら、あの人らにずっとつきまとわれるような気がするねん」

と言った。

「あんなならず者を怖がっちょって世の中が渡っていけるか」

その熊吾の言葉を、房江は強く顔を左右に振る仕草で制し、じつはしばらく様子を見てから話そうと思っていたのだが、おとといもきのうも、人相風態《ふうてい》の悪い男が三、四人、ダンスホールに客として訪れ、若い客たちにからむわけでもなく、ダンスをするわけでもなく、ただ入口近くの壁に凭《もた》れて、薄気味悪く立ちつづけているのだと説明した。

熊吾は、この三日間、レコードをかける役廻《やくまわ》りに疲れ、明彦に駄賃《だちん》を渡してレコード係を頼み、家で新聞を読んだり、自転車屋を営む決心を固めた音吉と打ち合わせをしたりしてすごしたので、ダンスホールには足を向けなかったのだった。

「きのうも三十人以上のお客さんが来てくれはったんやけど、そのうちの半分は、三十分もせんうちに帰って行きはった。いつケンカをふっかけられたり、わるさをされるかもわからんと考えて、怖がって逃げて行ったんやと思うねん」

熊吾は、お前のダンスホールをつぶしてやるけんのお——と言った際の伊佐男の目を思い浮かべた。トラホームにかかっているに違いない伊佐男の目には、目やにと涙が四六時中滲《にじ》み、それをしょっちゅう手の甲でぬぐっていたが、同時に伊佐男の白目の部分には、相当重症だと推量される黄疸《おうだん》症状があらわれ、洋辛子色の膜がへばりついているかのようだった。

「わうどうの伊佐男も、そんなに長《なご》うはない。あの顔は、末期の肝硬変をわずろうちょる顔じゃ。もし、そのならず者が、伊佐男の指図で動いちょるなら、ダンスホールはしばらく休業っちゅうことにして、伊佐男がくたばりよるのを待っちょったらええ」

　と熊吾は言った。

「そんな、人が死ぬのを心待ちにするなんて、松坂熊吾らしいないことはせんといて。それに、いつ死ぬかわからんのに、それまでダンスホールを閉めるなんてでけへんやないの」

　言われてみれば、そのとおりであった。たとえどんなに相手が極悪非道な人間であろうとも、その死を心待ちにし、あげく、死期を早めさせるために酒を酌《く》み交わすという所業は、たしかに俺らしくない。熊吾はそう思ったが、自分の勘が当たっているかどうかをしらべてみたくなった。増田伊佐男が重症の肝臓病かどうかをしらべる術《すべ》はないものか、と。

「まあ、もう二、三日、様子を見ることや。今晩も、あしたの晩も連中が来よるようなら、あらためて手だてを考えりゃええ」

　熊吾は、房江を安心させるために、笑顔を作り、小石を拾って遊んでいる伸仁を呼んだ。

「お前もなんとか無事に五歳の誕生日を迎えた。来年は、小学校の一年生になるんやけん、千佐子とケンカして泣いてばっかりしちょったらいけんぞ。だいたい、男が女に口で勝てるはずがあるかや。まして、千佐子は、口から先に生まれてきたようなやつなんじゃ。口ゲンカして泣く前に、千佐子の頭をカナヅチでかち割っちゃれ」

そう仲仁に言うと、房江は慌《あわ》てて仲仁を自分のほうに向き直させ、

「カナヅチで人の頭を殴ったりしたらあかんのやで。そんなことをしたら、えらいこっちゃ。あんたは、なんでもお父さんの言うとおりにするんやから」

と言い聞かせ、仲仁の寝小便癖はなんとかならないものだろうかと溜息《ためいき》混じりにつぶやいた。

「とにかく、夜中に二回もおねしょされたら、蒲団《ふとん》が乾けへんのやもん」

「まだ五つやぞ。これが二十歳なら心配せにゃいけんが、五つの子の寝小便は仕方あるまい」

熊吾は言って、いっそう数を増した鳶の旋回を見あげた。いったいどこに、これだけの数の鳶が隠れていたのかと思えるほどで、それはまるで夏の夕暮の蝙蝠《こうもり》に似て、鳶らしくない、どこか切羽詰まった飛び方なのである。

「台風でも来よるのかのお」

熊吾はそうつぶやいたが、三月初旬に台風が近づくということはあるまいと考え、

「まあ、鳶には鳶の事情があるんじゃろ」

と言って微笑《ほほえ》んだ。しかし、目を御荘湾に転じてぼんやりしているうちに、熊吾の心には、房江への軽い苛立《いらだ》ちが生じてきた。

――俺の女房は、いつも俺の出鼻をくじき、出足を鈍らせる――。

俺にとって、再び大阪へ戻るか、このまま南宇和にとどまって生きていくかどうかの選択は、途方もなく大きな人生の分かれ目なのだ。それなのに、ほぼ心を定めかけたとき、房江は、わうどうの伊佐男ごとき男のことを持ちだして、せっかくの決心に水を差す。こいつは、いつもそうだった。俺が進もうとするときも、退こうとするときも、諸手をあげて賛成するということがない。わけのわからない些細な不安を洩《も》らして、俺の気力を萎《な》えさせる。だが、房江の心配性が、何ほどの役に立ったというのだ。俺が結果的に成功するにせよ失敗するにせよ、房江の不安癖が役立ったことは一度もないのだ。

それとも、亭主の行き足を鈍らせるのは、世の中の女房どもの習性なのだろうか。女房というものは、亭主の生き方が自分の設計図からいささかでもはみ出ることを本能的に阻止しようとするのだろうか。

どっちにしても、俺はもう房江の不安癖につき合いたくはない。生涯《しょうがい》の収入の計算がついてしまった小役人のように、毎月決まった給金で、分相応につつましく生きるという真似《まね》は、この俺にはできないし、そのことは覚悟のうえで、房江は俺と結婚したはずではないか。あーあ、まったく、こいつの不安癖には、うんざりする。どうして、もっと陽気で楽天的になれないのだろう。心配してもしなくても結果は同じではないか……。

熊吾はそう考えることで、いっそう苛々してきたが、気を鎮《しず》めて、房江の生い立ちから今日までの来し方に思いを巡らせると、房江の病的な不安癖を形成したものに対して、熊吾なりに理解できるのだった。

房江は生まれて間もなく母を喪《うしな》い、父に捨てられ、優しかった養父にも死なれて、尋常小学校も一年と少しでやめさせられ、強欲な養母の手で幼くして淫売《いんばい》宿に売られた。けれども、まだ客を取れる年齢には遠かったので、朝から晩まで店の掃除や使い走りにこき使われた。

もう少しで客を取らされるというころ、それを知った伯父に助けられたが、彼の一家も貧しく、房江は九歳の春に奉公に出て、それ以後、親戚を転々とし、やがて、勧められるまま、好きでもない男のもとに嫁いだのだ。

だが、房江の亭主は房江を妻扱いしなかった。まるで娼婦《しょうふ》を買った変質者のように、房江に対して異常な性交を無理《むり》強いし、暴力をふるいつづけたのだ。

房江は、自分の子を捨ててまでも、変質的な夫から逃げ、数年後、新町のお茶屋で俺と知り合った。

そんな房江が、絶えず先のことを心配してやまないという習性を身に帯したのは当然ではないか……。

熊吾は、房江が唯一《ゆいいつ》、夫に隠している事柄《ことがら》を、いままで知っていて口にしなかったのだが、ふいに房江に何か優しい言葉を投げかけたくなり、

「お前が、育ての親に毎月金を送るのを、これからは、わしに内緒にせんでもええぞ」と言った。

幼い房江を淫売宿から助け出してくれた伯父はすでに死んだが、その妻が、房江を頼って金の無心に訪れたのは昭和十九年で、それ以来、房江が夫に内緒で、なにがしかの金を郵送しつづけてきたことを熊吾は知っていたのだった。

熊吾の言葉で、房江は驚いたように夫を見つめ、それから視線を落として涙ぐんだ。

「お前が、わしに遠慮する気持はようわかるが、わしに隠れて金を送るっちゅうのは、神経を使うじゃろう。お前が、貧乏な育ての親に金を送ってやりたいと思うのは当然のことやけん、そんな当然のことを、わしに内緒にせんでもええぞ」

「あんたが、あの人に、ええ感情を持ってはれへんことを、私はよう知ってたから……」

「あの婆《ばあ》さん、名前は何ちゅうたかのお」

「スマ……」

「ああ、そうじゃった。スマさんじゃった。お前を助けてくれたのは、そのスマさんの亭主で、スマさんは、お前をつれて帰って来た亭主に恐ろしい形相で文句を言うたんじゃろが。この子に食わせる米は、うちの一家には一粒もないっちゅうて。お前に見合いを無理強いさせたのも、お前はわしに隠しちょるが、じつは、そのスマさんやないのか」

「そやけど、なんやかや言うても、私を育ててくれはったんやから……」

熊吾はうなずき、

「じゃけん、もうわしに隠さんでもええんじゃ」

そう言ってから、房江の背を撫《な》でた。

「お前は必ず幸福になるぞ」

房江は涙を指先でぬぐい、

「なんで？」

と笑みを浮かべて訊《き》いた。

「お前は親孝行じゃ。スマさんは、お前の実の親やあらせんが、お前はその強欲な育ての親に、毎月欠かさず仕送りをしちょる。お前はなんと親孝行なことじゃろう。わしは、親孝行な人間が不幸になったのを見たことはあらせん。お前は、きっと幸福になるぞ。わしは、親不孝じゃけん、幸福な人生をまっとうできんかもしれんが、お前は幸福になると思う」

「あんたが幸福になれへんかったら、女房の私も幸福にはなれへんやろ？」

「わしとお前とは、十四の歳《とし》の差がある。順番でいくと、わしのほうが先に死ぬ。人間の幸福は、たぶん、その人が死ぬ前の五、六年で決まるじゃろう」

「あんたが死んでから、私がしあわせになるんやとしたら、この伸仁が、私をしあわせにしてくれるんやろか……」

房江は言って、伸仁に頰《ほお》ずりをした。伸仁は、一心に鳶の異様な群れを見あげていた。

「この泣き虫の極楽トンボを見ちょると、わしは九十まで生きてやりゃにゃいけんような気がする。こいつはやっと四十くらいで、なんとか一人前になりよるんやないかと思うて、心細うなるんじゃ」

熊吾は房江と顔を見合わせて笑った。

「私は、伸仁がほんまに一人前の人間になるのは、五十を過ぎてからみたいな気がするねん。この子が、遠くを眺めてる目を見てたら、なんやしらん、頼りのうて……」

「そんなら、わしは百まで生きにゃならんのか？　それは、ちょっと無理やぞ」

「お父さん、百まで生きてェ」

房江のその言い方は、いつもの房江とは違った。だが、熊吾は、そのような房江を欲していたのだった。熊吾が、欲していた〈妻〉の形を、いま初めて、ほんの少し、房江は見せてくれたのだが、房江はそれを偶然にやっただけで、すべてを呑《の》み込んでの自然のふるまいではないことを、熊吾はわかっていた。

それなのに、熊吾は、

「そうじゃ。お前は、いっつも、そんなふうに言うとりゃええんじゃ」

と言った。言いながら、それならば、房江の欲している〈房江の夫〉とは、どんな男なのであろうと考えた。

――決して荒だたない、優しい真綿のような……、つまり、〈いつも父〉のような男なのだ――。房江の求めている夫は、現実には存在しない夫だ。けれども、とりわけ、房江のような、可哀相《かわいそう》すぎる幼少時をすごした女が、絵に描いたような、〈いつも父〉のような男に――絶えず慈愛に満ち溢《あふ》れて怒らない男に愛されたいと思うのは、当然の病気なのだ。房江は、当然の病気にかかっている。その当然の病気を、この松坂熊吾は癒《いや》してやったことがあるだろうか……。

熊吾は、房江の膝《ひざ》に載って、憑《つ》かれたように、鳶《とび》の夥《おびただ》しい群れに見入っている伸仁を見やりながら、〈決して荒だたない父〉の役を、俺《おれ》は担《にな》ってやらなければならなかったのだと思った。

――なんと、簡単なことを、俺は演じられなかったことだろう――。

「すまんな」

と、熊吾は言った。

「えっ？　何が？」

房江に訊かれたが、熊吾は何も答え返さなかった。

「何を謝りはったん？」

「まあ、いろんなことじゃ。わしは、あんまりええ亭主やないけんのお」

「癇癪《かんしゃく》さえ起こせへんかったら、ええご主人さまや」

陽《ひ》が少しかげってきたのを汐《しお》に、熊吾は樅の巨木の下から立ちあがり、房江を促して帰路についた。

城辺の商店街にさしかかったあたりで、自転車に乗った宮崎猪吉巡査に声をかけられた。きょうは非番らしく、猪吉は作業ズボンにセーター姿で、自転車の荷台には十数本の大根を載せている。

猪吉は、房江と挨拶《あいさつ》を交わし、仲仁の頭を撫でてから、

「ちょうどええとこで逢《お》うた。熊やんとちょっと相談せにゃならんことがあってのお」

と熊吾に言った。

「わしにも、相談事があるんじゃ」

熊吾は、房江と仲仁を家に帰し、御荘の親戚《しんせき》に大根を届けるという宮崎猪吉と並んで歩きだした。

城辺橋の手前で、熊吾は一軒の家を指差し、

「あそこに、わうどうの伊佐男の父親がおる。猪やんに恨みを抱いて、わざわざ御荘に家を借りたそうやが、神経痛がひどうて、自分では一歩も歩けやせん」

と言った。猪吉はうなずき、

「まさか、あのときの盗っ人《ぬすと》が、伊佐男の父親やとは、夢にも思わんかったが、親のほうは、このわしに逆恨みし、子のほうは熊やんを恨んで、この近辺に舞い戻って来たとは、なんとも恐ろしい親と子じゃ。あいつらのしつこさは、人間業とは思えん」

猪吉の相談事は、中村音吉が営むことになった自転車屋に絡《から》む小さないざこざについてであった。それは、熊吾の親戚夫婦が経営者だったころから生じていたのだが、中村音吉が新しい経営者になることが決まって、あらためて表沙汰《ざた》になったのだった。

自転車屋の右隣に幅一メートルほどの路地がある。左隣は菓子屋と壁一枚でつながっているので、店舗の裏にある井戸のところに行くには、その路地を通るしかない。だが、それは私道で、登記によると、自転車屋の裏側にある農家の土地であった。

その農家の夫婦は底意地が悪く、自分たちの持ち物である私道を無断で通るなと文句をつけ、通るなら通行料を払えと言うのである。

「あの夫婦は、うちの嫁の従兄《いとこ》夫婦なんじゃ。熊やんの親戚には、あんまり強いこともよう言えなんだが、持ち主が中村の音やんに代わったと聞いて、わしに相談を持ち込んできよった。つまり、法律のうえではたしかに私道やけん、そこを通るには持ち主の許可がいる。それを口実に、通行料を取れんもんかっちゅう相談に来よったんじゃ。わしは、あきれて、相手になんかしとうなかったが、嫁の従兄となると、つっけんどんにもでけんのじゃ。まことに恥かしいほどに強欲なことやが、ほんの形だけでも、通行料を払うてやったほうが、事が片づいてええんやないかのお」

熊吾は、猪吉が仲介に入ったとなれば、彼の顔を立てるしかあるまいと考えて了解し、今晩にでも、音吉に話しておくと約束した。

そして、熊吾は、わうどうの伊佐男が、どうやらダンスホールの営業妨害を開始したらしいと話して聞かせ、

「あいつの病状をしらべたいんやが、猪やんならできよるやろが」

と言った。

「病状？」

宮崎猪吉は、自転車を押して歩きながら、怪訝《けげん》な表情で声をひそめて訊いた。熊吾は、自分の勘を猪吉に話して聞かせ、

「あいつが、あと半年ほどの寿命なら、こっちにはこっちで、打つ手があるけんのお」

と言った。

「悪人は、なかなか死によらんけん」

猪吉は笑って言い、早急にしらべてみることを引き受けてくれた。

猪吉と別れ、熊吾は、道を引き返して、自転車屋の裏の農家を訪ねた。畑仕事から帰ったばかりの夫婦に、

「年になんぼ払うたらええんじゃ」

と訊くと、夫のほうが指を三本立てた。

「三百円か？」

するとと、女房のほうが、

「松坂の大将、三百円では、いまのご時勢で安すぎますでなァし」

と言って、黒ずんだ歯茎を見せて笑った。

「お前らは、山賊みたいなやつらじゃ。人間として恥かしいないのか」

熊吾は、口をきくのもけがらわしいと思いながらも、そう言った。

「いやなら、通らんでやんなはれ。道は、わしらの土地やけん。人の土地を勝手に使うのは、泥棒《どろぼう》とおんなじやと思いますがなァし」

夫のほうが、ほくそ笑みながら言った。熊吾は、いずれにしても、音吉と相談しなければならぬと考え、返事は二、三日待てと言い残して路地から商店街へ出た。そこで、ふと、立ち停《ど》まり、路地を挟《はさ》んで反対側にある軒の傾いた家を見やった。その家は、かつては干物《ひもの》類を商っていたのだが、息子が戦死し、つづいて主人も病死して、いまは歳老いた女房がひとりで住んでいるのだった。

熊吾は、このまま言うなりになって通行料を払うのは癪《しゃく》だと考え、老婆《ろうば》の住む家の戸を叩《たた》いた。

「わしらも、あの夫婦にはいじめられてなァし。裏に納屋《なや》があるんじゃが、そこへ行くには、この路地を通るしかあらせんで」

と老婆は聞き取りにくい声で言った。話し込んでいるうちに、老婆は、宇和島に住む長女が一緒に暮らそうと勧めてくれていると、熊吾に言った。

「そんなら、この家はどうするんかなァし」

「誰か買《こ》うてくれる人を捜しよるんやが……」

土地は二十二坪だとのことだった。音吉の自転車屋が繁盛したら、いまの店舗だけでは手狭であろう。熊吾は咄嗟《とっさ》に計算し、

「よし、この家と土地は、わしが買うてやる。安うしてやんなはれ」

と言った。

話はすぐに決まった。正式な売買契約はあしたにでも結び、金を支払うと同時に登記も書き変えることを約束し合って、熊吾は、その足で再び農家の夫婦のところへ行った。

「いま、わしは、隣の婆さんの土地を買うた。そやけん、もう道はわしのもんやぞ」

熊吾の言葉で、夫婦は口を半開きにしたまま、顔を見合わせたり、視線をあちこちに動かしていたが、やがて、

「なんでですかなァし」

と訊いた。

「お前は、挟み将棋を知っちょるか？」

「そらまあ、知っちょりますでなァし」

「挟み将棋は、わしの駒《こま》二つで、お前の駒を挟んだら、それはわしのもんになるんじゃ。わかるな?」

夫のほうが曖昧《あいまい》にうなずいた。こいつら、きりきり舞いさせちゃるぞ――。そう思いながら、

「わしは、わしの家と家とでお前んとこの道を挟んだ。じゃけん、この道は、わしのもんじゃ。当然の理屈じゃ。いまから、お前らは、この道を通ったらいけんぞ」

と熊吾は言って、土間の上がり口に腰をおろした。

熊吾が、この界隈《かいわい》では嫌《きら》われ者の、谷野という名の夫婦相手に、子供だましみたいな因縁をふっかけて、たとえ少しのあいだにせよ、からかってやろうと思ったのは、谷野夫婦の狭量な底意地の悪さに腹を立てただけではなかった。その姑息《こそく》さと頑迷《がんめい》さには、次元は異なっても、増田伊佐男の持つ理解しがたい偏執性と、どこか相通ずるものを感じたからであった。

いなか者根性の、最も典型的なあらわれ方が谷野夫婦ならば、その何十倍もの残忍な形が上大道《わうどう》の伊佐男なのだ――。熊吾にはそのように思われたのである。

熊吾の言うところの〈いなか者根性〉とは、ひとつの小さな地域から生じる共同意識によって育《はぐく》まれた修羅《しゆら》の命のことであった。恨みや嫉妬《しつと》の心が強く、自分より強いもの

にはしっぽを振り、弱いものには徹底的に咬《か》みつこうとする。そのような人間の性根を、熊吾は〈いなか者根性〉と呼んでいた。

「わしは道理を言うちょるのじゃ。わしはわしの家と家とでお前んとこの道を挟んでしもたけん、お前らの道はわしの物《もん》になった。簡単な理屈じゃ」

熊吾は、唇《くちびる》の端をかすかにひきつらせながら、熊吾の言葉の意味を懸命に考えている谷野の夫を睨《にら》みつけ、

「まあ、わしは、お前らみたいにケチで意地の悪い人間やあらせんけん、あしたの昼まではお前らがわしの道を通るのは認めてやる。しかし、あしたの昼の十二時を廻《まわ》ったら、わしの道を、一歩でも歩いちゃあいけんぞ」

と言った。

「そんな道理は、わしは生まれてこのかた聞いたことがありませんでなァし。挟み将棋と土地とのことが、おんなじようにいくかや。そんなアホな話は、わしらは認めん」

谷野は、正坐《せいざ》している体を少しずつ上に伸びあがらせるような動きをしながら言った。よほど興奮したらしく、彼の上半身は左右に揺れながら天井に向かって伸びていき、震えている首も喉仏《のどぼとけ》を尖《とが》らせて、いまにも長くなりかけている〈ろくろ首〉みたいに見えた。

「わからんのなら、夫婦して、そのずるがしこい頭でよう考えることじゃ。世の中の法

律っちゅうのは、全部、この挟み将棋の理論によって作られちょる。とくに、民法っちゅうやつは、挟み将棋の規則を根本としちょる。お前ら、そんなことも知らんかったのか？　教養のないやつらよ。民法三百二十七条に、〈同一の所有者である土地及び家屋によって挟まれた土地及び家屋、あるいは道路は、挟んだ者に所有権が移行される〉とある。民法の本を調べてみい」

熊吾は口からでまかせを言って、谷野夫婦の家から出た。路地を抜け、商店街に一歩踏み出したところで、女の乗った自転車とぶつかりそうになった。小学校の若い女教師であった。

「そんなに急いで、誰かええ人が待っちょるのかのお？」

熊吾は、倒れかけた自転車のハンドルを両手で支えながら、女教師を笑顔でひやかした。

「ええ人なんか、待ってません」

女教師は自転車から降りて言った。降りる際、スカートの奥の内股《うちもも》が見えた。熊吾には、女教師がわざと見せたような気がした。

「いや、待っちょる。わしはちゃんと知っちょりますでなァし」

「へえ、どこにですのん？」

女教師は、大阪弁で訊き返した。

「ここで、わしはあんたを待っちょった。ヨウコさんと仰言《おっしゃ》るそうじゃが、どんな字ですかのお？」

中庸の〈庸〉という字なのだと答え、女教師は、周りをうかがった。そうしながら、下唇の右端を前歯で噛《か》んだ。それが彼女の癖なのか、それとも自分を蠱惑《こわく》的に見せるための手口なのか、熊吾にはわからなかった。けれども、庸子のその仕草は、彼女の体を通り過ぎていった何人もの男の存在を熊吾に気づかせた。

――五人や六人やあらせんな。

熊吾はそう思い、

「庸子さんは、わしのダンスホールの営業妨害をしちょる」

と言った。

「えっ？　私が？　なんでですのん？」

「庸子さんがダンスを踊っちょると、あんまりにも美しすぎて、このあたりの娘は自分が恥かしいなって、ダンスホールへ行くのがいやになるんじゃ」

庸子は顔を斜めにかしげ、かすかに上目遣いで熊吾を見つめてから、

「そんなら、私はもう松坂さんのダンスホールには行かへんようにします」

と言ったが、微笑は深くなっていた。

「しかし、そんなことでダンスホールに来てくれるのを断わるのはまことに理不尽やけ

ん、わしはその償いをさせてもらわにゃいけませんでなァし」

「どんな償いですのん？」

「わしが御荘に持っちょる檜《ひのき》の植林山を差し上げるとか、道後温泉の一番上等の旅館で、山海の珍味をご馳走《ちそう》するとか……。檜の植林山を差し上げたら、あっというまに噂《うわさ》がひろまって、庸子さんの嫁入り話に差し障りがでよるが、道後温泉で贅沢《ぜいたく》をしても、お互い口が固けりゃあ、誰にもわからん」

庸子は、再び自分の下唇の右端を前歯で噛んでから、くすっと笑い、これから役場へ行かねばならないので失礼すると言って、自転車に乗ると、一度も振り返らないまま走っていった。

熊吾は家への道を歩きながら、ふと〈お里が知れる〉という言葉を思い浮かべ、

「人間ちゅうやつは、必ずいつか〈お里が知れる〉もんよ」

とつぶやいた。だが、その言葉は、俺に言わせれば、〈人は、一瞬一瞬に、ちょっとした行ないや言葉によって、己の過去と今とを露呈する〉ということなのだ。熊吾はそう思い、和田茂十の見事な美丈夫ぶりを脳裏に描いた。

「なんぼ大阪の大学を出ちょっても、あの女教師がどれほど尻軽《しりがる》の色好みかは隠せんもんよ」

だが、和田茂十は芸者の妾腹《しょうふく》として生まれ、ろくな教育も受けず、妾《めかけ》の子と指差され

ながら育ったが、人間としてじつに品格があったのだ。

「持って生まれたもんは、どんなことがあろうとも毀《こわ》れんのじゃ」

熊吾は、無数の蕾《つぼみ》をつけている桜の木を立ち停まって見つめ、そう小声で言った。そして、房江にも同じことが言えると思った。房江も、悲惨な幼少時をおくり、不幸な最初の結婚にも破れ、新町で水商売に染まったが、その品性を汚すことはなかった、と。

「持って生まれたもんだけは、どうしようもない」

ふいに熊吾は、きょう五歳になった自分の一人息子と話がしたくなった。何か人間として大切なことを、五歳の子の心に深く刻んでおきたくなったのだった。もし伸仁に、持って生まれた天分がそなわっているとしたら、いつかその天分が花ひらくための点火物となるような話をしておくことはできないものかと考えたのである。

熊吾は、家に入るなり、伸仁の名を呼んだ。伸仁はタネの部屋で、千佐子と一緒に塗り絵遊びをしていた。熊吾に手招きされて、伸仁は廊下を走ってきた。

熊吾は伸仁の手を引いて、自分の部屋に行き、あぐらをかいて坐《すわ》ると、伸仁に訊《き》いた。

「父さんが、いつかお前に、人間としてこれだけはしちゃあいけんと教えたことが、三つあったな。ちゃんと覚えちょるか？」

伸仁はうなずき、熊吾に両肩を軽くおさえられて、畳に坐ると、

「ぼくはちゃんと覚えちょる」

と言った。

「その三つを言うてみィ」

「人のものを盗んだらいけん」

「そうじゃ。それが一つじゃ」

「弱い者《もん》いじめをしちゃあいけん」

「そうじゃ。それは大事なことやぞ。三つめは何じゃった？」

「約束は絶対、守りゃにゃあいけん」

「えらい。さすがにお前はこの松坂家の嫡子《ちゃくし》じゃ。五歳にして、大切なことをちゃんと覚えた」

熊吾は、きょうの誕生日の記念撮影のために、朝、理髪店で刈り揃《そろ》えた伸仁の前髪をかきあげて、

「心根は、きれいでなきゃあいけんぞ」

と言った。五歳の子に、〈心根〉という言葉が理解できないことは承知していたが、熊吾は、いま伸仁にわからなくてもいいのだと思った。

「だんだんおとなになっていくと、いろんな悪さをするもんじゃ。しかし、人間として根本のところで心根がきれいじゃと、神さまが助けて下さる。お前にどんな困ったことが起こっても、お前の心根がきれいじゃったら、いろんな神さまが集まってきて、お前

を護《まも》って下さるんじゃ」

「神さまは、ぎょうさんおるんか？」

と伸仁は何度もまばたきをしながら訊いた。

「心根のきれいな人を助けるために、いろんな神さんがあっちこっちにうじゃうじゃおるんじゃ」

伸仁は天井に視線を走らせ、うしろを振り返り、それから部屋のあちこちを見やった。

「人をだまして金儲《かねもう》けをしようとか、人の幸福に焼き餅《もち》を焼いて、その人が不幸になりゃあええのにと考えたりするやつは、心根の汚ない人というんじゃ。お前は、絶対にそんな人間になっちゃあいけんぞ」

「うん、ぼくはそんな人にはならんけんね」

「よし。それから、もうひとつ、お前に言うとくことがある」

熊吾は伸仁に正坐するよう命じた。伸仁は短い緑色の色鉛筆を左手で握りしめたまま、父親と向かい合って正坐した。熊吾は、伸仁の顔の輪郭やら目鼻立ちをつぶさに眺《なが》め、なんと母親にそっくりなことだろうと思った。鼻が少々あぐらをかいているのだけは、この俺《おれ》に似よったな、と。

「父さんがお前に教えたいのは、人間は自分の夢を実現しようと決めたら、そのために血を吐くような努力をせにゃあならんということじゃ。夢っちゅうのは、たとえば、お前がバスの運転手さんになりたいと思うたとすれば」

「ぼくは、バスに乗ったら、すぐに気持が悪うなるけん、バスの運転手さんにはなりとうない」

「そうか。そんなら、お前はおとなになったら何になりたいんじゃ？」

仲仁は随分考えてから、

「わからん」

と答えた。

「うん、正直でよろしい。まだ五つじゃ。五十を過ぎても、何をしたらええのかわからん人間がおるんやけん」

熊吾は自分の口髭《くちひげ》を撫《な》でて笑い、まったく現在の俺は、まさにそのような人間だなと思った。

「つまり、本気で何かになろうと決めたら、とんでもない苦しい努力をせにゃあならんということじゃ。人の何十倍も苦しい努力をでけんのなら、初めから、だいそれた望みを抱かんほうがええ。しかし、いったん大きな望みを抱いたら、これ以上やったら死ぬかもしれんというほどの努力をせえ。わかったか？」

仲仁は、うなずき返した。おそらく、父親の言葉の意味を半分も理解してはいないだろうが、それはそれでいい。こいつの心のどこかに、父親の言葉が小さなかけらとなって残れば、それでいいのだ。

熊吾はそう思い、

「よし。父さんの話は終わりじゃ。千佐子と塗り絵をして遊んでこい」

と言った。伸仁は、タネの部屋へと走って行った。

夕刻、ダンスホールの開店の時間になると、熊吾は、二階の、レコードをかける部屋から様子をうかがった。

あきらかに、わうどうの伊佐男の手下と思われるならず者が、入場券を買って入ってきた。それも二人や三人ではなかった。十人近い人相の悪い連中が、入口近くの壁に並んで凭《もた》れたまま、客たちを無言で睨みつけているのだった。熊吾が様子をうかがってい るわずか二十分ほどのあいだに、六人の客たちが、一曲も踊らないまま帰っていった。

熊吾は、ホールへと降り、ならず者たちに、

「お前らがおると、まともな客が不愉快になって楽しめん。入場料は返すけん、帰ってくれんか」

と言った。

「わしらは何にもしちょらせん。ダンスっちゅうもんがどんなもんかを、こうやっておとなしいに見ちょるだけよ」

ならず者のひとりがそう言った。

るんじゃ」

「とにかく、このダンスホールから出ていってくれんか。こっちにも客を選ぶ権利はあ

それから熊吾は、タネを呼び、入場料を返すようにと言った。

一問着《ひともんちゃく》は覚悟していたが、ならず者は意外におとなしくダンスホールから出ていった。だが、熊吾は、彼等の引き下がり方によって、逆に厄介《やっかい》なことになりそうな気がした。伊佐男は、長期戦にもち込むつもりなのであろう。きっと、伊佐男の手下たちは、あしたもあさってもやって来る。入場料を受け取らず、入場を拒否しても、彼等はダンスホールの近辺で、やってくる客たちに凄《すご》みをきかせつづけるだろう。近くの道でたむろしているのを追い払うことはできない。彼等は天下の公道で、ただ立っているだけなのだ。そこで何等かの法を犯さないかぎり、誰も彼等を立ち去らせることはできない——。

熊吾はそう思い、再び二階にあがると、窓を半分ほどあけて、下の道に目をやった。ならず者たちは、道のあちこちに立って、通りすがりの人を睨みつけたり、ダンスホールの建物を見つめたりしていた。

その夜の客は、早々に帰ってしまった六人を加えて、わずか十人だけだった。閉店し、ダンスホールの明かりを消すと、ならず者たちは無言で帰っていった。

怯《おび》えて動転しているタネは、警察に訴えたらどうかと熊吾に言った。

「あいつらは、何にも法律を犯しちょらん。そんな人間をどうやってしょっぴくんじゃ。

あいつらは、ちゃんとそれを計算してやっちょる。それに、わうどうの伊佐男は、話をしてわかる男やあらせん。解決策はひとつしかない。わしの命を伊佐男にやるか、伊佐男を殺すかじゃ」

「そんなアホなことはせんといて」

房江が泣きだしそうな顔で叫んだ。熊吾は笑い、

「わしがそんなアホなことをするかや。とにかく、あしたもう一日様子を見て、あいつらがまた来るようやと、あさってからしばらく店を閉めるほうがええじゃろ」

と言い、酒を冷やで飲み始めた。

誰かが戸を叩《たた》いた。中村音吉だった。音吉は、玄関口に立って、

「熊おじさんのいたずらで、役場の登記係は目を白黒させて大騒ぎしちょるでなァし」

と言った。

「おお、そうじゃ。忘れちょった。わしは、きょう、自転車屋の隣のあばら家を買《こ》うたんじゃ。あした、婆《ばあ》さまに金を払《はろ》うてやりゃにゃあいけん。房江、あしたの朝、郵便局へ行って、金をおろしてくれ」

その熊吾の言葉で、房江は何のことなのかまるでわからないといった顔つきをして、

「家？　どこの家を買いはったん？」

と訊いた。熊吾は、あらましを説明し、音吉に座敷へあがるよう勧めた。

「谷野夫婦と違《ちご》うて、欲のない婆さまじゃ。ただみたいな値段でわしに家と土地を売ってくれよった。この金も、音吉の出世払いやぞ。こら、音吉、うんと儲けて、わしにちゃんと金を返せよ」

音吉は無論その覚悟だと答えたあと、房江につがれた茶碗《ちやわん》の冷や酒を飲み、

「とにかく、役場の連中も、狐《きつね》につままれたような顔をしたそうでなァし。おじさんが帰ったあと、あの谷野の夫婦は、役場にすっとんで行って、『家と家とで挟《はさ》まれたら、わしの私道は取られっしまうっちゅうが、それはほんまか』と登記係にむしゃぶりつきよったそうでなァし。登記係は、谷野の私道を家と家とで挟んだのが熊おじさんやと知って、真剣に民法の本を調べたっちゅうわい。そんな法規はどこにも載っちょらせん。しかし、熊おじさんがそこまで断言するんなら、ひょっとしたら、わしらが知らん新しい法規なのかもしれんちゅうて、助役に相談したそうでなァし。助役も泡《あわ》を食って、宇和島の役所に問い合わせよった。宇和島の登記係に、あんたは頭がおかしいのか、ようそれで助役が務まっちょるもんよっちゅうて言われて、大恥をかいて、登記係にあたりちらしたそうでなァし」

熊吾は、役場の騒動ぶりを想像し、畳を叩いて笑った。

「まあ、それにしても、ようそんなことが思いつきますでなァし。挟み将棋とおんなじで、わしの家と家とで挟んでしもたから、お前の道はわしのもんになった、すべての法

律は、挟み将棋の理論を土台にして作ってある、なんちゅうインチキを思いつくなんて、これこそ熊おじさんらしいと言やあ言えるんやが」

　と音吉は目をつむって何度も顔を左右に振りながら言った。

「役場の連中までが目を白黒させよったか。ひょっとしたら、この松坂熊吾の言うとおりかもしれんと考えよったか」

　熊吾は、手を打ち、身をのけぞらせて笑いつづけた。

「そんないたずらをするために、必要でもない家を買うたりして……」

　房江は、あきれ顔で言ったくせに、そのあと、口を押さえて吹き出した。房江の笑いは次第に大きくなり、苦しそうに胃のあたりを押さえ、体を前に折って笑った。熊吾は、房江がこんなにもおかしそうに笑っているのを初めて目にしたような気がした。もうそれだけで、さしあたって必要ではないあばら家と土地を買った値打ちがあったというものだ。熊吾はそう思い、

「おい、お前も一杯やれ」

　と言って、房江のために、茶碗に酒をついだ。

「これが、いなかのたったひとつの良さかもしれん。わしの、あんなインチキを真《ま》に受ける谷野の夫婦も間抜けじゃが、目を白黒させて法律を調べよる役場の連中も憎めんわい」

熊吾の言葉に、音吉は笑いながらも首をかしげた。

「そやけん、権力を持つと、考えられんような非道なことを平気でやりよるんじゃ」

音吉は言って、あぐらをかいた膝《ひざ》に自分の肘《ひじ》を立て、頰杖《ほおづえ》をついて溜息《ためいき》を洩《も》らした。

「音吉、戦地でのいやな思い出話はもうやめちょけ。そんなことをしょっちゅう思い出したりするけん、マラリアの菌が退散してくれんのじゃ」

そう言ったくせに、熊吾は、満州の東部にあった戸数六軒ほどの小さな村を思い浮かべた。南進していた熊吾の部隊は、別の部隊とその村で合流した。村には、別の部隊が一時間ほど先に到着していた。

村には、人の営みの余韻があったが、村人の姿はなかった。別の部隊の軍曹《ぐんそう》は、きっと自分たちに気づいた村人が村を捨てて逃げたのであろうと言った。けれども、不審に思った熊吾が、村の一番はずれにあたる家の戸をあけると、凄惨《せいさん》な情景が視界に飛び込んできた。

村人二十四人のうち、男と老人はすべて軍刀で斬《き》り殺され、残った四人の女を、兵隊たちが代わる代わるに犯しつづけていた。女は最も年長者が四十七、八歳で、最も年少者はどうみても十二歳以上とは思えなかった。兵隊たちが女を犯している横には、二十人の死体が積みあげられ、大量の血糊《ちのり》が木の床に溜《た》まっていた。少女は、犯されながら、傍《かたわ》らの死体の群れから突き出ている自分の父の足首を握りしめている。

てて、
熊吾は軍刀を抜き、兵隊たちを蹴《け》りつけ、彼等の上官である軍曹の首に軍刀の刃を当
「貴様ら、どの村でも、こんなことをやって来たのか」

と怒鳴った。すると、その軍曹は、

「わしらは腹が減ったら、豚や鶏を貰《もら》う。相手は敵国の人間だでよ。女が欲しけりゃ女も貰う。何が悪いきゃあ」

とせせら笑った。その訛《なま》りが、どこの地方のものなのか熊吾にはわからなかった。

「貴様は、これから、この村にひそんじょったゲリラに斬り殺される。ええな。貴様みたいなやつの首をはねたら、わしの軍刀が泣きよるが、貴様の首をはねんでおいたら、わしはこの村の、何の罪もない農民の幽霊に一生つきまとわれる。松坂軍曹が、貴様を裁く。そこへ坐れ」

熊吾の気性を熟知している部下たちが必死に制さなければ、熊吾は同じ日本軍の軍曹を斬っていたに違いなかった。

熊吾は、少女を犯していた三人の兵隊の顔を軍刀の鞘《さや》で力まかせに殴り、部下たちとともに十五分後にその村を出て南へと進んだ。熊吾は、四人の女たちが殺されるところに居合わせたくなかった。事ここに至っては、村人たちを惨殺《ざんさつ》した部隊の連中としてもその女たちを生かしておくわけにはいかなかったからである。

「戦争ほど無意味な浪費があるかや。人間から大切なものを何もかも盗《と》っていくんやから、これほどの浪費があるかや。儲けるのは兵器を作るやつらだけじゃが、天は必ずこいつらを裁くぞ」

そして、熊吾は、誰に言うともなくつぶやいた。

「人間としてこれだけは犯しちゃあいけんということが世の中にはぎょうさんある。たとえば、どんな人間でも、むしゃくしゃして腹の虫がどうにもおさまらんときがあるんじゃが、ある人は電柱を蹴ったり茶碗を割ったりして、うさを晴らす。ところが、ある人はかっとなって近くにおった人間をナイフで刺す。言葉にすりゃあ茶碗と人間との違いじゃが、人を刺したやつは、つまり、これだけは犯しちゃあいけんことをやってしもうた。越えちゃあいけん一線を越えっしもうたやつは、また必ずおんなじことをやりよる。じゃけん、犯罪の捜査では、まず最初に前科者を洗うんじゃ。これだけは人間としてやっちゃあいけんちゅうことをやった人間は、いつかまた必ず、おんなじようなことをしよる。これは、人間を見るうえでのひとつの鉄則なんじゃ」

熊吾は、事業家として、これまで何人の人間を使ってきたかしれなかった。彼は、雇用主としては寛大であった。部下の少々の失敗は、たとえ強く叱責《しっせき》しても、たいてい許してきた。けれども、会社の金をわずか一銭でも使い込んだ社員は断じて許さなかった。このような人間は、そのときどんなに悔い、どんなに反省して謝罪しようとも、日がたつと再び同じことをやるのである。

もうひとつ、熊吾が社員を許さなかったのは、為《な》さねばならないときに、為さねばならないことをついうっかりと失念した場合だった。〈つい、うっかりと〉という極めて単純な失敗は、往々にして事業を思わぬ危機へと導くものであることを熊吾は経験で知ったのである。

「注意深《ぶか》うない人間も、気をつけにゃあいけん。他人の財布と自分の財布を混同しよるやつとは、さっさと縁を切るんじゃ」

熊吾は、音吉の肩を叩いてそう言った。たとえ、片いなかの小さな自転車屋の主人であろうとも、いずれは一人や二人の人間を雇う日が来るだろうと思ったからだった。

「わしは、ひとつのやり方以外のやり方を誰かから教えてもろうても、頑固《がんこ》に自分のやり方しかせん人間も仲間にしちゃあいけんと思いますでなァし」

と音吉は言った。

「そうじゃ。そういうやつも困ったもんじゃ。つまり、素直でないやつは、あるところから先へは成長しよらん。それは音吉の言うとおりじゃ」

いい気分に酔ったのか、音吉はいつになくよく喋《しゃべ》った。

「生まれついて、なんとなく運の悪い人もおりますでなァし。たとえば、道が二手に分かれちょって、まあどっちもいずれはおんなじ場所に行くんやからと右を選んだら、上から石が落ちてきて怪我《けが》をしたとか、たまに早起きしたために、道で借金取りに出食わしたとか、気立てのええ女を女房にしたら、その女房に身持ちの悪い兄弟がおって、えらい厄介なことに巻き込まれたとか……。とにかく、なんやしらん、運が悪いっちゅう人は、たしかにおりますんでなァし。こんな人間とつき合うと、こっちの運まで悪うなっていきよるけん」

「まことにそのとおりじゃ。音吉は、なかなか世の中のことをよう知っちょる」

音吉は無精髭を手の甲で撫で、

「死ぬか生きるかの戦地っちゅうところは、いろんなことを教えてくれよりますでなァし」

と言って、何か考え込む目つきをした。熊吾は、話が戦地のことに戻るのは避けたかったので、わうどうの伊佐男の手口を音吉に語った。

「なんと、しつこい男よなァし。熊おじさんは、ほんまに十四、五のときに、わうどうの伊佐男の足に怪我をさせましたかなァし」

「たしかに、小さいころ、伊佐男と相撲を取ったことは覚えちょる。しかし、そのときの怪我で、わしが伊佐男をあんな足にさせたとはのお……。伊佐男の言うことがほんまなら、わしは申し訳なかったと謝るしかあらせん。わしは、わざと伊佐男を日枝神社の境内から突き落としたんやあらせんのやが、怪我をさせられたほうとしては、やっぱり気が済まんじゃろう。それが因《もと》で、あいつの足は、四十何年間、思いどおりに動かせん足になっしもたんじゃ」

「それにしても、四十何年も昔のことでなァし」

このままだと、夫は音吉を引き留めて、夜中の二時三時までも酒を飲みつづけると考えたらしく、房江が、

「音吉さんは朝が早いんやから、これ以上飲みはったら、あしたにこたえますで」

と言った。

音吉は柱時計を見て立ちあがり、

「挟み将棋の理論か……」

とつぶやきながら下駄《げた》を履いた。

「挟み将棋の理論で、何かおもしろい道具が作れるかもしれませんでなァし」

「どんな道具じゃ」

熊吾は小用を足すついでに、音吉を送って道へと出た。

「物と物とで挟むことによって、挟まれた物が上へ移動したり下へ移動したりする装置を作ったら、いろんなもんに利用できるかしれませんでなァし」

「そうすると、左右の運動を上下運動に変えられるっちゅうことになるのお」

と熊吾は笑って言った。

「そうじゃ。その反対もできますでなァし。上下運動が、そのまま他の物の左右の運動に変わりよる……」

「気ィつけて帰れよ。あした、買《こ》うた家の婆さまに金を払うけん、お前も一緒にこい」

熊吾は、音吉の姿が闇《やみ》のなかに消えるまで見送ると、田圃《たんぼ》に向かって小便をし、家に帰った。玄関の戸はあけたままになっていて、台所で片づけものをしている房江のうしろ姿が見えた。

玄関に近づいたとき、熊吾は足を停《と》めた。房江が、周りをうかがってから、一升壜《びん》を片手で持ち、茶碗に冷や酒をついだからである。

房江は、茶碗の酒を一息に飲み干し、さらにもう一杯ついで、それも水みたいに飲み干すと、一升壜を元あった場所に戻した。

熊吾は、今夜は俺《おれ》が酒を勧めたのだから、なにも台所で大慌《おおあわ》てで盗み酒をする必要はあるまいと思った。このわしが部屋に戻ってから、堂々と「もう一杯飲みたい」と言えばいいではないか……。

ひょっとしたら、房江は、俺が眠ってしまうのを待って、毎晩、酒を飲んでいるのだろうか。房江は、なぜそんなことをするのだろう……。

熊吾がそのとき房江を問い詰めなかったのは、熊吾にしては珍しいことであった。なにも知らず者たちの一件が不安で、今夜だけ、あんなふうに酒を飲まねばいられなかったのかもしれないと考えてみたのである。熊吾は、あしたの夜、寝たふりをして様子を見ようと思い、座敷にあがると、蒲団《ふとん》を敷いてくれるよう房江に言った。

第八章

医者の予測よりも二ヵ月ほど早く、和田茂十は三月二十八日に松山の病院で死んだ。亡《な》くなる二日前に、それまでつづいていた下血が止まり、にわかに食欲も出て、翌日、家人の持参したクエの煮つけを半分も食べたあと、

「クエは、まことにうまい魚じゃ。松坂の大将にもお届けせにゃあいけんぞ」

と笑顔で言ったのだが、その夜、容態が急変し、一度も意識が戻らぬまま朝方に息を引き取ったとのことだった。

茂十の遺体が自宅に帰ってくるのを待って、熊吾は伸仁をつれて深浦港へ向かった。深浦隧道《ずいどう》を出たところで、熊吾は、

「きょうは、庄屋の家の屋根に敬礼せんでもええ。茂十のおじさんに敬礼するんじゃ」

と伸仁に言った。

「茂十のおじさんは死になはったのに？」

という伸仁の問いに、

「そうじゃ、茂十のおじさんの死に敬礼するんじゃ。お前におもしろいことを教えてくれたお方じゃ。覚えちょるか？ お前が野壺《のつぼ》に落ちたとき、茂十のおじさんは、『男は一遍は野壺にはまっといたほうがええ。あそこは、いろんな経験が溜《た》まっちょるとこやけん』と言いなはった。おもしろい言い方で、お前に何かを教えてくれなはったんじゃ」

熊吾はそう答え返して、庄屋の庭を見おろした。樹齢およそ三百年近いであろうと言い伝えられる桜の老木は五分咲きで、庄屋の庭の南側全体を色づかせていた。

坂を下っていくと、茂十が入院する前日に魚茂の番頭役をまかされることになった男が、喪服の上に半纏《はんてん》を着て坂を昇って来、

「わざわざありがとうございます」

と熊吾を迎えた。その番頭は、長年、魚茂の経理をまかされていて、茂十の病気が判明し、多くの使用人が去っていくなかで、誰の誘いにも乗らず、寡黙《かもく》に自分の仕事を果たしてきたのだった。

「もう二週間もすりゃあ、癌《がん》特有のえげつない痛みが始まっちょったじゃろうと医者は言いなはりましたでなァし」

と番頭は伏目がちに言った。

「そりゃあもう耐えられんほどの痛みで、モルヒネを使わにゃあ、どうにもならんそう

で。そんな状態になる前に死んだのは幸運じゃった。なんか、医者の言い方にはそんな含みがありましたでなァし」

「そうか、茂十は苦しまんと死んだか」

「はい。自分も最期《さいご》を看取《みと》らせていただきましたが、苦しそうな顔はしなはらんままで」

「よかったのお」

「お顔を見てあげてやんなはれ。あんなに痩《や》せなはったのに、きれいなお顔でなァし」

「茂十の心根がきれいじゃった証拠じゃ。死に顔は生きざまよ」

熊吾は、どことなく自分に言い聞かせるみたいにつぶやき、数尾のホゴや干物《ひもの》を並べる小商いの家々の手前で歩を停《と》めた。そして、仲仁に、きょうは何があっても笑ったり、はしゃいで走り廻《まわ》ったりしてはならぬと教えた。

「父さんは、今夜は茂十おじさんのお通夜《つや》で家には帰らんが、夜、母さんが来てお焼香をしたあと、お前をつれて帰る。それまで、笑《わろ》うたり、はしゃいだりしちゃあいけんぞ」

うなずき返したくせに、店先の魚を狙《ねら》っているらしい一羽の鳶《とび》を指差し、仲仁は、

「あいつじゃ」

と叫んだ。

「あの鳶がどうした」

「あいつが、ばあちゃんの干しとった魚を盗《と》ったんじゃ」

「なんで、あの鳶じゃとわかるんじゃ。鳶は、かぞえきれんほど飛んじょるぞ」

「胸の毛がありゃせんけん」

　電柱にとまっているその鳶の胸は、たしかに羽毛がむしりとられたようになっていた。仲仁は、小石を拾い、鳶に投げつけた。熊吾は、そんな仲仁の頭を掌《てのひら》で強く叩《たた》き、

「お前は親父《おやじ》の言うたことをちゃんと聞いちょるのか」

　と怒鳴りつけた。番頭は笑みを浮かべ、

「わしにも、この坊とおんなじ歳《とし》の倅《せがれ》がおりますでなァし。はしゃぐなっちゅうても、じっとしとらん。じっとおとなしゅうしとるときは病気のときだけで」

　と言って、泣きだしかけている仲仁を肩車した。

　熊吾は、路地を抜けたところで再び庄屋の家の桜を見やった。そして、

「樹《き》は三百年たっても花を咲かせよる……」

　とつぶやき、それまで手に持っていた喪服の上着を着ると、早足で茂十の家へと歩きだした。なんだか大勢の敵に殴り込みをかけるような心持ちだった。けれども、どうしてそんな心持ちになっているのか、熊吾にはわからなかった。

和田茂十の葬式の葬儀委員長を務め終え、憔悴《しょうすい》しきっている無口な未亡人をあらためて激励してから、熊吾は茂十の息子の完二を伴って深浦港の西側に沿った魚臭い道を、どこへ行くともなく歩いた。

「新しい番頭は信用のおける人間じゃ。あいつと相談しながら、いままでどおりの仕事をつづけていきゃあええ。いますぐ親父みたいになろうなんて考えると荷が重うなってくたびれっしまう。背伸びをせんと、ええ魚をぎょうさん獲《と》ることに専念することやのお」

熊吾は、薄曇りのせいで、かえって目に眩《まば》ゆく映る海を見やりながら言った。

「また二人、漁師が他の網元のとこへ行きよりまして……」

この三、四日、ほとんど寝ていない和田完二は、充血した目を掌でこすった。

「ほっときゃあええ。いずれ、頭を下げて、また雇うて下さいと言うてきよる。虚勢を張るのは良うないが、親分が弱気を見せたらいけんぞ。それから、毎日の漁獲量と帳簿だけは、何があっても必ず自分の目で確かめることじゃ。お前のことを若造やと思うて馬鹿《ばか》にしよる漁師もおるやろが、かっとなって、すぐに首を切ったりしちゃあいけん。知らんふりをして上手に使うていくことが、和田茂十の跡を継いだお前の最初の修業やと思え」

その熊吾の言葉に、完二は力なくうなずいたが、ふいに顔をのけぞらせて鳶や海猫《うみねこ》の

舞う空を見つめ、かすかに微笑《ほほえ》んでから、

「親父の遺体と一緒に、深浦まで帰る途中、わしは、わしんとこの牛を松坂の大将が殺したときから、いろんなことが始まったような気がしましたでなァし」

　と言った。

「わしの親父は突き合い牛が好きやなかった。まして、何人もの勢子《せこ》を殺《あや》めた牛に魚茂の名をつけちょくのはやめにゃあいけんとつねづね言うちょった。親父のそんな意見を聞かんと、あの牛を自慢にして、中田牛との勝負を買うたのは、このわしでなァし」

　自分は小さいときから気が弱くて、女に生まれればよかったのにと、しばしば兄や親《しん》戚《せき》の者に言われたものだ。兄は気が強くて、生まれながらに人を率いる才に恵まれていたので、父は兄を魚茂の跡取りに、弟を何か学問の道にと考えていた。自分もそのつもりで進学したが、兄が戦死し、魚茂の跡を継ぐ立場に立たされてしまった。長男を喪《うしな》った父の落胆や悲哀を思うと、自分は網元の跡取りなど到底できない人間だとは言えなかった。そのために、飲めない酒を飲めるようになろうと努力したり、威勢の良さを身につけようとして、かつぎたくもない村祭りのみこしをかついだりした。あの魚茂牛を手放さなかったのも、何か強い物を手元に置いておきたいという自分の虚勢のあらわれであったと思う。父もそんな息子のけなげとも言える気持を察知して、売られたケンカを一緒に買ってくれたのではないだろうか……。

和田完二は、そんなことを喋《しゃべ》ったあと、

「松坂の大将が、一本松の突き合い駄場《だば》で、わしんとこの牛を撃ち殺したとき、何ちゅうたらええんか……、つまり、いろんな小さい地雷が、あっちこっちで爆発しましたんでなァし。そんな気がして、通夜の晩、あのときのことを思いだしちょりましたでなァし」

と言った。完二の青白かった顔に仄《ほの》かな赤味が戻っていた。

熊吾は、自分が遠廻しになじられているような気がして、煙草《たばこ》に火をつけ、煙を深く吸った。

「地雷か……。どんな地雷が、あっちこっちで、どんなふうに爆発したとお前は思うんじゃ？」

「気を悪うしなはらんでやんなはれ。わしひとりの勝手な思いじゃけん」

「魚茂牛を殺したのはこのわしじゃけん、そのお前の勝手な思いっちゅうのを聞きたいんじゃが」

五隻《せき》の鰹船《かつおぶね》が、赤い幟《のぼり》を立てて深浦港から出ていき、そのあとを海猫の群れがやかましく鳴きながら、ゆっくりと追っていた。

老婆《ろうば》の営む軒の傾いた煙草屋の前に、腰を降ろすのに格好の木箱が三つ並んでいたので、熊吾はそこに坐《すわ》り、完二にも坐るよう促した。

「あのあと、牛の死体の始末をしながら、親父はえらい暗い顔をして、わしにこう言いましたでなァし。『わしは、なんとずるいことをしたもんじゃろう』っちゅうて、何遍も溜息《ためいき》をつきよった。松坂の大将みたいな方を利用して、いっときも早よう手放したい魚茂牛の始末をつけた……。親父は、そう言いたかったんじゃと、あとになって、わしにはわかりましてなァし」

ところが、松坂熊吾が魚茂牛を撃ち殺した事件は、和田家に思いがけない別の事件をもたらした。戦死した長男が、召集される少し前に、宇和島のカフェーの女給と一晩遊んだのだが、その女が一通の誓約書を持って和田家を訪れた。女の兄と称する得体の知れない男を同伴していた。

女は、茂十に、持参した誓約書を見せた。そこには戦死した長男の字で、魚茂牛が他の牛に負けたり、一人の人間に殺されたりしたら、女を自分の妻にすると書かれてあり、和田家の実印まで捺《お》してあった。女は、こう説明した。

自分の勤めるカフェーに、自慢の突き合い牛を魚茂牛によって再起不能にされたという客が飲みにきていた。ちょうど、その夜、仕事で宇和島を訪れた和田家の長男も、友人に誘われてカフェーにやってきた。客は牛のことで和田家の長男にからみ始め、あわや大ゲンカになりかけたのだが、この自分が二人をなだめて暴力沙汰《ざた》になるのを阻止したのだ。

魚茂牛の強さは、闘牛に多少の関心がある者なら誰でも知っている。比類のないほどの横綱牛が南宇和の深浦に出現した。当分のあいだ、魚茂牛に勝てる牛などいないだろう。しかも、魚茂牛はまだ若い。天下無双の横綱牛だとカフェーでもしばしば話題にのぼったりしたので、自分はその夜、和田家の長男に体を売ったあと、どんなに強くても、思わぬ相手に不覚をとることもあると、からかい半分で言った。

すると、和田家の長男は、わしんとこの牛に勝てる牛は、この日本中に一頭もいないとムキになって言った。でも、あんまり凶暴だと人間に殺されるはめになるかもしれないではないか。どんな横綱牛も、人間には勝てない。人間は、牛を殺せる武器を持っているのだから。

自分がそう言うと、和田家の長男は、魚茂牛が悪質な伝染病にかかって処分されるという可能性はあるが、よほど強固につながれて自由を奪われていないかぎり、あの牛をひとりで殺せる人間など出現するはずはないと断言した。なぜなら、あの牛に睨《にら》まれて臆《おく》さない人間などいないからだ、と。

あんまりムキになってまくしたてるので、それならば、魚茂牛が他の牛に負けたり、一人の人間の手で、毒を服《の》ませる以外の方法で殺されたりしたら、この自分を女房にしてくれるかと訊《き》いた。和田家の長男は、笑いながら、もしそうなれば、お前を女房にしてやると約束した。自分は、口約束ではなく、ちゃんと一筆したためてくれと言った。

「兄貴がその日、宇和島へ行ったのは、赤紙が届いたあくる日でなァし。宇和島に住む友だちと別れをしてくるっちゅうて出て行きよったんで、それなら宇和港の運送会社に寄って、契約書を交わしてきてくれと親父が実印を渡したんでなァし。兄貴は、生きて帰れるかどうかわからんちゅう気持のうえに、しこたま酒に酔うて、そんな馬鹿げた誓約書を書いて、カフェーの女に渡したんじゃろう。そやけど、実印を捺した誓約書は、法的効力がありますけん」

死んだ男の妻にはなれまいと、茂十は女に言った。あんたを妻にすると言うた男が死んだら、どんなに固い約束を交わしていようが、その男と結婚する術《すべ》はない、と。するど、女は待ってましたとばかりに、同伴した男にもう一通の誓約書を出させた。もし、あんたが召集されて戦死したらどうなるかと訊いたら、和田家の長男は、わしんとこが持っちょる鰹船を二十隻やると約束した。もう一通の誓約書には、ちゃんとそう書かれて実印も捺してあった。

「兄貴は、どうかしちょったんじゃろう」

和田完二は、首を左右に何度も振りながら、そう言って、港に石を投げつづけた。

「それで、どう始末がついたんじゃ」

と熊吾は訊いた。

「親父は、女に金を払うて、二通の誓約書を返してもらいましたでなァし」

「それが地雷のひとつか。それ以外に、どんな地雷が爆発したんじゃ」

「お袋は、親父が高知に妾《めかけ》を囲うちょることは知らんじゃった。そやのに、そんな事件があったあと、急に、親父の行動に目を光らせるようになって、どういうわけか、逆上しよりましてなァし。親父に、あんたは妾の子やけん、その血をひいて、息子が恥かしいことをしたっちゅうて泣きつづけて、あげくはもっと逆上して……」

「もっと逆上？　妾がおるっちゅう証拠をつかんだのか？」

完二は、また、首を左右に振り、二、三度、熊吾を横目で見やったあと、

「松坂の大将の奥さんと親父とが怪しいなんて言いだしよって、半狂乱になって、奥さんに逢《あ》いに行こうとしよる。それを止めるのには難儀をしましたでなァし」

そんな茂十の妻の様子を伝え聞いたのであろう。茂十の妻の兄が和田家にやって来て、茂十にさんざん嫌味《いやみ》を言ったあと、約束はどうなっているのかと迫った。

茂十の妻は、宇和島藩の重臣につながる家系の出身で、茂十との縁談が持ちあがった際、茂十の出自に眉《まゆ》をひそめる親戚が多かった。

そのような状況のなかで、若かった茂十は、妻となる女の口やかましい親戚たちに、結果的には大風呂敷《おおぶろしき》をひろげてしまうはめになった。――自分は、深浦の網元で終わろうとは思っていない。自分は、いずれ政界に打って出る、と。

「宇和島藩の重臣の家系やっちゅうても、お袋が和田家に嫁いだときは借金だらけで、

親父が金を融通せなんだら、家を手放さにゃあならんとこじゃったそうでなァし」

完二には伯父にあたるその男は、茂十に逢う前に、松坂熊吾の妻をどこかで観察してきたのだった。

「スカートをめくって、川で魚を手づかみにしよる。誰かが見ちょらせんかと、あたりをうかごうちょるが、それはみせかけだけで、ほんまは男を誘うちょるのよ。伯父がそない言うたとたん、親父は怒って、灰皿で伯父の頭を殴りよりましてなァし。伯父は七針縫いよった。親父は、そんなことをしたのは生まれて初めてやと、あとで、わしに言うちょりましたでなァし」

「もうええ。わしは、もう聞きとうない。そんなことは、みんな、お前んとこの事情じゃ。そんな、風が吹けば桶屋《おけや》が儲《もう》かる式で、何もかも、わしが魚茂牛を殺したことから始まったなんて理屈は、ただの言いがかりじゃ」

熊吾は、空になった煙草の箱を海に投げ捨て、煙草屋で煙草を二箱買うと、深浦隧道《ずいどう》への道へと歩きだした。

「松坂の大将、どうぞ待ってやんなはれ」

完二は熊吾を追って来て、並んで小走りで歩きながら、

「わしは、何もかもを松坂の大将のせいにするために、そんなことを考えたんじゃありませんでなァし。わしは、松坂の大将に感謝したかったたんじゃ」

と声をうわずらせて言った。

「わしは、感謝されるようなことも、恨まれるようなこともしちょらん。牛を殺せと、わしは確かに茂十に言うたが、茂十は間髪を入れずに同意しよった。わしは、茂十に選挙に出えとは言やあせんじゃった。選挙に出るのを決めたのは茂十で、わしは茂十に頼まれて、選挙参謀を引き受けた。たったそれだけのことじゃ。それとも何か？　わしが魚茂牛を殺したから、茂十が癌にかかって死んだとでも言いたいのか」

熊吾の剣幕で、言いたいことがうまく言えなくなってしまったのか、和田完二は困惑の表情のまま何も喋らず、歩調をゆるめた。たちまち、熊吾と完二とのあいだには距離が出来て、熊吾は路地に入るとき、ちらっと振り返ったが、完二の姿は見えなかった。けれども、完二の声は聞こえた。

「わしも、死んだ親父も、松坂の大将には感謝しちょりますでなァし」

熊吾は、薄暗い深浦隧道を抜け、城辺の商店街に入った。葬儀委員長として弔問客の応対をしなければならなかった熊吾は、昨晩は一睡もしていなかったので、早く家に帰って喪服を脱ぎ、風呂にでもつかって眠りたかった。

だが、宇和島から一本松村へ行くバスが城辺の停留所に停まっているのを見て、衝動的にそれに乗り込んだ。久しぶりに、熊吾の生まれ育った一本松村の、あの低い山に丸く囲まれた広大な田園に立ってみたくなったのだった。

顔見知りの運転手は、御荘《みしょう》の出身で、茂十の通夜に訪れてくれていた。彼は、喪服姿でバスに乗り込んできた熊吾に、帽子を取って頭を下げ、

「ご苦労さまでございましたでなァし」

と言った。しかし、熊吾が何の応答も返さないので、バスを発車させてしばらくたってから、運転席のすぐうしろに坐った熊吾に話しかけてきた。

「松坂の大将、こんなナゾナゾを知っちょりなはるかなァし」

「ナゾナゾ？」

「マッカーサーとかけて何と解く。ヘソと解く。その心は」

いまごろ何を言っているのか。そのナゾナゾは、占領軍総司令官としてマッカーサーが日本に来たころにはやったものではないか……。熊吾は、そう思い、

「チンの上にあり、じゃろう」

と言った。

「さすがは、よう知っちょりなはる。そやけど、チンよりも偉いマッカーサーさんでも、馘《くび》にされっしまう……。わしらは、いったい何にだまされちょったんじゃろう……。わしが、京都大学で法律を勉強しちょる甥《おい》っ子にそう言うたら、その甥っ子にこう言われましてなァし」

「しっかり前を見ちょらんと事故を起こすぞ」

熊吾は、運転手の話し相手はご免こうむりたかったので、わざと無愛想にそう言った。しかし、運転手は、そんな熊吾の機嫌《きげん》の悪さなどいっこうに気にもかけず、

「だまされたとは何という恥かしい言葉であろう。そう言われましてなァし。伊丹《いたみ》万作っちゅう人が、どこかに書いた言葉やそうで。わしは、膝《ひざ》を叩きましたけん。ほんまにそのとおりじゃ。だまされたとは、何ちゅう恥かしい言葉じゃろうと思いましたでなァし」

熊吾は、妙に心が鎮《しず》まっていくのを感じ、運転手の耳のあたりを見つめた。

「なるほど。そりゃあ、まことにええ言葉じゃ。あんたは、なかなか賢い人のようじゃのお」

運転手は、照れ臭そうに掌で自分の後頭部を叩き、

「松坂の大将は、本気でわしを賞《ほ》めてくれなはったかなァし」

と訊いた。

「ああ、本気で賞めた。その言葉の意味がわかるやつは、ぎょうさんおらんぞ」

「松坂の大将に賞めてもらえる人間も、ここいらには、ぎょうさんはおらんけん」

「それは買いかぶりっちゅうやつじゃ。わしよりもおとなで、わしなんか比べようもないほど泰然自若としちょった大物が死んでしもうた」

「ああ、魚茂さんのことかなァし」

てしまった。

熊吾は黙っていた。赤木川の清流が右手に見えたが、それはすぐに森林によって隠れてしまった。

熊吾は、あの和田茂十が、なぜ妻の兄の頭を灰皿で殴りつけ、七針も縫う怪我《けが》を負わせたりしたのであろうと思った。この俺《おれ》の女房を愚弄《ぐろう》する言葉が、なぜ茂十に突然の暴力をふるわせたのであろう……。

バスが一本松村に着くと、熊吾は、一時間後に折り返して宇和島へ帰って行くバスの運転手に、

「もし、一本松から城辺へ行く客がおったら、その人にことづてを頼んでくれんか。わしは長八じいさんのとこにおる。うまい具合に、城辺へ行く車でもみつかったら、きょう中に帰れるが、みつからんじゃったら長八じいさんの家に泊まるけん心配するな。そう家内に伝えてほしいんじゃが」

「わしが、城辺に着いたら、バスから降りて、奥さんに伝えときますでなァし」

熊吾は、ネクタイを外し、市松劇場の前を通って県道に出た。そして、振り返って市松劇場の入口に目をやった。ちょうど一年前、あそこで上大道《わうどう》の伊佐男と顔を合わせたのだなと思った。

ダンスホールを休業して二十日ほどたっていた。休業すると、わうどうの伊佐男の手下たちは姿を見せなくなった。けれども、房江の盗み酒は相変わらずつづいている。

何度か注意したが、房江はそのときは真底から、もう内緒で飲むようなことはしないと誓うくせに、その誓いは三日もつづかないのである。

熊吾は、房江の酒をやめさせようとして、三、四回、暴力をふるったが、かえって逆効果で、夫に殴られた翌日は、房江の盗み酒の量が増えるのだった。

熊吾は、父や姉たちの墓へ行き、周りの雑草を抜き取ると、石段に腰を降ろして、田圃《たんぼ》に見入りながら煙草を吸った。れんげが真っ盛りで、土の匂《にお》いが風によって濃くなったり薄くなったりした。

てぬぐいで頬《ほお》かむりをして、鋤《すき》を肩にかついだ老婆が、低い山のほうから歩いて来て、墓地の石段に坐っている熊吾を見つめ、

「あれ、熊やあらせんか」

と声をかけた。

「松坂の熊やあらせんのか」

老婆は、宮崎猪吉《いのきち》巡査の母親であった。

「亀やんのお墓まいりに来なはったかなァし」

「一年に一遍くらいは、墓の周りの草でも抜こうと思うてのお」

と熊吾は言った。

「婆《ばあ》ちゃんは、幾つになりなはった？」

たしか、自分の母親より三つほど歳上《としうえ》だったなと思いながら、熊吾は訊いた。

「ことし、わしは年女でなァし、悴《せがれ》に言わせると、わしは生まれて八回目の辰《たつ》年を迎えたそうで」

熊吾は、その言葉で、老婆の名がタツであることを思いだした。

「八回も年女を迎えなはったか。それは、おめでたいことじゃ。顔色もええし、足腰もしっかりしちょる。九回目の年女も迎えられるでなァし」

熊吾の言葉で、老婆は笑った。前歯は上下ともなかった。

「あと十二年も生きられやせんけん。薪《まき》割りも、とうとうでけんようになっしもて。それでも、大根と人参だけは、ここいらではわしの作るのが一番でかいんじゃ」

宮崎猪吉の母は、若いときは、男よりも薪割りが上手だった。どんなに節くれだらけの薪も、彼女は斧《おの》の一振りで難なく割ってしまう。それは見ていて心地良いほどで、幼いころ、熊吾は薪割りのこつをタツに教えてもらったことがあった。

「わうどうの伊佐男に迷惑させられちょるそうやのお」

タツは、鋤を畔道《あぜみち》に置くと、石段を昇って来て、亀造の墓に手を合わせてから、そう言った。

「わしと相撲をとって足を怪我したのが因《もと》で、いまみたいな体になったそうでなァし。何十年も前のことで、わしにははっきりした記憶はないんじゃが、それを恨んじょるそうじゃ。あの足を見ると、わしも申し訳なさが先に立って、なんやケンカする気力がのうなりましてなァし」

するど、タツは、松坂家の墓が並ぶところから二十メートルほど離れた場所を指差し、

「おととい、伊佐男が墓まいりに来ちょったんで、お前も人の子かっちゅうてやった」

と言った。

熊吾は、いささか意外な思いで、タツの指差す場所を見つめた。そこには、高さ三十センチばかりの、小さな石の墓があり、〈増田ウマ　享年《きようねん》三十四〉と刻まれていた。熊吾は、そこに伊佐男の母親の墓があることを初めて知ったのだった。しかし、墓はまだ新しかった。

「あの墓は、いつからあそこにありますかなァし」

と熊吾は訊いた。

「わしの末の子が戦死した年やけん、昭和二十年やった。伊佐男が建てたんじゃ。他に頼める人間もおらんかったんじゃろう。伊佐男は、畑で仕事をしちょったわしに声をかけて、婆ちゃん、わしは信心がないけん、お経をあげてやんなはれと頼みよった。そのとき、お坊さまは宇和島の病院に入院しちょって、お寺には人がおらんかってのお」

熊吾は、石段から立ちあがり、伊佐男の母親の墓に近づいて行った。〈昭和二十年五月十七日建立〉と小さく刻まれた字が読めた。

「ウマちゃんはほんまは高知の色街から命からがら逃げてきた女でなァし、いつみつけだされやせんかとびくびくして暮らしちょった。そんなときに、ちょうど嫁に死なれた増田の家に後妻として嫁いだんじゃ。そやのに、半年ほどで亭主に死なれっしもて……。そのうち、宿毛《すくも》の大工とええ仲になって伊佐男を産んだんじゃ。一本松の者《もん》は、ウマちゃんを悪う言うが、わしはウマちゃんをほんまは優しいおなごやったと思うちょる。ウマちゃんは、てでなし子をかかえて、食う米ものうなって、とうとう色街に戻るしかないと考えたんやろ。そやけんど、三つの子をつれて色街に戻ることなんかできゃあせん。ウマちゃんは、伊佐男を自分の手で殺そうとしよった。ところがのお、どういう具合か、そのとき、あんたのお父さんの亀やんが、ウマちゃんの家の近くを通りかかりなはった。なんやしらん、妙に気になって、ウマちゃんの家の戸を叩《たた》いたそうな。虫が知らせるっちゅうやつやけん。あんたのお父さんは、ウマちゃんに、こない言いなはった。この子が、将来、どんなすばらしい人間になって、自分をどんな幸福な母親にしてくれるじゃろうと考えて、草の根を食うてでも頑張《がんば》らにゃいけん……。亀やんはウマちゃんにそう言うて、内緒で米とか野菜とかを分けてやりなはった。亀やんが内緒にしたのは、おヒサちゃんにおかしな焼き餅《もち》を焼かさんためで……」

熊吾は、なぜか無意識のうちに、伊佐男の母親の墓に手を伸ばし、それを撫《な》でさすった。目頭が熱くなり、鼻の奥に重い痛みを感じた。彼は、なぜ、涙が溢《あふ》れてくるのかわからなかった。

「婆ちゃんと、ここで逢えてよかった」

熊吾は、意味不明の自分の涙をタツに気づかれたくなくて、広大な田圃を赤く光らせているれんげの群生に顔を向け、そう言った。

伊佐男が俺を恨むなら恨め。しかし、俺は伊佐男を恨まん。熊吾は自分に言い聞かせ、タツの背を這《は》っている青虫をつまみ取ってやった。

「婆ちゃんは、もう一回、年女を迎えるぞ。九十六まで、生きてやんなはれ。風邪をひくのが一番怖いけん、風邪にだけは気ィつけてなァし」

熊吾はそう言い、墓地の石段を降り、田圃の真ん中を、れんげを踏みしめて歩いて行くと、乾いた土の上に大の字になって寝転んだ。

寝転んだまま、熊吾は南風に乗って動いている雲を見つめ、やがて目を閉じて、遠くの牛の声やひばりのさえずりに耳を澄まし、近くの蜜蜂《みつばち》の羽音に聞き入った。

ここで動いているものは、風や雲と、野鳥と昆虫と、働く人間たちだけだなと熊吾は思った。世の中というものは、まったく動いていないのだ、と。そのことが、熊吾には、ひどく空《むな》しくて絶望的なものに感じられた。

足音が、ときに速くなったり、ときに注意深く立ち停《ど》まったりしながら、熊吾のいる場所に近づいてきた。それは熊吾の真横に来て歩を止め、熊吾の上半身から春の日差しを奪った。

熊吾は大の字に寝転んだまま目をあけた。風呂敷に包まれた筒みたいなものの先端が熊吾の顔の上にあり、それを右手で持っている上大道《わうどう》の伊佐男の、無精髭《ひげ》の生えた艶《つや》のない顔があった。

風呂敷包みは、あきらかに二連式の猟銃の形をしていたが、伊佐男の指は引き金にはかかっていなかった。

「お前は神出鬼没じゃのお。お袋さんの墓の近くで人殺しをしようっちゅうのか。とうとう、わしを殺しに来たか」

熊吾の言葉に何も応じ返さず、わうどうの伊佐男は、四方に目を配ったあと、熊吾の横にあぐらをかいて坐《すわ》った。

「この松坂熊吾は、わうどうの伊佐男に降参したんじゃ。ダンスホールも閉めっしもた。降参して手をあげちょるやつを、お前は鉄砲でとどめをさそうっちゅうのか。どこまでも蛇《へび》みたいなやつじゃのお」

熊吾は、伊佐男がいつも引きつれている三、四人の子分たちがいないのをいぶかしく思いながらも、いつ伊佐男の手から猟銃を奪い取ろうかと隙《すき》を狙《ねら》った。銃さえ奪えば、足の悪い伊佐男に負けるとは思えなかった。

「どうした？　子分もおらんし、仕込み杖《づえ》も持っちょらん。牢《ろう》破りをして逃げ廻《まわ》っちょる腹ぺこのお尋ね者みたいやぞ」

と熊吾は言った。

「煙草《たばこ》をくれんか」

伊佐男は、再び周囲に視線を投じてから、風呂敷に包んだ猟銃をれんげの群生の上に置いた。熊吾もつられて周囲を見やり、それから喪服の内ポケットから煙草の箱を出して、伊佐男に手渡してやった。

「お前、いま、どっから来たんじゃ」

上半身を起こしてあぐらをかいて坐ると、熊吾は伊佐男の足音が近づいてきた方向を見やって訊《き》いた。その方向には、村の百姓たちが共同で使う小さな納屋《なや》があるだけで、納屋のうしろには低い山へつづく坂道と竹藪《たけやぶ》以外何もなかった。

伊佐男は、熊吾に貰《もら》った煙草を吸い、煙にむせて烈《はげ》しく咳込《せきこ》んだあと、

「もうわしは、袋の鼠《ねずみ》よ。四国に長いことおりすぎて、逃げようにも逃げられん。ここが本州なら、身の振り方があるんじゃが、船でどこに上陸しても、わしをなますみたいに切り刻んで殺そうっちゅうやつらが、九州にも瀬戸内にも、網の目みたいになって待ち伏せしちょる」

と言って自嘲《じちょう》の笑みを浮かべたが、唇《くちびる》の左側は小刻みに痙攣《けいれん》していた。

熊吾は、伊佐男の上着の肘《ひじ》の部分にも、ズボンの膝や尻《しり》のところにも、粘土質の土がへばりついて乾いているのに気づき、

「お袋さんの墓参りをしたあと、ずっと竹藪のなかに隠れちょったのか？」

と訊いた。伊佐男は頷《うなず》き、

「夜は、冷えよる。竹藪のなかで震えちょると、子供のころを思いだした……」

とつぶやき、また笑みを浮かべた。

「増田組は、この二、三年のあいだに、広島や岡山に勢力を伸ばして、山陽ではもう歯向かえる組なんかあらせんほどになったちゅうて聞いとったがのお」

熊吾は、ときおり伊佐男の猟銃に目をやりながらも、煙草に火をつけ、二匹の大きな揚羽蝶《あげはちょう》が自分と伊佐男の周りを飛んでいるさまを眺《なが》めた。

「松坂熊吾にちょっかいを出しちょるあいだに、神戸の殺し屋みたいな組の連中が、わしの舎弟を五人も切り刻んで、海に沈めっしもうた。何かを交換に手打ちをしようっちゅう相手やあらせん。甘《あま》う考えちょったわしの負けじゃ」

「片腕一本で許しちゃくれんのか」

伊佐男はかぶりを振り、

「根性のない若い者以外《もん》は、わしの息のかかっちょる人間を皆殺しにしよる。なんぼ相手に寝返っても、何ヵ月かあとには始末される。いっぺんでも寝返ったやつは、いつか

またどこの組に寝返るかわからんちゅうてな。わしも、おんなじ考えで、わしんとこへ寝返ってきたやつを始末してきたんじゃ。わしもそうしてきた。相手もそうしよる」

どこかで人の声がするたびに、伊佐男は怯《おび》えた目をそちらへ向けた。

「源氏が平家を根絶やしにしたようなもんか……。出家した六代御前を、髪は剃《そ》りたりとも、心はよも剃らじっちゅうて殺した。平家物語は、それよりしてぞ、平家の子孫は絶えにけり、で終わる。六代御前が十二歳から三十にあまるまで命を長らえたのは、長谷《はせ》の観音のご利益《りやく》じゃと平家物語にはあるが、わうどうの伊佐男がきょうまで生き長らえたのは、何のご利益かのお……」

熊吾は、あぐらをかいて田圃に坐ったまま、首をうしろに廻して墓地を見つめた。伊佐男も、熊吾が見つめているものに視線を注ぎ、

「わしには兄弟も子もおらん。女房にした女は二人おるが、ひとりは死んで、ひとりはどこかに逃げっしもた」

と言った。

「親父《おやじ》が御荘におるやろが」

熊吾が訊くと、

「さあ、ほんまにわしの親父かのお」

伊佐男はそう言い、風呂敷《ふろしき》で包んだ猟銃を持って立ちあがると、ズボンのポケットか

ら何枚かの紙幣を出した。そして、黄色く濁った細い目を熊吾に向けた。

「わしの頼みを聞いてくれたら、わしは、子供のころ、松坂熊吾がわしの足をこわしたことを帳消しにするがのお」

伊佐男はそう言ったとたん、両足を震わせて、れんげの群生のなかに坐り込んだが、すぐに奇妙な唸《うな》り声を発して立ちあがった。

「どんな頼みじゃ」

「わしの骨を、お袋の墓に入れてやんなはれ」

熊吾は、体の向きを変え、わうどうの伊佐男が突き出している紙幣の束を手で押しやってから、

「ほんまに、もうどんな方法もないのか。たとえば、半殺しのめに遭わされても、ひたすら命乞いして、やくざの世界から足を洗うと誓《ちこ》うても、相手は許しちゃくれんのか」

と訊いた。

「わしも、そない言うて小便をたれ流しながら命乞《ご》いしちょるやつの頭を、ピストルで吹き飛ばしてきたんじゃ」

なんだか、幼い少年が駄々《だだ》をこねているような表情を垣間《かいま》見せながら、伊佐男はまた崩れ落ちるみたいに、れんげの群れのなかで四つん這《ば》いになった。

「逃げる方法を考えてみィ。何かあるじゃろが。たとえば、深浦の漁師に頼んで、鹿児

島あたりまで船で運んでもらうんじゃ。豊後《ぶんご》水道に面しちょるとこは、神戸の組の連中が目を光らせちょるかもしれんが、もっともっと遠いとこ……、たとえば、長崎のほうとか、そのへんへ上陸して、四、五年、身を隠しちょったら、相手もわうどうの伊佐男のことを忘れっしまうかもしれんぞ」

「松坂熊吾のお情けは受けん。お前は、巡査の猪吉に頼んで、わしが病気かどうかを調べたやろが。いかにも、松坂熊吾の睨《にら》んだとおりよ。わしの肝臓には癌《がん》ができちょる。わしが自分の片腕じゃと信じちょった男は、そのことを医者から訊きだして、わしに見切りをつけたんじゃ。そいつが寝返って二日目に、広島の事務所にダイナマイトが五本も放《ほう》り込まれた。組の若い者《もん》が七人、ばらばらに吹っ飛んで、近くにおったかたぎの衆まで二人死んだ。その十分後には、岡山の事務所を守っちょった舎弟が、わしの生首を神戸まで持って行くことを条件に寝返りよった。いまごろ、そいつは船でこっちへ向こうちょるじゃろう」

　怒鳴るようにそう言ってから、伊佐男は立ちあがり、紙幣の束を足元に投げつけた。そして、弾んでいる息を整えるかのように何度も深呼吸をし、

「わしの骨を、お袋の墓に入れてやんなはれ」

　と熊吾に頼んだ。

　風呂敷に包んだ猟銃を杖代わりにして、れんげ畑を墓地のほうへと歩いていく増田伊

佐男を凝視していたが、熊吾は、伊佐男が墓地の急な斜面をのぼり始めたとき、ゆっくりとあお向けに横たわり、春の晴れた空と、そこに浮かぶ二つの雲を見やった。その二つの雲は、すぐにくっついてひとつになったが、くっつく寸前の形を見て、熊吾は、ああ、房江が寝巻をはだけて寝ている姿に似ていると思った。

雲が形を変え、鶏のとさかみたいな形になったとき、銃声が響いた。カラスの群れが、墓地の向こうで舞いあがり、やかましく鳴きながら熊吾の近くを旋回してから、墓地の近くに戻っていった。

やがて、あちこちで人の声が聞こえ、畦道《あぜみち》を墓地のほうへと走っていく足音が伝わってきたが、熊吾はれんげ畑にあお向けに寝転び、空と雲を見つめたまま、甥《おい》の明彦がよく口ずさんでいる歌を低い声で歌った。

――うさぎ追いしかの山、こぶな釣《つ》りしかの川、夢は今もめぐりて、忘れがたきふるさと――。

熊吾は、同じ歌詞を、何度も何度も繰り返し歌いつづけ、およそ五十年余も昔の、見たわけでもない情景を、天の一角に思い描いた。

父の亀造が、芋や大根を持って、伊佐男の母親のところへ歩いている。伊佐男の母親は、日に灼《や》けた顔《は》をうなだれて、しきりに亀造に礼を述べている。屋根が傾き、壁土もほとんど剝がれた小さな農家のなかでは、三歳の伊佐男が腹をすかせて泣いている。

「この子が将来どんなすばらしい人間になって、自分をどんな幸福な母親にしてくれるじゃろうと考えて、草の根を食うてでも頑張らにゃあいけんぞ」

と亀造は伊佐男の母親に言う。そして、亀造は微笑《ほほえ》み、

「わしの息子も、どんな人間に育つことやら。お互い、楽しみなことよ」

と言って、家への道を帰っていく。その亀造のあとを、二匹の揚羽蝶が追って行き、畑を耕す牛の背に春の光が当たっている……。

熊吾は、魚茂牛を撃ち殺したのも、去年のいまごろだったなと思った。あの牛の闘争を仕組んだのも伊佐男だったが、彼は逆に多くの人々の前で大恥をかく結果となった。俺《おれ》に眉間《みけん》を撃ち抜かれた魚茂牛は、耳から血潮を噴きながら突進し、その角で伊佐男の体を貫く寸前に息絶えた。足の悪い伊佐男は敏捷《びんしょう》に身をかわすことができず、そのまま尻もちをついたあと、四つん這いになって必死に牛から逃げようとし、突き合い駄場《だば》の泥《どろ》の上でもがきつづけ、無様な姿を、居合わせた人々にさらした。自分にそのような醜態を演じさせたのも松坂熊吾だと伊佐男は思ったにちがいない。伊佐男の、この俺への恨みは、一本松の突き合い駄場の一件でいっそう大きくなったことであろう。なるほど、茂十の息子の言ったとおり、俺が魚茂牛を撃ち殺したことは、幾つかの災いを誘発する無数の地雷になったのだ……。

熊吾は、そんな思いを振り払おうとして、さっき口ずさんだ唱歌を歌った。墓地のほ

うで悲鳴があがり、口々に喋《しゃべ》り合っている人々の声が高くなった。

「早よう、巡査さんを呼んでこい」

という声が聞こえ、何人かの走っていく足音が県道へと遠ざかった。

農家の青年が、息を荒らげて、熊吾の寝転んでいるところへ走ってきた。

「松坂の大将かなァし」

「おお、そうじゃ」

熊吾は上半身を起こし、肩にこびりついている藁《わら》やら草やらを手ではらった。

「人が死んじょりますでなァし。首から上があらせんのじゃ。散弾銃で撃ったんじゃ。散弾銃が、死体の横に転がっちょる。墓地の上の樅《もみ》の木のとこじゃ。まだ、体はぬくいけん」

「なんぼ、体がぬくうても、首から上が吹っ飛んじょったら、助かりゃあせんのお」

誰かが戸板を運んできたが、それは伊佐男の遺体を載せるためではなかった。首から上がない死体を目にして、農家の女が気を失ったのである。

「伊佐男じゃ。わうどうの伊佐男じゃ。自分で自分の頭を撃ちよったんじゃろう」

熊吾はそう言って立ちあがり、人々の数の増した墓地を一瞥《いちべつ》すると、長八じいさんの家へと歩きだした。

「わしが弔《とむろ》うてやることになっちょる。巡査にはそない言うちょけ。わしは、長八じいさんのとこにおるけんのお」

青年にそう言い残して、熊吾は喪服の上着を肩に掛け、長い一本道を歩いた。カラスの鳴き声が大きくなっていた。

騒ぎに気づき、隣家の嫁と一緒に墓地へ行こうとしているリキを見て、熊吾は、

「行くな。首のない死体なんか見たら、三日ほどうなされるぞ」

と言った。そんな熊吾を、リキはしばらく怪訝《けげん》な面持《おもも》ちで見ていたが、墓地に視線を移しながら、

「誰が死になはったかなァし」

と訊いた。

「わうどうの伊佐男じゃ」

「伊佐男が、なんで墓地で死んじょるんかなァし」

「猟銃で、てめえの頭を吹き飛ばしよった」

熊吾の言葉で、リキは両手を自分の口元に当て、掠《かす》れた悲鳴を洩《も》らした。それから、熊吾の腕をつかみ、自分の家へと走りだした。つられて熊吾も走ったが、すぐにそんなリキを制して歩調をゆるめ、

「なんで走るんじゃ」

と訊いた。リキは、伊佐男の頭を猟銃で撃ったのを熊吾だと思ったらしかった。リキ

の表情からそれと察して、熊吾は、やっと笑みを浮かべた。

「伊佐男は、てめえでてめえの頭を撃ちよった。わしが撃ったんやあらせん。わしがそんな馬鹿《ばか》なことをするかや」

「ほんまに、熊兄さんが撃ったんやあらせんのやなァし」

「当たり前じゃ。わしが自分で伊佐男を撃ち殺すんなら、もうとうの昔にやっちょるわ」

リキは、安堵《あんど》の息を吐き、

「二百六十貫の突き合い牛を撃ち殺すお方じゃけん」

と言った。

顔をしかめて道に出てきた長八じいさんは、

「鉄砲の音が聞こえて、松坂の熊がこの一本松村におる……。またどこの突き合い牛を殺しよったかのお」

とつぶやき、遠くの墓地を眺めた。

「えらい騒ぎよのお……。戦争中、B29が、深浦に爆弾を落として以来の騒ぎじゃ」

背伸びして墓地の騒ぎをうかがっている長八じいさんの肩を叩《たた》き、熊吾は母屋《おもや》の座敷にあがると、一部始終を長八じいさんとリキに話して聞かせた。

「なんと、因果な末路よのお。魚茂牛の一件から、ちょうど一年じゃ」

その長八じいさんの言葉は、何もかもお前のせいだぞと暗に語りかけている気がして、熊吾は我知らず溜息《ためいき》をついた。熊吾は、和田茂十の息子に言われたことも話して聞かせ、

「わしが、この南宇和におるのは、あんまりええことやあらせんみたいやのお。房江の言うとおり、どうも人が死にすぎる……」

と言った。

「それは考えすぎじゃ。そんなふうに考えるのは、熊らしゅうないけん。たまたま、人の死ぬのが重なっただけのことよ。伊佐男が死んだら、ダンスホールも再開できる。伊佐男は、どの道、畳の上では死ねん男じゃ。自分で自分の始末をつけただけ、まだましじゃ」

するとリキがかすかに涙を浮かべて言った。

「自分の生まれたとこで、お母さんの近くで、死になはったんやねェ……」

小一時間ほどして、宮崎猪吉巡査と私服の若い刑事がやってきた。若い刑事は、

「この家に来てから、手を洗《あろ》うたか」

と熊吾に訊いた。鳥打帽をあみだにかぶり、汚れたネクタイを首にしめたままワイシャツのポケットにねじ込んでいるその刑事は、熊吾の靴《くつ》についた土を調べたあと、

「とにかく、署まで来てもらわにゃいけんのお」

と言って、熊吾の腕をつかんだ。宮崎猪吉は、自分の息子ほどに若い刑事にひとことと

も発しなかったが、「さからわないほうがいい」とでも言うように、熊吾にそれとなく目配せした。

「どこへも逃げ隠れはせんが、なんでわしが署まで連行されるのか、そのわけぐらいは説明してくれんか」

熊吾は上着を着ながら、刑事に言った。刑事は、薄笑いを浮かべ、手帳を開いた。

「何人かの百姓が、お前と仏さんとが田圃《たんぼ》で口論しちょるのを目撃しちょる。仏さんは、お前に、四つん這いになって謝っちょった。そのあと、銃声が聞こえた。仏さんは、至近距離から頭を散弾銃で撃たれちょる。あれほどむごたらしい仏さんも珍しいぞ。首から上が吹っ飛んで、脳味噌《のうみそ》が十メートルほど向こうに散らばっちょる。こんな残酷なことができるのは、二百六十貫の突き合い牛を一発で仕留める松坂熊吾以外にはおらんちゅうわい。銃声が聞こえたあと、駈《か》けつけた百姓は、お前が素知らんふりして、田圃に大の字になって寝転んで、歌を歌《うと》うちょったと証言しちょる。すぐ近くで銃声が聞こえたのに、気にもかけんと、田圃に寝っ転がって歌を歌うちょるなんてことは、常識では考えられん。どうじゃ？　これ以上の説明がいるか？」

自分は松山署の刑事で、この三年近く、ずっと増田組の組長を追っていて、きのうの夜、一本松村にやってきた。生きたまま捕まえられなかったのは残念だが、お陰で増田伊佐男を殺した男を即刻逮捕することができた。若い刑事は、長八じいさんの家のなかに視線を走らせながら、そう説明した。

「そんな至近距離から撃って、相手の首から上を吹き飛ばしたわしに、一滴の返り血もないのは、どういうわけかのお。銃砲にわしの指紋はついちょるのか？」

「うるさい！　手錠をかけられて引っ立てられたいのか」

刑事は、熊吾のワイシャツの衿元《えりもと》をつかんで座敷から土間へ引きずり降ろそうとした。熊吾のワイシャツのボタンが二つちぎれた。いつのまにか、長八じいさんの家の前には、近在の住人が集まってきていた。そのなかの誰かが、

「猪やん、猪やん」

と宮崎巡査を呼んだ。熊吾は、自分の内部の、あとさきなど考えない途轍《とてつ》もなく獰猛《どうもう》なものが破裂しかかっているのを自覚した。彼は、自分の衿首をつかんでいる若い刑事の手首をつかみかけた。その瞬間、宮崎巡査が走ってきて、刑事になにか耳打ちした。

「どいつじゃ」

刑事は、熊吾から手を放し、野良着《のらぎ》姿の人々を見つめた。

「わしのかかあでなァし」

と破れ穴だらけの軍帽をかぶった男が、教師の質問に答える小学生みたいに、まっすぐ手をあげた。

「お前の女房がどうした」

「はい、わしの女房は、あの人が自分で自分の頭を撃つのを見ちょりましたでなァし」

男はこう説明した。男の妻は、戦死した弟の命日が近いので、野良仕事の合い間をぬって、墓の周りの草取りをしていたが、小用を足すために、墓地の上のほうにある空地へ行った。すると、風呂敷包みを持ったわうどうの伊佐男が斜面をのぼってきて、風呂敷包みを解いた。妻は小用を足している最中で、尻《しり》を丸出しにしていたので、立つことも動くこともできず、低い竹藪《たけやぶ》のなかから伊佐男が早く去ってくれるのを待っていた。

伊佐男が風呂敷包みから出したのは猟銃だった。妻は恐怖で、ただ震えるばかりだったが、見ていると、伊佐男は靴を脱ぎ、靴下も取って裸足《はだし》になり、地面に坐《すわ》って銃口を自分の眉間にあてがった。それから、足の親指で引き金を引いた。脳味噌の一部が、妻の顔に飛んできた。妻は、いったん立ちあがって、膝《ひざ》のところまでずり下げていたモンぺをたくしあげてから、首から上が吹き飛んでしまった伊佐男を見て、そのまま気を失ったのだ。自分は、てっきり、妻も死んだと思い、このままだと妻が伊佐男に辱《はずかし》められたあとに殺されたなどと噂《うわさ》されてはいけないと気を取り直し、慌《あわ》てて戸板に妻を載せて家まで運んだ。妻は、さきほど正気を取り戻し、見たことを見たとおりに話した……。

「なんぼあの伊佐男でも、お前のかかあをてごめになんかするかや。誰もそんな噂をたてりゃせんけん。お前のかかあは、あの伊佐男の顔をもういっぺん踏みつぶしたみたいな顔やけんのお」

誰かが大声で言うと、集まった人々はいっせいに笑った。

「うるさい！　どん百姓が騒ぐな」

若い刑事は、土間に立てかけてあった長八じいさんの鍬《くわ》と鋤《すき》を蹴《け》り倒し、鳥打帽をかぶり直すと、肩をいからせて、長八じいさんの家から出て行った。

リキが、ちぎれたボタンを捜し、それを掌《てのひら》に載せて座敷に戻った。

「熊兄さん、ワイシャツのボタンをつけるけん、脱いでやんなはれ」

リキに促されて、ワイシャツを脱ぎかけると、宮崎猪吉巡査が走り戻ってきた。

「田圃に金が落ちちょった。全部で四千八百円じゃ。熊やんが寝転んじょったとこらしいが」

「伊佐男の金じゃ。それで、自分を埋葬してくれっちゅう意味のことを言うちょった。自分の骨は、お袋の墓に入れて欲しいそうじゃ」

「それを、熊やんに頼みよったかのお」

「ああ、わしがそうしてやったら、わしに子供のころ足を怪我《けが》させられた恨みを帳消しにしてくれるそうやけん」

紙幣を熊吾に手渡し、気絶した女の家へ戻りかけた猪吉に熊吾は言った。

「のお、猪やん。いっときも早よう、停年になって、どん百姓をして暮らせ。猪やんは、生涯《しょうがい》一巡査のままでよかったのお」

猪吉は、苦衷の表情で何か言おうとしたが、やがて笑みを作り、

「ことしの六月一日付で、わしは停年じゃ」

と言った。

「教師と警官だけはつぶしがきかんちゅうが、猪やんは、稲や大根やなすびに、えらそうにせんじゃろうのお」

「えらそうに接したら、稲も野菜も育っちゃあくれんけんのお」

猪吉はそう言って、警棒の先をつかむと、身をひるがえらせて出て行った。

リキにワイシャツのボタンをつけてもらっているあいだ、熊吾は、いやに口数の少なくなった長八じいさんと碁を打った。一局目は熊吾が勝ち、二局目は長八じいさんが勝った。三局目の途中で、熊吾は自分の石を掌にたくさん載せ、それを盤上に撒《ま》いた。

「どないした？」

と長八じいさんが訊《き》いた。

「ええ勝負で、どっちに転ぶか、まだわからんのに投了か？」

「わしは、世の中が動いちょる場所へ戻る。房江も伸仁も、なんとか元気な体になった。このわしのふるさとは、まことにええとこじゃが、大きく動いちょる世の中とは無縁のところじゃ。伸仁を、大きく動いちょる世の中へつれて行かにゃあいけん。いま、そんな気がして、南宇和での生活を投了した」

たしかに、熊吾は碁を打ちながら、そのように考えたのであったが、彼の思考の底には、伊佐男の銃声を耳にした瞬間の、安堵と苦衷の心が別々に回転しつづけていたのであった。

自分は、伊佐男がこれから何をしようとしているのかを知っていた。彼の気が変わって、どうせ死ぬのなら、ついでに松坂熊吾を殺してやろうなどと考えたりしないことを、ほんの一瞬願ったが、なんとか伊佐男が死なずに済む方法はないものかと真剣に頭をめぐらせた一瞬もあった。

けれども、どちらの心も、自分に具体的な行動をおこさせなかったのだ。それは、あまりにも、本来の松坂熊吾らしくない。自分は善きにつけ悪《あ》しきにつけ、行動する人間だったはずだ。それなのに、自分は、伊佐男が足を震わせながら墓地へと歩いて行くうしろ姿を傍観した。自分は、傍観者になりさがったのだ。このふるさとでの数年間は、自分から行動を奪い、自分にゆかりのある何人かの人間を災いに巻き込んだ。

〈所を得る〉という言葉があるが、やはり、このふるさとは、自分にとって〈所〉ではない……。

「まあ、つまり、ろくなことがない。どっちみち、ろくなことがないんなら、音をたてて動いちょる世の中に舞い戻るほうが、性に合《お》うちょるっちゅうわけよ」

熊吾は、そう言って笑ってから、ふいになぜか、伊佐男が二日間身を隠していた竹藪へ行ってみたくなった。遠い虚《うつ》ろな記憶ではあったが、あの竹藪は、かくれんぼをして遊ぶ際の、格好の隠れ場所で、自分もよくあそこに身を隠していたような気がしたのだった。

「ちょっと、そこらを歩いてくるけん」

熊吾は長八じいさんに借りた薄い綿入れを着て、一本松村広見への夕暮の道を歩いていった。

すでに天空では星が光っていた。遠くに見える墓地には、もう警官の姿はなく、のどかな村に数十年に一度起こるかどうかの血なまぐさい事件の名残《なご》りも、まったく漂わせてはいなかった。

伊佐男の遺体は、あさっての午前中に火葬されるという。熊吾は、自分が伊佐男の火葬に立ち会い、遺骨を彼の母親の墓に納めることを、一種やりきれない偽善のように感じた。

竹藪のなかは暗くて、何度も細い枝で目を突きそうになった。熊吾はマッチをすった。伊佐男は、どのあたりに身を潜ませていたのであろう……。きっと、もう少し奥の、深い段みたいになっているところかもしれない……。

おぼろな記憶では、深い段の向こうには、枯れた笹《ささ》の葉がうずたかく積もっていて、子供ならすっぽりと葉の下に隠れることのできる窪地《くぼち》があるのだ。

何本目かのマッチをすったとき、散り敷かれた笹の葉の上に、空になった一升壜《びん》があるのに気づいた。その周辺には、まだ少し身のついている蒲鉾《かまぼこ》板が落ちていた。笹の葉には、人が踏みしめた跡があった。

伊佐男は、神戸からやがて訪れるであろう殺し屋に怯《おび》えながら、ここで二晩をすごしたのか。熊吾はそう思い、蒲鉾板と一升壜を笹の葉の下に隠した。

マッチの火が消え、何も見えなくなった。熊吾は何気なく視線を上にあげた。烈《はげ》しく光る物が落ちてきたような気がして、思わず声をあげながらあとずさりした。けれども、光る物は、どこかに消えていた。

熊吾は、笹の葉の生い茂る場所を行ったり来たりしながら、さっきの光はいったい何だったのかと捜した。それが、はるか天空で、他の星々よりも強い光を放っているたった一個の星であり、無数の笹の葉の隙間《すきま》から見えたために、何かとんでもなく大きな光だと錯覚したのだと気づくと、熊吾は、煙草《たばこ》をくわえて、またマッチをすった。足元に、白い物が落ちていた。熊吾は、屈《かが》み込んでマッチの火を近づけた。真新しいハンカチだったが、何かを包んであるみたいに見えた。熊吾は、そのハンカチが、伊佐男のものであることを信じて疑わなかった。彼は、ハンカチをひろげかけ、すぐに何を包んであるのかに気づくと、ハンカチを捨てて、足で笹の葉をかぶせた。伊佐男が自らを慰めて処理したものが、生乾きになってハンカチをこわばらせていたのだった。

熊吾は、笹の葉の上からハンカチを踏みつけ、

「根絶やしか……」

とつぶやき、息でマッチの火を消した。

細かなにわか雨が五、六分ほど降ってやんだあと、ふいに強く風が吹き始め、それとともに星の輝きが鮮やかになった。

熊吾は、長八じいさんの家へと引き返しながら、何度もいなか道を振り返って、ついいましがたまでいた竹藪を見やった。わうどうの伊佐男の名残りをすべて笹の葉で隠したことは、同時に、己の何物かをも、そこに隠蔽《いんぺい》してきたような気がしてならなかったのである。

彼は、何のために、伊佐男の食べ残したものやハンカチなどを笹の葉で覆《おお》い隠したのかわからなかった。そんなことをしなければならない理由はまったくなかった。だから、自分の意味のない行為によって、竹藪の奥の暗闇《くらやみ》に妙にうしろ髪を引かれるのをいまいましく感じた。

せいせいした気分で何か鼻歌でもうたいながら、ふるさとの道を歩けばいいのだ。厄《やっ》介《かい》な、天敵のような人間が、待っていましたとばかりに、自ら死を選んでくれたのだから……。松坂熊吾は、そのように考えようとしたが、歩を進めるほどに気は滅入《めい》るばか

りで、別に何をしようという明確な目的もないまま、竹藪の闇のなかへ戻ろうとしている自分を抑えることができなくなった。

そんな熊吾の視界に、暮れてしまった道を走ってくる子供のおぼろな姿がちらついた。

「父さん」

と呼ばれて、熊吾はそれが伸仁であることを知った。どうしていまごろ、伸仁がこの一本松村にいるのだろうと思いながら、

「こら、走っちゃあいけん。こんな暗い道を走ったら、転んで怪我をするぞ」

と叫び返した。

案の定、伸仁は熊吾の五、六歩手前で転んだが、泣かずに起きあがり、すりむいたらしい膝にこびりついている泥《どろ》を掌で払い落としながら、振り返って、

「母さん、ぼくが父さんをみつけたけんね」

と叫んだ。やがて、提灯《ちょうちん》を持った房江の姿が見えた。

「どうやって、いまごろ一本松へ来たんじゃ」

という熊吾の問いに、

「魚茂さんとこに出入りしてはる運送屋さんが送ってくれはってん」

と房江は答え、増田伊佐男の凄惨《せいさん》な死と、どうやらそれにかかわったらしい松坂熊吾が警察に逮捕されたという噂は、深浦や城辺町や御荘町にひろまり、中村音吉がとるも

のもとりあえずリヤカーに房江と伸仁を乗せ、それを自転車で曳《ひ》いて一本松へ向かおうとした矢先、運送屋のトラックが通りかかったのだと説明した。

「運送屋さんも噂を耳にしてはって、私らを一本松の交番にまで送ってくれはってん。巡査の猪吉さんにわけを聞いて、もう安心してその場に倒れそうになったわ……」

「音吉も一緒か？」

房江はうなずき、音吉も熊吾を捜すために、自分たちとは反対の方向へ行ったのだと言った。

「そうか、この松坂熊吾が、猟銃でわうどうの伊佐男の首から上を吹き飛ばして殺したっちゅうふうに伝わったのか。そりゃあ、びっくりしたことじゃろう」

熊吾はそう言って低く笑った。

「いまごろは、捕まえに来た刑事やおまわりまでも二、三人撃ち殺して、誰かを人質に、どこかの農家にたてこもっちょるっちゅう話になっちょるかもしれんぞ。噂っちゅうのは洪水《こうずい》みたいに膨れながらひろまっていきよるけんのお」

それにしても、房江はさぞかし心配したことであろう。熊吾はそう思い、人差し指で膝のすり傷に唾《つば》を塗っている伸仁を抱きあげた。

熊吾たち親子が帰ってくると、リキは提灯を手に、音吉を捜しに出て行った。

その夜、房江とリキが作った鰯《いわし》の団子汁を肴《さかな》に、熊吾と音吉は、長八じいさん秘造のドブロクを飲んだ。

「けさ掘った筍《たけのこ》やが、まだ五寸ほどかと思うたら、七寸もあった」

筍の煮物をリキが運んで来ると、長八じいさんはそう言った。

「ことしは、いつもよりぬくいけん、筍の育ちも早いんじゃろ」

音吉が筍の味に感心して、リキの味つけを賞《ほ》めてから言った。熊吾は、ドブロクの入った湯呑《ゆの》み茶碗《ちゃわん》を置き、

「この筍は、どこで掘りなはった」

と長八じいさんに訊いた。伊佐男がひそんでいた竹藪であろうかと思ったのである。もしそうならば、この勘のいい長八じいさんが伊佐男に気づかなかったはずはない、と。けれども、熊吾は、さっきの竹藪の土質は酸性が強く、うまい筍は生えないことを子供のころから知っていた。

「大田のとこの裏山よ。あそこの筍が、このへんでは一番ええ味やけん」

長八じいさんは自分の親戚《しんせき》の名をあげ、

「房江さんに逢《あ》うのは戦争中以来やけん。坊には去年の春に逢うた。どうもわしは、鉄砲が仲人《なこうど》をしてくれんと、松坂の熊の息子にも奥方にも逢えんのかのお」

と言って笑った。

「きょうの恐ろしいことは忘れてやんなはれ。お陰でっちゅうと何やけど、お陰で、房

江さんとノブちゃんが、一本松まで来てくれなはったし、音やんとも八年ぶりで逢えたんやけん」

とリキは言い、汁ばかり飲んでいる仲仁に、鰯団子も食べるよう促した。

「鰯団子は滋養があるけんねェ。いっぱい食べて強い子にならんと」

リキはしきりに座を盛りあげようと気を遣い、房江や仲仁や音吉に喋《しゃべ》りかけたが、熊吾までがいつになく口数の少ないまま夜は更《ふ》けていった。

いつもは、どんなに遅くとも九時には床につくという長八じいさんは、柱時計が十時を打ったとき、

「松坂の熊には、この南宇和は狭《せも》うて物足りんところに違いないが、さて大阪でもう一旗あげるとなると、五十五歳っちゅう歳《とし》のことも考えんといけんのお」

と言った。その言葉で、今夜はどんなに勧められても一滴のドブロクも口にしなかった房江が不審気に熊吾を見やった。熊吾は、再び大阪へ戻ろうと決心したことを、まだ妻には喋っていなかったのだった。

「五十で初めて子の親になったんじゃ。世間の常識に沿った生活設計をたてるわけにはいかんじゃろ。普通の男は三十で父親になり、その子が二十歳になりゃあ、父親は五十で、あと五年働いて一線から退くっちゅう筋道やろうが、わしは五十で父親になったんじゃけん」

熊吾は笑顔で言ってから、房江の肩を軽く叩《たた》いた。

「ほんまにお前の言うとおりじゃ。わしらが城辺へ移ってから、ゆかりのある人間が何人死んだことやろ。美津子の亭主、政夫の女房、井草正之助、政夫、和田茂十……。そのうえ、きょうはわうどうの伊佐男じゃ。それも、たった一年のあいだにやけんのお。たまたま重なっただけじゃと考えるのは、やっぱり、わしらしゅうない。物事には必ず原因があるはずやけん」

「もう決めなはったかなァし」

と中村音吉が訊いた。

「八分がた決めたっちゅうとこかのお。大阪へ戻って何か商売をやるとなると、城辺の家も御荘に買《こ》うてある山も、神戸の御影《みかげ》の家も売らにゃあいけん。つまり、わしの母親もタネも、タネの二人の子も、住むところを失《な》くすっちゅうことよ。そうなると、わしは、わしの母親と妹とその二人の子もつれて、大阪へ戻ることになる。タネはあんなおなごじゃけん、大阪へ出ることを嬉《うれ》しがるじゃろうが、あの歳老いたお袋が、生まれて以来、八十何年間も離れたことのない郷里から大阪へ移って暮らせるかどうかが問題じゃ」

「城辺の家までも手放さにゃあいけませんかなァし。伊佐男がこの世からおらんようになったんじゃ。もうあしたにでもダンスホールを再開できますけん、お袋さんとタネちゃんらはダンスホールの稼《かせ》ぎで暮らしていけますでなァし」

音吉の意見はもっともであった。城辺の家を売ったとて、なにほどの金になるわけでもない。熊吾の母とタネたちが大阪へ出て、どこかに家を借り、生活の算段を考えるよりも、城辺でダンスホールを再開し、タネがそれを切り廻《まわ》して、母親と二人の子を養うほうが得策には違いなかった。

けれども、熊吾は、なぜかそうしたくない思いが強かった。俺《おれ》は松坂熊吾だ。俺はなにも商売に失敗して郷里に引きこもったのではない。妻と幼い一人息子の体を丈夫にするために、いったん休憩しにきたにすぎない。息子はなんとか丈夫に育ち始めたが、この辺鄙《へんぴ》ないなかでの生活は、妻に盗み酒の癖をつけた。都会育ちの房江には単調すぎて、その単調さへの不満が、無意識のうちに盗み酒の酔いを楽しむ癖を覚えさせたのかもしれない。この南宇和の城辺町での生活に適していないのは、あるいはこの自分ではなく、妻のほうではないのか……。熊吾にはそんな気がしたのだった。

そしてさらに、熊吾は、妹のタネが、算盤《そろばん》勘定などまったくできない女であることを熟知していた。客にダンスを教え、自分も踊って楽しんでいるぶんにはいいが、経営となると、どこが儲《もう》けでどこが損なのか、まったく計算がたたない。繁盛に便乗して、少し目端の利《き》く商売仇《がたき》でもあらわれたら、ひとたまりもなく客を取られてしまうだろう。すでに、城辺町にできたダンスホールの盛況を知って、宇和島にも高知の宿毛にも、新しいダンスホールが開業の準備にはいったという噂《うわさ》を耳にしている……。

「世の中が大きく動いちょる場所に戻らにゃいけん」

熊吾は、伊佐男の事件のあと、長八じいさんに言った言葉を、房江と音吉に言った。

「明彦は頭のええ子じゃ。あの子は勉学の世界で伸ばしてやりたい。教育の程度も、松山と大阪では相当の開きがある。明彦のためにも、都会の中学へ転入させて勉強をさせてやるのはええことじゃ」

「けど、ヒサ婆《ばあ》ちゃんが、首を縦に振りなはるやろか。もうじき八十一歳になるんやけんねェ。南宇和で生まれて、一本松に嫁いできて、南宇和以外は、道後温泉にいっぺん行ったきりの年寄りが、大阪へ引っ越して暮らすのは辛《つら》いことやと思うけど……」

とリキが遠慮ぎみに言った。

「しかし、タネにダンスホールを切り盛りする才覚はありゃせん。わしからの仕送りだけが生きる糧《かて》になるのは時間の問題よ。政夫が死んで、小遣いをせびりにくる男がおらんようになっただけ、まだましじゃ。二、三年前なら、お袋とタネらが暮らせる金ぐらいは、わしには痛いことも痒《かゆ》いこともなかったが、大阪や神戸の物価の上昇は想像を絶しちょるし、わしはまた一からの出発で、金が要る」

房江はひとことも発しなかった。隣の農家で牛が鳴いた。風が、低い山の樹々《きぎ》を揺らしている。

再び一から出直すはめになることは、三年前に松坂商会をたたみ、郷里へ帰るために列車に乗ったときから覚悟していたではないかと、熊吾は胸のなかで己に言い聞かせた。

「そやけど、熊おじさんは、大阪へ戻るのは八分がた決めたことじゃと言いなはった。完全に決めっしもたわけじゃありませんでなァし」

いかにも熊吾と離れ難いといった表情で音吉はつぶやいた。

確かに熊吾の決心は八分がた固まっていた。けれども、残りの二分の、このまま郷里で暮らしつづけようという思いは、風の音が強まるにつれて薄れていった。その強い風の音は、風自体の音や、樹木が擦れ合う音に無数の葉ずれの音が重なったり、あるいは、田圃《たんぼ》のれんげや菜の花や、地面や小川や農家に吹きつける音などがすべて重なって生まれてきていたのだが、熊吾には、あるひとつの具体的な轟音《ごうおん》として聞こえてきたのだった。それは、増田伊佐男が、自分の母親の墓の近くで、自らの眉間《みけん》を撃った際の銃声であった。

蝶《ちょう》が舞い、蜜蜂《みつばち》の羽音が聞こえ、畑を耕す牛が間延びした鳴き声をあげているのどかな春のもとで、銃声はただ一発だけの、火山の小さな噴火音のようにも、気まぐれ者がいたずら心を起こして叩いた大太鼓のようにも、時を告げる砲声《ドン》のようにも聞こえたことを、熊吾は思い浮かべた。

その音の世界に心を没しているうちに、熊吾は、やはり子供のころ伊佐男の左足を怪《け》我《が》させたのは、伊佐男の思いすごしでもいいがかりでもなく、間違いなくこの松坂熊吾の所業だったのであろうと考えた。

わうどうの伊佐男が、一生、自由に動かせない足になったために、ならず者の道を歩き、非道な行状を繰り返したあげく、ついには自ら死を選んだことを、すべて松坂熊吾の責任とするのは、まったくのおかど違いだと思いつつも、熊吾の心から一発の銃声は消えなかった。

彼は、茶碗に残っていたドブロクを飲み干し、風の音によって自分のなかに生じた暗い思いを、感傷だと言い聞かせた。感傷なのだ。これは単なる風の音ではないか。広大な田園に吹く風は、いつもこのようであった。何をいまさら、伊佐男の撃った銃声をそこに結びつけるのか。これは感傷だ。俺《おれ》はやはり大阪へ戻り、二度とふるさとには足を向けない。

伊佐男の死も、結局は死ぬべきやつが死んだにすぎない。何もかもは、伊佐男が招いた。考えてみれば、俺はいつも感傷で失敗してきたのではないだろうか。男は、ふるさとに帰って来てはいけない。ふるさとがもたらす感傷が与えるものは、虚無と安全に生きようとする志向だけだ。

熊吾は怒気を込めて、胸の内でそう言ってから、

「八分がたやあらせん。わしは、大阪へ戻ることを迷いなく決めたぞ。房江、わしは大

阪へ戻って、一から出直す」

ときつい口調で言った。

房江は小さくうなずき、なぜかリキに微笑《ほほえ》みかけた。なぜ、房江がリキに微笑んでみせたのか、熊吾にはわからなかった。

「もうわしは、二度と一本松村を見ることはないじゃろうけん、このどでかい土俵みたいな、わしの生まれ育った地の、恐ろしいほどの星の数を見届けてくる。房江も来い。伸仁も来い」

熊吾は、そう言うなり、伸仁を抱きあげ、房江に手を差し延べた。

「ええ匂《にお》いがする。何の匂いやろ」

熊吾と手をつないで夜道に出たとたん、房江はそう言って、闇のなかで顔をあちこちに向けた。

「花じゃ」

「そんなん、花に決まってる。何の花やろって訊《き》いたんや」

「とにかく、花じゃ。名前のわからん野の花には、ええ匂いをぎょうさん出すのがある」

熊吾が促す前に、伸仁は岩山をよじ登るみたいにして、父親の肩に足をかけて坐《すわ》った。

「ちゃんと、父さんの頭に手を巻きつけとかんと落ちるぞ」

肩車された仲仁の両足を握り、熊吾は言った。

「伊佐男が死んだとこへでも行ってみるか」

「そんな遠いとこまで？　途中で、親子三人が野壺《のつぼ》にはまったりしたら、一本松中の笑い者やわ」

「どこにどんな野壺があり、どこにどんな穴ぼこがあり、どこにどんな小さな川があるか、わしには目ェつぶっとってもわかる。わしは、生まれてから大阪へ出るまで、このどでかい土俵みたいなとこを走り廻っとったんじゃ」

風は後方から吹きまくっているのに、幾つかの小さな雲は、それとは反対の方向に流れていた。

「あれが北斗七星じゃ」

熊吾は、小川の手前で立ち停《ど》まり、星を指差した。

「どれ？　あんまりぎょうさんの星やから、どれが北斗七星なんかわからへん」

房江にそう言われて、熊吾は、確かにこのすさまじい数の星のなかでは、いったいどれが北斗七星で、どれが白鳥座で、どれがアンドロメダなのかわかりはしないなと思った。

「星明かりやね」

房江は仄《ほの》かに光るせせらぎに目をやって言った。

「一本松の尋常小学校に、天体観測が趣味の先生がおった。わしは、その先生に、ぎょうさんの星の名前と見分け方を教えてもろうたが、もうほとんど忘れっしもた。その先生は、まだ三十そこそこじゃったが、宿直室で首を吊《つ》って死んだんじゃ。わしが尋常小学校を卒業してすぐにやった。なんで自殺したと思う?」

「さあ……。なんで?」

「農家の嫁を好きになって、もうどうにもならんようになって死んだんじゃ」

「農家のお嫁さん? 二人は、人目を忍ぶ仲になってしまいはったん?」

熊吾は闇のなかで首を横に振り、

「最初から最後まで、その先生の片思いじゃった。恋文を送ったわけでもないし、自分の気持を多少とも相手に伝えたわけでもない。ただひとり思いこがれて、首を吊った。けんども、その農家の嫁は離縁させられて実家に追い帰された。勝手に首を吊った先生の遺書に、どんなにその嫁を好きかと書いてあっただけで、亭主も、舅《しゅうと》も姑《しゅうとめ》も、嫁を追い出しよったんじゃ。それはあんまりにも理不尽やないかと、わしの親父《おやじ》が見るに見かねて言うたら、人に首を吊らすような嫁は、いずれは亭主に首を吊らせるようになるっちゅうて、亭主の母親が言うたそうじゃ」

房江は、その熊吾の話に何の応答も返さず、首をもたげて星を見つめ、熊吾もそれきり黙り込んだ。

「こんな話もある」

熊吾は、風の音が再び自分の内部で銃声に変わりそうなのを感じて、それを打ち消すために口を開いた。

「哀《かな》しい話ならやめとって……」

と房江が熊吾の腕に凭《もた》れかかりながら言った。そんな房江の髪に唇《くちびる》を押し当て、

「これは面白い話じゃ」

と熊吾は言った。

「嫁を追いだした農家の舅は、若いころから浮気者で、女遊びのために先祖伝来の田畠《たはた》をほとんど売ってしもうた男じゃった。その男が、七十五になったとき、畑仕事で腰をひねって動けんようになった。風呂《ふろ》も自分では入れん。しょうがないけん、女房は亭主を風呂にかついで行って洗《あろ》うてやった。そしたら、亭主が『お前には苦労をかけたな。辛いときもあったじゃろう。すまなんだな』っちゅうて、首を垂れた。女房は、また珍しい、この人が女遊びのことで自分に謝ってくれるのかと思うたら、そうやなかった。男は、自分のチンポコに謝っとったそうじゃ。それに気がついて、女房はすりこぎで亭主のあそこがつぶれるほど殴ってから、風呂に置き去りにしたまま、部屋に戻って寝てしもうた。置き去りにされて助けを呼ぶ亭主の哀れな声は、一本松中に響いたそうじゃや」

房江はくすっと笑ってから、

「あのきれいな小学校の音楽の先生を、道後温泉に誘うたって、ほんま？」

と熊吾に訊いた。

「なに！　何のことじゃ」

熊吾は慌《あわ》てて伸仁を地面に降ろし、

「わしが、あの女教師を道後温泉に誘うた？　誰がそんな根も葉もない噂を振りまくんじゃ」

と言った。そして、大きく溜息《ためいき》をつき、

「じゃけん、わしは、いなかは嫌《きら》いなんじゃ」

と夜空を仰いだ。

「本人が言うてはる」

「本人？　あの女教師がか？　誰に」

「私に」

「なに！」

「茂十さんのお通夜《つや》から戻る途中で、あの先生にばったり道で逢うたんや。そしたら、御主人に道後温泉に誘われたけど、行ってもかめへんやろかって、にやにや勝ち誇ったみたいに笑いながら、私に言うたんや」

「あの女、頭がおかしいぞ。校長に言うて、病院へつれて行かにゃあいけん」

熊吾は狼狽《ろうばい》して自分の声が甲高くなっているのに気づいたが、平静なときの自分の声がどんなものだったのかわからなくなった。

「ほんまに誘うたん？　それとも、あの人の嘘《うそ》？」

「嘘に決まっちょるじゃろ。お前にそんなことを言うこと自体がおかしいとは思わんのか。ふざけた話じゃ。あの女、このあたりで自分よりきれいな女がおることをやっかんで、お前にそんなことを言うたんじゃろ」

「上手な誤魔化し方……。あの若い先生よりもきれいな人って誰？」

「お前じゃ」

熊吾は、伸仁の体を長八じいさんの家のほうに向けさせ、

「あそこに一軒だけ灯《ひ》がついちょるのが、長八じいちゃんの家じゃ。お前は五つになって、強い子になったんじゃけん、ひとりで帰ってみィ。怖がらんと帰ったら、あした、父さんが何かおもちゃを買うちゃる。父さんと母さんは大事な話をしちょるっちゅうて、リキに風呂に入れてもらえ」

と言った。

「うん、ぼくは強いけんね」

心細そうに言い、伸仁はひとりで長八じいさんの家に戻って行った。

「まっすぐ歩くんじゃ。足元をよう見て。走るなよ」

熊吾は、伸仁が長八じいさんの家に入るのを見届けると、房江を抱きしめ、

「どうじゃ？　ここで」

と言い、スカートの奥に手を入れた。

「いやや。若い人と温泉へ行きはったらええ」

そう言い返したくせに、房江は熊吾と一緒に田圃の上に倒れ込んだ。熊吾は、房江のスカートをめくりあげ、下着を脱がしながら、

「今生の思い出に、れんげや菜の花の咲く田圃で、星を見ながらっちゅうのはどうや？」

とささやいた。

「誰も近くを通れへんやろか。リキさんや音吉さんが心配して捜しに来たら……」

「誰も来やせん」

終わって五、六分たったとき、房江は熊吾の耳たぶを指でさわりながら、

「星が、全部、落ちて来たみたいやった」

と聞こえるか聞こえないかの声で言い、それから、あっと叫んで起きあがった。房江の下着が風に吹き飛ばされて小川に落ちたのだった。

第九章

四月の初めに、熊吾は上阪《じょうはん》し、千代麿がみつけてくれた二ヵ所の土地と建物を見、かつての仕事仲間と逢《あ》い、伸仁の幼稚園の入園手続きやら、明彦と千佐子の入学手続きやらを迅速に行ない、御影《みかげ》の土地の買い主と価格の交渉をすると、四月六日に城辺町に戻って来た。

その翌日、八分咲きの桜がおそらくきょうの好天で咲ききってしまうだろうと思われる昼近くに、熊吾は房江を誘って僧都《そうず》川の河岸へ行った。彼は、僧都川のよく澄んだ水に片足をひたし、メダカの群れと、その下のほうで泳いでいる何尾かの鮒《ふな》を見ながら、房江に何度も頼み込んだ。

「鮎《あゆ》を手づかみにできるんじゃけん、鮒ぐらいは簡単じゃろう。なんで、そんなにいやがるんじゃ。いっぺん、わしの目の前で、魚を手づかみにして見せてくれんかのお」

けれども、房江は履き物を脱いで、ほんの少しスカートをたくしあげはするものの、結局、恥かしそうに笑いながら、まだ水が冷たいからとか、スカートやブラウスの袖《そで》を濡《ぬ》らしたくないからなどと言って、川の中へ入って行こうとはしなかった。

熊吾は、房江の機嫌《きげん》の悪さの原因を知っていた。熊吾は、大阪で再出発するための二つの候補地を見て、即座に北区の西のはずれにあたる元進駐軍の将校の住居兼資料庫として使われた三階建てのビルと土地を購入することに決めてしまった。そして、そこから最も近くにある九条のキリスト教系の幼稚園に、仲仁を入園させる手続きをしたのだが、それらをすべて独断で決定した夫の性急さを房江は怒っているのだった。土地の件はともかくとして、伸仁の幼稚園のことは、母親である自分にも相談してほしかった……。房江は、昨夜、言葉少なく熊吾に抗議して、それきり口をきかないまま床についたのだった。

「大阪市北区中之島っちゅうても、あそこは北区と福島区と西区との接点みたいなとこなんじゃ。ビルの前には堂島川が流れちょるし、裏には土佐堀川が流れちょる。ビルの三十メートルほど西側で合流して、安治川になりよる。わしは三軒の幼稚園を見て廻《まわ》ったが、どこへ通わせるにしても、バスか市電に乗らにゃあいけん。そのキリスト教系の幼稚園は、躾《しつけ》に厳しいて、子供の教育にはええとこじゃと評判やけん、わしは園長さんに逢《お》うて、四月十日の入園式には間に合わんが、それでもええかと訊《き》いたら、こころように引き受けてくれた。他の幼稚園は、入園式に間に合わんのは困ると言いよった。それで、九条の幼稚園に決めたんじゃ」

「なんで、その中之島のはずれのビルと土地に決めはったん？　持ち主が行方不明やったら、誰からどうやって買うのん？」

「いずれ、みつかるじゃろう。それまでは借りることになるっちゅうのは、まことに好都合じゃ。その金を商売の資金にまわせるけんのお」

土地とビルの持ち主は、戦争中、広島に疎開《そかい》して、消息を絶ったのだった。疎開する際、知り合いの周旋屋にビルの管理を託したのだが、戦争が終わって進駐軍が強制的にそのビルを使用すると決まったときも、連絡が取れなかったという。だが、広島に原爆が投下される二ヵ月ほど前に、周旋屋に手紙が届き、自分たち一家はこのまま郷里の広島で暮らしつづけることにしたいので、大阪の土地とビルを売ってくれと依頼した。

「きっと、そのご一家は、原爆で死にはったんや。そうでなかったら、戦後七年もたつのに消息がわからへんなんてことはあらへん」

と房江は不安そうに言った。

「あとで、いろんな人が、この土地とビルは自分らに権利があるって言いだして、ややこしいことになれへんやろか……」

「まあ、そのときはそのときじゃ。わしにまかせときゃあええ。それよりも、この南宇和の城辺や一本松に戻って来ることは、たぶん、わしにはもうあらせんのじゃ。亭主のわしは噂《うわさ》だけ耳にして、お前がほんまに泳いじょる魚を手づかみにするとこを見たことがない。のお、そんなにもったいぶらんと、やってみせてくれ」

房江は仄《ほの》かに笑みを浮かべたが、かぶりを振り、

「お義母《かあ》さん、けさもお仏壇の前で泣いてはった。なあ、城辺の家も売ってしまわなあかんのん？　道後温泉よりも遠いとこへ行ったことのない年寄りを、このいなかから大阪へつれて行って暮らさせるのは酷なことやと思うんやけど……」

と言った。

房江に言われるまでもなく、熊吾は、八十一歳になる歳老《とし》いた母を、住み慣れた南宇和の地で安住させてやりたかった。だが、大阪へ戻っても、自動車の中古部品を扱う商売を再開する気は熊吾にはなかった。中古部品の時代は遅かれ早かれ終わるに違いないと思い、まったく別の仕事に対する腹案が二、三あったが、そのためには充分な回転資金を準備しておかなければならない。

「そんなことはわかっちょる。わしも、お袋を城辺で暮らさせてやりたい。しかし、お前にもわかったじゃろう。ダンスホールをタネにまかせて再開したら、あいつは自分がダンスを楽しんでばっかりで、商売のほうはお前に頼りきりじゃ。わしらがおらんようになったら、ダンスホールなんて、一ヵ月もせんうちにつぶれっしまう。客も三分の一に減りよった。いっぺんケチのついた商売は、たとえ、わうどうの伊佐男が死んで、もう、ならず者《もん》がいやがらせをせんようになっても、元には戻らんのじゃ」

熊吾は、だんだん苛々《いらいら》してきて、自分の目がきつくなっていくのを感じた。

「あんたが、どんな商売を考えてはるのかはわからんけど、そんなにぎょうさんの資金がいるのん？」

と房江は訊いた。

「土地とビルの持ち主が突然あらわれたらどうするんじゃ。いつ、そのビルを買わにゃあいけんかもしれんのやぞ」

自分は十段の梯子《はしご》を一段一段昇ろうとはしない。三段とばし五段とばしで昇って行こうとする。それが、これまで冒した自分の失敗の原因でもあるし、人間としての欠点でもある。熊吾はそう自覚していながらも、小さな商いを徐々に大きくしていこうとは考えなかった。そんな悠長《ゆうちょう》なやり方ができる年齢ではないと何度か自分に言い聞かせるのは、熊吾の自己弁護で、じつは、最初から大儲《おおもう》けを狙《ねら》える商売に手をだそうとしているのだった。

「何もかも、大阪へ戻ってからじゃ。このいなかであれこれ考えちょってもええ考《こ》えは浮かばん。商売が軌道に乗ったら、また一本松か城辺にお袋の余生のための家を買うてやりゃあええ」

そう熊吾は言い、

「のお、頼むけん、あの鮒を手でつかんでみせてくれんか」

と房江の顔をのぞき込んだ。房江は小首をかしげてから立ちあがり、あたりをうかがうとスカートを膝《ひざ》の上までたくしあげ、川に入った。メダカの群れがいっせいに逃げた。房江は左手で、たくしあげたスカートの裾《すそ》をつかみ、右手を川の水にひたして、一尾の鮒に目星をつけると静止した。鮒は、房江の足元に近づいたり、遠ざかったりしたが、そのうち、水中の石と石とのあいだを泳ぎだした。

房江の静止は驚くほど忍耐強かった。房江は自分からは決して動かず、水中でひろげた掌《てのひら》に鮒が近づくのを待ちつづけた。熊吾は、そんな房江のふくらはぎに、一匹の細い蛭《ひる》が吸い付いているのに気づいた。土色の蛭は、房江の血を吸って赤く膨れていき、透明の川の流れにゆらめいて、房江のふくらはぎに別の性器を形づくっていくような錯覚をもたらした。

「おい、蛭を取れ」

と熊吾が言うのと、房江の右手が水中で一閃《いっせん》するのとは同時だった。水しぶきが熊吾の顔を濡《ぬ》らした。房江は一尾の鮒をつかんで、その手を高々とあげ、熊吾に微笑《ほほえ》んだ。熊吾は、自分もズボンの裾をめくりあげ、川のなかに入ると、房江のふくらはぎから蛭を引き離し、石にこすりつけて殺した。

「お前が、こんなにすばしっこい女やとは知らんかった。恐れ入った……」

熊吾はそう言って、川岸の石に腰をおろした。そのとき一瞬、熊吾の決心はぐらついた。房江には、こののどかな南宇和のいなか町での生活のほうが合っているのではないだろうかと思ったのである。口にはしないが、房江はこの地での単調な暮らしを楽しんでいたのではあるまいか、と。そう思うと、熊吾は、まもなく始まる大阪の喧噪《けんそう》にまみれる生活がわずらわしくなった。このまま、自分の故郷で生きていくほうが、気楽でいいと思った。

しかし、そんな思いを、熊吾は房江のいっこうにやまらない盗み酒の癖への嫌悪感《けんおかん》によって打ち消した。このままでは、房江はアル中になる。そして、房江に酒を求めさせているのは、このいなか暮らしだ、と。

房江は、鮒を川に帰してやってから、熊吾の腰かけている石に自分も腰をおろした。

「軍隊で、わしの部下に日蓮宗《にちれんしゅう》の信徒がおった。日蓮宗っちゅうても、いろんな分派があるらしいが、そいつはなかなか面白い話をわしにしてくれたことがある」

「面白い話って?」

「釈迦《しゃか》は、生涯《しょうがい》にぎょうさんの経を説いたが、法華経《ほけきょう》以外の経では、二乗と女人の成仏《じょうぶつ》を説かんかったそうじゃ。法華経に至って、初めて、二乗と女人は成仏したっちゅう」

「二乗って何?」

と房江は、川の水で手を洗いながら訊いた。

「声聞《しょうもん》と縁覚《えんがく》っちゅう二種類に属する人間やそうじゃ。これは、そいつの言うところでは、その人間の一番本質的な部分に根ざした傾向を十種類に立て分けたうちの二つらしい。つまり、二乗っちゅうのは、インテリのことじゃ。学問に熱中したり、芸術に熱中したりする傾向の強い人間やというふうにわしは解釈したが、そんな簡単なもんでもなさそうじゃ。わしは、悪い意味でのインテリが、なんで成仏できんのかはわかるような気がする。わしの部下じゃった男の説明も、わしが考えたことと大きな違いはなかった。インテリは、他人のことに無関心なやつが多い。他人のために自分の心を傾けたり、他人の苦労を思いやって、何かを行動するっちゅうことがない。いっつも傍観者で、そのくせ屁《へ》理屈を並べて、自分よりも知識のない人間を腹の底では見下しちょる。まあ、つまりエゴの塊みたいで、そういう手合は成仏できんちゅうんじゃ。わしは、それには納得できたが、なんで女が成仏できんのかわからんかった。仏さまでも男尊女卑なのかっちゅうて笑《わろ》うたら、わしの部下は、そうではないと言いよった。どんな女も、本質的には嫉妬《しっと》深くて、愚痴っぽくてどろどろの欲望に包まれちょるそうな。しかし、もっと掘り下げて、女の特徴を見ると、どうも女っちゅうものは、非はいつも相手にあり、何か事が起こると相手のせいにし、自己反省っちゅうことをせん。〈怒りゃふくれる、叩《たた》きゃ泣く、殺しゃ夜中に化けてでる〉っちゅう言い方があるが、すなおに自分の非を認めん。そういう傾向は男よりもはるかに強い。じゃけん、成仏できんのじゃと、そいつは言いよった。女の本質は、わがままで意固地で、自分の不幸や失敗は、どれもこれも相手や環境のせいじゃと言い張り、いざとなると打算的で……。それで、女人は成仏できんそうじゃ」

熊吾は、川蛭に血を吸われて薄赤い痣《あざ》ができている房江のふくらはぎを見ながら、

「お前は酒をやめにゃあいけん。お前の酒は、お前を暗い人間にさせよる。そんな酒はやめにゃあいけんぞ」

と言って川からあがり、下駄《げた》を手に持って、裸足《はだし》で家への道を歩きだした。振り返ると、房江は石に腰を降ろしたまま、ふくらはぎの痣を指先で撫《な》でながら、

「あんたのほうが、私よりも嫉妬深い」

と言った。

「女の嫉妬っちゅうのは、なんも色恋のことやありゃせん。他人の幸福をねたんだり、いっつも何かと比較して自分の境遇に不満を持つことよ。お前には、そういうところは少ないが、わしはなんでお前が盗み酒をやめられんのか不思議なんじゃ。飲みたいんなら、正々堂々と飲め」

「お酒を飲んだら、あんたが怒るから」

「わしが怒るから盗み酒をするっちゅうのか。まことに女人らしい言い草じゃ。自分が酒を飲むのを、わしのせいにしちょる。それこそ、非はいつも相手にあるっちゅう論理じゃ」

熊吾は、珍しく癇癪《かんしゃく》を起こさなかった。たくしあげたスカートの裾を左手でつかみ、右手でつかんだ鮒を高々とかかげてみせた際の房江の姿に、ある種のおごそかな感動に似た心持ちにひたって、それはいっこうに消えなかったからであった。その感動は、熊吾に、鮎が僧都川をのぼってくる時期まで大阪へ戻る日を延ばそうかと考えさせたほどだった。熊吾は、房江が、鮎を手づかみにしてみせる姿を想像して、なぜか〈官能〉という言葉を思い浮かべた。

熊吾は、房江を川べりに残して歩きだしたが、歩いているうちに、心のなかは急激に変化して、さっきの房江の姿を、妙に寂しく不幸なものに感じた。そう感じると、〈官能〉という言葉は〈孤独〉という言葉に変わった。

自分は、たしかに気が短く、癇癪持ちで、理不尽なところもたくさんある。しかし、自分は結婚して以来、一度たりとも、房江に貧乏をさせたことはない。ときどき女遊びもしたが、房江にばれるような遊び方はしていない。それなのに、どうして房江からは不安と孤独が消えないのであろう。それは、房江という女が持って生まれて、なおかつ、不幸な生いたちによって育《はぐく》まれた病気だ。もしそれが病気だとすれば、酒は決して薬とはならない。房江は自分の病気を重くさせる毒を内緒で飲みつづけているというわけだ……。

熊吾は、下駄を履いて振り返り、

「菜の花を見に行かんか」

と房江に叫んだ。

「深浦隧道《ずいどう》の手前に見事な菜の花畑がある。三反ほどの畑に菜の花が密集しちょる。あんなにぎょうさんのきれいな菜の花は、大阪へ帰ったら二度と見られん」

昼飯の支度があるのだがと言いながらも、房江はハンカチで足を拭《ふ》いてサンダルを履き、明彦もつれて行ってもいいかと訊いた。

「明彦？　なんで明彦をつれて行くんじゃ」

「けさ、なにか言いたそうな顔で、私の傍《そば》に来たから、どうしたんやて訊いたら、熊おじさんに相談したいことがあるって。みんなの前では喋《しゃべ》りにくそうやったから……」

「そうか。明彦を呼んできてやれ。伸仁と千佐子には気づかれんようにせえ。千佐子は、耳にしたことは何もかも母親に喋《しゃべ》りよるけんのお」

商店街の豆腐屋の前で待っていてくれと言って、房江は家へ帰って行った。熊吾は、川に沿った道を行き、商店街に出ると、豆腐屋の近くで待ちながら煙草《たばこ》に火をつけた。

宇和島からのバスがやって来て、砂埃《すなぼこり》を巻きあげた。停留所でもないところで運転手はバスを停《と》め、

「これを見てやんなはれ」

と熊吾に言って、バスの窓の何枚かに貼《は》られた紙を指差した。〈破防法絶対反対・治

安維持法の再来を断固阻止〉と赤や青の絵具で書かれてあった。

「お前も労働組合に入っちょるのか」

と熊吾は運転手に訊いた。

「わしは組合員やあらせんのやが、あいつらが勝手に貼りよって、はがしでもしたら袋叩きにあいそうな具合でなァし」

「わしも破防法に反対やのお」

と熊吾は言った。

「治安維持法が名を変えただけじゃ。講和条約が成立したら、占領軍は日本からおらんようになる。そうなったあとの治安維持を名目にしちょるが、名目じゃのうて、まさに治安維持法の再来じゃ」

「組合はストをやるっちゅうとりますでなァし。そうなったら、バスも汽車も動かんようになって……」

「ストはいつやりそうじゃ」

「はっきりとはわかりませんがなァし、たぶん、十二日か十三日かやないかっちゅう噂でなァし」

「お前、どんなにそそのかされても、労組員にはなるなや。共産党のプロのうしろにはソ連が隠れちょる」

運転手は笑顔で手を左右に振り、

「わしはバスの運転が大好きで、バスを運転しちょると楽しいてたまらん。それでなんとか女房子供を養えて、休みの日には釣《つ》りができりゃあええんでなァし」

と言った。

「お前には、なんやわからんがいろいろと世話になったような気がする。体に気ィつけて、元気で暮らしてやんなはれ」

その熊吾の言葉で、運転手は怪訝《けげん》な表情を浮かべて何か言おうとした。けれども、停車しているバスに進路をはばまれたリヤカーの男に文句を言われると、慌《あわ》ててバスを発車させた。

バスは三叉路《さんさろ》の手前の停留所で停まり、三人の乗客を降ろすと一本松村への道へと遠ざかって行った。

城辺でバスから降りた乗客のひとりは、和田茂十の息子だった。和田完二は熊吾を見て、深く腰を折ってお辞儀をした。

「お袋さんはお元気か？　看病と葬式の疲れが出るころやけん、体をいとうてやらにゃあいけん」

「この三日ほど寝たり起きたりで……」

和田完二は、熊吾の傍に来てそう言った。

「そうじゃろう。気落ちしちょりなはるしのお」

「この前は、わしの言葉が下手くそで、松坂の大将の気を悪うさせっしもうて。わしは、もっと他のことを言いたかったんですが、言葉が下手くそで」

と完二は道に視線をやったまま言った。

「そうじゃ。言葉が下手くそなのは一種の悪《あく》じゃ。言葉が下手なのは、頭が悪いからじゃ。頭が悪いのは人間の罪悪のひとつじゃ」

熊吾は笑顔で言い、完二の肩を叩いた。

「あのあと、わしは、とんでもないことに巻き込まれて、すんでのところで岡っ引きにしょっぴかれるところやった」

完二は顔をあげ、

「あの日の夕方には、深浦にも事件の噂が飛び交《こ》うて、わしは心が胸やけになったみたいで……」

「心が胸やけか……。それはうまい表現じゃ。言葉が下手くそな人間の言えるセリフやあらせんぞ」

「わうどうの伊佐男が死んで、五人の漁師が、もういっぺん雇うてくれっちゅうて詫《わ》びを入れてきよりました。あいつに脅されて、魚茂を辞めるよう言われたそうでなァし」

「いっぺん裏切ったやつは、また裏切りよる。そのことをわきまえたうえで、知らんふりして雇うてやったらええ。ことしは鰹《かつお》が豊漁じゃっちゅうけん」

完二は、熊吾の言葉にうなずき返してから、

「さっき、バスに乗っちょって、御荘《みしょう》を通りかかったら、ぎょうさん警察の人が集まっちょりました」

と言った。

「こんないなかにも、いろんなことが起こりよる。人間が暮らしちょるんやからのお」

熊吾は、自分たち一家が大阪へ帰ることは黙っていた。帰る日が決まってから、茂十の霊前に線香をあげに行こうと思っていたのである。

「どこへ行っとったんじゃ？　宇和島か？」

と熊吾は訊《き》いた。

「いえ、きのう、松山まで行って、一泊して帰って来ましたんでなァし」

完二は、亡《な》き父の遺志を継いで、蒲鉾《かまぼこ》の腐敗防止薬を作ろうと決め、松山の大学へ出向いたのだと説明した。

「これも、発案者は、松坂の大将でなァし」

「うん、このわしじゃ。わしは、蒲鉾が腐るのを防ぐか、それともいまより十日ほど新鮮さを延ばせる薬は、必ずできるような気がするんじゃ。大学の先生はどう言うちょった？」

「わしの親父《おやじ》に相談を受けて、研究を始めたそうでなァし。まだ始めたばっかりで、どうこう言えんが、腐敗させん方法はいっぱいあるんやが、問題は、蒲鉾の味を変えんことが重要で、いまんところは、薬品を混入すると、蒲鉾が苦《にご》うなったり、身が固《かと》うなったり、変色したりやそうでなァし。研究費をもっと出してくれと言われました。大学の予算は少ないらしいいて」

「しかし、蒲鉾の味も色も歯ごたえも変えん腐敗防止薬ができたら、それは蒲鉾だけやのうて、いろんな食べ物に活用できる。時間はかかっても、わしは必ずできるような気がするがのお。そんな薬があればと考えちょるのは、わしらだけやあらせんじゃろう。アメリカあたりでは、ひょっとしたら研究が進んじょるかもしれん」

「大学の先生もそう言うちょりました。それで、アメリカの二、三の大学に問い合わせの手紙を書いたそうでなァし」

路地から房江と明彦が出て来た。房江は風呂《ふろ》敷《しき》包みを持ち、明彦は肩に水筒を掛けていた。完二は房江に挨拶《あいさつ》をし、

「ピクニックかなァし」

と訊いた。深浦隧道の手前の菜の花畑へ行くのだと房江は答えた。すると、完二は、あの菜の花畑の少し奥に、枯れてしまった桜の老木があり、その下に腰をおろす手頃《てごろ》な場所があるので、自分が茣蓙《ござ》を持って行くと言って、小走りで深浦港への道を帰って行

った。

熊吾は城辺の商店街のはずれまで来て、明彦に相談事とは何かと問いかけた。自分の考えを口にするときの癖らしく、明彦は顔を赤らめて指で唇《くちびる》をつまみ、

「ぼくは、ぼくひとりでも、熊おじさんらについて大阪へ行きたいけん」

と言った。

「ばあちゃんは、石にかじりついても大阪へは行かんちゅうて、泣きつづけちょる。母さんも、それを見て、どうしようかと迷いだしたみたいやけん。もし、母さんが城辺におると決めても、ぼくは大阪へ行きたいけん、ぼくをつれて行ってやんなはれ」

「母さんやばあちゃんと離ればなれになって寂しいないのか」

明彦は中学三年生になって、すでに熊吾よりも背が高かった。

「なんでそんなにも大阪へ行きたいんじゃ?」

熊吾は自分の少年時代を思い浮かべながら訊いた。いなか暮らしに焦《あせ》りや腹立ちを感じ、都会へ行けば大きな成功が転がっているように思い込む少年の心を熊吾は理解できたが、明彦の思いは、熊吾の少年時代のそれとはまったく異質だった。

明彦は、深浦隧道への道を曲がり、前方に菜の花の群生が見えてきたとき、

「ぼくは、父さんのおったとこから、おらんようになりたい」

と顔を真っ赤にして言った。

「ぼくは父さんを嫌《きら》いじゃった。父さんの顔も、言うことも、することも、みんな嫌いじゃった。父さんのおった城辺から、ぼくは、おらんようになって、父さんとは何の関係もない人間になりたい」

「お前の父さんは死になはった。それでも、父さんのおったとこから姿を消したいっちゅうのか？」

「ぼくは、ずっと松坂と呼ばれんかった。政夫の悴《せがれ》っちゅうて呼ばれた。父さんが死んでからも、政夫の悴っちゅうて呼ばれとる。父さんはアホで、汚ならしいて、ぼくの母さんにいやらしいことをして……」

「よし、わかった。もうそれ以上、自分の父さんの悪口を言うな。それは自分を蔑《さげす》むことじゃ」

けれども、十四歳の明彦をたしなめたあと、熊吾は、いまの言葉はそのまま自分に返ってくることに気づいた。熊吾も、母が再婚して以来、母を蔑みつづけてきたのだった。

「すごい菜の花やねェ。目が舞いそうになるわ」

房江が明彦の背をさすりながら言った。微風が、三反の畑一面に咲いている菜の花に、あるかなきかの揺れを加えて、その目に沁《し》みる黄色を金色に変えたり薄緑色に変えたりした。

だが、完二が教えてくれた桜の老木のところには、二本の太い杭《くい》が突き立てられ、一頭の巨大な突き合い牛がつながれて草を食《は》んでいた。

「私、あの牛の傍になんか、よう行かんわ」

房江がなさけなさそうに言った。

「あれはどこの牛じゃ？」

と熊吾は明彦に訊いた。明彦は突き合い牛に近づき、額の傷を見て、ある農家の名を言った。

「目の下にも傷がある。吉田牛じゃ」

「お前、吉田のとこへ行って、ほんの一時間ほど、牛をあそこから他の場所へ移してくれっちゅうて頼んでこい」

明彦は、城辺町のほうへ引き返し、すぐに走って戻ってくると、

「誰もおらん」

と言った。

「焼酎《しょうちゅう》も飲ましちょらんし、日当たりのええところでのんびり草を食うちょるんじゃ。心配せんでもええ」

熊吾は畦道《あぜみち》を行き、枯れた桜の老木を挟《はさ》んで、牛のつながれている場所から五メートルほど離れたところに坐《すわ》って、房江と明彦を呼んだ。

「心配せんでもええけん、ここへ来い」

突き合い牛には慣れている明彦は、畦道を走って来たが、房江は一歩も動こうとはしなかった。

「菜の花が、黄色い海みたいに見えるぞ。お天道《てんと》さまもええ具合じゃ。早ようこっちへ来んか。その風呂敷包みには何が入っちょるんじゃ」

房江は、

「おにぎりと、卵焼きと、鰯《いわし》の生姜煮《しょうがに》」

「それはええのお。腹が減った。これは最高のピクニックじゃ」

「牛が跳びかかって来たら、どうするのん？」

「しっかりつないであるし、気でも狂うちょらんかぎり、人間に跳びかかったりはしよらん。安心して、こっちへ来い」

牛は、穏やかな目で熊吾を見つめたり、尻《しり》や腰のあたりで飛び交う蜜蜂《みつばち》を尾っぽで追い払ったりしていた。

完二が深浦隧道から姿をあらわし、丸めて肩に載せている茣蓙を両手に持ち替えたが、道に立ちつくしている房江と、菜の花畑の向こうにつながれている突き合い牛を交互に見やってから、声をあげて笑った。

「吉田の牛やのお。もう歳《とし》を取って、去年、引退した突き合い牛ですけん、怖いこともなんもありませんでなァし」

熊吾にはせきたてられ、明彦にも呼ばれ、完二にも背を押されて、房江は、途切れ途切れに小さな悲鳴をあげながら、畦道を歩きだした。茣蓙を持った完二が、房江のあとからついて来た。

完二が二枚の茣蓙を敷いてくれ、熊吾たちがその上に坐って風呂敷包みを解きかけたとき、牛の持ち主が帰って来た。

「御荘で、えらい騒ぎでなァし」

牛の持ち主は、茣蓙に坐っているのが松坂熊吾だと気づくとそう言った。

「年寄りが死んで、もう腐りかけちょった。伊佐男の親父じゃ。足腰立たんまま、誰もおらんで、どうもそのまま餓死しよったらしい。いやな臭《にお》いがするんで、近くの者《もん》が警察に知らせたら、蒲団《ふとん》のなかで死んじょったっちゅうわ。因果なことよなァし」

熊吾も房江も完二も無言だった。熊吾は、伊佐男の名残《なご》りをすべて竹藪《たけやぶ》に葬《ほうむ》ったと思ったのだが、伊佐男の父がまだ御荘にいたことは忘れていたのだった。

伊佐男が、死ぬ直前、自分の父親を、本当に自分の父なのかどうか知れたものではないと言ったことを思い出し、熊吾は、

「とどめの根絶やしかのお……」

とつぶやいた。老いた牛は持ち主に引かれて自分の牛小屋に戻って行き、菜の花畑には蜜蜂の羽音が大きくなった。

「菜の花は、きれいな花じゃのお。わしは子供のころから、菜の花が好きじゃった」

「こんなにぎょうさんの菜の花は、見たことがあれへん」

房江は言って、おにぎりを熊吾に手渡した。夜、月明かりの下では、この菜の花はどんなふうに見えるのだろうと熊吾は思い、今夜、もう一度、ここに来ようと決めた。


菜の花畑で陽《ひ》が傾きかけるまですごしてから、熊吾たちは家へ戻った。熊吾は、座蒲団を二つ折りにして、それを枕《まくら》代わりに横たわり、縁側で鰹節を削っている歳老いた母を見やった。母の腰の曲がり方や、こめかみあたりのほつれ髪やしみを見つめ、口の周りの深い無数の皺《しわ》を眺《なが》めた。

熊吾は、自分の母の姿というものを、もう何十年も凝視したことはなかったように思い、なんだか優しい言葉をかけたくなった。


「右手が神経痛でときどき痛むんやけん、そんなことは房江かタネにさせりゃあええ」

母のヒサは、熊吾の言葉で鰹節を削る手を止め、熊吾に顔を向けて、

「なんにもせんずくに、マンマだけ食べさしてもらうわけにはいかんけん」

と言い、少しためらったあと、さらに何か言葉をつづけようとしてやめた。熊吾は、母が何を言いたかったのかを察した。

「わしも、母さんをこの城辺でずっと暮らさせてやりたいんやが、いろんな事情で、そ

れはどうも無理じゃっちゅうことになったんじゃ。母さんの気持はようわかるが、辛抱してやんなはれ」

「わしを大阪へつれて行って何になるんかのお。タネも明彦も千佐子もつれていきゃあええ。わしだけは、城辺においといてやんなはれ」

「母さんの面倒は誰がみるんじゃ」

「わしは一人で何でもできる。体が動かんようになったら、そのまま野垂れ死んでしもうてもかんまんけん」

　ヒサはそう言うと、再び鰹節を削った。熊吾は、母がもう少し感情的に自分の意志を主張するだろうと思っていたので、その穏やかな口調に、かえって悲痛なほどの懇願の心が潜んでいるのを感じた。

　熊吾は、終戦直後、疎開《そかい》先の郷里から神戸の御影へ戻り、やがて房江の思いがけない妊娠を知り、その翌年の三月に伸仁が誕生した当座の己の事業再建に賭《か》ける闘魂を思い浮かべた。その闘魂と比べると、彼はまもなく大阪に土地と建物を購入して、再度あらたな事業に取り組もうと目論んでいる現在の自分の情熱や意欲が、あきらかに希薄になっているように思い、目を閉じて、母の鰹節を削る規則正しい音を聞いていた。

　そうしながら、熊吾は、伸仁が生まれたときの、胸の焼けつくような歓《よろこ》びを思いだした。予定より一ヵ月近くも早く生まれた未熟児で、いつ死んでも不思議ではないほど小さくて病弱だった。五十歳の男が初めて得たたった一人の息子は、一歳の誕生日を迎えられたのは奇蹟《きせき》だと何人かの者たちの話題になるような弱々しい赤ん坊だったのだ。その子もことし五歳になり、瘦《や》せっぽちではあるが、大過なく、野や田圃《たんぼ》を駈《か》け廻《まわ》って遊んでいる。人生には幾つかの山があるが、仲仁にとっては、とりあえず最初の山を越えたということになるだろう。それは、この俺《おれ》が事業を投げ打って、南宇和の城辺町へ転居したお陰だ。俺のふるさとは、俺の病弱な一人息子を、なんとか五歳まで育ててくれた。俺のふるさとの使命は終わった……。

熊吾は、

「俺のふるさとの使命は終わった」

と何度も心のなかで言った。すると、この世のありとあらゆる生き物も、事柄《ことがら》も、なんらかの使命によって存在しているのだと思えてきたのだった。人間だけでなく、蟻《あり》も蜂もなめくじも牛も馬も、日本という国もアメリカという国も、名も知らぬ小さな未開の国々も、何かの使命があるからこそ存在しているのだ、と。

「仲仁にとって、俺のふるさとの使命は終わった」

熊吾は、小さく声に出してつぶやき、五十歳で初めて子の父となった男には、そのことによって為《な》さねばならない使命があるに違いないと考えた。使命を終えたら死ぬであろう。使命を終えたということは、寿命を終えたということになる。死ぬのは使命が終わったからだ。人間も、虫も、国も、木や花も……。

生まれて十日後に死ぬ赤ん坊は、きっと、死ぬことを使命として生まれてきているのだ。死ぬことによって果たし終える使命とは何であろう……。

「何がどうなろうと、たいしたことやあらせん」

彼は、いつぞや千代麿の家に泊まった夜に口にした言葉をまたつぶやいて、畳の上から身を起こした。

「よし、母さんは、タネと一緒に城辺で暮らせ」

その熊吾の言葉で、ヒサは首をもたげた。

「損得の問題でいくと、母さんとタネが大阪へ来ると、家を捜して、結局はわしが養のうてやらんといけんのじゃけん、そんな無駄《むだ》な金を使うよりも、城辺にわしが金を月々送ったほうが得じゃっちゅうことになるんじゃ。物価もここいらは安いし……。しかし、この家は売らにゃあいけん。その代わり、わしが音吉の自転車屋の隣に買《こ》うた家に引っ越してもらうことになるが、それくらいは納得してやんなはれ」

ヒサは、縁側に正坐《せいざ》したまま、熊吾に向かって両手を合わせ、

「城辺か一本松におれるんなら、牛小屋でも物置小屋でもかんまんのや。ほんまに、大阪にわしをつれていかんのやな」

と言った。

「ああ、そうじゃ。ずっと城辺におりゃあええんじゃ」

それから、熊吾は大声でタネを呼び、母を大阪へつれて行くことをやめたと伝え、

「お前と千佐子も、城辺で暮らせ。しかし、明彦は大阪へつれて行くが、それでもええか」

と訊いた。

「明彦だけを？　なんで？」

タネは、かすかに顔を青ざめさせて、丸い目で熊吾を見やった。

「明彦は、勉強がようできる子やけん、大阪の高校でしっかり勉強させてやったほうが、将来、きっとええ結果になると思うんじゃ。明彦も、大阪の高校で勉強できるのを楽しみにしちょる」

「私も、大阪へ行くのを楽しみにしとったのに……」

「母さんを城辺にひとり残して行くわけにはいかんじゃろう」

ヒサは、どこか芝居がかった身振りでタネのスカートの裾《すそ》を両手でつかみ、

「わしは、ひとりで暮らせるけん、タネが大阪へ行きたいなら、わしを気にすることはあらせん。この年寄りが一人で暮らすのは辛《つら》いけんど、わしを捨てて、タネは明彦と千佐子と一緒に大阪へ行きゃあええ」

と言って、滲《にじ》んでもいない涙を袖《そで》で拭《ふ》いた。

「なんで、母さんを一人にさせられる？　私はそんな娘やないけんね」

タネは母にそう言ったが、大阪へ行けなくなったことの不満は如実《にょじつ》に表情にあらわしていた。

二人で芝居がかったことをやっちょれ！　熊吾はそう思い、房江を捜して台所をのぞいた。千佐子がかまどのところで伸仁にお手玉を教えながら、房江おばさんは豆腐を買いに行ったと熊吾に言った。

房江はいっこうに帰ってこなかった。豆腐屋までは、歩いて三分ほどの距離だったので、熊吾は、ひょっとしたら家の外のどこかで盗み酒でもしているのではないかと考えた。酒を何かの容器に入れて、路地か川の畔《ほとり》で飲んでいるのかもしれないという憶測が、ほとんど確信に近いものに変わったころ、房江は戻って来た。けれども、家には入らず、梨《なし》の木のところで立ち停《ど》まると、熊吾をそっと手招きした。

下駄《げた》を履いて、熊吾は玄関から出ると、房江の傍《そば》へ行き、それとなく房江の息を嗅《か》いだ。酒の匂《にお》いはしなかった。

豆腐を買いに出かけようとしたとき、菜の花畑に水筒を忘れてきたことに気づき、深浦隧道《ずいどう》への道を歩いて行くと、魚売りの婦人に出会った。その女は、いつも、ヨネの居酒屋に魚や干物《ひもの》を売りに来る話好きの人で、私を見るなり、ヨネの様子がおかしいと言う。どうしたのかと訊《き》くと、きのうは店を閉めていたし、きょうは、深浦港に沿った細道をなにやらうなだれて行ったり来たりしている。声をかけても生返事だけで、そのうち、蘇我《そが》神社の石段を昇って行ってしまったと、魚売りの婦人は言った。妙に気になって、菜の花畑の前を通り過ぎ、深浦隧道を抜けて、蘇我神社の石段の昇り口まで行った。そこから、ヨネの姿が見えた。ヨネは、石段を駈け足で昇ったり降りたりしていて、それだけでも尋常ではないのだが、決して人前で外したことのない首飾りや包帯を巻いていないのが不気味でさえあった……。

房江は、ヒサやタネの視線を気にしながら、そう説明してから、

「もう、びっくりするようなことになってしもて……」

と言い、熊吾の手を引っ張り、商店街の裏の路地まで戻った。

「ヨネちゃん、お腹《なか》が大きいねん」

「ヨネが？　相手が誰なんか、お前に言うたのか？」

房江は頷《うなず》き、周囲を窺《うかが》って、二、三度、溜息《ためいき》をついたあと、

「お腹の子のお父さんは、一本松で自殺しはった人やねん」

と言った。

「なんやと？　わうどうの伊佐男やっちゅうのか？」

熊吾は、怒りや歓びを表情にあらわにすることはあっても、不安や驚きは滅多に顔に出さないのだが、ヨネが伊佐男の子を孕《はら》んでいると聞いたとたん、驚愕《きょうがく》とも戦慄《せんりつ》ともつ

かない奇妙な歪《ゆが》みを顔中に作っていた。

そんなに声を大きくしないでくれと房江は熊吾をたしなめ、

「ヨネちゃん、死ぬ気やったんやと思うねん。たぶん、首の包帯を外してたんは、それで首を吊《つ》るつもりで蘇我神社の境内に行ったんやけど、神主さんがいてはったから、こんどはなんとかお腹の子を堕《おろ》そうとして、あの急な石段を跳びはねるみたいに昇ったり降りたりしてたんやわ」

「ヨネがそう言うたのか？」

「私の勘や。私はとりあえずヨネちゃんをつれて菜の花畑のとこまで戻ってから、わけを訊いたんや。泣くばっかりで、なかなかすぐにはわけを喋《しゃべ》らへんかったけど、そのうち、ぽつりぽつりと喋りだして……」

「腹の子は、伊佐男の子に間違いはないのか」

房江は、小さく頷き返し、

「大阪から城辺に帰ってから、男の人とそんなことをしたのは、たったの一回きりで、その相手は、わうどうの伊佐男やって……」

と言った。

「三日前、宇和島まで行って、お医者さんに診てもろたら、間違いなくおめでたで、四ヵ月目に入ったばっかりやて言われたそうやねん」

「おめでた、か……。ヨネは、伊佐男を毛嫌《けぎら》いしちょったんやぞ。まさか、力ずくで慰みにされたんやあるまいのお」

「さあ……、私はそこまでは訊けへんかったから」

いずれにしても、いま、ヨネを一人にさせておくのは危険なので、しばらくは傍についていてやろうと思う。適当な口実を作って、夕飯の支度は夕ネにしてもらってくれ。

房江はそう言うと、小走りで商店街のほうへ行った。

「ヨネは、いま、どこにおるんじゃ」

と熊吾は訊いた。

「自分のお店にいてはる」

「このことは、他に誰が知っちょるんじゃ」

「私とあんただけ」

いったい何に対して茫然《ぼうぜん》となっているのかわからないまま、熊吾は道を引き返して、梨の老木の幹を拳《こぶし》で殴り、家の玄関をあけると、タネに言った。

「房江は、ちょっと用事で遅うなるけん、お前、夕めしを作ってくれ」

「豆腐はどうなったかのお」

ヒサが腰を曲げたまま縁側から立ちあがり、自分が豆腐を買いに行ってやると言った。

城辺にいられることが決まって、熊吾の機嫌《きげん》をとろうとしているのだった。

「卑屈なことはせんでくれ。豆腐なんか、千佐子に買いに行かしゃあええんじゃ」

熊吾は邪険に言って、縁側に立ったまま城趾《じょうし》の森に目をやった。

「兄さん、私は、もう大阪へ行くつもりで、友だちにもお別れの挨拶《あいさつ》をしてしもたのに」

とタネがうらめしそうに言った。

「大阪へ行く準備もしてしもたし」

「お前がどんな準備をするんじゃ。荷造りだけが準備か。お前は、先のことなんか考えもせんと、ただ都会へ出たいだけなんじゃ。物見遊山《ゆさん》で大阪へ行くつもりなんか。大阪へ行ったら、お前も性根をすえて、働かにゃあいけんのやぞ。自分に何が出来て、どんな仕事をするのかなんて考えとりゃせんじゃろ」

「明彦を置いて行ってやんなはれ。私は、明彦と離れて暮らしとうない」

タネは目を赤くさせて、そう言った。

「明彦は、どうしても大阪の高校で勉強したいと言うちょる。子のための親なんじゃ。親のための子なんか、おりゃあせん」

熊吾が癇癪《かんしゃく》をおこして、それならば母親を城辺に残していくのはやめると言いだすことを恐れたらしく、

「タネが大阪へ行くと、熊にも房江さんにも足手まといなんじゃ。そのことをよう考え

て、こらえてやんなはれ」

とヒサは言い、タネに向かって両手を合わせた。

「親子で猿《さる》芝居をやっちょれ」

熊吾は便箋《びんせん》を出すと、タネたちのために借りるつもりで口約束だけ交わしてきた尼崎《あまがさき》のアパートの家主に、予定が変更になった由《よし》の手紙を書いて封筒に入れた。それから、台所の向こう側の部屋から事の成り行きを窺っている明彦に目をやり、心配するなというふうに微笑《ほほえ》みかけた。

房江が帰って来たのは、夜の八時過ぎであった。ヨネが焼いてくれた魚の干物をおかずに夕飯を済ませてきたと熊吾の耳元でささやいたあと、

「あの男の子供を宿したと知れたら、ここらの人に、どんな目で見られるかわからへん、死にたい、死にたい。もうその一点張りやねん。あんたも一緒に行ってくれへんやろか」

と小声で言った。

「わしが行って何になるんじゃ。死にたきゃあ、死にゃあええ。強姦《ごうかん》されて子を宿したのなら、何の恥にもなるかや」

「無理矢理、力ずくでそんな目に遭わされはったんとは違う。ほんのいっとき、情にほだされて、出会い頭みたいに、たった一回だけ、そうなりはったんや」

「それで子を孕んで、死にたいもへったくれもあるかや。わうどうの伊佐男のどんな情にほだされたのかは知らんが、なまじかけるな薄なさけっちゅう言葉をヨネに教えちょいたらよかったのお」

熊吾は縁側から夜空を見あげた。ほぼ満月に近い月の周囲に大きくて淡い暈《かさ》があったので、熊吾は、

「あしたは雨かもしれん」

とつぶやき、縁側に腰を降ろした。ヨネのことが、よほど気になるらしく、房江はずっと柱に凭《もた》れて立ったまま、熊吾が腰をあげてくれるのを待っていた。

熊吾は、いやに明るく光を地上に反射させている月を見ながら、伊佐男と死ぬ数分前に交わした言葉を脳裏に甦《よみがえ》らせた。

自分には兄弟も子もいない。妻にした女は二人いるが、一人は死に、一人は逃げた。御荘にいる父も、本当に自分の父なのかどうかはわからない。自分の骨は、母親の墓のなかに入れてくれ――。

伊佐男は、そのようなことを言って、体を震わせながら、不自由な足をひきずって墓地の急斜面をのぼり、猟銃の銃口を眉間《みけん》に当て、足の親指で引き金を引いたのだったな。熊吾はそう思った。伊佐男は、ヨネの腹に自分の子が宿っているなどとは夢寐《むび》にも考えなかったであろう。俺と伊佐男とはおない歳《どし》だから、もし生きていれば、あいつは五十

五歳で初めて子の父となっていたわけか……。

「なにが根絶やしじゃ。畜生が根絶やしになるようなヘマをするかや。ちゃんと種を残して死によった。頼朝なら、ヨネの首をはねたうえに腹を裂き、なかの子を引きずり出して叩《たた》きつぶすじゃろう」

熊吾はそうつぶやきながら、自分の顔に微笑が湧《わ》いてくるのを自覚した。

「その源氏も滅びたんじゃけんのお」

もし、いま自分が腰をあげなかったことで、ヨネが死んだりしたら、一生の悔いになるだろう。熊吾はそう考えて立ちあがった。

「この明るい月の光は、菜の花を、どんなふうな色に変えよるかのお」

熊吾は、仲仁を呼び、父さんと母さんと一緒に、菜の花を見に行こうと誘った。

「菜の花や、菜の花や」

仲仁は、はしゃいで、熊吾の足に手を巻きつけてしがみついた。提灯《ちょうちん》に灯《ひ》をともすようにと房江に言ってから、熊吾は声をひそめた。

「わしは、深浦への曲がり角のとこにおる。お前は、そこまでヨネをつれてこい。夜桜見物っちゅう言葉はあるが、夜、月明かりで菜の花を見物するのは、何ちゅうたらええんじゃろう」

熊吾は、仲仁の手を引いて商店街へ出ると、いったん、提灯の灯を消した。そして、深浦への曲がり角のところで再び灯をつけた。

やがて、提灯を持つ房江に伴われて、ヨネが少しうなだれ加減で、近づいてきた。ヨネの首には古傷を隠すための包帯が巻かれてあった。

地虫の鳴き声だけで、人声も風の音もなかった。熊吾は深浦隧道への夜道を歩きだし、

「あしたかあさってが満月やのお」

と言い、伸仁の体を持ちあげて肩車させてやった。

「きょうは、ええ天気やったけん、菜の花畑でピクニックをしたんじゃ。大阪の郊外にも菜の花は咲いちょるが、この南宇和の菜の花とは、色がどこか違う。色の鮮やかさが違う。わしのふるさとの菜の花は、まことにええ色じゃのお」

その熊吾の言葉に、ヨネは何も応じ返さなかった。夜空には仄《ほの》かに霞《かすみ》がかかっている様子で、月光は皓々《こうこう》としているのに、星は見えず、二つの提灯の灯も足元だけを照らして揺らめきつづけた。熊吾は、その二つの提灯の灯を、得体の知れない何かの意志みたいだなと思った。自分の父・亀造の意志、伊佐男の母親の意志、慈《いつく》しみの意志、滅びまいとする生き物たちの意志……。

月光のもとの菜の花の群れが視界に入った瞬間、熊吾は、それが地から湧き出た夥《おびただ》しい数の人間の群舞に見えた。それらは、ひとつとして動いてはいないのに、熊吾の心には、歓声をあげてはしゃいでいる小さな人間たちに見えたのである。

突然、熊吾のなかから、この数年鎮静しつづけていた烈《はげ》しい闘志が噴き出してきた。俺はまだ五十五歳だ。まだまだ洟《はな》たれ小僧だ。休養はたっぷりとらせてもらった。俺の人生は、いよいよこれから始まるのだ——。熊吾はそう思ったのだった。

熊吾は伸仁を肩車したまま房江の手を引き、房江はヨネの手を引き、畦道《あぜみち》を歩いて菜の花畑のなかに入り、昼間、茣蓙《ござ》を敷いてピクニックを楽しんだ場所へと行った。

「尻《しり》に敷く物はないが、まあ、坐《すわ》ってゆっくりするか」

と熊吾は言って、伸仁を降ろし、夜露で幾分湿っている土の上に坐った。房江もヨネも並んで坐った。

「お月さんの色と菜の花の色とが、おんなじになってる」

と房江は言った。

「ヨネには、たしか弟が三人ほどおったのお。わしが覚えちょるのは、ヨネが六つか七つのときまでじゃ。一本松の家に来てしょっちゅうタネと遊んじょったが、そのとき、弟も一緒につれちょったような気がするんじゃが」

「一番上の弟は、十二のときに死んで、下の二人の弟は、こんどの戦争で死んでしもてん」

ヨネは、やっと口をひらいた。

「うちが十六で大阪へ奉公に出たあと、お父ちゃんが死んで、お母ちゃんも、うちが一本松に帰って来た昭和二十年に死んでしもた」

「亭主にも先立たれて、天涯《てんがい》孤独か……」

熊吾は笑いながらヨネの肩を叩き、

「浮いた噂《うわさ》ひとつないヨネが、よりによって伊佐男にほだされるとはのお……。出会い頭っちゅうのは恐ろしいもんよ」

伊佐男は、なぜかこの自分にはとても親切だったのだとヨネは言った。

「うちが四つのとき、赤木川で遊んでて溺《おぼ》れかけたとき、伊佐男に助けてもろたんやて、お母ちゃんが言うてた。そのあと、伊佐男のお母さんが死んで、親戚《しんせき》に引き取られて、伊佐男は上大道《わうどう》からおれへんようになったんや」

「その恩返しに、一回だけさせてやったのか」

熊吾はひやかすように言った。

「伊佐男が珍しいに、親戚の家に引き取られてからの身の上話を始めて……。うちも、お酒に酔うてて……」

とヨネは言った。提灯の灯《あか》りが、ヨネの自嘲《じちょう》めいた笑みを照らした。

「酒に酔うて出会い頭か……。人間のしくじりの基本みたいなもんやが、宿った子はどうなる。お前の腹のなかにおるのは、人間やぞ」

熊吾は、宮崎猪吉《いのきち》巡査の母親から聞かされた話をヨネに喋っていいものかどうか随分迷った。身の振り方はヨネが自分で決めればいい。ただ、今夜は首を吊らせたくないだけだ。どっちにしても、落ち着いて考える時間を持ったのち、ヨネは腹の子を堕すだろう。熊吾はそう思ったのだった。

「うち、これまで一回も妊娠したことあらへんねん。亭主が死んだあと、つきおうた男は三人。みんな一年ほどで終わったけど、一回も妊娠せえへんかった。それが、四十一になって、たった一回きりのことで、こんなことになるやなんて、神さんか仏さんの、いけずないたずらやとしか思われへんわ」

「まあ、首を吊ろうなんて考えはやめとけ。不義密通をやったわけやあらせんのじゃ」

と熊吾は言い、房江の膝《ひざ》の上で菜の花畑を眺《なが》めている伸仁の顔に提灯を近づけた。

「また、ひとつの物《もん》をじいっと見ちょる。こいつには、ときどき、こういうときがある。おい、伸仁、菜の花畑で人間が踊っちょるなんて言うなや」

熊吾は言ってから、さっき、月に照らされた菜の花の群れを、人間の群舞だと思ったのは、この自分ではないかと気づき、

「おい、伸仁、お月さんに照らされた菜の花のなかに何が見える?」

と訊いた。

おそらく、何かを感じ、何かを考えているのであろうが、五歳の伸仁にはそれを言葉にはできないらしく、

「何ちゃ見ちょらんよ」

と答えて、手で目をこすった。

「わしらは、近いうちに、城辺を引き払《はろ》うて大阪へ行く。お袋もタネの一家もつれて行くつもりやったが、明彦だけをつれて行くことにした。あいつらも一緒となると、わしには足手まといやけんのお」

ヨネの一件で、まだそのことを房江には話していなかったので、房江は、

「ほんまに、そう決めたん？」

と訊いた。

「ああ。お前の言うとおり、なんぼなんでも、一本松と城辺でしか暮らしたことのない八十一のお袋を、無理矢理、大阪へつれて行くのは、あんまりにも可哀相《かわいそう》じゃ」

そう言ってから、熊吾は、ヨネの顔に提灯の灯を近づけ、

「死ぬなよ」

と言った。そして、喋ろうかどうか迷っていた猪吉の母親から聞いた話を、ヨネに言った。

「食うに困って、三つの伊佐男を殺そうとした伊佐男の母親に、わしの親父《おやじ》は、将来、この子がどんなにすばらしい人間になって、自分をどんな幸福な母親にしてくれるんじゃろうと考えて、草の根を食うてでも頑張《がんば》らにゃあいけんとさとしたそうじゃ」

話を聞き終えたヨネは、くすっと笑い、

「その子は、とんでもないならず者になって、何人もの人間を殺して、あげくの果ては、自分で自分の頭を猟銃で撃って死んだんやなァ……」

と言った。

「あげくの果てっちゅう言葉の次には、浦辺ヨネっちゅう四十一の女を孕ませてっちゅう言葉も入れにゃあいけんがのお」

熊吾は笑顔で言った。伸仁の首が傾いた。房江の膝の上で眠り込んだのだった。熊吾は自分のシャツを脱ぎ、それで伸仁の体をくるむと、煙草《たばこ》を一服吸った。

月の周りの暈は、さらに大きくなっていた。熊吾は月を見、菜の花の群れを見つめて、

「なにがどうなろうと、たいしたことはあらせんのじゃ」

と言った。

やがて、房江が、和田茂十から預かった金があるのだと熊吾に言い、そのときのいきさつを説明した。

「松坂の大将は、わしが死んだあと、ちゃんと生きた金として使うてくれますけんと、茂十は言いよったのか……」

「うん、そない言うてはった」

熊吾は、腐敗防止薬の発明のために茂十が房江に預けた金の額を訊《き》き、それだけあれ

ば、松山の大学の研究員たちも本腰を入れるだろうと思った。

「また忙しいなるのお」

熊吾がそう言ったとき、

「うちも大阪へ行くわ」

とヨネは言って立ちあがった。

「大阪で、この子を産むわ」

ヨネは、畦道を歩いて、菜の花畑の真ん中で歩を停《と》め、自分の腹に両の掌《てのひら》をあてがい、

「うちは、産むで。世の中のためになる人間に育ててみせるで」

と言った。

「提灯を持って行き。月明かりだけやから、何かにつまずいて転んだらどうするのん?」

その房江の言葉に、ヨネは首を横に振り、

「このことは、誰にも言わんといてな。子供の父親が、わうどうの伊佐男という人やということは、うちは子供には一生喋れへんから」

と言った。熊吾も房江も、無言で頷《うなず》いたが、それがヨネに見えたかどうかはわからなかった。

「自分の父親がどんな人やったかを知りたがる歳になったら、松坂熊吾というお方に訊

けって、うちは子供に言うさかい、よろしゅう頼んまっせ」

房江は眠っている伸仁を熊吾の膝の上に移した。房江は泣いていた。泣きながら提灯を持って立ちあがり、畦道を歩いてヨネの傍《そば》に行くと、その手に提灯を持たせた。

――それよりしてぞ、平家の子孫は絶えにけり――。熊吾は平家物語の最後の文章を胸の内で何度もつぶやきながら、ヨネの持つ提灯の灯が遠ざかって行くのを見ていた。

「私らは、大阪へ行ったら、大きな川の畔で暮らすんやなァ」

と房江は畦道に立ったまま熊吾に言った。

「家の前と後ろに川が流れちょる。前に流れちょる川が堂島川で、後ろが土佐堀川じゃ」

「堂島川と土佐堀川……。なつかしい川の名前やわ」

熊吾は、房江がわざと嬉《うれ》しそうにしていることに気づいていた。

「お前は、必ず、わしよりもうんと長生きをして、幸福になるぞ」

「なんで？　親孝行やから？」

「それもあるが、お前には、他人に対する悪意っちゅうものがないからじゃ」

「それは、松坂熊吾さんもおんなじやろ？」

そう言って、畦道を引き返しかけた房江は、足を踏み外して、菜の花畑のなかにうつ伏せに倒れた。幾本かの菜の花が揺れ、月光は熊吾に、揺れている菜の花を、起きあがろうとしてもがいている人間たちに見せた。

解説

北上次郎

宮本輝の小説にはいつも警句があふれている。私はいつも、宮本輝の小説を読みながら、そうだよなあと頷《うなず》くのである。たとえば、「いい人材」とはどんな人物なのか。『ここに地終わり 海始まる』に、次のような文章がある。

「まず運がいい人間でなければならない。しかし、運がいいだけでは駄目《だめ》だ。もうひとつ、愛嬌《あいきょう》がなければいけない」

なるほど、と膝《ひざ》を打ってしまう。知人の顔を一人ずつ想《おも》い浮かべると、たしかに運と才能だけではなく、みんなから頼りにされる知人には愛嬌がある。なるほどな、と納得するのだ。

男が理想とする妻の条件は何か、ということに関する鋭い考察もある。『海辺の扉《とびら》』に出てくるヒロインの父親の言だが、夫の収入に文句を言わず、どんな時にも明るく、賢くて、恥ずかしがり屋で、そしてセクシー、というのが理想なんだそうだ。これは若い男に読ませたい名文句だと思う。

警句ということからは少しずれてしまうが、『青が散る』で、「あの手の女はなア、大きな心で押しの一手や」と言われた主人公が最後に述懐するくだりもいい。「だいぶ前のことやけど、金子が俺《おれ》に言いよった。夏子みたいな女をものにするには、大きな心で押しの一手や、て。俺は大きな心になることばっかり考えて、肝腎《かんじん》の押しの一手を忘れた」

『青が散る』は青春小説の傑作であり、主人公が志摩のホテルまで女友達を追いかけて、海辺で話し合う場面が有名だが（胸が痛くなるシーンのベスト1として仲間うちで有名なのである）、私にはこの主人公の台詞《せりふ》のほうが忘れられない。世の中には小さな心で押しの一手ばかり考えているやつが多勢いるので、こう言う主人公に思わず共感してしまうのである。人のいい友人たちがこのくだりで頷く姿も浮かんでくる。

しかし、宮本輝のうまさについては、私ごときが今さら言うことでもない。デビュー作から全作品を愛読しているのも、この小説の名手の作品に触れるのが愉《たの》しみだからなのだが、そんな私が『地の星』を読んだ時に驚きと後悔でぶっとんでしまったことについて、今回は書く。

実は私、この『地の星』が刊行されるまで、その前編である『流転《るてん》の海』を未読だった。著者の全作品を愛読しているのに第一部『流転の海』を読まずにいたのは、これが大河長編と聞いていたからである。続きものは完結してから読む主義なので、まあ、完結してからでいいや、と思っていた。第二部の『地の星』が刊行された時に、第一部から読んでみようと思ったのがどうしてなのか、今になってもわからない。全五部作の大河小説だから、第二部でもまだ完結していないのである。それは知っているのである。にもかかわらず、ふと手が伸びてしまった。魔がさしたとしか言いようがない。

本を読んで、あれほど後悔したことは、それ以前にもその後もない。読みながらすでに「しまった」と思っていた。誤解されないように急いで書いておくが、もちろんこの大河小説が退屈な内容だったから後悔したわけではない。こんな小説はいまだかつて読んだことがない、というくらいに飛び抜けて興奮する小説だったのである。それがまだ未完なのである。これほど悔しいことはない。まだ未完なので続けて終わりまで読むことが出来ないのである。完結してから読めばよかった、と私は深く深く後悔した。

とにかく、松坂熊吾《まつざかくまご》という男の肖像が圧巻だ。やくざも恐れぬ獰猛《どうもう》さを持ちながら涙もろく、事業の才覚は鋭いくせに自ら進んで人に騙《だま》されるお人好《よ》し。さしたる学歴はもたないのに古今東西の書を引用し、妻を愛しながら次々に愛人を作り、さらに嫉妬《しっと》深く、真摯《しんし》で、知的で、ひとことで言えば、野放図ないかさま師。なんとも不思議な魅力にあふれた男で、この強烈な個性とパワーにまず圧倒される。なにしろ、もうお前を殴ったりせんからと旅先から突然妻に電話をかけ、「お前を好きじゃ」「わしを好きじゃと言え」と強制したり（このとき、この男は五十四歳である）、五歳の息子が従姉妹《いとこ》と喧嘩《けんか》して泣くと「男が女に口で勝てるはずがあるかや。まして、千佐子は、口から先に生まれてきたようなやつなんじゃ。口ゲンカして泣く前に、千佐子の頭をカナヅチでかち割っちゃれ」と息子に言ったりするほど、とんでもない男である。

第一部『流転の海』は、この男が五十歳にして初めて子を持つ場面から始まる「大阪・焼跡闇市《やみいち》編」で、動乱の時代に生きる松坂熊吾の奮闘ぶりが描かれたが、第二部『地の星』は病弱な息子のために事業をたたんで故郷に帰った日々を描く「郷里・南宇和編」。第一部では妻と結婚するまでのいきさつが描かれ、それだけでも一編のすぐれた恋愛小説の趣があったが、第二部でも運のいいやつ、悪いやつ、裏切り者に悪党に偽善者など、さまざまな人物が松坂熊吾のまわりに個性豊かに立ち現れる。

話は飛んでしまうが、一つのエピソードを思い出す。この『地の星』を読み終えた私が知人の編集者に、その興奮を話していた時のことだ。その知人の母堂がやはりこの小説を読んで興奮したというのである。その母堂が普段から本を読み慣れている方なら私も驚かないが、普段はまったく本を読まない人のようで、息子の本棚《ほんだな》にあったこの本を読み、すると面白くてやめられず、続きを待ちかねていると言うのである。普段本を読む習慣のないそういう人間にすら働きかける普遍的な力に満ちているということだろう。

たしかに、この男の口癖である「何がどうなろうと、たいしたことはありゃあせん」という言葉が読み終えてもずっと耳に残り続ける。この言葉通り、これは力強く、太い物語だ。読んでいる最中も、読み終えても、元気がこんこんと湧《わ》いてくる物語だ。
これは父と子の物語である。松坂熊吾と息子の伸仁《のぶひと》の繋《つな》がりを描いただけではない。熊吾が何度も父親を思い出すシーンがある。たとえば、あまりいいので引用する。

父が死んだ年齢に、俺はあとたった二年で達する。だが、俺は人間として、とうと
う父にかなわなかった。俺には、父のような穏やかさや温厚さはない。生まれた大地
に根をおろし、田圃《たんぼ》で稲を育て、贅沢《ぜいたく》を求めず、娘の葬式の哀《かな》しみのさなかに、「き
ょうは、いばってはいけない日だ」という言葉など使えない人間だ。

そういう男と男の繋がりを本書はくっきりと描いている。大河小説は、船山馨《かおる》『石狩平野』の例を出すまでもなく、血を伝えるのが女性、母系であるためだろうが、ヒロイン小説であることが多い。男を描くと一代記になり、三代記はヒロイン小説になるものだが（例外はあるだろうが）、本書は珍しく男の系譜を描いている。妻房江の肖像もくっきりと描かれているものの、これは父と子の小説といっていい。
熊吾が牛を射殺する場面の迫力。四歳の伸仁が野壺《のつぼ》に落ちる場面のおかしさ。妻の房江が川で鮒《ふな》を手摑《てづか》みするシーンの官能。そういう幾つものシーンが読みおえても残り続ける。まったく、唸《うな》るほどうまい。

小説がこれほど力に満ちた世界であることを教えてくれる物語はそうあるものではない。これは完結すれば、尾崎士郎『人生劇場』に匹敵する国民文学になると断言してもいい。あるいは、父親をモデルに激動する時代を描くという点では、島崎藤村『夜明け前』にも比肩しうる。つまり、歳月を超えて語り継がれる小説だと思う。完結してからお読みになってもいいが、出来れば、同時進行で読み進み、完結してからもう一度読み返すことをおすすめしたい。この大河小説は現在も雑誌に連載中だが、今、そういう将来の国民文学が生まれつつあるのだ、という気がしてならない。

（平成七年十二月、文芸評論家）

この作品は平成四年十一月新潮社より刊行された。

地《ち》の星《ほし》

流転の海 第二部

新潮文庫　み - 12 - 51

平成　八　年　三　月　一　日　発　行
平成十七年十一月　十　日　二十一刷改版
令和　四　年　九　月　三十日　四　十　一　刷

著　者　宮《みや》本《もと》輝《てる》

発行者　佐藤隆信
発行所　株式会社　新潮社
郵便番号　一六二―八七一一
東京都新宿区矢来町七一
電話　編集部(〇三)三二六六―五四四〇
　　　読者係(〇三)三二六六―五一一一
http://www.shinchosha.co.jp
価格はカバーに表示してあります。
乱丁・落丁本は、ご面倒ですが小社読者係宛ご送付ください。送料小社負担にてお取替えいたします。

印刷・錦明印刷株式会社　製本・株式会社植木製本所

ISBN978-4-10-130751-0 C0193